Maximilian Hofer

Die Untersberg Saga 2

Historischer Roman

edition winterwork

Prolog

Ihre Lage ist ausweglos. An Rettung nicht zu denken. Unter ihnen die steile, schier unendlich in die Tiefe führende Felswand, die sich über ihnen senkrecht und teils überhängend fortsetzt. Glatt und unangreifbar, aussichtslos sie zu erklimmen, obwohl der Gipfelrand des Untersberges nur einen Steinwurf von ihnen entfernt ist.

Wie weggewischt ist ihre Todessehnsucht, die sie vor wenigen Minuten zum gemeinsamen Sprung in die Tiefe gezwungen hatte. Ihre Lebensgeister sind mit einem Male erwacht, der Selbsterhaltungstrieb meldet sich mit voller Stärke zurück.

Eine gewaltige Sturmböe hatte sie sofort nach dem Absprung erfasst, gnadenlos gegen die Wand gedrückt. Nach dem Aufprall rutschten sie den Fels hinunter, um kurz darauf auf einem schmalen Gratvorsprung hängen zu bleiben. Sie halten sich immer noch an den Händen, wobei sich ihre Benommenheit rasch löst, die andere Hand nach einem Halt sucht, den es aber nicht gibt. Die Prellungen und Hautabschürfungen spüren sie nicht.

Hatten sie Glück gehabt oder wurde ihr Ende noch unbarmherziger, schmerzhafter, fürchterlicher? Sie getrauen sich nicht zu bewegen. Zu eng ist der Felsvorsprung auf dem sie sich befinden. Der Sturm tobt immer noch, drückt sie wellenartig an die Wand, zerrt an ihren Kleidern, um sie im nächsten Augenblick in die Tiefe reißen zu wollen.

Gemeinsam beten sie, flehen Gott um Rettung an, rufen laut um Beistand bei ihren verstorbenen Angehörigen. Zitternd umklammern sie ihre Hände, sind sich sehr bewusst, dass sie nur durch ein Wunder gerettet werden können. Kein Mensch war vor ihnen hier, keine Menschenseele würde ihnen zu Hilfe eilen.

Dann hören sie ihn wieder. Den Schrei des Steinadlers, der sie bereits einmal aufgeschreckt hatte. Unwillkürlich sehen

sie in diese Richtung.
„Siehst du den Riss im Fels, der unter uns schräg nach oben führt?", flüstert Judith hoffend.
Vorsichtig wendet Peter seinen Kopf.
„Wie sollen wir da hinkommen? Das hilft uns nichts. Beim geringsten Versuch nur würden wir unweigerlich abstürzen. Selbst wenn wir einen Fuß in den Spalt brächten, festhalten können wir uns nirgends. Wir sind verloren, das ist gewiss. Wir wollten es doch auch."
„Gott hat uns gerettet. Wir werden aus dieser Situation herauskommen, ich spüre das ganz deutlich. Unser Leben ist noch nicht zu Ende. Du musst mir nur helfen, ich versuche es."
Judith strahlt verhaltene Zuversicht aus. Peter sieht ein, dass es nur diesen einen Ausweg gibt.
Beide hatten keinerlei Erfahrung im Klettern, waren jedoch in guter körperlicher Verfassung.
„In Gottes Namen, probieren wir es", gibt sich nun auch Peter entschlossen.
Ganz vorsichtig, beinahe das Gleichgewicht verlierend, schiebt er sich hinter Judith, die sich nun an den unmittelbaren Felsrand ihres Standplatzes hintastet.
Der lag knapp eine Körperlänge unter ihnen. Peter fasst nun beide Handgelenke seiner Geliebten, die nun ihrerseits ihren Platz ganz verlässt. Sachte, in die Hocke gehend, lässt Peter sie in die Tiefe gleiten. Dann hat sie den Spalt erreicht, findet mit beiden Vorderfüßen den Widerstand, der Peter signalisiert, dass sie ihr erstes Ziel erreicht hatten. Sollte es zum Schlimmsten kommen, würde er sofort das Schicksal Judiths teilen, sich fallen lassen, um im Tode mit ihr vereint zu sein.
„Du kannst loslassen", ruft nun Judith laut in das Sturmgetöse, das sich nun wieder verstärkt.
Judith, immer wieder Stoßgebete zum Himmel richtend,

schiebt nun unendlich vorsichtig einen Fuß im Spalt ein Stückchen höher, presst ihren Körper an den Fels, um ein wenig ihre Angst abzustreifen. Wie blind tastet sie mit ihren Fingerspitzen nach kleinsten Unebenheiten im Fels, nach minimalen Unebenheiten, an denen sie sich ein wenig festkrallen kann, und ihr ein scheinbares Gefühl von etwas Sicherheit vermittelten. Immer wieder muss sie innehalten, Schwindel erfasst sie. Deshalb presst ihre Stirn so lange gegen den nackten Fels, bis sie wieder einigermaßen klar denken kann. Schweiß tritt ihr aus allen Poren, die Kleider kleben ihr förmlich am Leib. Sie sieht nirgendwohin, fühlt jedoch mit jedem Zentimeter, mit dem sie sich in die Höhe schiebt, die Hoffnung, dass sie es schaffen könnte, ja schaffen musste. Auch Peter sieht ihr zu und bewundert ihren Mut. Auch an ihm läuft der Schweiß in kleinen Rinnsalen über den Körper. Er getraut sich nicht mehr zu atmen, wenn es scheint, dass Judith nicht mehr weiter kann oder das Gleichgewicht zu verlieren droht.

Die Schräge hatte sie überwunden. Nun führt der Felsspalt senkrecht in die Höhe.

Er verbreiterte sich ein wenig, sodass Judith nun auch mit den Fingerspitzen besseren Halt findet. Dann scheint es Peter, als wäre sie mit ihrer Kraft am Ende. Tatsächlich erfasst sie wieder Schwindel, diesmal stärker als zuvor. Krampfhaft presst sie sich an die Wand. Ich muss durchhalten. Durchhalten für Peter aber auch für Maria, meinem Töchterchen. Bitte liebe Mutter, hilf mir noch ein letztes Mal, fleht sie unter Tränen. Plötzlich spürt sie, wie sie von unten angeschoben wird und so den Gipfelrand erreichen kann.

Als sie sich völlig erschöpft auf dem Boden liegend umdreht, erblickt sie den Kopf von Peter, der sich ebenfalls über den rettenden Felsrand hochzieht.

Er hatte sich frei hängend von seinem Standplatz aus bis zu dem Spalt hinabgelassen und war Judith gefolgt. Auch er

zieht sich mit letzter Kraft über den Gipfelrand.
„Danke, deine Hilfe war meine Rettung in höchster Not. Hättest du mich nicht angeschoben, wer weiß ..."
„Du hast das ganz allein geschafft. Ich war noch ein gutes Stück weg von dir, als du dich in Sicherheit bringen konntest. Du hast mir die Kraft gegeben, bis hierher zu gelangen, nicht umgekehrt!"

1

Sie kauerten im Schatten der Schanzverkleidung ihres Schiffes, der einst stolzen „Neu Rotterdam", gebeutelt vor Nässe und einem nicht enden wollenden Würgereiz.
Seit Tagen schon konnten sie keine feste Nahrung mehr zu sich nehmen, auch jeder Schluck Flüssigkeit kam blitzschnell wieder hoch. Ihnen ist so elend zu Mute, dass sie am liebsten tot wären. „Bitte, lieber Gott, lass mich sterben", fleht Judith, kaum die blauen Lippen bewegend, während Peter sich mit einer Hand an einem Seil, das an den Großmasten des Bilanders geknüpft ist, festhält, mit der anderen krampfhaft Judith am Arm fasst, um sie einigermaßen vor den wilden Bewegungen des Schiffes zu schützen.
Ein Brecher nach dem anderen stürzt über das Schiff herein. Die Wasser haben bereits alles mitgerissen, was nicht fest vertäut war. Die „Neu Rotterdam" fiel immer wieder fast endlos in ein Wellental, um sich mühsam wieder aufzubäumen, sich auf den Kamm der nächsten Welle zu pflügen, um dann unbarmherzig wieder abzustürzen. Das Schiff, dessen brauner Holzrumpf mal mehr mal weniger aus den grauen, gischtbedeckten Wasserbergen sichtbar wird, ist eigentlich für den küstennahen Lastenverkehr gebaut. Aufgrund des starken Andrangs an Menschen, die in die Neue Welt wollen, wurde es umgebaut und auch mit zwei Kanonen bestückt,

weil es auf der langen Überfahrt immer wieder zu Angriffen von Piraten kam.

Seit drei Tagen und zwei Nächten tost ungemindert ein Orkan.

Judith und Peter sind nicht die einzigen, die mit der rauen See zu kämpfen haben. Selbst die hartgesottensten Matrosen in ihrem geteerten Leinenzeug klammern sich an die Reling, müssen sich übergeben, können sich nur mit Mühe an ihren um den Leib geknüpften Seilen festhalten.

Nur Kapitän van Luchten scheint der Orkan nichts anhaben zu können. Geschickt balanciert er über das Deck, seine Beine federn die Bewegungen des Schiffes ab, nur selten sieht man ihm an, dass auch er sich Sorgen macht.

„Morgen ist Besserung in Sicht, ruhigeres Wasser, dann werdet ihr euch schnell wieder erholen“, muntert er seine Passagiere auf.

Seine Fahrgäste hätten unterschiedlicher nicht sein können.

Judith und Peter, die ihre Passage selbst bezahlt hatten, gehören zu einer kleinen Schar von Leuten, die Schlaf- und Aufenthaltsräume auf dem Oberdeck zugewiesen bekamen. Bereits nach der ersten Sturmnacht war jedoch ein Aufenthalt im Innern des Schiffes nicht mehr möglich, weil sich die meisten Mitreisenden permanent übergeben mussten. Der üble Geruch rief noch größeren Würgereiz hervor.

Judith und Peter suchten sich daher einen möglichst geschützten Platz an Deck, wo die Luft zwar erträglicher war. Sturm und Nässe verhinderten aber keine wirkliche Verbesserung.

Im Rumpf des Schiffes wurden die meisten Menschen untergebracht. Auf engstem Raum eingepfercht, dicht nebeneinanderliegend, durchgeschüttelt und von den Exkrementen der Nachbarn besudelt, mehr tot als lebend. Die dünne Suppe, die ihnen einmal am Tage gereicht wurde, war nicht dazu angetan, ihre Situation zu verbessern. Für sie hatten andere

die Kosten der Überfahrt vorgestreckt. Städte und Märkte, die sie loswerden wollten, weil sie einen anderen Glauben hatten oder der Obrigkeit wegen ihrer politischen Ansichten nicht genehm waren. Aber auch Personen von Agenturen und Gesellschaften, die in der neuen Welt Arbeitskräfte brauchten, meist angeheuerte Handwerker, denen das Blaue vom Himmel versprochen worden war.
Im untersten Raum schließlich war der Auswurf der Gesellschaft. Frauen und Männer, die langjährige Haftstrafen zu verbüßen hatten, die jedoch erlassen werden sollten, wenn sie in Amerika fünf oder auch zehn Jahre lang für die weißen Landbesitzer unentgeltlich arbeiten würden. „Kostenlose Arbeitssklaven", wie sie der Kapitän halb mitleidig und halb verachtend bezeichnete. Taschendiebe, Dirnen, Schläger, Herumtreiber, ja selbst Mörder und Räuber. Um sie kümmert sich während der Überfahrt niemand. Wasser und ein wenig Maisbrot wird ihnen unregelmäßig durch eine Luke geschoben. Nur die Stärkeren bekommen etwas davon ab.
Hin und wieder werden die Matrosen durch heftiges Gepolter darauf aufmerksam gemacht, dass ein Gefangener abzuholen ist, der während der Überfahrt verstorben ist. In ein Stück Tuch gehüllt wird er ins Meer geworfen.
Viel von all dem bekommen Judith und Peter nicht mit. Sie haben mit sich selbst zu tun und nach den Worten des Kapitäns wieder etwas Hoffnung geschöpft.
„Wollte er uns nur trösten, oder ...?", sinnierte Peter.
„Der Sturm legt sich bestimmt einmal", versuchte nun Judith ihrem Liebsten ein bisschen Hoffnung zu vermitteln. Sie ist es auch, die ein wenig zuversichtlicher wirkt. „Das kann doch nicht ewig andauern."
Die würgende Übelkeit ebbt bei ihr allmählich ab.
Einen Teil der Segel, den der Kapitän noch an den Masten beließ, um das Schiff manövrierfähig zu halten, flattert zerfetzt und nutzlos im Wind. Neue Segel aufzubringen ist zu

gefährlich. Er hatte schon zwei Mann verloren und wollte nicht noch mehr riskieren.

Im untersten Bereich des Hecks lagert fest verzurrt die Fracht. Saatgut, Nahrungsmittel, Gerätschaften, Pflüge und Werkzeuge. Kühe, Schafe und Pferde stehen dicht an dicht. Sie brauchen auch Wasser und Heu. Der Wellengang macht ein regelmäßiges Füttern nicht möglich. Kapitän van Luchten, der diese Reise schon mehrmals gemacht hat, weiß aber, dass er selbst bei besten Wetterverhältnissen nie die gesamte Fracht heil ans Ziel bringen wird. Dies gilt auch für die Passagiere.

Judith und Peter, die mit Postkutschen nach Rotterdam gereist waren, hatten bereits vor der Einschiffung zwei ihrer drei aus Weidengerten geflochtenen Reisekisten verloren. Sie hatten sie zehn Tage vor ihrer Abreise in einem Lagerraum der Reederei abgestellt. Dort waren sie verschwunden und niemand wusste, wohin.

„Sie müssen auch auf dem Schiff höllisch aufpassen", riet der Kapitän, als sie ihm von ihrem Missgeschick erzählten. „Jeder ist für sich selbst verantwortlich. Ich kann nicht einmal für alle meine Männer die Hand ins Feuer legen. Es sind zwar harte, seeerprobte Kerle, aber ihre Vergangenheit kenne ich nicht. Sicher sind einige dabei, die vor dem Gesetz fliehen mussten, auch Abenteurer, die in Amerika Glück und Reichtum erwarten. Wer weiß?"

Peter war schon seit einigen Tagen ein Matrose aufgefallen, der sich vornehmlich um die Passagiere des Oberdecks herumschlich. Er bot auch seine Hilfe an, wurde aber meistens zurückgewiesen, was sicher an seinem verschlagenen Gesichtsausdruck lag. Dem traute man nichts Gutes zu.

Als sie letzte Nacht so elend und eng aneinandergedrückt vor sich hindösten, verspürte Peter plötzlich Hände, die nicht zu Judith gehörten und die ihn abtasteten.

Er schlug sofort abwehrend um sich, worauf der ertappte

Matrose stockend stammelte: „Ich will helfen, Ihnen geht es schlecht, nur helfen…“ Auch Judith war jetzt aufmerksam geworden und griff sich unwillkürlich an ihr Mieder. Dort, wo sie ihr Geld versteckt hatten. Dies war dem Matrosen sicher nicht entgangen. Nun hieß es noch mehr auf der Hut zu sein.
Der Kapitän, der andere Sorgen hatte, schüttelte nur mit dem Kopf, riet zu erhöhter Wachsamkeit. „Vielleicht ist der ganz harmlos und Gefahr droht von anderer Seite, also passen Sie auf, Sie sind doch zu zweit. Ich kann nur dann eingreifen, und das mit aller Härte, wenn ich einen sicheren Beweis habe.“
Den sollte er bald haben.
Ein anderer Passagier, ein deutscher, schrie eines nachts laut um Hilfe, als ihm einer der Matrosen seinen Münzbeutel, den er mit einem Lederband um den Hals trug, herunterreißen wollte und ihn dabei fast erwürgte. Andere Passagiere stürzten sich nun auf den Übeltäter und droschen auf ihn ein.
Der gab erschöpft seinen Widerstand auf und wurde dem Kapitän übergeben. Verletzte oder gar Tote gab es keine. Also wurde der Matrose in den Raum mit den Gesetzlosen verfrachtet. Dafür kam der Kräftigste aus diesem Raume frei und wurde sogleich zur Arbeit auf dem Schiffe verdonnert. „Wenn er sich gut hält“, versprach der Kapitän, „werde ich nach unserer Ankunft eine gutes Wort für ihn einlegen.“
Van Luchten weiß, dass die Empfänger der Arbeitskräfte bei deren Aufnahme nicht viel Federlesens machen. Es hat halt ein Tausch stattgefunden. Basta.
Am nächsten Tag lässt der Sturm tatsächlich nach. Auch die hohe See beruhigt sich zusehends.
Silbergraues Licht liegt über den Wellen, versucht den Dunst zu durchbrechen.
„Der Nebel ist mir ganz willkommen“, meint der Kapitän

zu Peter, „wir kommen allmählich in die Gewässer, in denen so manches Piratenschiff auf Beute hofft. Wir sind zwar bewaffnet, aber bei einer Übermacht ist es besser, man lässt sich ausplündern, wenn man dafür überleben kann."

Die Passagiere säubern nun ihre Unterkünfte, wobei sich der übelriechende süß-saure Geruch absolut nicht vertreiben lässt. Auch der zu einem Stall umfunktionierte Raum der Tiere wird oberflächlich vom Gröbsten befreit. Das eine oder andere Viehzeug, das den Sturm nicht überlebt hat, geht über Bord oder wird verspeist, wenn es noch einigermaßen tauglich erscheint.

Die Matrosen ziehen neue Segel auf, der Wind treibt sie westwärts, ihrem Ziel entgegen.

Vor gut drei Wochen waren sie in See gestochen. Bei gutem Wetter hoffen sie, in ein paar weiteren Wochen New Amsterdam, das sich jetzt New York nennt, weil es den Holländern durch die militärische Übermacht der Engländer abgepresst wurde, zu erreichen. „Vier Kriegsschiffe der Engländer, bestückt mit weitreichenden Kanonen, tauchten 1664 im Hafen auf. Petrus Stuyvesant, der holländische Gouverneur, hatte keine andere Wahl als die kampflose Übergabe der Stadt, die seither nach dem englischen Herzog York New York benannt ist", weiß der Kapitän.

Ihre Zukunft in Amerika ist ungewiss. Peter spricht gut französisch. Sie wollen deshalb weiter in die französischen Kolonien an den großen Seen.

Judith und Peter stehen an der Reling, wohin sie der Mitreisende, der überfallen worden war, gerufen hatte. Sie folgen der Richtung seines ausgestreckten Armes und sehen fasziniert eine Formation von großen Fischen, die mühelos, immer wieder aus dem Wasser springend, das Schiff begleiten. Der Nebel hat sich etwas gelichtet und viele der Passagiere folgen begeistert dem Schauspiel.

Plötzlich ist vom Ausguck, hoch auf dem Mast, der Ruf

„Schiff in Sicht", zu vernehmen.
„Dem gehen wir besser aus dem Weg. Hilfe brauchen wir nicht und ein feindliches Schiff noch viel weniger", ruft der Kapitän, um daraufhin Befehle an die Mannschaft und an den Steuermann auszustoßen.
Das andere Schiff musste sie allen Anschein nach gesehen haben. Es kommt ihnen entgegen. Es ist ein Dreimaster mit vollen Segeln. Ein Zusammentreffen ist unvermeidlich.
Durch sein Fernrohr kann Kapitän van Luchten die schwarze Flagge mit dem Totenkopf erkennen.
Schon erschallt sein Ruf: „Alle Mann an die Musketen. Kanoniere zu den Geschützen!"
Es ist sicher nicht das erste Mal, dass diesem Ruf Folge geleistet wird.
„Passagiere unter Deck!", brüllt weiter der Kapitän. Seine wichtigsten Leute wissen Bescheid. Er weiß genau, Flucht ist zwecklos. Kämpfen oder sofort die Segel streichen heißt die Devise. Er hat Erfahrung in beidem.
Das Schiff der Piraten erkennt er als eine portugiesische Karavelle, schnell, wendig und gut bewaffnet. Bei der Annäherung registriert van Luchten verwundert, dass sie der Pirat anscheinend von vorne angreifen, wahrscheinlich frontal rammen möchte. Viel Erfahrung hat der nicht, denkt sich der Kapitän und entschließt sich zum Kampf.
Die Kanonen der Karavelle befinden sich an den Breitseiten. Sie kommt jedoch mit dem Bug voraus auf die „Neu Rotterdam", mit deren Kanonen am Bug, zugerauscht. „Feuert auf die Masten", gibt van Luchten seinen lauten Befehl. „Jetzt!", brüllt er dann und schon sausen zwei Kugeln aus den Geschützen des Bilanders auf das Deck des Piratenschiffes. Nachladen und schießen ist das Gebot der Stunde. Schon ist die Karavelle ganz nahe. Die Piraten sind gut zu erkennen. Ausgerüstet mit Musketen, Säbeln und Enterhaken. Da schlagen zwei weitere Kugeln auf ihrem Schiff ein.

Der vordere Mast bricht mit großem Getöse. Dem lauten Gebrüll der Besatzung nach zu urteilen, gibt es sicher auch Verletzte oder gar Tote.
Sie schießen nun wie wild auf das Auswandererschiff. Alle Mann hier sind jedoch gut gedeckt.
Erst jetzt versuchen sich die Angreifer mit einem Wendemanöver in Schussposition ihrer Kanonen zu bringen. Van Luchten kann im letzten Augenblick den Zusammenstoß mit einem geschickten Ausweichmanöver vermeiden. Er rauscht an dem Piratenschiff vorbei. Ihr Kapitän, überrascht von der plötzlichen Wendung, lässt aus kürzester Entfernung eine Breitseite abfeuern. Nachdem die Visiere anscheinend auf eine größere Reichweite eingestellt waren, fliegen die Kugeln über das gegnerische Schiff, richten nur geringen Schaden an der Vertäuung der Takelage an. Schon ist van Luchten vorbei, wendet nun seinerseits und befindet sich anschließend im Rücken der Piraten. Nahe genug gibt er seinen Kanonieren noch einmal den Befehl: „Feuer frei!"
Wieder fällt ein Mast der Karavelle.
Nun kann die „Neu Rotterdam" getrost wenden und mit vollen Segeln die Fahrt fortsetzen.
Komplimente seiner Fahrgäste, die sich, nachdem keine Schüsse mehr fallen, allmählich wieder an Deck getrauen, wehrt er mit einem Achselzucken ab: „Das war ein Anfänger ohne Kampferfahrung. Heute spielt jeder Pirat. Zu groß ist die Verlockung auf fette Beute. Aus Amerika kommen Gold und wertvolle Rohstoffe. Die Auswanderer bringen ihre gesamten Ersparnisse mit. Die Not ist zudem groß. Selbst die englischen und spanischen Königshäuser und Regierungen unterstützen das Treiben „ihrer" Piraten. Sie müssen nur die Schiffe der gegnerischen Nationen kapern, plündern und versenken. Dann werden sie mit höchsten Auszeichnungen ihrer Regenten überhäuft."
„Ihr Rotterdamer habt doch keine Feinde", wirft Peter ein.

„Weit gefehlt, Engländer und Franzosen haben es gerade auf uns abgesehen, werden wir doch zu den spanischen Habsburgern gerechnet. Die bekriegt man besonders gerne“, war die Antwort.
„Haben wir das nun überstanden oder erwarten uns noch neue Überraschungen“?, will nun Judith, immer noch zitternd vor Angst und Schwäche, wissen.
„Die hinter uns brauchen sicher noch einen Tag, bis sie ihre Masten ersetzt haben. Zu lange, um uns noch einzuholen. Der Wind frischt auf. Wir können gute Fahrt machen. Was vor uns liegt, weiß niemand.“
„Bist du nicht auch der Meinung, dass jemand wundersam über uns wacht?“, flüstert nun Judith ihrem Manne zu. Er drückt sie an sich, ist davon überzeugt, dass sie unbeschadet Amerika erreichen werden.
Der Matrose, der ihnen so unheimlich erschien, hatte sich bisher nicht mehr gezeigt. Dies liegt sicherlich auch daran, dass die meisten der Passagiere allmählich wieder zu Kräften gelangen und höllisch aufpassen, um Übergriffe von vorneherein möglichst zu verhindern.

Judith und Peter kommen immer öfter mit dem Mitreisenden ins Gespräch, dem sein Münzbeutel um den Hals beinahe zum Verhängnis geworden wäre. „Wir freuen uns, dass Sie die Attacke so gut weggesteckt haben“, beginnt Peter das Gespräch. „Übrigens: Ich bin der Peter Brandstädter und dies ist meine Frau Judith. Wir kommen aus der Nähe von Salzburg.“
Der junge Mann stellt sich als Christian von Schwamm vor, der aus seiner deutschen Heimatstadt vertrieben wurde, weil er die Konfession seines Landesherren nicht annehmen wollte.
„Ich geh zu meinem Bruder, der besitzt eine kleine Landwirtschaft. Ich hab eine Kuh und einen Jungbullen im Schiff.

Wer weiß, ob wir damit nicht zu erfolgreichen Rinderzüchtern werden könnten. Fleisch ist immer gefragt, damit sollten wir uns ein gutes Auskommen sichern können. Zumindest hat mir mein Bruder so geschrieben."
Judiths Wissbegier ist geweckt. Sie hatte sich mit Peter auf das Abenteuer dieser Reise eingelassen, ohne recht zu wissen, was sie in Amerika erwarten würde. Zu viele Gerüchte schwirrten zuhause herum. Angefangen von Goldklumpen, die man nur einzusammeln brauchte, bis hin zu fürchterlichen Greueltaten der Ureinwohner.
Beide hatten Grafengaden verlassen, weil sie die Gehässigkeiten ihrer Mitmenschen nicht mehr ertragen konnten. Auch anderswo in Europa konnte man sich schwerlich einen katholischen Priester mit einer Ehefrau als Nachbarn wünschen. Zu intolerant sind die Menschen, zu engstirnig und unbeugsam, wenn etwas ihren christlichen Grundsätzen widerspricht.
Nachdem sie Judiths Tochter Maria bei den Scheideggs gut aufgehoben wussten, Peter mit seinem Erzbischof reinen Tisch machte und auch ihm, als einen langjährigen Freund und Weggefährten, das Wohlergehen von Maria ans Herz legte, stand ihrer Ausreise nichts mehr im Wege.
Das Anwesen in Grafengaden übergaben sie treuhänderisch den Berchtesgadener Verwandten, die es bis zur Volljährigkeit von Maria bewirtschaften sollten. Wollte sie aber ihrer Mutter nach Amerika folgen, könnte man noch immer anderweitig verfügen.
Die beiden Auswanderer machten noch einiges zu Geld. So verschafften sie sich mit den eingetauschten Goldmünzen ein bescheidenes Startkapital für den Neuanfang.
„Lassen Sie die Franzosen Franzosen sein", riet ihr neuer Bekannter. „Soweit ich weiß, gibt es in deren Kolonien an den großen Seen immer wieder Überfälle durch die Indianer, die es nicht verwinden können, vom Weißen Mann um Land

und Wild gebracht zu werden. Zudem werden die Huronen und weitere Stämme von den Engländern und Franzosen mit Feuerwaffen und -wasser versorgt. Das wird noch lange dauern, bis man dort sicher wohnen kann."
„Aber die Sprache, wir können doch nicht…"
„Das ist doch kein Grund. In der Gegend, in der sich mein Bruder niedergelassen hat, gibt es genügend Deutsche. Das dürfte also kein Problem sein."
Fragend sieht Peter auf Judith.
„Wir sind keine Landwirte, auch keine Handwerker. Ich bin Pfarrer", kommt es zögernd von Peter.
„Auch gut. Eine Kirche mit einem guten Priester ist sicher überall willkommen", dann noch hinzusetzend: „Da machen Sie sich einmal keine Gedanken. Ich würde mich über nette Reisegefährten herzlich freuen."
„Natürlich hast du Ahnung von der Landwirtschaft! Du hast lange genug ganz ausgezeichnet auf unserem Hof mitgearbeitet" mischt sich nun Judith ein.
„Nun ja, wir haben kein festes Ziel, es war wie eine überstürzte Flucht, die uns aus der Heimat trieb. Zu verlockend waren zudem Berichte über Freiheit und Reichtum in den neuen Ländern. Man sieht dann gern alles in den rosigsten Farben, wenn man zuhause keinen Ausweg mehr weiß." Mehr zu sich selbst: „Wir standen doch vor einem Abgrund ...", führt aber den Gedanken nicht zu Ende.

„Ich bin Mildred und wie heißt du?", will eine Mitreisende von Judith wissen, als sie, nebeneinander an der Reling stehend, nach den Fliegenden Fischen Ausschau halten.
Mildred spricht englisch und Judith versteht zunächst überhaupt nichts. Die Engländerin ist ihr aber sehr sympathisch und Judith ist froh, mit einem weiblichen Wesen in Kontakt zu kommen. Sie treffen sich nun regelmäßig, jede sucht die Nähe der anderen, sie freunden sich an, lernen voneinander

jeweils die Sprache der anderen. So erfährt Judith, dass ihre neu gewonnene Freundin nach Philadelphia will, um bei Verwandten unterzukommen, die ihres Glaubens wegen England verlassen mussten. Mildred ist Quäkerin, berichtet von der Verfolgung, die sie und ihre Glaubensbrüder in ihrer Heimat erleiden müssen.
„Ihr könnt sicher einige Zeit bei meinen Verwandten bleiben, bis ihr wisst, welches Ziel ihr verfolgen wollt", bietet sie der Reisegefährtin an.
Nun erzählt auch Judith, schüttet ihr Herz aus, will sich alles von der Seele reden, was sie belastet.
„Ich war mit Peters Bruder verheiratet, der bei einem schrecklichen Unfall ums Leben kam.
Bereits zu seinen Lebzeiten habe ich mich in Peter verliebt. Ich mache mir Vorwürfe, ob ich nicht eine gewisse Mitschuld am Tode meines Mannes trage. Wir mussten fliehen, hielten es zu Hause nicht mehr aus. Die Böswilligkeit der Mitmenschen hat uns fortgetrieben. Maria, meine kleine Tochter, habe ich zurückgelassen. Zu ungewiss ist unsere Zukunft in diesem fremden Land. Ich werde sie aber nachholen, wenn wir eine sichere Existenz gefunden haben. Trotzdem treibt mich mein schlechtes Gewissen, das einer Mutter, die ihr Kind fremder Obhut überließ."
„Du hast es sicher nur gut gemeint", wirft Mildred ein, als sich Judith ihre Tränen wegwischt.
„Außerdem, so schlimm ist das ja nicht, was du mir erzählt hast."
Nach einer kleinen Pause spricht Judith weiter:
„Das ist nicht alles. Als wir nicht mehr ein und aus wussten, wollten Peter und ich freiwillig aus dem Leben scheiden. Das ist eine schwere Todsünde, die mich immer noch bedrückt."
„Ihr habt es doch nicht gemacht, seid doch gesund und munter!"
„Doch, doch, wir wollten es, haben es versucht. Wir haben

es nicht geschafft, irgend jemand hatte etwas dagegen, uns aus auswegloser Situation gerettet. Es war wie ein Wunder!"
„Ich freue mich, dass es nicht geklappt hat. So habe ich eine liebe Freundin gewonnen. Die nächsten Wochen werden dich so gefangennehmen, dass all das Belastende immer weiter verdrängt wird. Du wirst schon sehen", antwortet Mildred, und nimmt sie behutsam in ihre Arme.
„Danke. Es wird schon gut gehen. Peter liebt mich von Herzen, das spüre ich jede Minute. Das hilft."

2

Erzbischof Franz Anton Fürst von Harrach hat zur Jagd geladen.
Edle Gäste aus Österreich und deutschen Landen sind dem Ruf des Salzburgers gefolgt.
Man schreibt das Jahr des Herrn 1715.
Der Erzbischof war zwar eher ein Mann der schönen Künste aber dem Wunsche von hochrangigen Mitgliedern des Reichstages, dem er hin und wieder seine Aufwartung machte, konnte er sich auf Dauer nicht entziehen. Zu legendär waren die Erzählungen früherer Jagdgäste, die in den Wäldern des Salzburger Untersberges wahre Wunder an kapitalem Rotwild erlegt haben wollten.
Durch die Auswahl seiner Gäste hatte er jedoch auch dafür gesorgt, aus erster Hand über die Auswirkungen des Utrechter Friedensvertrages, der nunmehr von allen Parteien anerkannt wurde, zu erfahren.
Es gab Sieger und Verlierer. Alle Beteiligten mussten sich erst an die neuen Machtverhältnisse gewöhnen. Dabei ging es nicht nur um Europa, die neue Welt war es, die eine große Rolle bei den Abmachungen gespielt hatte.
Salzburg war nicht beteiligt, wollte jedoch jede Chance er-

greifen, um im Konzert der Großen mitspielen zu können. Die Geschichte hatte gezeigt, dass es das Erzbistum immer wieder verstanden hatte, sich aus den großen Auseinandersetzungen herauszuhalten. Durch geschickte Diplomatie hatte man so manchen Vorteil für das kleine Land erreicht.
Einer der Geschlagenen, der Berchtesgadener Fürstpropst und Kölner Kurfürst Josef Clemens von Bayern, der das Pech hatte, sich im Spanischen Erbfolgekrieg auf die Seite Ludwigs XIV von Frankreich zu schlagen, ist genauso der Einladung gefolgt, wie der fürstliche Abgesandte Kaiser Karls VI. Ein junger Prinz, von dem man wusste, dass er einer der vielen außerehelichen Beziehungen seines Onkels, Kaiser Josefs I., der 1711 gestorben war, entstammte. Herzog Max von Bayern ließ sich von seinem 17-jährigen Sohn Philipp Moritz Maria vertreten. Vater und Onkel waren erst kürzlich aus dem Exil zurückgekehrt. Von den großen Kontrahenten England und Frankreich war niemand erschienen, trotzdem kamen Informationen aus erster Hand.
Der interessanteste Gast war nämlich der Rechtsgelehrte Johann Jacob Vitriarius von der katholischen Universität Utrecht, der bereits als Professor an der Universität Heidelberg lehrte und höchstes Ansehen genoss. Der Grund der Einladung an ihn lag jedoch darin, dass der Gelehrte als Protokollführer beim Friedensvertrag von Utrecht wesentlichen Anteil an dessen Zustandekommen hatte. Das ermöglichte ihm einen tiefen Einblick in die Ränkespiele der Großen.

Nachdem die Gäste ihre Quartiere in den Schlössern und dem vornehmen erzbischöflichen Palais des Salzburgers bezogen hatten, werden sie am Vormittag des folgenden Tages von prunkvollen Kutschen zum Ausgangspunkt der Jagd nach Grafengaden am Fuße des Untersberges gebracht.
Sammelpunkt ist der Gutshof derer von Brandstädter. Erschienen ist auch Stefan von Scheidegg aus Gern, der das

Gut, soweit er abkömmlich ist, mit Hilfe seiner Nichte Maria leitet.
Er hat auch eine Anzahl von Jägern mitgebracht, die dafür sorgen sollen, dass den hohen Herren die besten Einstellplätze des Rotwildes zugewiesen werden.
Der Landesherr umsorgt mit ausgesuchter Höflichkeit seine Gäste.
Für die Jagd hat er eine Reihe der neuen Steinschlossgewehre zur Verfügung. Interessiert betrachtet Stefan die Waffen, weil er bisher nur die Flinte mit dem Luntenschloss kennt. Jovial erläuterte ihm der Waffenmeister des Erzbischofs die Neuheit.
„Die Flinte wird nun mittels eines Feuersteins gezündet, wobei die Pulverpfanne mit dem hier zu sehenden beweglichen Deckel bis zum Abzug geschlossen bleibt."
„Könnte ich auch so ein Gewehr erwerben?", war Stefans hoffnungsvolle Frage.
„Wenn die Jagd zur Zufriedenheit unseres Herrn verläuft, dann solltet Ihr euch seine gute Laune zunutze machen. Wer weiß, vielleicht macht er euch eines zum Geschenk. Ich werde bei Gelegenheit ein Wort fallen lassen…"
Der Erzbischof lässt es sich nicht nehmen, jedem seiner Jagdgäste ein persönliches „Weidmanns Heil" zu entbieten. Stefan legt er dabei besonders das Wohl der Gäste ans Herz.
„Er ist mir für das Jagdglück der hohen Herren verantwortlich. Er weiß, wo das Wild anzutreffen ist, also mach er, dass eine gute Strecke zustande kommt."
Stefan verneigt sich und versichert, sein bestes zu tun. Hinter ihm hat sich Maria versteckt, weil bei ihr die vornehm gekleideten Herren, insbesondere der Erzbischof mit seinem Hermelinumhang mehr Furcht als Ehrfurcht erzeugen.
„Wer ist denn die Kleine, die sich da hinter ihm versteckt hält?"
Widerstrebend lässt sich Maria nun von ihrem Beschützer

hervorziehen.
„Sag doch deinen Namen und mach einen schönen Knicks vor seiner Exzellenz!"
„Aha, eine echte Brandstädter also. Das trifft sich vortrefflich. Wir wollten uns ohnehin schon nach ihrem Befinden erkundigen. Ich kenne ihre Mutter der es mit meinem alten Freund Peter bei uns zu eng geworden ist. Hat sie schon eine Nachricht aus Amerika?"
„Das ist noch viel zu früh, es sind doch erst ein paar Monate ...", kommt schüchtern die Antwort.
„Wir geben Euch sofort Bescheid…" Weiter kommt Stefan nicht, weil ihm der Erzbischof ins Wort fällt.
„Lasse er es mich wissen, sobald er etwas erfährt. Ich bin an allem sehr interessiert. Nach der Jagd sprechen wir noch einmal. Es geht mir vor allem um Maria. Muss da ein Versprechen einlösen", spricht er mehr zu sich selbst.
Dann wendet er sich ab und erteilt der Gesellschaft seinen Segen.
Auf sein Zeichen ertönen die Jagdhörner. Die einzelnen Gruppen, von Stefan eingeteilt, machen sich auf den Weg, teils zu Fuß, teils mit Pferden. Es ist ein herrlicher Morgen, die Stille wird hin und wieder durch das Gezwitscher der Singvögel unterbrochen. Die Hunde zerren an den Leinen, sind jedoch noch ruhig. Diener des Landesherren tragen die Waffen, Munition sowie Essen und Getränke. Den Gästen darf es an nichts fehlen, ihren Wünschen ist unverzüglich Folge zu leisten. So lautet die Anweisung.
Maria sollte auf dem Hofe bleiben. Als jedoch die Gruppe abgezogen war und mit ihr auch Stefan, schleicht sie heimlich hinterher.
„Weiß er einen Platz, wo uns das Jagdglück hold sein wird?", wandte sich der Berchtesgadener Fürstpropst an Stefan. Der Scheidegger war ihm zugeteilt worden, weil der Erzbischof wollte, dass einer aus Berchtesgaden seinen Landesherrn

begleiten sollte.
„Wenn wir kein Glück haben, dann müsste es schon mit dem Teu..., Entschuldigung, schon viel Pech dabei sein, wenn uns nicht das eine oder andere Prachtstück über den Weg laufen sollte. Für eure Hoheit habe ich eine Stelle ausgesucht, an der ich immer kapitale Hirsche ausgemacht habe. Ihr werdet zufrieden sein und die Bewunderung der anderen erregen. Wir müssen uns nur etwas von dem Getümmel absondern, uns ruhig anpirschen."

Es dauert nicht lange, dann hört Fürst von Harrach die ersten Schüsse. Hoffentlich treffen die auch was, murmelt er. Wenn die gut gelaunt bei der fürstlich gedeckten Tafel sitzen, dem süffigen Wachauer zusprechen, dann wird sicher so manches Geheimnis ausgeplaudert, das für Salzburg durchaus von Interesse sein könnte. Außerdem ist es immer gut, wenn man Salzburg in bester Erinnerung behält. Gute Verbündete brauchte man allenthalben. Es hatte sich schon oft als ein großer Vorteil erwiesen, Informationen aus erster Hand zu erhalten. So eine Jagd mit Protagonisten, die am Rad der Geschichte drehen, bot dafür beste Voraussetzungen, war er sich gewiss.
Professor Vitriarius hatte sich zwar dem Tross angeschlossen, kehrt jedoch schon früh zurück.
Er ist außer Atem, der Schweiß steht ihm auf der Stirn. Er sinkt erschöpft in einen der bereitstehenden Stühle. „Das ist nichts für mich", seufzt er zum Erzbischof gewandt. „Ich bin auch kein Jäger, das Wild ist genauso wie der Mensch eine Schöpfung Gottes. Wer gibt uns das Recht es zu töten?"
Der Landesherr zuckt nur mit den Achseln und meint: „Jäger gibt es halt schon immer. Es ist aber auch nicht meine Sache ..."
Nachdem sich der Gelehrte mit einem kühlen Schluck Was-

ser, der mit etwas Wein „aufgebessert“ war, erholt hat, gibt er dem Erzbischof bereitwillig Auskunft über seine Einschätzung zu den Folgen des Spanischen Erbfolgekrieges.
„Wie Euch sicher bekannt ist, brach der unselige Krieg um das spanische Erbe nur deshalb aus, weil es erstens kein klares Testament gab, nachdem der ursprünglich vorgesehene Wittelsbacher Erbe zu früh verstarb. Franzosen, Engländer und Niederländer fürchteten den Zugriff der österreichischen Habsburger. Außerdem glaubte Ludwig XIV. einen Rechtsanspruch auf die spanischen Besitzungen zu haben. So war der Krieg unausweichlich. Wer, wie die Bayern, auf das falsche, das französische Pferd gesetzt hatte, war zum Schluss der Dumme.
Weil sich aber die Interessen der Seenationen immer mehr nach Amerika ausrichteten, wollte man in Europa wieder Ruhe haben. Dies war auch der Grund zum Friedensvertrag von Utrecht im Sommer vor zwei Jahren.“
„Österreich, Spanien und Portugal haben sich aber gesperrt, wenn ich da recht informiert bin“, warf von Harrach ein.
„Ja, ja, die konnten den Hals nicht voll kriegen, haben aber vor Kurzem doch zugestimmt.“
„Alles will nun nach Amerika. Wir verlieren dadurch unsere besten Leute, die alle Gerüchte über Wohlstand und Freiheit ernst nehmen. Die Eltern des kleinen Mädchens, das ihr vielleicht gesehen habt, konnten dem Ruf ebenfalls nicht widerstehen. Wo ist sie überhaupt, die kleine Maria?“
Der Erzbischof sieht sich um, kann jedoch das Mädchen nicht entdecken und beauftragt einen der Diener, nach ihr zu suchen. Er wollte von ihr wissen, ob sie sich in Berchtesgaden gut behütet fühlen konnte. Außerdem beabsichtigte er, sie in einer seiner Schulen unterrichten zu lassen. Das muss ich mit dem Kind ohne die Anwesenheit ihres Onkels besprechen, nahm er sich vor. Das schulde ich Peter, den ich leider an seiner Flucht nicht hindern konnte, dachte er bei

sich. Maria war jedoch im Augenblick nicht aufzufinden.
„Wie allgemein bekannt ist“, wandte er sich wieder dem Gelehrten zu, „habt Ihr einen maßgeblichen Anteil am Zustandekommen des Friedensvertrages ...?“
„Übertreibt nicht meine Rolle“, entgegnet der Gelobte seine Hände hebend, „entscheidend waren andere, mein Beitrag war nur, die Formulierungen juristisch einwandfrei abzufassen, mehr nicht.“ Das Interesse des Erzbischofs war geweckt. Von der Jagdgesellschaft keine Spur. Also stellte er seine weiteren Fragen, die Vitriarius ohne zu zögern beantwortete.
„Am meisten hat Spanien eingebüßt. Mit der Vernichtung seiner großen Armada ist es auch auf den Weltmeeren keine Macht mehr. Am stärksten profitierte England. Aber auch Österreich konnte seinen Besitz und seinen Einfluss in Europa vergrößern. Das rührt einfach daher, dass England und Frankreich ihre Bemühungen verstärkt auf ihre amerikanischen Kolonien konzentrieren. Sie entreißen nicht nur den Einheimischen das Land, sie bekämpfen sich auch mit eigenen Truppen, die sie schiffsweise nach Amerika transportieren.“

Komisch, dachte sich von Harrach, dass meine Gedanken immer wieder zu Maria abschweifen. Wo sie nur blieb? Hatte er sich vom Liebreiz des Mädchens gefangen nehmen lassen oder war es die Erinnerung an ihre Mutter oder an Peter?
Unaufgefordert erzählt nun sein Gegenüber weiter von den Großmächten. „Ludwig XIV. wird, wie man hört, auch nicht mehr lange leben. Das wird auch der Grund dafür sein, dass seine aggressive Expansionspolitik an Schwung verloren hat.“
„Die Seemächte verleiben sich in Amerika einen Landstrich nach dem anderen ein. Wir Salzburger sollten auch versuchen, von dem Kuchen etwas abzubekommen. Ich zermar-

tere mir schon seit geraumer Zeit den Kopf, wie dies zu realisieren ist. Wir haben große finanzielle Sorgen…“
„Da bin ich überfragt, nicht der richtige Mann. Vielleicht solltet Ihr eine Expedition ausrüsten und nach Übersee schicken. In Nordamerika soll es noch Land, viel Land geben, das noch nicht besiedelt ist. Es gehört zwar den Indianern, aber die sind schlecht bewaffnet, werden von den Trecks der Auswanderer und den Soldaten aus England und Frankreich überrannt. So sagt man wenigstens. Ich weiß das auch nur vom Hörensagen“, antwortet achselzuckend Vitriarius.
Nacheinander kommen nun die Jagdgäste mit ihren Begleitern zurück. Pferde ziehen die Karren mit dem erlegten Rotwild. Einige der Jagdgehilfen suchen mit Hilfe der Hunde nach dem Wild, das verwundet flüchtete. Die Jagdbeute kann sich sehen lassen. Alle scheinen zufrieden zu sein. Den kapitalsten Hirsch hat der Kölner Kurfürst erlegt. Er klopft seinem Jagdführer zufrieden auf die Schulter. „Er hat etwas gut bei mir. Wenn ich etwas für ihn oder für sein Mündel, über das er unterwegs so viel erzählt hat, tun kann, dann lasse er mich das wissen. Der Kurierdienst von Berchtesgaden nach Köln funktioniert noch, wenn es auch so ziemlich das einzige ist“, setzt er seufzend hinzu. „Ein Besuch von mir in eurer Heimat wird sich nicht vermeiden lassen. Ich lasse es euch wissen, vielleicht haben wir noch einmal so viel Jagdglück wie heute. Ich will auch einmal nach St. Bartholomä. Das habe ich schon lange vor.“
„Das ist sehr gut möglich. Bei uns gibt es sehr viel Wild und ich kenne seine Unterstände“, antwortet Scheidegg beflissen, dem man die Freude an der Jagd so richtig anmerkt. Am liebsten hätte er hinzugesetzt, dass sich der Fürstpropst ruhig öfter einmal in Berchtesgaden sehen lassen könnte.
Stefan sucht nun auch vergeblich nach dem Mädchen. Der Erzbischof will von Stefan wissen, wie Maria bei ihrer Pflegefamilie zurechtkommt.

„Wir haben sie alle ins Herz geschlossen. Sie ist wie ein Sonnenschein. Ihre liebreizende Art ist einfach unwiderstehlich. So gehört sie auch in der Schule zu den Besten. Als sie uns übergeben wurde, hatten wir doch einige Sorge, weil sie nicht gerade die Robusteste war. Aber jetzt ist sie über den Berg, hat sich nur zu ihrem Vorteil entwickelt“, schwärmt Stefan und setzt hinzu: „Die geben wir nicht mehr her!“
Von Harrach hat schmunzelnd die Begeisterung zur Kenntnis genommen, will jedoch wissen: „Wo ist es denn nun, dieses Goldkind?“
„Sicher hat sie den einen oder anderen ihrer Spielplätze aufgesucht, von denen sie uns immer wieder erzählt. Einsame Waldlichtungen, wo sie Tiere beobachten konnte oder auch Höhlen, mit bizarren Säulen und Gestalten. Sie will sogar schon öfters Zwerge, Feen und allerlei Zaubergestalten gesehen haben. Unsere Kinder sind immer ganz Ohr, wenn Maria von ihren Erlebnissen erzählt. Sie wird schon kommen. Es ist ja noch hell“, versucht Stefan überzeugend zu wirken, obwohl ihn auch schon ein ungutes Gefühl beschleicht. Er hatte ihr aufgetragen, am Hof zu bleiben. Nun war sie aber verschwunden!
Die Jagdgäste strahlen. Kaum einer unter ihnen hatte jemals so viel Jagdglück. Sie versuchen, sich in ihren Schilderungen zu übertreffen. Jeder will gleich mehrere Stück erlegt haben. Auf der Strecke, die auf der Wiese vor dem Gut aufgereiht ist, liegen allerdings weniger Hirsche, als die Anzahl der Jäger. Die angeschossenen Tiere müssen erst gefunden werden.
Der Erzbischof ist glücklich, selbst wenn er im Augenblick keinen direkten Vorteil für sich und Salzburg erreichen kann. Seine Gäste nehmen ausnahmslos einflussreiche Positionen ein. Das kann in Zukunft durchaus von Nutzen sein. Die Kontakte wird er auch weiterhin pflegen.
Bereits beim kommenden Reichstag zu Regensburg wird er Verbündete gewonnen haben, die Salzburger Anliegen un-

terstützen werden.
Die Gesellschaft ist bei dem angebotenen Gastmahl bester Laune. Trinksprüche werden ausgetauscht, die immer deftiger werden. Die Trophäen des geschossenen Rotwildes werden mit jedem Humpen größer. Die kredenzenden Mägde müssen sich so manchen Griff auf Po und Busen gefallen lassen.
Stefan vermisst immer noch Maria. Die Dämmerung ist schon hereingebrochen. Auch der junge Habsburger Prinz ist von dem Jagdausflug noch nicht zurückgekehrt.
„Der hat sich an der Jagd überhaupt nicht beteiligt. Er wollte alleine sein und den Berg erkunden. Er hatte wohl Mitleid mit den Tieren", berichtet nun der ihm ursprünglich zugeteilte Jäger.
„Wenn er nicht bald zurückkommt, müssen wir einen Suchtrupp losschicken. Die Jagdgehilfen sollen sich mit ihren Hunden und mit Fackeln schon bereitmachen", befiehlt nun der Landesherr. Wir müssen auch das Mädchen suchen, überlegt er und schaut zu Stefan, der Gleiches denkt. „Nikolaus von Prien soll die Suche organisieren. Das ist der richtige Mann dafür", setzt er hinzu. Der Genannte ist ein enger Berater des Landesherrn, ein stattlicher Mann, dem man getrost die schwierigsten Aufgaben anvertrauen kann.
Im Dunkeln, etwas abseits der Festtafel, stehen schemenhaft zwei Gestalten, die miteinander flüstern. Kaum die Lippen bewegend fragt die eine: „Hast du ihn erwischt?"
„Der fiel um wie ein Baum", kommt es leise zurück.
„Hat dich jemand gesehen?"
„Nicht, als ich schoss. Etwas später dann traf ich auf ein Mädchen. Es war aber so zielstrebig unterwegs, dass sie sich kaum an mich erinnern wird."
„Gut ist das nicht. Mir ist das Mädchen auch begegnet. Wir werden ja sehen, ob wir handeln müssen. Vorerst unternehmen wir nichts. Unser Auftraggeber wird zufrieden sein."

Maria war schnurstracks zu ihrem Versteck marschiert, einer Höhle, die nur Wenigen bekannt war. Hierher hatte sie sich schon immer zurückgezogen, wenn sie allein sein wollte.
Sie spielte im helleren, vorderen Bereich der tiefen Höhle mit allem was so herumlag. Das waren seltsam geformte Steine, Knochen von Bären oder Wölfen, aber auch verschiedene Gebrauchsgegenstände, die frühere Benutzer, meist Personen, die sich versteckt halten mussten, zum Überleben brauchten. In Gern gab es solche Höhlen nicht, vielleicht höher am Berg, den sie allerdings nicht besteigen durfte.
„Du bist uns anvertraut, du darfst dich keiner Gefahr aussetzen. Spiel doch hier mit den anderen Kindern am Hof, da hast du alles", hieß es immer, wenn sie zum Berg und seinen Geheimnissen wollte. Ihre Pflegeeltern sahen es auch nicht so gern, wenn sie den anderen Kindern von den Berggeistern und deren Begegnungen mit den Menschen erzählte.

Auf einmal ist es ihr, als höre sie ein Keuchen und Stöhnen, das nicht weit von ihrem Versteck herrührt. Ein Tier? Vielleicht angeschossen und auf der Flucht? Vorsichtig schleicht sie zum Eingang der Höhle und lauscht. Da! Da war es wieder. Steine kommen ins Rollen, dann hört sie deutlich einen Fluch und schmerzhaftes Geächze. Das muss ein Mensch sein, denkt sie sich, wahrscheinlich erschöpft von dem Aufstieg oder gar verletzt?
Sie steigt über das vor der Höhle liegende Geröll in die Richtung der Geräusche. Bereits nach wenigen Metern sieht sie eine Gestalt am Boden sitzend, die sich beide Hände an den rechten Oberschenkel presst. Sie erkennt den jungen Habsburger Prinzen, der ihr schon auf ihrem Gut aufgefallen war. Ein schöner Bursche, hatte sie gedacht, und so vornehm gekleidet!
„Hoheit, was ist passiert, kann ich helfen?", stammelt sie nun und ist mit ein paar Schritten bei ihm. „Ich bin der Burschi,

so kann Sie mich nennen. Hol doch schnell Hilfe!"
„Ihr blutet ja, da muss sofort etwas getan werden, sonst könnt Ihr verbluten. Es dauert schon einige Stunden, bis ich von unten Hilfe heraufholen kann. Ich helfe Euch in meine Höhle, da gibt es eine Liegestatt, da bringe ich euch hin."
Alle Scheu ist nun von ihr abgefallen, als sie dem Verletzten auf die Beine und in das Versteck hilft.
„Zur Scheidegg-Mutter kommen immer Kranke und Verletzte. Da helfe ich auch immer mit.
Auch bei den Tieren, wenn was fehlt. Lasst mal sehen."
„Da bin ich bei dir in den besten Händen. Ein Ochse fehlt vielleicht noch in deiner Sammlung!"
„Wie ist das passiert?"
„So ein Idiot hat anstatt auf einen Hirschen auf mich geschossen oder es war halt eine verirrte Kugel. Jetzt habe ich das Malheur", schimpft der Verletzte, dem man seine Schmerzen durchaus ansieht.
„Das ist ein Durchschuss", stellt Maria fachmännisch fest.
„Das sehe ich auch. Es blutet auf beiden Seiten."
„Ein Stofffetzen von eurer Hose scheint in der Wunde zu stecken. Den muss ich herausholen, also beiße Er auf die Zähne."
Angstvoll sieht der Prinz, wie Maria mit seinem Hirschfänger einen kleinen Ast von einer Latsche schneidet, entrindet und in die Wunde führt. Ein Stück von dem Holz schiebt sie dem Verletzten in den Mund und sagt: „Fest draufbeißen!"
Geschickt fischt das Mädchen ein Stück Hosenstoff aus dem Einschussloch. Die Folge ist vermehrter Blutstrom.
„Das haben wir gleich", beruhigt sie den Habsburger. Mit zwei flachen Steinen, die sie sorgfältig an ihrem Mieder reinigt, verschließt sie beide Wunden. Dann schneidet sie aus der Leinenbluse des Prinzen einen langen Streifen, schlingt ihn um den verletzten Oberschenkel und verzurrt ihn so fest, dass die Wunde fürs Erste versorgt ist.

„Tapfer, tapfer, denkt sie, weil der Prinz keinen Schmerzenslaut von sich gibt. Dann bemerkt sie aber, dass er das Bewusstsein verloren hat. Jetzt konnte sie ihn ungeniert betrachten. Was sie sah, gefiel ihr ausnehmend gut.
Es war inzwischen Nacht geworden. Der Prinz ist wach. Die Wunden haben zu bluten aufgehört. Von Weitem ist Hundegebell zu hören, das sich jedoch immer mehr entfernt. Zwei Männer, die sich der Suchmannschaft angeschlossen hatten, wollten ganz genau gesehen haben, welche Richtung der Prinz eingeschlagen hatte. In dieser Gegend konzentrierte sich die vergebliche Suche.
Maria hatte keine Angst, sie hatte hier schon einmal übernachtet.
Morgen würde sie Hilfe holen.

3

Rumpelnd und unter Peitschenknallen setzt sich der Treck wieder in Bewegung. Drei Wochen schon ziehen 43 Planwagen scheinbar gegen Westen. Peter ist etwas unsicher. Dem Sonnenstand nach glaubt er mehr an eine südliche Richtung. „Der Treckführer ist ein erfahrener Mann, der wird bestimmt den besten Weg wählen, der muss ja nicht immer der direkte sein“, beruhigt ihn Judith. Auch sie hat ihre Zweifel, weil in einem der Fuhrwerke Mildred, ihre Freundin vom Schiff, mitfährt. Judith ist aber froh, dass sie weiterhin mit Mildred zusammen sein kann, dass es ihr beinahe egal ist, wohin sie der Weg führt. Unter ihnen ist auch Christian von Schwamm, der seinen Jungbullen am hinteren Ende seines Wagens angebunden hat. Die Kuh hat die Seereise nicht überstanden. Mit einem gebrochenen Bein wurde sie im Hafen getötet, das Fleisch verkauft. Die Wagen werden von Pferden oder Ochsen gezogen. Immer wieder kommt es zu

Unterbrechungen, weil Achsen oder Räder in die Erdlöcher von Kaninchen oder Präriehunden einbrechen oder aber der ständigen Belastung nicht mehr standhalten. Viele mussten sich mit minderwertigem Material begnügen, teils weil es an Geld fehlte oder Besseres nicht mehr zur Verfügung stand.
Judith und Peter haben auf Anraten ihres neuen Bekannten einen Teil ihrer Goldmünzen eingetauscht und dafür Proviant, Kleidung und den Planwagen nebst drei Zugpferden erworben. Die Pferde werden abwechselnd vorgespannt.
Ihr Führer ist Österreicher, der sich nur Richard nennen lässt. Die meisten Auswanderer sind deutschsprachig. Dies war mit ein Grund, weshalb sie sich dem Treck anschlossen. Außerdem sollte der Zug in der Nähe des Anwesens von Schwamms Bruder vorbeiführen, bei dem sie einige Zeit zu bleiben hofften.
„Mein Bruder wird euch mit offenen Armen aufnehmen, da bin ich mir ganz sicher", betont ihr Begleiter immer wieder.
Sie waren froh, als sie New York endlich verlassen und sich dem Treck anschließen konnten.
Zu viel Elend war ihnen begegnet. Überfälle auf Neuankömmlinge waren an der Tagesordnung. Es herrschte das Recht der Stärkeren und das waren brutale Banden aus aller Herren Länder. Der Kapitän hatte sie eindringlich gewarnt. So schloss sich eine Gruppe zusammen mit durchaus wehrfähigen Männern, denen nicht so leicht beizukommen war. Trotzdem blieben Zwischenfälle nicht aus. Judith und Peter kamen jedoch glimpflich davon.
Der Führer des Trecks war ein erfahrener früherer Pelzjäger, der den Trail kannte, weil er mit seinen Pelzen schon mehrmals die vor ihnen liegende Strecke zurückgelegt hatte. Er war ganz in Leder gekleidet und trug eine Pelzmütze, obwohl es noch Sommer war. Statt Reitstiefel trug er Mokassins, die mit buntem Zierrat geschmückt waren. Wie ein Schatten begleitete ihn ein Indianer mit dem Namen *Sicherer Pfad.*

„Der hat seinen Namen zu Recht. Wenn ich einmal nicht mehr weiter weiß, dann kann ich mich auf meinen roten Freund blind verlassen“, betonte Richard nicht nur einmal.
Mal mit Pferden, mal mit Schlitten, mal zu Fuß, erklärt er ihnen die vor ihnen liegende Wegstrecke. „Die Anstrengungen werden groß sein, nicht jeder wird durchhalten, ich will auch nur Gesunde dabei haben. Wir werden gnadenlose Hitze erleben, Stürme und schwere Gewitter. Reißende Flüsse müssen durchschritten werden, schneebedeckte Berge überwunden, Kämpfe mit Indianern und weißen Banditen bestanden werden. Wir sind auf Gedeih und Verderb aufeinander angewiesen, müssen zusammenhalten, uns gegenseitig helfen. Nur dann können wir unser Ziel erreichen, das weit im Westen liegt und für alle genügend Platz bietet.“
Die Auswanderer sind wissbegierig, weil sie einfach zu wenig Kenntnisse haben von dem unermesslich weiten Land, das ihre Zukunft sein würde. Bald war man eine große Familie. Die Tage verliefen eintönig. Hin und wieder kam man an einer Farm, einem Dorf oder einem Fort vorüber, machte dann auch Halt und konnte sich mit den Bewohnern austauschen. Die einen wollten Neuigkeiten aus Europa, die anderen alles über das Leben der Siedler wissen.
Die Angst vor Indianern oder weißen Banditen legte sich zusehends, weil es bisher keine feindlichen Angriffe gab.
Nach mehreren Wochen kommen sie in das Land der Quäker, eine riesige Provinz, die ihnen von der englischen Krone übereignet worden war, nachdem sie ihre Heimat verlassen mussten. „Ihr Gouverneur ist William Penn, der die Stadt Philadelphia bereits 1681 gegründet hat. Sie leben hier streng nach den Geboten, vertragen sich auch gut mit den Indianern“, weiß Richard.
Erst jetzt bemerken sie, dass ihr Treck nicht nach Westen, sondern mehr nach Süden gelenkt worden war.
„Ich bring euch schon nach Westen. Dieser kleine Umweg

ist eine sichere Route, hier gibt es kein Gesindel, das englische Militär hat mit eisernem Besen für Ordnung gesorgt. Vertraut mir", beruhigt Richard die Auswanderer.

Der Treck wird bei den Siedlern gastfreundlich empfangen. Es gibt viele Deutsche, ebenfalls Quäker, die sich freuen, mit Landsleuten zu sprechen um zu hören, was sich im alten Europa so tut. Einige aus dem Treck würden gerne bleiben.
„So viel mir bekannt ist, war doch William Penn, euer Staatsgründer, um 1670 extra zweimal in Deutschland, um für die Besiedlung seiner neuen Kolonie zu werben. Warum werden wir jetzt abgewiesen?", fragt enttäuscht einer der Reisenden.
„Diese Zeiten sind nun, vierzig Jahre später, vorbei", weiß Richard. „Die Quäker wollen nun nur noch Leute ihres Glaubens im Lande haben."
„Das wundert mich schon ein wenig", denkt Peter laut: „Nach George Fox, ihrem Gründer, sollten doch alle Menschen Brüder sein, die sich nur Gott und ihrem Gewissen verpflichtet zu fühlen brauchten. Keine Autorität, weder die weltlichen Herrscher, noch Bibel oder Priester durften sich zwischen die Gläubigen und Gott stellen. Es sollte eine Gesellschaft der Freunde sein, die dem Nächsten kein Leid zufügten, selbst nicht im Krieg oder aus Notwehr. Ein System, das, unbelastet von Vorrechten, Herkommen, Vorurteilen und Narrheiten an das Gute im Menschen glaubt. Sie wollten Menschen aller Nationen, Religionen und politischer Überzeugung eine neue Heimat geben. So hat es mir noch einer der Quäker auf dem Schiff erklärt."
„Das mag schon richtig sein, aber es gibt halt auch Andersdenkende. Die will man eben nicht haben", vermutet ihr Führer.

An die zehn Familien bleiben hier, auch Mildred. Die beiden Freundinnen verabschieden sich tränenreich. Dann zieht der

Tross weiter, immer weiter nach Westen. Hin und wieder wird die Richtung gewechselt, was aber einzig und allein am Gelände liegt.
Richard hat seine Gruppe gut im Griff. Die Leute sind froh, einen fundierten Kenner des Landes und seiner Bewohner als Leiter zu haben. Er weiß über den Weg, seine Gefahren und Rastplätze bestens Bescheid.
Streitereien duldet er nicht. Als es bei der Besatzung eines Planwagens eine handgreifliche Auseinandersetzung gibt, fährt er unerbittlich dazwischen. Ein einzelner Mann hatte sich vor der Abreise mit einem Ehepaar arrangiert. So teilten sie sich einen Wagen, übernahmen gemeinsam die Reisekosten und die Arbeit an den Zugtieren. Als eines Tages der Ehemann glaubte, dass der Mitreisende seiner Frau zu nahe kam, schlägt er diesen nach einer lautstarken Auseinandersetzung brutal zu Boden. Seine Frau wollte den Wütenden zurückhalten, worauf dieser auch auf sie einprügelte. Richard, der mit seinem Pferd den Zug patrouillierend abritt, ist schnell zur Stelle und schwingt sich blitzschnell aus dem Sattel. Er reißt den Mann, der immer noch auf die Frau einschlägt, hoch und versetzt ihm einen Faustschlag ins Gesicht. Stark aus der nunmehr gekrümmten Nase blutend, braucht dieser einige Tage, bis er seinen Planwagen wieder verlassen kann. Richard besteht darauf, dass sich der ebenfalls verletzte Nebenbuhler eine andere Mitfahrgelegenheit sucht. Heimlich denkt er: Um diese Frau würde auch ich kämpfen. Sie heißt Eva und ist eine Schönheit, die sich trotz der Männerkleidung, die sie trägt, nicht verbergen lässt.
Dann ereignet sich ein tödlicher Zwischenfall. Von Kojoten aufgeschreckt, galoppiert ein Pferd in eine Gruppe von Kindern, die neben den Planwagen herlaufen. Ein 12-jähriger Junge wird dabei so schwer verletzt, dass er nach kurzer Zeit stirbt. Er wird im Wagen seiner untröstlichen Eltern bis zum Abend mitgeführt. Nachdem die Planwagen, wie

jeden Abend, in einem geschlossenen Kreis abgestellt werden, das mitgeführte Vieh in der Mitte, heben einige Männer eine Grube aus, in die das Kind gelegt wird. Bis auf einige Außenwachen sind alle Auswanderer um das Grab versammelt. Die Grube wird zugeschüttet, mit Steinen bedeckt und ein schnell zusammengezimmertes Holzkreuz aufgesteckt. Es herrscht betretenes Schweigen, das hin und wieder vom Schluchzen der Eltern unterbrochen wird. Judith stößt Peter an. Er zögert nicht, stellt sich vor das Grab und betet laut, wie er es von zuhause gewohnt war. In den von ihm angestimmten Choral fallen viele der Trauernden mit ein.

Peter wird von da an mit großem Respekt behandelt. Die Leute sind sichtlich froh, einen Mann Gottes unter ihnen zu wissen. Fortan wird er nur noch der Prediger genannt. Er wird nun oft gerufen, wenn ein Mann Gottes gebraucht wird.

Fast eintönig verlaufen die folgenden Tage. Die Wachsamkeit der Gruppe lässt nach.

Plötzlich ertönt von irgendwoher der Schreckensruf: „Indianer!"

Tatsächlich sind in nicht allzu weiter Ferne Reiter zu erkennen, die wegen ihrer Kleidung und dem Federschmuck als Indianer ausgemacht werden.

Wie geübt bilden die Auswanderer sofort eine Wagenburg, ohne dass sich die Indianer nähern. Einer der Leute trägt ein gutes Fernrohr mit sich, das er dem Führer sofort aushändigt. Die Männer ziehen ihre Waffen aus den Wägen, Kinder und Frauen müssen sich unter den Planen verstecken. Auch Peter nimmt seine Muskete, die er noch kurz vor ihrer Abreise auf Anraten des Führers erwerben musste. „Ohne Waffen ist man wehrlos. Im Westen braucht man sie zur Jagd aber auch zur Verteidigung. Es ist ein wildes Land, schön aber auch gefährlich", betonte Richard, noch ehe sich der Treck in Bewegung setzte.

Lange sieht er durch das Fernrohr. „Ich glaube, die kenne ich“, knurrt er.
„Normalerweise trifft man hier kaum auf Indianer. Deshalb habe ich auch diese Route gewählt. Aber hier gibt es viel Wild und die Eingeborenen wissen das natürlich auch. Der Winter steht vor der Türe. Sie sind sicher dabei, ihre Vorräte anzulegen. Ich reite mal hin.“
„Sie dürfen uns nicht schutzlos hier lassen, wenn ihnen etwas zustößt, nicht auszudenken“, sind wild durcheinander gesprochene Einwendungen. Richard jedoch lässt sich nicht zurückhalten, bittet aber *Sicherer Pfad* zurückzubleiben. Nicht alle Stämme leben im Frieden miteinander. Gespannt verfolgen die Auswanderer das Zusammentreffen. Nach einigem gestenreichen hin und her, steigen alle von ihren Pferden. Sechs Indianer und Richard.
Dann kommt die Gruppe, sich wieder auf die Pferde schwingend, näher. Musketen werden gespannt, Messer und Säbel gezogen.
„Keine Panik!“, ruft nun ihr Führer schon von Weitem. Wir haben heute Gäste, die wir mit Proviant versorgen. Das gehört sich so“, setzt er, näher kommend, hinzu. Schon entspannt sich die Lage. Neugierig, aber durchaus respektvoll werden die Ankömmlinge empfangen.
„Wir brauchen etwas Tabak, Salz, Dörrfleisch oder -fisch, dann haben wir nichts zu befürchten“, beruhigt ihr Führer seine Schutzbefohlenen weiter.
Neugierig gehen die Gäste in der Wagenburg umher. Sie deuten noch auf etliche Gegenstände, die sie gerne mitnehmen möchten.
Die Siedler geben bereitwillig, sind sie doch froh, ohne Kampf diese erste Begegnung mit den „Wilden“ überstanden zu haben.
Großes Aufatmen, als sich die Indianer auf ihre ungesattelten Pferde schwingen und mit den Geschenken wegreiten. „Das

war nur ein kleiner Trupp, der uns nichts Böses wollte“, stellt Richard fest. „Sie haben mir jedoch zu verstehen gegeben, dass sich eine große Gruppe von Sioux-Indianern auf dem Weg befindet. Dies hier gehört nicht zu ihrem Jagdgebiet. Es kann durchaus sein, dass sie sich auf dem Kriegspfad befinden. Es ist also besser, wenn wir von unserer Route abweichen und uns nach Norden wenden. Ich kenne auch diesen Weg. Wir werden da oben ein Fort erreichen, in dem wir unser Winterquartier aufschlagen können. Händler kommen auch dahin. Somit wird es uns auch möglich sein, unsere Vorräte zu ergänzen, um in Ruhe das Frühjahr abzuwarten. Früher war das Fort französisch, jetzt vielleicht englisch. Mal sehen, Menschenfresser gibt es jedenfalls nicht.“

Judith, Peter und Christian müssen allerdings die ursprünglich geplante Wegstrecke weiterziehen, um auf die Farm von Christians Bruder zu gelangen.

„Hoffentlich begegnen wir nicht den Sioux“, hofft Judith.

Christian hat sich inzwischen der Mann angeschlossen, der vom Wagen des streitsüchtigen Ehepaares verbannt wurde. Er ist Holländer, nennt sich Jürgen van Schröter, wobei man nie so genau weiß, ob die Namen auch den Tatsachen entsprechen. Es gab und gibt viele Flüchtlinge die fürchten, auch noch in Amerika verfolgt zu werden. Jürgen scheint aber ein ganz ordentlicher Kerl zu sein. „Der passt ganz gut zu mir“, stellt Christian zufrieden fest. „Der versteht auch was vom Ackerbau. Von dem können wir noch was lernen.“

Das kommt auch Judith und Peter sehr gelegen. Sie hatten vor der Abreise noch Saatgut und einen Pflug erstanden. „Wenn wir kein Gold finden, dann probieren wir es mit Weizenanbau, da kann man nichts falsch machen“, redete sich Peter ein.

Judith beschleicht ein ungutes Gefühl. Zu unverschämt mustert sie der Holländer. Seine Blicke ziehen sie fast aus. Er sieht zwar ganz passabel aus, ist gut gekleidet. An seinen

Manieren ist jedoch nichts auszusetzen.
Richard zeichnet ihnen eine Skizze, nach der sie sich richten können. Er gibt ihnen noch gute Ratschläge mit auf den Weg, wie sie am leichtesten Wild erlegen und Begegnungen mit Indianern möglichst vermeiden könnten. „Aber auch vor weißen Banditen müsst ihr auf der Hut sein. Die sind meist viel schlimmer als die Roten!"
Mit ihren zwei Planwagen machen sie sich auf die Weiterreise, begleitet von den guten Wünschen der anderen, die vor allem den Verlust „ihres" Prediger bedauern. Besonders Christian fiel die Trennung schwer. Er hatte sich auf der Reise mit einem Mädchen angefreundet, Stefanie mit Namen, die mit ihrem Vater allein unterwegs ist. Ihre Mutter hatte die Überfahrt nicht überlebt. „Vielleicht sehen wir uns bald wieder", tröstet er sie, obwohl er weiß, wie unwahrscheinlich das ist. In spätestens einer Woche wollen die vier ihr Ziel erreichen.

4

Maria und Burschi hatten nicht viel geschlafen. Beim ersten Morgengrauen geht Maria vor die Höhle, lauscht dem herrlichen Konzert der Singvögel, wärmt sich ein wenig an den Strahlen der aufgehenden Sonne.
„Wie ist Euer Befinden, Hoheit?"
„Burschi, nicht anders", fällt ihr der Verletzte ins Wort.
„Also, was macht dein Bein?"
„Wenn ich es ruhig halte, dann geht es schon einigermaßen."
„Ich mach mal den Verband ab. Du musst halt die Zähne zusammenbeißen."
Vorsichtig löst sie die Leinenbinde und entfernt die beiden Steine, mit denen sie die Wunden verschlossen hatte. Es

kommt kein Blut mehr.
„Bleib ruhig liegen, ich mach dir einen neuen Verband“, fordert sie ihren Patienten auf.
Sie ist nun ganz in ihrem Element. Wenn mich nur Großmutter sehen könnte, wünscht sie sich im Stillen. Sie will ihr aber später ausführlich berichten. Sie und der Prinz!
Der Habsburger beobachtet sie. Mit der kann man sich sehen lassen, denkt er.
Etwas unterhalb der Höhle kennt sie einen Platz, an dem Beinwell und wilde Kamille vorkommen. Schnell sammelt sie ein paar Kräuter, von denen sie weiß, dass auch ihre Großmutter damit Wunden bei Mensch und Tier behandelt. Da vernimmt sie plötzlich Stimmen. Werden wir gesucht? Wahrscheinlich. Da hört sie allerdings einen Ruf, der sie zu Vorsicht mahnt. „Hier hab ich ihn getroffen. Komm her, da sieht man auch noch Blut!“ Ein zweiter Mann wird sichtbar, der in die Richtung des Rufers läuft. Maria regt sich nicht. Hinter dem dichten Buschwerk kann sie nicht gesehen werden.
„Das gibt es doch nicht, er muss doch hier liegen, zurück kam er doch nicht, vielleicht konnte er sich noch ein Stück talwärts schleppen, liegt irgendwo weiter unten.“
„Wir sollten ihn finden und wegschaffen, bevor die mit ihren Hunden auch hierher kommen werden!“
Die beiden entfernen sich und Maria kann unbemerkt zur Höhle zurück.
„Da waren doch Stimmen, hast du dich nicht bemerkbar gemacht?“
„Ich glaube, das waren die Falschen, wir sollten noch etwas warten, zuerst deine Wunde versorgen. Dann mache ich mich auf den Weg, weil man dich, so glaube ich, ganz wo anders sucht.“
Maria vermischt mit etwas Tauwasser und Speichel die gesammelten Kräuter, legt sie in die Wunden und umwickelt

das Bein mit einem weiteren Stück Leinen, das sie aus der Bluse des Prinzen schneidet.
„So, und jetzt kriegst du bestimmt kein Wundfieber, das hat sich auch bei unserem Kalb bewährt, das von einem Wolf angefallen und noch viel schwerer verletzt worden war."
„Bei einem Kalb? Das ist ja sehr beruhigend", lacht der Habsburger.
Dann hören sie Jagdhörner und Hundegebell. Maria läuft in diese Richtung und ruft aus Leibeskräften: „Hierher, hier sind wir!" Es dauert auch nicht lange, dann sind die Retter, allen voran Stefan, zur Stelle. Von den beiden Männern, die vorher gesucht hatten, ist vorerst nichts zu sehen.
Der Erzbischof war heilfroh, dass der Prinz einigermaßen wohlbehalten zurückgebracht werden konnte. Maria ist aber die große Heldin. Immer wieder muss sie erzählen, wie sie den Prinzen versorgt hatte. „Tüchtiges Mädchen, ganz in der Tradition der Brandstädter", lobt der Fürst. „Wie alt ist die denn?"
„Zwölf", antwortet Stefan.
„Ich würde sie gerne in eine unserer Schulen holen. Sie sollte eine gute Ausbildung erhalten. Alle Wege stehen ihr offen, dafür sorge ich. Das bin ich ihren Eltern schuldig."
„Sie fühlt sich bei uns in der Gern sehr wohl. Wir sollten sie selbst entscheiden lassen."
Schmunzelnd fügt von Harrach hinzu: „Vielleicht will sie der Prinz auch nach Wien holen. Er ist ja sichtlich begeistert von seiner Retterin. Wer weiß ...?"
Maria erzählt nun ihrem Onkel von den beiden Männern. Sie erwähnt dabei auch, dass sie von einem von ihnen gesehen wurde.
Das dürfen wir nicht auf die leichte Schulter nehmen, war sich Stefan bewusst, sagt aber: „Die können dir nichts anhaben. Vielleicht ist alles ganz anders, wie du das siehst. Harmlos. Zeige mir die beiden, ich werde ihnen dann ganz

vorsichtig auf den Zahn fühlen."
Trotz aller Suche konnte sie Maria nicht entdecken. „Wenn die tatsächlich etwas auf dem Kerbholz haben, dann sind die sicherlich schon über alle Berge", beruhigt Stefan sein Mündel weiter. Er berichtet jedoch dem Erzbischof von dem Verdacht. Der sollte auch entscheiden, ob er gegenüber dem Prinzen von Marias Beobachtungen etwas verlauten lassen sollte. Stefan war beruhigt. Je weniger man einem Verdacht nachging, ja überhaupt den Anschein eines Anschlages erweckte, umso sicherer war Maria. Als mögliche Zeugin einer Untat wäre sie höchster Gefahr ausgesetzt. Vorsicht war trotzdem geboten.
Das fehlte noch, dachte sich der Erzbischof: ein Attentat auf einen aus dem Kaiserhaus bei meiner Jagd und vor allen hochrangigen europäischen Gästen. Ein Skandal! Nicht auszudenken, wenn das ruchbar werden würde. Maria und Stefan wurden zum absoluten Stillschweigen verpflichtet.
Den Prinzen ließ er in ein Gästezimmer von Schloss Mirabell verlegen, dort von seinem besten Wundarzt behandeln. Sobald sein hoher Gast reisefähig war, wollte er ihn in einer Kutsche mit Geleitschutz nach Wien bringen lassen. Jedermann war bekannt, dass am Hofe von Kaiser Karl VI. Intrigen, Missgunst, Neid und Hass das höfische Leben vergifteten. So war es sicherlich möglich, dass die Kontrahenten auch vor Mord nicht zurückschreckten. Der Kaiser, der bis jetzt keinen männlichen Nachkommen hatte, wurde umso mehr von denjenigen bedrängt, die sich Hoffnung auf Erbe und Pfründe machten. Rücksichtslos gegenüber Gleichgesinnten.

Maria ist stolz und glücklich. Ein Brief von Mutter und ihrem Onkel war angekommen.
„Aus New York, das ist in Amerika. Ganz, ganz weit weg, über dem Meer", erzählte sie stolz in ihrer Klasse. Sie be-

richtete, was Mutter alles erlebt hatte. In Rotterdam, auf dem Schiff und in der großen Stadt.
Sie war nun die große Attraktion in der Schule. Musste immer wieder vom kaiserlichen Prinzen und ihrer Heilkunst erzählen. Auch Großmutter war stolz auf sie und ließ sie fortan an allem teilhaben, was sie für die Gesundheit bei Menschen und Tieren brauchte. Half ihre Enkelin beim Anlegen von Verbänden, war es den Verletzten, als durchströme eine heilende Kraft ihren Körper. Immer mehr Kranke und Verletzte zog es zum Scheidegg-Hof. Maria durfte die Kräuter sammeln, kam dabei immer in höhere Bergregionen. Sie wusste aus Erzählungen, dass ihre Mutter mit Onkel Peter den Gipfel des Untersberges bezwungen hatten. Das war auch ihr Traum. So gut es ging, versuchten ihr die Pflegeeltern dieses Vorhaben auszureden. Trotzdem spukte der Gedanke an den Berg immer wieder durch ihren Kopf. Die Geister des Berges fürchtete sie nicht. Sie haben Mutter nichts angetan, also wird auch mir nichts geschehen, war ihre feste Überzeugung.

Dann kam ein Kurier des Erzbischofs. Sie sollte nach Salzburg, um Medizin zu studieren. Ihr lang gehegter Wunsch! Aber weg von Gern, weg von ihren Pflegeeltern, weg vom Berg?
„Unser Herr hat mir persönliche Grüße aufgetragen. Er würde sich sehr freuen, wenn du nach Salzburg kämst. Du verstündest von Heilpflanzen, Kräutertinkturen und gesundmachenden Steinen ohnehin mehr als seine Professoren, für die der Aderlass immer noch das Allheilmittel überhaupt ist", ist der Erzbischof überzeugt.
Die Scheideggs wollen ihr nichts in den Weg legen.
„Du kommst immer zurück, wenn es das Studium und deine Erzieher es erlauben", ermuntern sie ihr Mündel. Außerdem war da noch ihr Elternhaus in Grafengaden, das Anwesen,

die Wiese, der Wald und der Berg, wo sie ihre Kindheit verbracht hatte. Die Großmutter redete ihr gut zu. „Von mir kannst du nichts mehr lernen, du bist schon geschickter als ich. Einen weiblichen Doktor? Den gibt es bisher nicht. Diese Chance solltest du ergreifen. Das ist gut für uns aber auch von großem Nutzen, wenn dich deine Mutter nach Amerika holen sollte. Dein Herz, dein Verstand und deine heilenden Hände sind eine Gnade, der du dich nicht entziehen solltest."
„Vielleicht im neuen Schuljahr. Da kann ich noch ein paar Monate überlegen", tröstete sie alle Scheideggs, die ihr mögliches Weggehen schon jetzt bedauerten.
„Ein bisschen bleibe ich schon noch", versprach sie aber.

Eines Tages erscheinen zwei ganz in Schwarz gekleidete Männer, die ungemein wichtig tun, sofort Stefan sprechen wollen.
Sie müssen etwas warten, weil der Gewünschte zu Waldarbeiten im nahen Forst ist. Während der Wartezeit antworten sie nur recht einsilbig auf alle Fragen, geben sich sehr geheimnisvoll. „Komische Käuze", flüstert die Großmutter. Als sie sich ertappt fühlt, ruft sie laut in die Küche: „Maria bring den Herren doch ein Glas Milch!" Großmutter entgeht nicht, wie interessiert die Männer Maria beobachten, dabei etwas von ihrer Reserviertheit aufgeben. „Von dir haben wir schon gehört. Du sollst nicht nur eine tüchtige Schülerin sein, sondern auch in der Pflege von Verletzten wahre Wunderdinge verbringen."
„Die Leute übertreiben halt immer", kommt es fast gleichzeitig von Maria und der Großmutter.
Als endlich Stefan kommt, bitten ihn die Herren um ein Sechsaugen-Gespräch.
Dort stellen sie sich als zwei Mitarbeiter des Kaiserhauses vor, die verschiedene „Unfälle", die sich in letzter Zeit im-

mer mehr häuften, untersuchen sollen.
„Wir waren schon in der Erzbischöflichen Residenz, haben dabei erfahren, dass euer Mündel zwei Männer beobachtet hat, die sich in der Nähe aufhielten, als auf einen unserer Prinzen ein Attentat verübt wurde."
Stefan ist konsterniert: „Das sollte doch nicht bekannt werden, darin waren sich doch alle einig", kam es gequält aus ihm heraus. „Maria darf auf keinen Fall da hineingezogen werden, darauf bestehe ich!".
„Wir wollen das Kind auch keiner Gefahr aussetzen. Wir haben einen Mann bereits festgesetzt und ins Salzburger Gefängnis gesteckt. Maria soll sich den Mann nur ansehen. Wenn er einer der beiden ist, dann wird er nach Wien überführt und niemand hier hat auch nur das Geringste zu befürchten."
„Wie kommen Sie denn auf diesen Mann, sie sind doch aus Wien und der Vorfall mit dem Prinzen war doch hier am Untersberg?"
„Wir haben unsere Quellen. Eine kleine Gruppe von Ungarn, die sich in der Hauptstadt herumtreibt, wird von uns schon länger beobachtet. Von einem ihrer Mitglieder, das auf unserer Lohnliste steht, wissen wir, dass sich der Beschuldigte genau in der Zeit in Salzburg befand, als der Erzbischof zur Jagd eingeladen hatte. Das sollte ihm vorerst reichen."
„Wir wollen aber damit nichts zu tun haben", setzte sich Stefan weiterhin zur Wehr.
„Auf den Prinzen, er ist schließlich ein Habsburger, der in der Thronfolge weit oben steht, wurde vor einigen Tagen erneut ein Mordversuch unternommen. Dieses Mal war es ein angeschnittener Sattelgurt. Wir müssen an die Mordbuben herankommen. Der Inhaftierte leugnet und wir können ihm nichts beweisen. Wenn jedoch Maria…"
„Nein, nein, nein. Wenn sie ihn nämlich erkennt, dann muss sie vor Gericht aussagen. Wenn es eine Gruppe ist, wie sie

behaupten, dann wird es gewiss einen geben, der Maria an der Aussage hindern möchte. Das kann zum Schlimmsten führen. Bitte haben Sie Verständnis!", fleht Stefan.
„Wir garantieren euch absolute Diskretion. Der Beschuldigte wird Maria nicht zu Gesicht bekommen. Der Erzbischof ist unterrichtet. Er bittet euch um Kooperation."
„Wenn Maria nicht in Erscheinung zu treten braucht, na, in Gottes Namen, dann macht sie das auch. Der Prinz liegt ihr sehr am Herzen. Wenn sie mithelfen kann, weitere Anschläge auf ihn zu verhindern ..."
Die beiden Wiener sind sehr froh, wenngleich der Hinweis auf den Erzbischof auch nicht der Wahrheit entsprach. Skrupel hatten sie in der Hinsicht keine. Vor allem hofften sie durch den Inhaftierten an weitere Mitglieder der Verschwörer heranzukommen. Dabei war ihnen das Schicksal des Mädchens völlig gleichgültig. Wenn es hart auf hart ging, dann muss eben auch eine persönliche Gegenüberstellung, sozusagen Auge in Auge, sein.

5

Sie kamen nur langsam voran. Beim Wagen von Christian brach die Hinterachse.
„Den besten Wagen haben sie dir nicht verkauft. Das Holz ist schon morsch und wurmdurchlöchert. Ein Wunder, dass die Achse so lange gehalten hat", stellt der Holländer fest. Sie folgen schon geraume Zeit den von Richard beschriebenen Flusslauf, dessen Ufer von Büschen und Bäumen gesäumt ist. Werkzeug hatten sie im Gepäck.
Jürgen erwies sich als sehr geschickt im Bearbeiten des Holzes. Nach einem Tag hatte er eine provisorische Achse gezimmert, sie mit den Beschlägen der alten versehen, sodass der Weiterreise nichts im Wege stand. Judith war es gelun-

gen, einige Fische zu fangen, die für die nächsten Tage ihre Nahrung sein würden.
Hin und wieder erreichten sie ein Gehöft, das von Auswanderern errichtet wurde und in dem sie für einen oder zwei Tage Rast machen konnten. Einige der Häuser waren auch verlassen oder niedergebrannt. „Da trug bestimmt ein Indianer-Überfall die Schuld, oder die Menschen zogen einfach weiter, um noch bessere Gründe oder Gold zu suchen", erzählt man ihnen.
Nachdem sie den Fluss an einer im Plan markierten Stelle verlassen, sich etwas dem Süden zuwenden, führt sie nunmehr ihre Fahrt in Richtung eines Berges, der sicher mehrere Tagesetappen vor ihnen liegt. Ohne Richards Kenntnis der Gegend wäre es für sie schwer, ja fast unmöglich gewesen, den Weg zu Christians Bruder zu finden. Den Gebirgsstock hatte er ihnen auf dem Plan markant eingezeichnet.
Büsche und Bäume gibt es nun nicht mehr. Dafür hohes Gras soweit das Auge reicht.
„Hier könnten wir auch unser Getreide anbauen, dazu eine Blockhütte errichten", spekuliert Peter.
„Getreide gedeiht bei dieser Erde nicht", stellt Jürgen fachmännisch fest. „Der Boden ist zu trocken. Nach einer oder zwei Ernten würde nichts mehr wachsen."

Judith hört es als Erste. Trotz wolkenlosem Himmel war ein zunehmendes Grollen zu vernehmen, so, wie bei einem Gewitter, das sich ankündigt. Aus welcher Richtung das Donnern kam, war nicht sofort auszumachen. Dann sehen sie eine riesige Staubwolke, die zum Himmel steigt und immer näher kommt. Es hört sich an wie ein Sturm, der sich zum Orkan auswächst.
Schreck verbreitet sich, ein Naturereignis, das allen fremd ist. Werden sie hinweggefegt? War das ihr Ende? Schutz suchend springen sie auf ihre Wagen. Der Stier ist festgezurrt, reißt

angstvoll mit herausquellenden Augen an seinen Fesseln. War das der Weltuntergang? Judith betet laut, ruft immer wieder den Namen ihrer Mutter und vieler Heiliger. Sie liegt flach auf dem Wagenboden. Da schreit Christian so laut er kann, das aber wie ein Flüstern zu ihnen herüberdringt: „Büffel, Tausende Büffel!“ Nun riskiert auch Peter einen Blick aus dem Wagen. Dann sieht auch er es. Ein Naturschauspiel ohnegleichen. Wenige Meter von ihnen entfernt donnert eine unübersehbare schwarzbraune Masse an zottigen Bisons im rasenden Tempo an ihnen vorüber. Die Luft ist erfüllt von dem Donnern der Hufe, lautem Keuchen und Gegrunze. Die Staubwolke erreicht nun auch sie, hüllt ihre Wagen ein, bedeckt sie mit einer Schicht aus feinem Sand, der ihnen die Augen vernebelt. Dann wird ihr Wagen hin und her gerissen, sodass er umzukippen droht.

Nach schier endlos langer Zeit schwillt der Höllenlärm allmählich ab. Die Sicht wird wieder etwas freier. Was sie sehen, erschreckt sie abermals. Hinter der Herde reitet eine stattliche Anzahl von Indianern, die ihre Pfeile auf einzelne Tiere abschießen, die dem Höllentempo der Herde anscheinend nicht folgen können. Die Tiere haben eine breite Spur hinterlassen. Nur Erde und Staub, kein Grashalm ist mehr zu sehen, wo Tausende von Hufen darübergeflogen waren.

Dann ist der Spuk vorbei, auch die Indianer sind verschwunden.

„Ich glaube, wir haben Glück gehabt. Die Wilden waren so auf die Jagd fixiert, dass sie uns übersehen haben“, lässt sich Christian, der sich erstaunlich schnell von dem Schreck erholt hat, vernehmen.

„Wenn das kein Trugschluss ist“, orakelt Peter. „Wir sollten hier schleunigst verschwinden.

Was machen die Indianer, wenn sie die Tiere erlegt haben? Sie bringen sie doch sicher zurück zu ihren Wigwams. Dann kommen sie hier wieder vorbei, entdecken uns. Von Richard

wissen wir doch ..."
„Ja, ja, die sind unberechenbar, also zurück, so schnell es geht", fiel ihm Judith, die immer noch vor Angst zitterte, ins Wort.
Da erst sehen sie, dass sich eines ihrer Zugpferde losgerissen hatte.
„Mein Gott, was sollen wir jetzt machen, wir können doch nicht mit einem Pferd ...!"
„Das geht schon", ihr müsst eben laufen. Außerdem gibt es nur flaches Land hier, das schafft der Gaul schon. Ich habe es mitbekommen, wie sich euer Pferd in wilder Panik losriss. Ihr müsstet das auch bemerkt haben. Es hat euren Wagen doch wie wild durchgeschaukelt. Gut, dass unsere Ochsen stoische Ruhe bewarten und euer zweites Pferd sich nicht anstecken ließ. Da haben die meisten aus dem Treck schon besser vorgesorgt, indem sie sich ein paar Reservepferde mitgenommen haben", ließ sich Jürgen nicht ganz ohne Vorwurf in seiner Stimme vernehmen.
„Hinterher ist man immer schlauer; zusammen packen wir das", lenkt Christian ein.
Immer wieder zurückschauend, ob sie nicht doch entdeckt worden waren, machen sie sich auf den Rückweg, bis sie eine geschützte Stelle hinter einer Erderhebung finden. Dort verbringen sie den nächsten Tag und sind überglücklich, als sich ihr Ausreißer mit lautem Wiehern zurückmeldet. „Dem hat es alleine nicht gefallen, die Indianerponys sind sicher nicht nach seinem Geschmack", scherzt Peter. Er hatte sich schon stundenlang mit dem Gedanken beschäftigt, wie sie zu einem zweiten Pferd kommen könnten oder unter Umständen mit einem Wagen die Reise fortsetzen sollten.
„Nach Richards Schilderung müsste es hier wilde Mustangs geben. Da hätten wir uns halt so einen eingefangen", gibt sich Christian selbstbewusst. „Ich denke ohnehin, dass ich mir eine Pferdezucht zulege. Pferde braucht man immer. Wir

hatten zuhause auch Pferde. Ich kenne mich da aus!"
Vorsichtig ziehen sie weiter. Nehmen den gleichen Weg, weil anzunehmen ist, dass die Indianer mit den Büffeln bereits in anderen Jagdgründen waren.
Eintönig ziehen sie ihre Bahn. Tag um Tag, immer den Berg, der einfach nicht näher kommen wollte, vor sich. Hin und wieder schoss einer der Männer ein Stück Wild, das sie tagsüber brieten, ohne viel Rauch zu entwickeln. Das hatte ihnen Richard geraten. „Macht auch nachts kein Feuer, wechselt euch beim Wachdienst ab. Nicht nur Bären, Wölfe und Pumas verschmähen kein Pferde- oder Rindfleisch, auch weißes und rotes Gesindel streunt überall umher. Die kennen meist kein Pardon, rauben, plündern und morden. Lebende Zeugen wollen sie nicht!"
Auf einmal hören sie wieder dieses rollende Grollen und Donnern. Der Himmel überzieht sich rasend schnell mit dicken schwarzen Wolken, Blitze fahren herab, es kracht wie von Kanonenschüssen. Die Männer pflocken rasch die Tiere an, werden aber von der Wucht der plötzlich herabprasselnden Regenmassen bis auf die Haut durchnässt. Der mit dem Regen einhergehende Sturm droht die Planen ihrer Wagen mitzureißen. Es ist ein Inferno. So etwas hatte noch keiner der vier Auswanderer jemals erlebt. Es ist zwar Tag und trotzdem finster wie bei Nacht. Dazwischen erhellen grelle Blitze gespenstisch die Prärie und die darin stehenden zwei Wagen, die der Sturm umzureißen droht. Die Blitze und damit die gewaltigen Donnerschläge lassen nach, der Sturm legt sich allmählich, der Regen jedoch prasselt unaufhörlich hernieder. Die Plane eines der Wagen ist verschwunden, fortgerissen in das weite Land, sicherlich nicht mehr aufzufinden. Schnell wird alles, was trocken bleiben soll, in das andere Fahrzeug verladen, so gut es geht das Wasser weggewischt. Sie hoffen, dass wenigsten das Saatgut, das gut verpackt war, nichts abbekommen hat.

Jürgen macht sich auf den Weg, die fehlende Plane zu suchen. Selbst wenn sie noch so beschädigt sein sollte, ist sie doch für ihre Weiterfahrt äußerst wichtig. Dann ist halt Judith gefordert, die bisher schon immer die Planen zusammenflicken musste.

Der Regen hört nicht auf. Die Plane wurde immer noch nicht gefunden. Man wollte aber weiter. Der Boden ist jedoch durch den Dauerregen so aufgeweicht, dass ein Vorankommen nicht möglich ist. Hilfe ist auch nicht zu erwarten.

Nach ein paar Tagen kommt jedoch die Sonne wieder zum Vorschein. Allmählich versickert das Wasser. In der Schlammwüste zeigt sich frisches Grün. Peter und Jürgen reiten nun mit ihren Zugpferden in die Richtung, die der Sturm genommen hatte. Sie brauchen einen ganzen Tag, als Peter endlich fündig wird. „Zerfetzt und zusammengedreht wie ein Seil", stellt er fest, ist aber dennoch froh über den Fund. „Judith kriegt das schon wieder hin", gibt sich Jürgen überzeugt.

Die Weiterreise verläuft jetzt noch langsamer. Die Räder der Wagen sinken tief ein. Die Männer und auch Judith gehen neben den Fahrzeugen, schieben immer wieder mit an, wenn die Zugtiere es nicht mehr schaffen. Der Berg scheint sie zu verhöhnen. Einmal liegt er direkt vor ihnen, kurze Zeit später hat es den Anschein, als würden sie ihn nie erreichen.

Wie aus dem Erdboden gezaubert steht plötzlich ein Reiter vor ihnen. Ein Geist? Er ist gut bewaffnet, trägt speckige Lederkleidung. Ein breitrandiger Hut und wilder Bartwuchs verdeckt sein Gesicht. „Wenn ihr so unvorsichtig seid, kann euch das teuer zu stehen kommen", ruft der Mann mit einer durchaus angenehmen Stimme. „Gott zum Gruße, ich seh schon, ihr seid neu hier und deshalb leicht zu überraschen. Aber keine Angst, von mir habt ihr nichts zu befürchten." Er erhält nicht sofort Antwort, weil die vier Auswanderer total

perplex waren. War das ein Zauberer, eine Einbildung? Sie hatten doch immer aufgepasst. Einen Reiter hätten sie doch sehen müssen. Das gab es doch nicht!
Als der Fremde lauthals lacht, hat sich Jürgen als Erster gefangen: „Ich hab euch schon von Weitem gesehen", lügt er. „Vor einem einzelnen Mann brauchen wir uns nicht zu fürchten", setzt er selbstbewusst hinzu.
„Wer's glaubt", war die Antwort. Ihr seid doch Deutsche, hab ich recht? Ich bin Ungar und musste aus kaiserlicher Haft entfliehen, weil ich für die Freiheit unseres Landes gekämpft habe. Freunde aus Österreich haben mich außer Landes gebracht. So bin ich in Amerika gelandet. Hier bin ich frei wie ein Vogel, viele Indianer sind meine Freunde. Auch sie kämpfen um ihre Freiheit, um ihr Land, das ihnen immer mehr auf die brutalste Weise entrissen wird. Ihre Dörfer werden niedergebrannt, auf Frauen und Kinder keine Rücksicht genommen. Wie eine Dampfwalze, die alles niedermacht was sich ihr in den Weg stellt, kommen die Weißen aus ganz Europa und nehmen sich, was ihnen nicht gehört", setzt er ernster werdend hinzu.
Man spürt förmlich, wie Josef, mit diesem Namen hatte er sich vorgestellt, sich von der Seele reden wollte, was ihn bedrückte.
„Ihr habt wohl schon lange keinen Weißen mehr getroffen?", fragt ihn deshalb Peter.
„Ein paar Wochen ist das schon her", bestätigt der Fremde. „Aber das ändert nichts an der Situation. Wo wollt ihr denn jetzt noch hin, so kurz vor dem Winter?", schließt er eine weitere Frage an.
„Zu meinem Bruder, der hat da hinten eine Farm." Mit dem Finger deutet Christian in Richtung des immer noch unendlich weit weg scheinenden Berges.
„In diese Richtung muss ich auch. Ich werde euch begleiten. Ihr habt doch nichts gegen meine Anwesenheit?" Er

bekommt zwar keine Antwort, aber dies scheint den Ungarn nicht zu stören.
Er reitet neben den Wagen her und schläft im Freien. Ab sofort ist er für das Wildbret zuständig. Er macht sich auch sonst nützlich. Zudem zeigt er immer den am besten zu befahrenden Weg. Dadurch schaffen sie täglich eine längere Wegstrecke. Brauchen sie Wasser, dann findet er immer eine Quelle. Er bringt auch Kräuter, die sie wie Gemüse verzehren können. Mit der Zeit gewöhnen sie sich an ihn, übersehen sein ungepflegtes Aussehen und seine speckige Lederkleidung. Sein Reitpferd ist ein scheckiges Pony, so wie sie es bei den Indianern gesehen hatten, als diese die Büffelherde verfolgten.
„Ich hab es eingetauscht", erklärte er ihnen. „Hat mich meinen Tabakbeutel gekostet. Macht aber nichts. Ich wollte ohnehin mit dem Rauchen aufhören. Ich musste auch eine Sioux zur Frau nehmen. Nicht gerade eine Schönheit, aber das gleiche wird sie sich auch von mir denken. Trotzdem bin ich frei und kann herumreiten so lange und so weit wie ich will. Ich gehöre so halb und halb zum Stamm der Nakotas, genieße wenigsten deren Schutz. Hier, der Beutel an meiner Brust ist meine „Medizin", wie sie es nennen. Er weist mich als Stammesangehörigen aus. Das kann auch für euch ganz hilfreich sein."
Die längste Zeit der Nachtwache übernimmt Josef. Die anfänglich ihm gegenüber praktizierte Vorsicht weicht allmählich einem Gefühl der Sicherheit. Seine Bekanntschaft erweist sich immer mehr als Glücksfall. Man merkt ihm an, dass sich Vieles in ihm aufgestaut hatte, er froh ist, jetzt alles los zu werden. Er erzählt von den ungarischen Freiheitskämpfern, von seiner Familie, seinen Liebschaften, seinen Freunden und seiner Jugend. Von seinen täglichen Jagdausflügen bringt er neben Wild auch meist einen Sack getrockneten Büffelmist mit, der sich vorzüglich für ein kleines

Lagerfeuer eignet, das er allabendlich mit großem Geschick entzündet und die Glut lange vorhält.
„Ach was, kein Feuer. Hier haben wir nichts zu befürchten. Raubtiere werden eher abgeschreckt als vom Geruch des gebratenen Fleisches angezogen“, kommt er ihrem Einwand entgegen. Es sind auch die Tage und Nächte der langen Erzählungen. So wussten alle fünf bald die Geschichte eines jeden von ihnen.
„Du bist sicher der beste Freund deines Pferdes“, nimmt Peter einen Faden wieder auf. Es scheint, als seid ihr miteinander verwachsen, ob mit oder ohne Sattel. Haben dir das die Indianer beigebracht?“
„Wir hatten zuhause ein Reitergestüt, das einen guten Namen genoss. Ich saß schon auf meinem Pony, bevor ich laufen konnte. Bei dem Aufstand unseres großen Führers Franz II. Rákósci im Jahre 1703 schloss ich mich sofort seiner Kuruzzen-Armee an. Als Adeliger wurde mir die Führung einer Husaren-Kompanie übertragen. So kam es auch, dass ich praktisch die ganze Zeit, bei Tag und auch bei Nacht, auf einem meiner Pferde verbrachte ...“
Man sah ihm seine Wehmut an, als er nicht mehr weitersprach.
„Wie ging es dann weiter, warum musstest du ins Gefängnis“?, hakte aber nun Judith nach.
„Ein Jahr später mussten wir uns der feindlichen Übermacht ergeben. Franzosen und Bayern, die uns zu Hilfe eilen wollten, verzettelten sich in Tirol, schafften nicht rechtzeitig die Vereinigung mit unseren Streitkräften. Rákósci musste ins Exil. Ich wanderte mit anderen Anführern ins Gefängnis.“
„Wie bist du da herausgekommen?“
„Eine fürchterliche Pestepidemie grassierte im ganzen Land. Auch die Wachen der Gefängnisse wurden davon nicht verschont. Ich simulierte einen Pestanfall und konnte dann ohne große Gewaltanwendung fliehen. Freunde halfen mir

weiter. Danach konnte ich mir von unserem Gut noch einige Wertsachen herausholen, die Besatzer waren auch hier vor der Pest geflohen. So wurde mir die Überfahrt nach Amerika ermöglicht."
„Was hast du jetzt für Pläne? Willst du bei den Indianern bleiben, oder ...?"
„Pläne hab ich schon. Ich weiß noch nicht so recht wo ich hin soll. Land gibt es hier genug. Man muss nur weiter nach Westen oder Norden. Andererseits möchte ich gerne den Indianern helfen. Sie brauchen dringend Hilfe, sollen sie nicht ganz untergehen. Ich denke aber auch an eine Pferde- oder Fischzucht. In beiden Fällen habe ich genug Erfahrung in meiner Heimat gesammelt. Mal sehen, was der Winter bringt. Bis zum Frühjahr weiß ich hoffentlich, wo künftig mein Wigwam stehen wird.
Oder wisst ihr schon, wie ihr euch eure Zukunft vorstellt?"
Zögerlich und ungenau kommen die Antworten. Auch sie wissen noch nicht, wie sich ihr Leben gestalten wird. Pläne geistern schon seit langem in ihren Köpfen. Jedoch Konkretes? Nein!
„Du passt prima zu uns und dein Wissen über dieses Land schätzen wir ganz außerordentlich", überbrückt nun Judith das betretene Schweigen.
„Übertreib mal nicht. Ihr seid vorher auch gut zurechtgekommen."
„So einigermaßen ja, aber könntest du dir nicht dein Gestrüpp aus dem Gesicht entfernen? Ich würde das gerne für dich übernehmen. Ich glaube, du siehst in Wirklichkeit ganz passabel aus. Darf ich ...?"
„Das ist zwar ein feines Angebot von so einer schönen Frau..." Nach einer kleinen Pause sagte er dann: „Das geht leider nicht wegen meines Stammes."
„So viel ich bisher gesehen habe, sind doch auch die Indianer bartlos, wieso dann musst du so herumlaufen?"

„Mein Name bei den Indianern lautet *Skalpgesicht.* Das kommt daher, weil ich im Gesicht mehr Haare als auf dem Kopf habe, das siehst du ja“, entgegnet er, den Hut abnehmend und über Kopf und Gesicht streichend. Weiters ist es so, dass jede Person einen Namen bekommt, der ihn irgendwie charakterisiert. Wenn ich zurückkomme, würden mich die gar nicht erkennen. Nein, nein, deiner Bitte kann ich daher nicht entsprechen. Nun ja, ein bisschen vielleicht könnte nicht schaden“, setzt er hinzu, als er die Enttäuschung im Gesicht Judiths erkennt.

„Der kann doch bleiben wie er ist, hier geht's doch nicht nach Schönheit“, schaltet sich Jürgen unnötig ein.

Judith spürt immer mehr, wie Jürgen ihre Nähe sucht. Zuerst empfand sie dies als recht angenehm, half er ihr doch, wo er nur konnte. Insbesondere dann, wenn Peter nicht in der Nähe war. Sie erinnert sich allerdings immer noch sehr ungern an den Vorfall im Wagenzug, nach dem dann Jürgen zu Christian umsteigen musste.

Peter will sie nicht belasten. Sie waren seit ihrer Abreise ein Paar. Der Erzbischof hatte Peter vorher von seinem Gelübde entbunden. „Du musst selbst mit deinem Gewissen ins Reine kommen. Meinen Segen hast du“, waren seine Worte. Ein Freund Peters hatte sie danach getraut. Ganz still, ohne Verwandte, ohne Freunde. Zeugen waren zwei unbekannte Ministranten, die der Priester mitgebracht hatte.

Sie waren zwar nunmehr Mann und Frau, die Ehe hatten sie aber bisher nicht vollzogen.

In jedem Blick, in jeder Geste konnte man erkennen, wie gern sie sich hatten, wie sie bei jeder Gelegenheit die Nähe des anderen suchten, sich bei den Händen hielten, sich umarmten, aber zur völligen Hingabe war es bisher nicht gekommen. Daran trugen die äußerlichen Umstände, ihre überstürzte Flucht, der unmittelbar nahe Kontakt mit den anderen Auswanderern, die abenteuerlichen, ruhelosen und

gefährlichen Tage und Nächte keine Schuld. Es war etwas anderes, was ihre Vereinigung verhinderte, Peter immer wieder zögern ließ. Jeder Versuch scheiterte daran, dass Peter unmittelbar vor ihrem sehnlichst herbeigeführten Liebesakt das Bild seiner Mutter erschien mit den mahnenden Worten: „Versündigt euch nicht!“
Judith tröstete ihn, spürte sie doch sein Verlangen, seine Verzweiflung. „Es ist doch gut, dass wir uns lieben, dass wir zusammen sind. Lass uns einmal richtig Fuß fassen in diesem Land, zur Ruhe kommen, dann wird alles gut. Ich liebe dich auch so von ganzem Herzen und ich spüre auch deine Liebe immer mehr. Ich glaube auch , nein ich weiß es ganz gewiss, dass uns auch noch gemeinsame Kinder geschenkt werden.“
Nun stellt ihr Jürgen nach.
Das hatte ihr gerade noch gefehlt.
Wegen eines anderen Mannes wollte sie jedoch ihr Glück nicht aufs Spiel setzen. Dafür liebte sie Peter viel zu sehr.
Sie mied daher wo es ging den Kontakt zu Jürgen, sah zu, dass immer einer der anderen Männer mit dabei war, wenn sie mit dem Holländer zusammen arbeiten musste.
Er schien jedoch ihre Reserviertheit nicht zu bemerken. Seine Anstrengungen ließen nicht nach, im Gegenteil. Er trachtete danach, dass die drei anderen Begleiter anderweitig beschäftigt waren oder wegen der Jagd auf Wild oder Erkundigung der besten Wegstrecken gemeinsam ausritten.
Da es immer trockener wurde, mussten sie wieder einmal ausschwärmen, um Wasserlöcher zu finden. *Skalpgesicht* zu Pferde, die beiden anderen zu Fuß. Deshalb hatte die Gruppe an einer Waldlichtung kurzen Halt eingelegt.
Je näher sie dem Berg kamen, je mehr änderte sich auch die Vegetation. Das Präriegras wurde kürzer und immer mehr Wäldchen verbreiteten sich wie kleine Seen über die unendlichen Weiten.

„Hier müsste es auch wilde Truthähne geben, seht doch zu, ob ihr nicht einen erlegen könnt. Lasst euch ruhig Zeit, ihr holt uns sicher noch vor dem Abend ein“, rief ihnen Jürgen noch nach.

Judith will auch gleich weiter, schwingt sich auf den Bock und treibt die Pferde an.

Doch Jürgen stellt sich in den Weg und weicht nicht, die Pferde am Zügel haltend.

Als er nicht loslässt, muss Judith, da alles Zureden erfolglos ist, laut schimpfend vom Wagen, um Jürgen von den Pferden wegzubringen.

Darauf hat der Holländer nur gewartet. Er fasst Judith um die Hüfte und drängt sie zwischen die Tiere. Judith versucht, ihn zurückzustoßen. Er aber zieht sie noch enger an sich.

„Bist du von Sinnen?“, schreit sie nun, „lass das oder du kannst alleine weiterziehen. „Wenn Peter und die anderen das erfahren, kannst du froh sein, wenn dir nicht mehr passiert!“

„Ich liebe dich doch. Schon vom ersten Augenblick an. Glaubst du, ich habe mich euch angeschlossen, weil eure Route so erfolgversprechend ist? Ich will dich, nur dich, du empfindest doch auch etwas für mich, ich spüre das.“ Sein Gesicht ist gerötet, sein Atem kommt keuchend aus seiner Lunge. Er zittert am ganzen Körper. Seine Arme umschlingen sie wie Eisenklammern. „Lass mich sofort los, dann vergesse ich den Vorfall, du bist ja nicht ganz bei Verstand.“ Sie spürt aber weiter das Beben seines Körpers, seine Leidenschaft, die sie erschreckt. Er versucht sie zu küssen, trifft aber nur den Hals, was ihn noch wilder macht.

Dann lockert er einen Arm. Hoffnung keimt bei der Bedrängten auf, aber dann spürt sie seine Hand, die sich an ihren Röcken zu schaffen macht, diese hochschiebt. Dadurch hat sie etwas Bewegungsfreiheit, stößt sich ein wenig zurück und schnellt mit einem Knie hoch, um ihn zwischen die Bei-

ne zu treffen. Er spürt nicht den Schmerz, kommt jedoch aus dem Gleichgewicht, als eines der bedrängten Pferde scheut und zur Seite springt.
„Lass endlich ab von mir. Such dir eine Junge, ich bin doch viel zu alt für dich," schreit sie laut bei ihrem Abwehrversuch, ist sich aber bewusst, dass sie dem Zudringling auf Dauer nicht gewachsen ist. Sie kann sich auch nicht losreißen, weil ihre Leinenkleider äußerst widerstandsfähig sind.
Der Kampf geht weiter. Wie verbissen presst er sich an sie. Wieder fasst er nun mit beiden Händen unter ihre Röcke. Judiths Kräfte schwinden, sie ist einer Ohnmacht nahe.
Da ertönt plötzlich ein markerschütterndes Geheul, das über sie wie ein Gewitter hereinbricht. Auch Jürgen ist aufgeschreckt. Der Lärm stürmt nun von allen Seiten auf sie ein. In seinem Gefolge gespenstische Gestalten mit nackten Oberkörpern, die, wie ihre Gesichter, mit grellen Farben bemalt sind. Wie vom Schlag getroffen erstarren nun die beiden Kämpfenden. Sie rühren sich nicht von der Stelle und hoffen, der Spuk würde schnell vorübergehen. Ist es der Hitze zuzuschreiben, ist es die Aufregung, der Kampf, der ihnen einen Streich spielt? Das Geheul schwillt aber zu einem Orkan an. Judith schließt die Augen, hält sich die Ohren zu. Wenn ich die Augen wieder öffne, wird alles vorüber sein, glaubt sie. Hauptsache Jürgen hat mich aus seiner Umklammerung entlassen. Nun aber wird sie brutal zwischen den Pferden herausgerissen. Als sie aufsieht, grinst sie eine hässliche Fratze an. Gestank nach Schweiß, Pferdedung und schlechtem Atem rauben ihr fast die Sinne. Das, was sie eben mit Jürgen erleben musste, war wie Kinderspiel. Ein Indianer schubst sie zum nächsten. Sie wird betastet, an ihr gerochen, an den Haaren gezogen, gezwungen, ihre Zähne zu entblößen. Wie bei einem Pferd, denkt sie.
Das sind also richtige Wilde, furchteinflößende Indianer. Ein Überfall und keine Hilfe zu erwarten. Dazu ist die Horde

zu groß. Sie schätzt sie auf ungefähr zwanzig. Alles sehnige Gestalten, die sich kehlig etwas zugrunzen. Jürgen und sie werden gefesselt und an die Wagenräder gebunden. Ist dies das Ende unserer Reise? Haben wir alle Mühen umsonst auf uns genommen? Erfüllen sich unsere Hoffnungen nun nicht mehr? Diese Gedanken rasen Judith durch den Kopf. Oder gibt es Hilfe? Aber was können unsere drei Männer gegen diese bis an die Zähne Bewaffneten ausrichten?

Dann geht alles sehr schnell. Der Anführer gibt Befehle. Seine Männer schaffen alles, was ihnen brauchbar erscheint, aus dem Pferdewagen in das Fahrzeug mit dem Ochsengespann. Die Pferde binden sie hinten an den Wagen zu dem jungen Stier, der unruhig an seiner Kette zerrt. Ehe sie losfahren, packt einer der Indianer Jürgen bei den Haaren, zückt sein Messer, lässt aber dann kopfschüttelnd von ihm ab und geht zu Judith, die sofort ihren Kopf abwendet. Sie schließt die Augen, spürt aber, wie sie an den Haaren hochgezogen wird. Vor Schreck öffnet sie wieder die Augen. In ihrer Angst schreit sie so laut sie kann nach Peter. Der Indianer grinst sie nur an und zeigt dabei eine Reihe halb verfaulter Zähne. Sein Messer umkreist ihren Kopf, er lacht lauthals, während seinem Mund stinkender Atem entweicht. Sein Anführer ruft ihm etwas zu. Befehlend. Daraufhin trollt sich der Rote immer noch lachend, was Judith an ein wieherndes Pferd erinnert.

Wieder allein, kommt beiden das Geschehene wie ein Alptraum vor. Da sitzen sie nun, gefesselt, geschockt und hoffen inständig, dass ihre Begleiter zurückkommen.

Christian und Peter sind die ersten. Sie hatten das Gebrüll der Angreifer vernommen und machten sich sofort auf den Rückweg. Von den Erzählungen des Ungarn ahnten sie, dass Indianer für den infernalischen Lärm verantwortlich sein mussten. Sie konnten den Trupp aus sicherer Deckung heraus beobachten, wie er sich mit einem ihrer Planwagen

und allen Tieren auf die Prärie hinausbewegte. Vorsichtig nähern sie sich ihrem Lager, weil immer noch zu vermuten war, dass einige der Roten zurückgeblieben waren.
„Hoffentlich sind sie noch am Leben. Lieber Gott, hilf uns, Heilige Maria hilf uns“, stammelt Peter voller Angst.
Sie laufen, so schnell es geht, ohne Rücksicht auf die Gefahr, der sie sich aussetzen, zum Lagerplatz. Sie finden die Zurückgebliebenen gefesselt aber wohlbehalten. Nackte Angst steht ihnen ins Gesicht geschrieben. Jürgen kann kein vernünftiges Wort herausbringen, so dass Judith von dem Überfall erzählen muss. Sie kann es immer noch nicht ganz erfassen, was sie eben erlebt hatten. So tapfer kennt sie Peter. Eine starke Frau, das wusste er schon immer. War das ihr Ende? Der Winter stand vor der Türe. Sie sind ohne Zugtiere und ohne Nahrung.
Wo war bloß Josef, ihr Begleiter? Sie rufen so laut sie nur können. Dann gibt Peter einen Schuss aus seiner Muskete ab, die er sich zur Jagd mitgenommen hatte. Hoffentlich kommen die Roten nicht zurück, befürchtet er.
Dann kommt *Skalpgesicht*. Schnell wird ihm berichtet, was sich während seiner Abwesenheit ereignet hatte.
„Waren die Indianer bemalt?“, ist seine erste Frage.
„Ja schon, aber ganz wild und dick aufgetragen, einfach zum Fürchten.“
„Hatten sie auf der Stirn einen Querstreifen, vielleicht in Gelb?“
„Daran erinnere ich mich ganz genau“, lässt sich nun Jürgen vernehmen, dem der Schock deutlich anzusehen ist. Seine Hose war ganz nass geworden. Der hatte noch mehr Angst als ich, denkt Judith. Geschieht ihm recht, dem Schwein!
„Wahrscheinlich Dakotas“, sagt Josef mehr zu sich selbst. „Sie jagen hier manchmal und beschmieren sich dann mit ihren Jagdfarben. Dass ihr eure Skalps behalten habt, bestärkt mich in meiner Vermutung. Sie sind nicht auf dem Kriegs-

pfad, sonst hätten sie euch in ihr Dorf mitgenommen und an den Marterpfahl ..." Als er ihre ängstlichen Gesichter bemerkt, unterbricht er sich und sagt: „Ich will ihnen nach und sehe dann schon, ob ich noch etwas erreichen kann. Gott sei Dank haben sie kein Feuerwasser erbeutet. Das macht das Palaver mit ihnen etwas leichter."
Sagt es und schwingt sich auf sein Pferd.
„Der wird sie schon einholen, mit den Ochsen sind die nicht so schnell. Hoffentlich kommt er gesund zurück Wenn einer etwas zuwege bringt, dann er", gibt sich Christian zuversichtlich.
„Wir schaffen das schon, allzu weit kann ja das Anwesen meines Bruders nicht mehr entfernt sein. Wir sind doch dem Berg schon sehr nahe", setzt er dann noch aufmunternd hinzu, weil von den anderen kein Laut mehr kommt.
Gewiss, ihre Lage ist verzweifelt, aber da war doch noch Josef, auf den nun alle Hoffnungen ruhen. Judith hat ein gutes Gefühl. Gott würde ihnen auch dieses Mal zur Seite stehen.

Es ist schon dunkel, als der Ungar zurückkommt. Er strahlt übers ganze Gesicht. Man sieht es ihm an, dass er guter Laune ist, gute Nachrichten im Gepäck hat.
„Morgen Früh bringen sie den Wagen und die Ochsen zurück. Die Pferde behalten sie und auch einiges von dem, was sie sonst noch mitgehen ließen. Dafür bekommen sie noch Peters Muskete samt Zubehör. Ihr Häuptling kennt mich aus meinem Dorf. Vor ein paar Monaten habe ich mit ihm und den Ältesten meines Stammes die Friedenspfeife geraucht. Er hasst zwar die Bleichgesichter, den Mann mit dem *Skalpgesicht* aber nicht. Die Schwester meiner Squaw ist eine seiner Frauen. Er hatte sie seinerzeit, als wir die Pfeife rauchten, von ihrem Vater gekauft. Er ist also ein Verwandter von mir", setzte er lachend hinzu, redet dann weiter: „Er kennt auch das Anwesen von Christians Bruder. So schickt

er uns auch morgen mit dem Wagen einen seiner Leute, der den Weg genau kennt. Nach seiner Einschätzung glaubt er, dass wir in spätestens einer Woche unser Ziel erreichen könnten."

Die vorher gedrückte Stimmung schlägt mit jedem Wort Josefs um. Die Verkrampfung bei Judith und Jürgen löst sich allmählich. Jeder denkt natürlich auch an das Vorgefallene. Nach dem Überfall der Indianer erscheint das Judith nicht mehr so tragisch. Von dem, was sie in den letzten Stunden erlebt hatte, war Jürgens Vorgehen sicher das kleinere Übel. Sie nimmt sich vor, ihm bei nächster Gelegenheit gründlich den Kopf zu waschen, Peter jedoch vorerst nichts zu sagen. Sollte aber Jürgen noch einmal den Versuch machen, dann muss sie ihrem Mann alles erzählen.

Die Nacht müssen sie im Freien verbringen.

Josef macht Feuer, das sie mit dürrem Gras, vertrocknetem Astwerk und Laub am Brennen halten. Genügend aufgewärmt verkriechen sich Judith und Peter in eine kleine Mulde. Sie kuscheln sich eng aneinander, wärmen sich gegenseitig. Sie können nicht sofort einschlafen. Sobald Judith die Augen schließt, sieht sie die schreckliche Indianerfratze vor sich. Sie rückt noch dichter an Peter heran, der sie mit seinen starken Armen umfängt. Er flüstert ihr beruhigende und zärtliche Worte ins Ohr ...

Immer wieder finden sich ihre Lippen, während sie die geheimnisvollen Geräusche der Nacht wie sanfte Musik empfinden.

Judith spürt, wie sehr sich Peter an sie drängt, seine Erregung erfasst auch sie wie so oft in den vergangenen Wochen. So hofft sie inständig, dass Peter das Bild seiner Mutter vergisst, sich in dieser Nacht die lang ersehnte Vereinigung erfüllt.

Peters Atem wird schneller, seine Hände tasten sich durch ihre Kleider. Ein Zittern durchläuft Peters Körper. Dann jedoch verpufft die Glut seiner Gefühle. Er lockert seine

Umarmung. Schluchzend bricht es aus ihm heraus: „Warum nur, warum?"
Judith tröstet ihn, küsst die Tränen von seinem Gesicht und flüstert: „Die Mutter?"
„Weshalb quält sie mich immer noch? Wir tun doch nichts Böses! Wir sind Mann und Frau, auch vor Gott. Ich liebe dich, ich begehre dich wie sonst nichts auf der Welt. Sind wir deshalb geflüchtet? Jeder Tag kann der letzte sein. Heute hatten wir Glück, aber was ist morgen, übermorgen?", stöhnt er verzweifelt.
„Wir sind noch lange zusammen. Wir brauchen eben viel Geduld. Schließlich gibt es Wichtigeres, wir lieben uns aus ganzem Herzen. Das zählt. Das andere kommt von selbst, davon bin ich überzeugt", kommt es ruhig aus Judiths Mund.
„Ich danke dir für dein Verständnis ..."
„Red nicht so was, ein schlechtes Gewissen wäre das Falscheste in dieser Situation.
Vielleicht sprichst du einmal mit deiner Mutter. Erzähl ihr von unserer Liebe, danke ihr für das Glück, das uns bisher beschert war. Bei all den gefährlichen Vorkommnissen hat sie bestimmt ihre schützende Hand über uns gehalten. Das haben wir doch oft verspürt. Sag ihr, sie soll uns weiterhin beschützen, unserer Liebe auch ihren Segen erteilen. Das hilft bestimmt, das weiß ich einfach!"
Peter hat zugehört. Im Stillen bedankt er sich bei Gott für diese Frau, für ihre Stärke, für ihre Geduld. Er hat keines der zehn Gebote übertreten. Das Gelübde der Ehelosigkeit für Priester war doch nur ein Kirchengebot, das nicht zu sehr ins Gewicht fallen dürfte. Er bittet um die Gnade der Verzeihung, weiß er doch, dass Gott jedem Sünder Verzeihung gewährt. Davon hat er immer gepredigt. Das wird, das muss auch für ihn gelten.
Dann spricht er mit seiner Mutter und schläft darüber ein.

Die Indianer halten Wort.
So können sie weiterziehen. So erreichen sie, am Fuße des Berges angekommen, nach wenigen Tagen ihr Ziel.
Das Anwesen mit Wohnhaus und Stallungen war mit einer Palisade von tief in die Erde gerammten, eng aneinandergereihten astlosen Baumstämmen wie von einer Mauer umgeben geschützt. Von Weitem sah die Anlage beachtlich aus. Durch einen engen Durchschlupf kommen sie in den Innenhof. Der Hausherr erwartet sie bereits, weil sie sich schon einige Zeit vorher mit Gewehrschüssen bemerkbar gemacht hatten.
Die Begrüßung ist herzlich. Man merkt, dass Michael, Christians Bruder, froh ist, wieder einmal mit Landsleuten zu sprechen, wie sehr es ihn freut, seinen Bruder in die Arme schließen zu können. Nach einem Ruf zum Haus von ihm, erscheinen nacheinander fünf Kinder und zum Schluss die Ehefrau, eine Indianerin.
„Meine Familie", stellt sie Michael mit Stolz in der Stimme vor.
„Du hast eine Familie, das war mir neu. Kompliment, das hätte ich dir gar nicht zugetraut. Ich hab dich doch eher als Frauenfeind in Erinnerung, seit seinerzeit deine Verlobung in die Brüche ging!"
„Die Zeiten ändern sich halt. Außerdem bist du hier heraußen allein verloren. Mit meiner Squaw habe ich zudem einen Glücksgriff gemacht. Sie ist eine herzensgute Mutter, packt überall mit an. Selbst vor Indianer-Überfällen schützt sie uns weitgehend. Ihr Dorf liegt nur einen Tagesritt von hier entfernt."
Das Wohnhaus aus grob gezimmerten Baumstämmen hat nur einen Raum mit Feuerstelle, Schlafplätzen, einen großen Tisch. Geschirr, Kleidung und sonstige Gebrauchsgegenstände hängen an Stricken oder Nägeln an der Wand.
Ein großes Stück Wildbret wird zubereitet mit einem Ein-

topf aus Bohnen und Gemüse, das sicherlich aus dem eigenen Garten stammt.
Michael berichtet nun von seinen Erlebnissen, wie er in dieses Land und zu seinem Besitz gekommen war. Sie leben von der Jagd und von dem bescheidenen Ertrag der Feldfrüchte.
„Eigentlich hatten wir gehofft, dass uns mein Bruder einige Rinder mitbringt, dann hätten wir mit einer Rinderzucht begonnen. Gras gibt es hier genug. Die Tiere könnten das ganze Jahr über im Freien bleiben. Ich habe aber die letzten Winter schon einige Erfahrung im Fallenstellen gemacht. Vom Verkauf der Felle könnten wir im nächsten Frühjahr, wenn wir Erfolg haben, einige Rinder kaufen. Mal sehen ...“, klingt es nicht gerade optimistisch.
Jeder hängt seinen Gedanken nach, so entwickelt sich kein großes Gespräch.
Eine Nacht müsst ihr aber schon bleiben“, lässt sich dann beim Essen der Hausherr vernehmen. Dann setzt er fragend hinzu: „Wohin soll's denn noch gehen, der Winter ist nicht mehr weit?“
Betretenes Schweigen macht sich bei den Neuankömmlingen breit. Christian räuspert sich, druckst ein wenig herum, sagt aber dann doch entschlossen: „Ich hoffe, dass ich bei euch bleiben kann, zumindest vorerst. Josef wird sicher den Winter über bei seinem Stamme verbringen, nicht wahr mein Freund?“
„Das denke ich mir auch. Die anderen können gerne mitkommen. Die Gastfreundschaft bei meinem Stamme ist sprichwörtlich. Da könnte sich so mancher Weiße, der ohnehin glaubt, weit über der roten Rasse zu stehen, ein Beispiel nehmen.“ Dabei blickt er direkt zu Michael, der unbeholfen, vielleicht auch etwas beschämt, zu Seite schaut. Das wärs also, denkt sich Peter und schilt sich, so naiv gewesen und nicht beim Treck geblieben zu sein.
„Gibt es in der Nähe noch andere Farmen oder Dörfer, wo

wir den Winter verbringen könnten?"
„Ein paar Gehöfte schon, aber bei denen ist es genauso beengt wie hier", war die wenig erfreuliche Antwort.
Peter überlegt laut. „Unseren Wagen mussten wir wegen der fehlenden Pferde zurücklassen. Jürgen hat ebenfalls kein Pferd. Hier können wir nicht bleiben. Was also tun?"
„Ich glaube bei meinem Stamm ein paar Zugpferde gesehen zu haben. Sie standen auf der Weide und haben bestimmt einmal Weißen gehört. Wenn ich morgen gleich losreite und etwas zum Tauschen mitbringe, dann könnte ich mir vorstellen, an die Pferde zu kommen.
Sollte es klappen, bringe ich sie hierher. Ihr solltet danach zu eurem Wagen zurückreiten.
Danach könnt ihr immer noch entscheiden, wo ihr den Winter über verbringen wollt. Ihr seid von der Westroute des Trecks nicht allzu weit abgewichen. Das Fort müsste vor dem ärgsten Schnee noch zu erreichen sein. Das Angebot, vorübergehend bei meinem Stamm zu bleiben, halte ich natürlich aufrecht. Es würde mich sogar sehr freuen, mit so einem sympathischen Paar die langen Wintermonate zu verbringen. Was meint ihr zu meinem Vorschlag?"
„Vielen Dank. Wieder an unseren Treck zu kommen, daran habe ich auch schon die ganze Zeit gedacht. Wir brauchen aber nicht nur Pferde, sondern auch Vorräte, weil uns die Dakotas so arg gerupft haben!"
„Reisende Händler werden so spät im Jahr bestimmt nicht mehr vorbeikommen", meint Josef. „Ich werde euch aber helfen, soweit ich kann. Michael wird seinen Landsleuten sicherlich auch unter die Arme greifen, oder sollte ich mich da täuschen?"
„Natürlich tun wir, was wir können. Den Weggefährten meines Bruders helfe ich gerne", war die spontane Antwort.
Seine heimliche Befürchtung, die Freunde seines Bruders für längere Zeit aufnehmen zu müssen, war also nicht eingetre-

ten. Plötzlich strotzte er vor Hilfsbereitschaft.
„Jürgen kann gleich mit einem Leihpferd von Michael mitkommen. Das Pferd bringe ich dann mit den anderen Zugpferden, die hoffentlich noch nicht verzehrt wurden", bemerkte er augenzwinkernd, „zurück."
„Was soll ich bei den Indianern? Ich würde auch gerne zum Treck zurück", wendet Jürgen ein.
„Besser du bleibst hier. Unsere Pläne für die Zukunft sind noch nicht ganz ausgereift. Wer weiß, vielleicht bleiben wir auch in Josefs Dorf?" Dabei wird für alle deutlich , dass Judith Jürgen nicht dabeihaben will. Was war vorgefallen? Hatte man etwas nicht mitbekommen?
Dem Holländer merkt man seine Enttäuschung an, sodass sich Peter genötigt sieht, die Worte seiner Frau etwas abzuschwächen. „Noch ist alles ungewiss. Bekommen wir die Pferde? Haben die Indianer unseren Planwagen überhaupt unversehrt stehen lassen, so wie es ihr Anführer versprochen hat? Alles Fragen. Erst nach deren Beantwortung können wir weitersehen."

6

Stefan von Scheidegg und andere herausragende Persönlichkeiten aus der Berchtesgadener Fürstpropstei erhielten, für sie völlig überraschend, eine Einladung des Kölner Kurfürsten und Berchtesgadener Landesvaters Josef Clemens von Bayern.
Es war überhaupt erst das zweite Mal, dass der Berchtesgadener Regent die Fürstpropstei besuchte.
Es war ein offenes Geheimnis, dass sich die Mitglieder des Augustiner Chorherren-Klosters und ihr Landesherr völlig entfremdet hatten. Die von ihm erlassenen Verordnungen wurden ignoriert, die Chorherren schalteten nach Belieben.

Die von ihnen einmal abgelegten Gelübde galten einfach nicht mehr. Sie verwirtschafteten die kurfürstlichen Tafelgelder genauso wie die Steuern und verschuldeten darüber hinaus die Propstei in unverantwortlicher Weise.
Josef Clemens hielt es daher für geraten, einflussreiche Bürger einzuladen, die mithelfen sollten, die völlig aus der Bahn geratenen Geschicke Berchtesgadens auf den rechten Weg zurückzuführen.
Die Bürger hörten sich die Klagen ihres Landesherren an, sahen sich jedoch außer Stande, seinem Wunsche nachzukommen. Sie gaben ihm sehr deutlich zu erkennen, dass die Schuld an den Missständen bei ihm selbst zu suchen war. Er hatte sich zu lange nicht um seine Fürstpropstei gekümmert, hatte beim letzten Krieg auf das falsche Pferd gesetzt. Danach verlangte er von den Chorherren in verschiedenen Dekreten einfach zu viel.
Nach dem Gespräch stand er mit leeren Händen da. Er bat jedoch Stefan von Scheidegg anschließend zu einem Vieraugen-Gespräch.
„Diese Reise hätte ich mir ersparen können, so wie das mit meinem Administratoren und den Bürgern hier gelaufen ist", beginnt der Landesherr, wobei er die Worte mehr an sich selbst richtet. „Den Herren geht es einfach zu gut. Viel zu viele Jahre konnten sie tun und lassen was sie wollten. Sie haben sich vom Mönchstum völlig entfernt. Prassen und saufen, pflegen Umgang mit schamlosen Weibern und schmeißen Geld, das nicht ihnen gehört, zum Fenster hinaus."
Stefan, der nicht recht weiß, was er sagen soll, bleibt weiterhin stumm. Ihm ist es peinlich, dass sein Landesherr so offen mit ihm über seine Chorherren herzieht.
„Ich denke, dass ihr mir helfen könntet."
„Ich bin Bauer in Gern. Wie sollte ich da helfen?", ist die erstaunte Antwort.

„Ich habe mich erkundigt. Ihr genießt allseits höchste Achtung. Auf euch hören die Leute, ihr seid einer von ihnen, selbst bei meinen Chorherren genießt ihr hohes Ansehen. Wenn ich euch eine verantwortliche Position zuteile, so könnte das die Wende bringen."
„Ich habe genug zu tun mit meinem Hof ..."
„Lasst mich ausreden", unterbricht ihn der Fürstpropst, „für den Hof findet sich bestimmt ein Ersatz. Ich denke da an ein Amt, das für die Landwirtschaft, den Wald und die Jagd zuständig ist. Das wäre doch genau das, was euch liegen müsste oder irre ich mich?"
„Zu viel der Ehre, Hoheit, ich könnte das nicht, ausgeschlossen!"
„Gut, Er kann sich das noch in Ruhe überlegen und muss nicht sofort entscheiden. Ich rechne aber mit ihm."
Dann, abrupt das Thema wechselnd: „Was macht denn sein Mündel, das hübsche Kind, das in so tüchtiger Weise den Habsburger Prinzen gerettet hat?"
„Maria ist wohlauf. Wir haben nur etwas Sorge wegen zweier Geheimpolizisten, die unbedingt auf ihre Mitarbeit bei der Suche nach zwei Attentätern pochen. Das halten wir für sehr gefährlich. Maria ist die einzige Zeugin und deshalb in großer Gefahr."
„Da würde ich mir keine allzu großen Sorgen machen. Wer sollte sie schon auf eurem Hofe suchen?"
„Wir nehmen das nicht auf die leichte Schulter, überlegen sogar, ob wir nicht das Angebot des Erzbischofs zum Schutz des Mädchens annehmen sollten, sie in Salzburg unterzubringen."
„Der Habsburger Prinz hat meines Wissens gute Chancen, einen wichtigen Posten an der Seite seines Kaisers zu übernehmen. Natürlich gibt es da viele Konkurrenten. Bei Hofe ist man nicht zimperlich. Da ist oftmals jedes Mittel recht, einen Mitbewerber auszuschalten. Der Jagdunfall am Unters-

berg stellte sicherlich so einen Versuch dar. Wenn der Prinz an Einfluss gewinnen sollte, so kann das für euch und euer Mündel einmal sehr hilfreich sein. Denkt daran, scheut euch nicht, dort anzuklopfen, wenn ihr einmal Hilfe braucht."

Mitten am Tage läuteten überall die Kirchenglocken.
Die Nachricht vom Tode Ludwigs XIV. verbreitet sich wie ein Lauffeuer. Der Monarch, der mehr als siebzig Jahre die Politik Europas maßgeblich und rücksichtslos mitgestaltet hatte, ist nicht mehr. Nicht nur sein Volk, das durch die hohen Steuerlasten aufgrund der vielen Kriege völlig verarmt war, atmet sichtlich auf. Auch bei den benachbarten Ländern, insbesondere in England und Spanien, überwiegt die Freude über sein Ableben.
Die Scheideggs hatten andere Sorgen. Ein Mann hatte Maria nach der Schule aufgelauert und brutal niedergeschlagen. Er hatte sie mit ihrer Ermordung bedroht, wenn sie vor Gericht aussagen würde. Stefan, der sich auf dem Heimweg vom Markt befand, sah den Mann noch über sein Mündel gebeugt mit einem Messer in der Hand. Von seinem Entsetzensschrei aufgescheucht, suchte der Übeltäter das Weite. Stefan konnte ihn nicht verfolgen, weil er sich um das Mädchen kümmern musste. Die Verletzungen waren nicht so schlimm, aber der Schreck wirkte noch lange nach. Von nun an wurde sie zur Schule begleitet und wieder zurückgebracht. Ihre Ausflüge auf den Berg mussten aber unterbunden werden.
„Ich glaube es ist für sie das Beste, wenn wir sie der Obhut des Erzbischofs übergeben. Dort ist sie besser aufgehoben. Er hat bestimmt auch dafür Verständnis, wenn sie beim Prozess gegen den wahrscheinlichen Attentäter nicht aussagen muss", war Stefan überzeugt.
Er hatte den Mann gesehen. Maria war sich jedoch nicht sicher: „Ich glaube, das war keiner von den zwei Männern, die auf dem Berg waren. Es war aber bestimmt ein Salzburger,

so wie der geredet hat."
Stefan, der ohnehin wieder einmal beim Brandtstädter Hof nach dem Rechten sehen wollte, suchte in Salzburg nach dem Spitzbuben. Er fragte in den Spelunken und Kaschemmen nach dem Mann, beschrieb ihn, versprach eine Belohnung für gute Informationen.
„Auch wieder so ein Schlaumeier, der einen sucht", hört er einen der Zecher sagen.
Stefan bestellt einen Humpen und setzt sich zu dem Mann. Nach dem zweiten Krug und vorsichtigem Befragen meint dieser schließlich: „Seit ein paar Wochen schon treiben sich zwei „Geheime" bei uns herum und erzählen überall, dass sie auf der Suche nach ein paar Halunken sind, die einen hohen Herrn umbringen wollten. Sie hätten sogar eine junge Zeugin, deren Aussage mit Sicherheit dazu führen würde, die Mordbuben hinter Gitter zu bringen ..."
„Ja und, was hat das mit meinem Mann zu tun?"
„Weiß ich nicht, aber die „Geheimen", der Sprache nach sind sie aus Wien, versprechen ebenfalls guten Lohn und stehen immer noch mit leeren Händen da. So leicht verrät man hier keinen. Man hat schließlich eine Ehre", setzt er mit gespieltem Stolz hinzu.
Das war es also, denkt Stefan. Die beiden posaunen überall von einer Zeugin herum. Damit setzen sie das Leben von Maria aufs Spiel. Er war sich im Klaren, dass sie ihr auf dem Scheidegg-Hof keinen Schutz mehr gewähren konnten. Das musste nun der Erzbischof übernehmen. Hoffentlich fasste man die Verbrecher bald, damit Maria keine Gefahr mehr drohte. Sie musste sich den Inhaftierten anschauen, dann konnte man über ihn auch an den zweiten Mann herankommen. Es war sicher dann nur noch eine Frage der Zeit, die Hintermänner zu überführen.

Maria wurde nun schonend auf den Orts- und Schulwechsel vorbereitet. „In Salzburg bist du besser beschützt. Du kannst Medizin studieren, erfährst viel von der Welt. Das kann einmal sehr wichtig für dich sein, auch dann, wenn dich deine Mutter nach Amerika holen sollte." Beim Thema Amerika leuchten die Augen Marias. Sie lässt sich zwar nichts anmerken, trotzdem ist klar, dass ihr die leibliche Mutter fehlt. Je älter sie wurde, umso mehr.

In Salzburg wird sie gut aufgenommen und fühlt sich sofort wohl. Das liegt vor allem an der Adeligen Therese von der Brücke, einer aparten Erscheinung, Anfang Dreißig, die der Landesherr höchstpersönlich zu ihrer Gouvernante und Erzieherin bestimmt hatte. Therese entstammt einem verarmten Adelsgeschlecht. Sie verdient sich als Geburtshelferin ihren Lebensunterhalt. Für Maria ist sie wie eine ältere Schwester. Sie ist vom Liebreiz ihrer Anbefohlenen vom ersten Augenblick an begeistert.
Nach einigen Tagen wird Maria, die vom ersten Stock ihres neuen Zuhauses einen guten Blick auf den Hof der Residenz hat, ein paar Mal ein Mann vorübergeführt, von dem sie sagen soll, ob sie ihn schon einmal zu Gesicht bekommen hat.
„Das ist keiner von denen auf dem Berg und auch nicht jener, der mich zuhause überfallen hat. Die sahen ganz anders aus", war sie sich gewiss.
Der Mann wurde wieder in seine Zelle geführt, weil die beiden Wiener darauf bestanden. Sie beriefen sich immer auf den Kaiser. Den will man auch in Salzburg nicht verprellen.
„Wir müssen Maria überall herumzeigen, sie als wichtigste Zeugin des Mordversuches am Habsburger Prinzen herausstellen", forderten sie vom Erzbischof. Seine Einwände zerstreuen sie: „Man muss das Mädchen immer diskret bewachen und sofort einschreiten, sollte sich jemand an sie

heranmachen. Sie ist unser Lockvogel, ihr passiert aber bestimmt nichts, dafür garantieren wir."

Für die beiden zählt aber nur der Erfolg. Was gilt schon das Leben eines Kindes, wenn die Monarchie in Gefahr ist, war ihre Prämisse. So hatten sie schon immer gehandelt und damit Erfolg gehabt. Belobigungen mit entsprechender Vergütung waren für sie wichtiger als Menschen, die ihnen dienlich sein konnten.

Stefan jedoch ließ nicht locker. Maria berichtete ihm von ihrer Beobachtung und auch davon, dass sie viel in der Stadt herumgeführt wurde und die beiden Wiener sich meist in ihrer Nähe herumdrückten. Ein böses Spiel also, das mit seinem Mündel getrieben wird, denkt er. Der Erzbischof war nicht zu erreichen, sein Sekretär ließ wissen, dass Maria gut bewacht werden würde. „Er braucht sich keine Sorgen zu machen, sollte sich besser um seinen Hof kümmern", war dessen hochnäsige Aussage.

Stefan jedoch blieb am Brandstädter Hof. Von da aus ritt er immer wieder in die Stadt. Er kannte den Mann, der Maria überfallen hatte. Ihn musste er kriegen. Das war nun seine Aufgabe. Sein Hof musste zurückstehen.

7

Josef kam tatsächlich ein paar Tage später mit zwei Zugpferden. Jürgen hatte ebenfalls ein Pferd erstanden. „Ich begleite euch", sagte er trotzig. Judith bat ihren Mann, den sie immer noch nichts von dem Vorfall mit Jürgen berichtet hatte, von seiner Begleitung abzusehen.

„Der tut uns doch nichts. Wenn es hart auf hart geht, dann schadet es nichts, wenn sich zwei wehrhafte Männer zur Seite stehen können. Ein Honiglecken wird unser Trail bestimmt nicht", versuchte er sie zu überzeugen.

„Das ist *Schnelles Messer*, ein Bruder meiner Frau. Tüchtiger Krieger und Fährtenleser. Er wird euch bis zu den Jagdgründen der Huronen begleiten. Auf ihn ist absolut Verlass“, überraschte sie Josef, der im Gefolge einiger Indianer angekommen war.

„Ihr müsst euch beeilen, wenn ihr euer Ziel noch vor Wintereinbruch erreichen wollt“, drängte sie nun Michael, wobei man durchaus schließen konnte, dass er die zusätzlichen Hausgäste möglichst rasch loshaben wollte.
„Er hat Recht, wir sollten bereits morgen weiterfahren. Proviant haben wir nun wieder ausreichend, ebenso die notwendigen Jagdwaffen, die wir notfalls auch zu unserer Verteidigung einsetzen können“, schloss sich Peter dem Vorschlag des Hausherrn an.
Ihr indianischer Begleiter entpuppte sich als wahrer Glücksgriff. Er ritt voraus, erkundete den besten Weg und war in ihrer Nähe, wenn es galt, den Wagen flott zu kriegen, weil er wieder einmal in einem Schlammloch festsaß oder über eine Furt musste. Besonders bei den Flüssen galt es, die seichteste Stelle zu finden, Untiefen rechtzeitig zu erkennen und Bären aus dem Wege zu gehen, die sich kurz vor dem Wintereinbruch mit Fischen ihre Bäuche vollschlugen. Im Spätherbst war der Tisch noch reichlich gedeckt mit Pilzen und den köstlichen Beeren, die *Schnelles Messer* heranschaffte, aber auch Judith aus der Heimat noch kannte.
Jürgen verhielt sich total neutral, so als wäre nichts gewesen und Judith ihm völlig gleichgültig sei.
Trotzdem ertappte sie ihn hin und wieder, wie lüstern er sie ansah. Einmal überraschte er sie an einem See, als sie ein Bad nehmen wollte. Sofort rief sie laut nach Peter, der nicht lange auf sich warten ließ. Jürgen hatte sich nach ihrem Ruf sofort zurückgezogen. „Ich geh nicht ins Wasser“, kam Peter der vermeintlichen Aufforderung seiner Frau zuvor.

Er wusste nicht den wahren Grund, warum sie ihn gerufen hatte. Irgendwann muss ich es ihm sagen, nahm sich Judith zum wiederholten Male vor. Bisher ergab sich einfach keine günstige Gelegenheit. Solange sie aufeinander angewiesen waren war es besser, wenn sie dieses Geheimnis für sich behielt. Davon war sie fest überzeugt.
Schnelles Messer beherrschte sein Pony meisterhaft. Er schien mit ihm wie verwachsen, obwohl er ohne Sattel und Zaumzeug ritt. Bewaffnet war er mit einer Streitaxt und einem Messer, die er beide im Gürtel, der kunstvoll aus der Haut einer Klapperschlange geflochten war, trug. Für die Jagd verwendete er Pfeil und Bogen. Eines Tages jedoch kam er sehr in Eile ohne Beute zurückgeritten. Er schwang sich von seinem Pony und hielt das Gefährt der drei Freunde an. Dann schirrte er eines der Zugpferde aus und verschwand mit ihm im nahen Wald. Das ging so rasch, dass für Fragen oder Erklärungen keine Zeit blieb. Nach seinen Gesten zu urteilen wollte er bald zurückkommen. Dabei lachte er übers ganze Gesicht.
„Was der wohl vorhat? Der wird doch hoffentlich unser Pferd heil zurückbringen?“, sagte, zu den Männern gewandt, Judith.
„Der hat irgend einen Spaß vor, so wie der gelacht hat“, vermutet Jürgen.
Es dauert auch nicht sehr lange bis die beiden wieder auftauchten. Das Pferd schleift mit seinem Zuggeschirr einen toten Bären heran, den der Indianer sofort losmacht und sich stolz auf die Brust klopft. Neugierig wird die Beute betrachtet. Das Fell ist Dunkelbraun mit einem weißen, stark blutverschmierten Brustfleck.
„Das ist sicher ein junger Bär, höchstens 1,50 Meter, etwa so groß wie die Braunbären bei uns“, vermutet Peter. Nachdem der Bär genug bestaunt, gedreht, gewendet, Zähne und Krallen begutachtet wurden, wollten die drei wissen, wie ihr

Jäger zu dem Wild gekommen war. *Schnelles Messer* geht zehn Schritte zurück, lässt sich nach vorne fallen und kommt dann auf allen Vieren auf sie zugelaufen. Kurz vor ihnen richtet er sich auf und breitet die Arme aus. Dann dreht er sich herum, zieht sein Messer und sticht blitzschnell in die Richtung, in der er vorher gestanden hatte. Dann rollt er sich zur Seite, das Messer immer noch stoßbereit in der Hand. Nach dieser Demonstration macht er sich sofort daran, das Tier zu häuten und zu zerlegen. Kopf, Fell und Krallen legt er beiseite, macht durch entsprechende Gesten deutlich, dass er diese Trophäen für sich beansprucht.
Da er auch ein Meister im Feuermachen ist, gibt es zur Feier des Tages die gebratenen Innereien des Bären. Die restlichen Fleischstücke sind für die folgenden Tage gedacht.
Der Indianer lachte noch immer. Dann beginnt er, um seine Trophäen zu tanzen, begleitet von einem Singsang, der jeglicher Melodie entbehrte. Natürlich lässt man ihn gewähren, schließlich war dies ein großer Tag für ihn.
„Einen Bären mit nur zwei Messerstichen zu erlegen, das ist wirklich mehr als beachtlich. Da hat er zuhause an seinem Lagerfeuer bestimmt noch viel zu erzählen", mutmaßt Jürgen.
„Ich habe es bei einem anderen Indianer gesehen: Die Zähne und die Krallen tragen sie, auf ein dünnes Lederband aufgefädelt, um den Hals und das Fell braucht er sicher für den Winter, wenn es seine Squaw so richtig weich gekaut hat", lacht Peter.
„Hoffentlich sind Vater- und Mutterbär weit weg", hofft Judith, „nicht dass sie uns demnächst einen Besuch abstatten!"

Die weitere Reise verläuft fast zu glatt. Das Wetter spielt mit, die Strecke ist problemlos zu befahren. Es gibt auch genügend zu essen. Vieles, was die üppige Natur anzubieten hatte. Mit ihrem Führer können sie sich auch immer besser verständigen, was allerdings nur mit der Zeichensprache geht. So bedeutet er ihnen, dass er sie in drei Tagen verlassen würde.

Dann sind sie auf sich allein gestellt. Sie orientieren sich nach dem Stand der Gestirne und sind sich mehr oder weniger sicher, auf dem richtigen Wege zu sein. Sie glaubten sich nun im Lande der Huronen und Franzosen zu befinden, deren Fort sie unbedingt noch vor Wintereinbruch erreichen wollten. Mit dem Weggang von *Schnelles Messer* wurde alles viel schwieriger. Das Wetter verschlechtert sich. Nach gefahrlosen Übergängen an den Flussläufen müssen sie oft lange suchen, was meist damit endet, dass sie bis auf die Haut durchnässt am jenseitigen Ufer ankommen. Selbst die Pferde zeigen ganz erhebliche Ermüdungserscheinungen. Jürgen musste sein Pferd ebenfalls dem Wagen vorspannen. Alle drei liefen nebenher, um die Pferde zu schonen. Sie schliefen gemeinsam im Wagen. Judith achtete darauf, dass zwischen ihr und Jürgen immer Peter zu liegen kam. Die Pferde werden fest an den Wagen gebunden, weil in fast jeder Nacht das schaurige Geheul von Wölfen zu hören ist. „Die finden noch genug zu fressen. Schwierig wird es sicher im Winter. Da ist aber noch lange hin“, beruhigte Peter seine Frau.
Nach einer unruhigen Nacht, in der eisiger Wind pausenlos an der Plane rüttelte, war die Überraschung perfekt. So weit das Auge reichte, war das Land in Weiß gehüllt. Der erste Schneefall. Gestern noch erstrahlten die Blätter der zahlreichen Laubbäume in den schönsten Farben des Herbstes.
Sie sind wie gelähmt. Ist es diesmal das Ende ihrer Reise?
„Keine Panik, der geht wieder weg“, redet Peter, nachdem er sich vom ersten Schreck erholt hatte, sich und den anderen ein. „Das ist doch wie daheim. Wie die erste Schwalbe noch keinen Sommer macht, so bedeutet der erste Schneefall noch

keinen Winter."
Jürgen, der mit Schnee bisher wenig in Berührung kam, hat sichtlich Angst. Judith war Schnee und harte Winter gewöhnt. Ein bisschen Schadenfreude kommt in ihr auf, als sie Jürgen so stehen sieht, bibbernd vor Kälte und Furcht.
„Hoffentlich gibt es das Fort noch", warf Jürgen, immer noch ängstlich, ein. „Der Indianer machte mir gegenüber nämlich so Andeutungen, aus denen ich nicht ganz schlau geworden bin."
„Was für Andeutungen?", will Peter wissen.
„Man konnte vermuten, dass er über tote Huronen und ihre verbündeten Weißen etwas ausdrücken wollte", aber wie gesagt, Genaues ...?"
„Jetzt mach die Pferde nicht scheu, wir werden noch früh genug erfahren, was da los ist. Ich bin auf jeden Fall sehr zuversichtlich", wischt Peter den Einwand vom Tisch. Er will vor allem bei Judith keine Sorge aufkommen lassen. Sie erscheint ihm in letzter Zeit ohnehin etwas bedrückt. Irgend etwas schien sie zu beschäftigen. Peter wollte aber nicht nachfragen.
„Außerdem hätte uns Josef etwas gesagt, weil er doch wusste, wohin wir wollten", ist sich Judith sicher.
„Vielleicht sollten wir auch nur weiterreisen, um für Michaels Familie keine Belastung zu sein", ließ Jürgen nicht locker.
„Mir reichts jetzt, wir fahren weiter. Eine andere Wahl haben wir ohnehin nicht. Die kürzere Strecke liegt doch vor uns. Ich denke, dass wir in einer Woche unser Ziel erreichen werden", gibt sich Peter sicher.
Einige Tage später, der Schnee war der warmen Oktobersonne gewichen, nimmt sich Peter Jürgen beiseite. Judith wusch am nahen Seeufer wie immer ihre verschmutzte Kleidung.
„Ich beobachte schon seit einiger Zeit, wie dir meine Frau aus dem Wege geht. Habt ihr Probleme miteinander?", beginnt Peter vorsichtig.

„Warum Probleme? Ich habe da nichts bemerkt. Judith verhält sich doch wie immer. Die Reise ist eben nicht leicht, da hat man nicht immer die gleiche Laune“, erwidert der Holländer ein wenig zögerlich. Peter hat jedoch seine Unsicherheit bemerkt, hakt etwas direkter nach.
„Was mir auch auffällt, ist dein Bemühen, dich jeweils spontan auf die Seite meiner Frau zu schlagen, wenn es zwischen ihr und mir unterschiedliche Meinungen gibt.“
„Das ist doch ganz natürlich, sie ist doch eine Frau.“
„Wenn du dich unbeobachtet fühlst, versuchst du die Blicke meiner Frau zu erhaschen, siehst sie an, als hättet ihr ein Geheimnis, das ihr vor mir verbergen wollt. Dabei spüre ich, wie Judith sich nicht nur räumlich von dir immer mehr distanziert.“
„Das bildest du dir ein. Mach dir keine Gedanken oder hat Judith mit dir über mich gesprochen?“, kam nun lauernd die Frage.
„Was hätte sie mir sagen können? Gibt es da doch etwas?“
„Ach was, Hirngespinste, sonst nichts. Wir haben andere Sorgen. Wenn wir im Winterquartier angekommen sind, dann sind wir nicht mehr aufeinander angewiesen, da hab ich andere Freunde, die sich freuen, wenn sie mich wiedersehen“, stellt er, nun wieder selbstbewusst geworden, fest. Gott sei Dank, denkt er, hatte sie ihrem Mann von dem Vorfall kurz vor dem Angriff der Indianer nichts erzählt. Hoffentlich hält sie weiter dicht, redet er sich ein.
Die gute Stimmung zwischen den Dreien ist jedoch dahin. Jeder verrichtet seine Arbeit. Ihre ganze Konzentration gilt nur noch der Weiterreise. Das Bärenfleisch war aufgebraucht. Fische aus den immer häufiger vorkommenden Binnenseen und Bächen, Pilze und Beeren sind nun ihre tägliche Nahrung.
Sie sind anscheinend auch auf dem richtigen Weg, den ihnen *Schnelles Messer* mit Orientierungspunkten von Flüssen und

Seen auf eine Skizze gemalt hatte, mit Holzkohle auf ein Stück Leder.
Ohne noch einmal von Schnee überrascht zu werden, nähern sie sich eines Tages dem Fort.
„Das muss es sein, hurra, wir haben es geschafft!“, sind sie schon von Weitem überzeugt.
Wie weggeblasen ist die etwas gedrückte Stimmung der letzten Tage. Sie umarmen sich, klopfen sich auf die Schultern, sind glücklich. Judith und Peter küssen und gratulieren sich.
Das Fort ist von einer hohen, jedoch schadhaften Holzumzäunung eingefasst. Es ist still, anscheinend hatte man sie noch nicht bemerkt. Sie treiben ihre Pferde zu einer letzten Anstrengung an.
Auch am Tor, das weit offen steht, rührt sich nichts.
Der weiträumige Hof sieht ungepflegt, menschenleer aus.

8

„Maria wird wie ein Stück Schlachtvieh durch die Stadt geführt. Jedermann weiß schon, dass sie nach ein paar Männern Ausschau halten soll. Oder, was wahrscheinlicher ist, sie soll von Männern, die nicht einmal vor Mord zurückschrecken, entdeckt und beseitigt werden!“
Stefan war sehr erregt beim Diener des Erzbischofs erschienen, der ihm wieder einmal mit einer fadenscheinigen Ausrede eine Audienz beim Landesherrn verweigert hat.
„Wenn diese Zurschaustellung nicht sofort aufhört, dann wende ich mich an den Kaiserhof. Prinz Burschi hat uns jede Unterstützung zugesagt, wenn wir ihn einmal brauchen sollten“, droht Scheidegg. Er macht sich große Sorgen um sein Mündel, fragt sich nicht nur einmal, ob seine Entscheidung, Maria nach Salzburg umzusiedeln, die richtige war. Er war auch noch nicht weitergekommen auf der Suche nach

dem Manne, der Maria zuhause überfallen hatte. Allerdings wollte er sich heute Abend mit einem der Zecher treffen, den er vor Kurzem in einer Schänke neben dem Dom kennengelernt hatte.
Der Mann stellte sich als Weinhändler vor, was durchaus glaubhaft erschien, so wie der dem Rebensaft zusprach.
„Ich beobachte Sie schon seit einiger Zeit, wie Sie sich durchfragen und Mühe geben, einen Mann zu finden. Die meisten meiner Kunden kennen Sie schon. Ich besuche doch sämtliche Wirtshäuser, Weinkeller und auch die Spelunken, deren Gäste ebenfalls meine guten Tropfen nicht verschmähen. Aber nicht nur Sie sind auf der Suche nach unbekannten Männern, auch ein paar Geheime aus Wien fragen den Wirten und ihren Gästen Löcher in den Bauch. Sie kennen doch unsere Mentalität: Nichts hören, nichts sehen, nichts sagen. So ähnlich wie bei den drei Affen. Ich kann Ihnen vielleicht helfen, muss aber wissen, was der Grund Eurer Suche ist."
Stefan hatte in den letzten Wochen verzweifelt gesucht. Ergebnislos. Nichts als verständnisloses Kopfschütteln und Misstrauen war ihm entgegengebracht worden. Dies war vielleicht die letzte Chance. Weitersuchen konnte er nicht mehr. Er hatte seinen Hof vernachlässigt, von seiner Familie ganz zu schweigen. Ein weiteres Angebot seines Landesherrn, in dessen Dienste zu treten, hatte er abgelehnt.
Nachdem sich das Stiftskapitel immer noch aufsässig verhielt, besetzte der Fürstpropst die wichtigen Regierungspositionen mit weltlichen Beamten und stattete sie mit Kompetenzen aus, die ihnen den wesentlichen Einfluss in die Geschicke Berchtesgadens sicherten. Er hatte sogar einen Staatskommissar berufen, der sofort von seinen Vollmachten Gebrauch machte und die Ausgabenflut der Propstei rigoros einschränkte. Für Stefan war diese Kutsche jedenfalls abgefahren.
Also beschrieb er dem möglichen Informanten den Mann,

den er suchte. Er verwies auch auf die Gefahr, die dem Mädchen drohte. Der Weinhändler hatte selbst Kinder und schien durchaus vertrauenswürdig.

„Ich habe da zufällig ein Gespräch mitgekriegt, bei dem sich einer beschwert hat, dass die Kleine immer noch frei herumläuft. Das müsse ein Ende haben. So oder ähnlich haben die gesagt. Sie haben mir keine Beachtung geschenkt, weil ich mir den Anschein gab, ich wäre am Tisch eingeschlafen", erzählt er Stefan.

„Ich bin Ihnen dankbar, brauche Ihre Hilfe. Mein Mündel schwebt in Gefahr. Sie sind meine letzte Hoffnung. Es soll Ihr Schaden nicht sein."

„Ich will Ihnen helfen. Das mache ich doch gerne. Wir müssen jedoch sehr vorsichtig vorgehen. Genauso gut könnte es sein, dass ich die falsche Fährte verfolge. Gleich mit Gendarmen anzurücken, dafür bin ich nicht zu haben. Meine leidvolle persönliche Erfahrung hat mir nämlich sehr deutlich gezeigt, dass die Exekutive bei uns sehr schnell ist, wenn's ans Verhaften geht. Einer meiner Kunden, der nicht zahlen wollte, hatte mich der Weinpanscherei beschuldigt. Ehe ich mich versah, landete ich im erzbischöflichen Kerker. Da wir nur einen Richter haben, blieb ich trotz aller Proteste drei Wochen hinter Gittern."

„Was schlagen Sie also vor?"

„Ich kenne da ein Lokal mit einem ebenerdigen Gastraum. Aber im 1. Stock gibt es ein Separee mit einem Fenster, von dem aus man einen guten Überblick in den darunter liegenden Hauptraum hat. Sobald ich einen der Männer wieder antreffe, werde ich ihn mit Freunden zu einer Weinprobe in das besagte Wirtshaus einladen. Auf meine Kosten, versteht sich. So wie ich diese Brüder einschätze, werden sie mein Angebot nicht ausschlagen. Ich sage Ihnen über den Wirt hier rechtzeitig Bescheid. Sie kommen sodann mit Ihrer Kleinen in das Lokal, verstecken sich im ersten Stock. Von

dort aus können Sie sich die Männer in Ruhe anschauen. Wenn Sie mit Sicherheit beurteilen können, dass es die Richtigen sind, dann geben Sie mir ein Zeichen. Danach werde ich herauszufinden wissen, wo ich sie wieder erreichen kann. Dann schnappt die Falle zu. Sie und das Mädchen sind dann sicher nicht mehr in Gefahr."
Stefan ist zwar nicht ganz überzeugt von dem Plan. „Wir könnten doch gleich die zwei „Geheimen" mitnehmen. Ganz unauffällig, sie erst dann zum Eingreifen veranlassen, wenn wir sicher sind."
„Davon rate ich dringend ab. Erstens, das müssen Sie verstehen, will ich mit einer Verhaftung nicht in Verbindung gebracht werden, ich bin schließlich Geschäftsmann und will nicht als Verräter dastehen, und zweitens sind mir die beiden Wiener ohnehin nicht ganz geheuer. Wer weiß, auf wie viel Schultern die tragen. Am Kaiserhof herrscht Lug und Trug. Korruption ist an der Tagesordnung, jeder kämpft gegen jeden. Da müssen sie einmal mit Leuten sprechen, die mit den Habsburgern zu tun haben! Da leben wir hier wie im Paradies! Also, wenn Sie wollen, dass ich Ihnen helfe, dann bitte nach meinen Regeln oder wir lassen das!"
„Nein, nein, das war doch nur ein Vorschlag. Natürlich bin ich froh, dass ich Sie getroffen habe. Ich weiß es zu schätzen, dass Sie uns helfen wollen. Es soll auch Ihr Schaden nicht sein", wiederholt er noch einmal.
„Nun ja, ein paar Fässer Wein müssen Sie mir schon abkaufen", lacht der Fremde, der sich bisher noch nicht mit seinem Namen vorgestellt hatte.
„Ich bin der Weinferdl, so kennen mich die Leute. Ferdl genügt aber auch", antwortet er auf die Frage von Stefan.
Nachdenklich und eher ziellos streicht Stefan in der Stadt umher, kommt an der umgestalteten Residenz vorbei, verwirft aber den Gedanken auf einen erneuten Versuch, beim Erzbischof vorgelassen zu werden. Über die Holzbrücke ge-

hend tragen ihn seine Schritte zum Schloss Mirabell, bei dem seit einiger Zeit ebenfalls viel umgebaut und verändert wird. Rokoko hat den Barockstil abgelöst, das wollte der kunstsinnige Landesherr so. Geld spielt da keine Rolle, sagt nicht nur hinter vorgehaltener Hand das Volk.
Stefan steht nun vor dem kunstvoll geschmiedeten Eisentor, das von Uniformierten bewacht wird. Im Innenhof sind eine Reihe prunkvoller Kutschen zu sehen, Vier- und Sechsspänner mit edlen Beschlägen der Rosse und Gespanne.
Sollte der Erzbischof?, fährt es Stefan durch den Kopf. Natürlich, das konnte gar nicht anders sein. Es war doch allgemein bekannt, dass Fürst Harrach die Umbauarbeiten seiner Gebäude oft in Augenschein nahm.
So nimmt sich Scheidegg ein Herz und marschiert durch das Tor. Nach wenigen Schritten aber verwehren ihm die Wachen den Zutritt.
„Ich muss zum Erzbischof, er hat mich hierher bestellt, also geht mir aus dem Weg“, lügt er forsch.
„Was glaubt er denn, wie oft wir das hier hören müssen. Uns ist nichts bekannt, also geh er zurück und mache den Weg frei“, kommt es barsch und drohend von den Wachen, denen es anzusehen ist, dass sie durchaus von ihren Hellebarden Gebrauch machen würden.
„Ihr bekommt Ärger von höchster Stelle, wenn ihr mich nicht sofort passieren lasst“, ruft nun Stefan mit erhobener Stimme. Er will wieder vorbei, wird jedoch abermals zurückgedrängt. Hinzukommende Leute werden nun ebenfalls laut, ergreifen für Stefan Partei und beschimpfen die Wachen als Büttel, Schweinehunde und mit noch schlimmeren Ausdrücken.
Durch den Lärm angelockt, erscheint ein sehr vornehm gekleideter Herr, der allem Anschein nach zum Gefolge des Erzbischofs gehört, eine gehobene Stellung innehaben muss.

„Was soll der Lärm?“, ruft er im Befehlston. Und zu den Wachen gewandt. „Treiben Sie die Leute auseinander. Was soll das Ganze? Das Schloss gehört unserem gnädigsten Herrn, hier hat sonst niemand etwas verloren!“
„Der da“, mit dem Finger auf Stefan zeigend, „hat mit dem Aufruhr begonnen“, berichtet eine der Wachen. Der Tumult geht weiter, es kommen immer mehr Leute hinzu.
Zornig wendet sich nun der Vornehme an Stefan. Er will losbrüllen, dann aber überzieht ein Schmunzeln sein Gesicht.
„Ja, das ist ja der Scheidegg, unser tüchtiger Jäger, kennt er mich nicht mehr?“
Stefan konnte sich nicht erinnern. Bei der erzbischöflichen Jagd seinerzeit waren so viele Leute. Wer war das noch einmal? Aber dann fällt es ihm wie Schuppen von den Augen. Natürlich kennt er den Mann. Der war es doch, der die Suchaktion nach dem Habsburger und nach Maria geleitet hatte. Nikolaus von Prien, bekanntermaßen ein einflussreicher Berater des Bischofs. Stefan hatte schon tolle Geschichten über ihn gehört. Er soll im Reiten und Fechten einer der Besten sein, der schon viele Duelle zu seinen Gunsten entscheiden konnte. Zuletzt soll er bei einem Turnier im Bogenschießen, das bei den jungen Adeligen höchst bliebt ist, den ersten Preis errungen haben. Er wurde ihm vom Erzbischof persönlich überreicht, weil sich an diesem Wettkampf auch viele Prinzen aus dem Kaiserhaus und aus dem Herzogtum Bayern beteiligt hatten. Die Leute berichten wahre Wunderdinge über ihn.
„Natürlich kann ich mich an Euch erinnern. Ihr wart doch der Führer des Suchtrupps ...“, kommt es ihm schnell von den Lippen.
„Ihr müsst hereinkommen, seine Exzellenz wird sich freuen, Euch zu sehen. Er spricht oft von Euch und Eurer Nichte, die doch seit ein paar Wochen in unserer Obhut ist. Fleißig und tüchtig, wie ihre Lehrer einstimmig urteilen. Ein beson-

deres Geschick scheint sie in der Behandlung von Kranken zu haben. Sie wird sehr oft in unser Spital gerufen", erzählt er weiter, zieht Stefan mit sich in den Innenhof. Die Wachen, die vorher noch mit ihren Waffen gedroht hatten, salutieren nun. Enttäuscht zerstreut sich die Menge.

Stefan und sein Begleiter treffen den Landesherren im lebhaften Gespräch mit einem nach der neuesten Mode gekleideten Herrn, der sichtbar bemüht ist, dem anscheinend recht skeptischen Erzbischof die Konstruktion einer neuen Treppe zu erklären.

„Das ist unser Wiener Architekt Fischer von Erlach, wenn Euch der Name etwas sagt. Er ist eine Koryphäe und nicht gerade billig", setzt Stefans Begleiter augenzwinkernd hinzu.

„Er ist ein Meister des Barock. Bedeutende Bauten von ihm stehen überall im christlichen Abendland. Bei uns aber muss er sich dem Rokoko zuwenden. Da gibt es natürlich hin und wieder Meinungsverschiedenheiten, wenn beide Parteien auf ihren Standpunkten beharren", wird Stefan weiter informiert.

Er kann sich nun den Fürsten in Ruhe ansehen, den er bisher nur in Jagd- oder Kirchenkleidern gesehen hat. Ein wahrhaft aristokratischer Mann, denkt der Betrachter.

Hohe Stirn, ovales, von einer grauen Perücke eingerahmtes, feingeschnittenes Gesicht. Er trägt einen langen grauen und vorne durchgeknöpften Rock mit einem mit weiten Ärmeln ausgestatteten Überwurf um seine Schultern, ebenfalls in Grau. Sehr schlicht, denkt Stefan, der eher Brokat und Hermelin erwartet hatte. Das silberne Kreuz auf der Brust des Monarchen passt sich ebenfalls in seiner Schlichtheit gut an. Harrach scheint zufrieden. Er hat sich wieder einmal durchgesetzt. Stolz begutachtet er die weiteren Umbauten im Innern des Schlosses, geht sinnend von Raum zu Raum. Er ist so in seine Gedanken versunken, dass er die beiden, die ihm

in respektvollem Abstand folgen, nicht wahrnimmt. Doch dann wendet er sich um, stutzt und erkennt Stefan.
„Das freut mich aber, ihn wieder einmal zu sehen. Hat er Nachricht von seinem Vetter aus Amerika? Warum hat er sich nie blicken lassen, habe ich ihm etwas zuleide getan?“
„Nun, Eure Exzellenz, es ist nicht leicht, zu Euch vorgelassen zu werden, Ihr habt bestimmt Wichtigeres zu tun, als mit einem Bauern ...“
„Unsinn“, unterbricht ihn von Harrach, Ihr seid mir immer willkommen. „Jederzeit“, setzt er betonend hinzu. „Ich muss mich auch einmal mit normalen Menschen unterhalten können. Das ist ganz wichtig. Leute, die mir sagen, was da draußen los ist, was sie bedrückt, was ihnen Sorgen aber auch Freude macht. In der Residenz erfahre ich das nie! Von einem Manne, der mit beiden Beinen im Leben steht, noch dazu in zwei Fürstentümern beheimatet ist, höre ich mir gerne an, was das Volk so denkt. Aber was führt Ihn heute zu mir? Hat Er ein Anliegen? Ich helfe ihm gerne, wenn es in meiner Macht steht.“
Stefan freut sich über die Worte. Ihm fällt ein Stein vom Herzen. Er erzählt dem Fürsten nun von seiner Sorge um Maria, dem Überfall in Gern, von den zwei Geheimpolizisten denen es nur darum geht Erfolg zu haben ohne Rücksicht, ob Maria dabei Schaden erleidet, von seiner eigenen, bisher erfolglosen Suche. Auch habe man schon lange kein Lebenszeichen mehr von Judith und Peter erhalten.
Der Erzbischof zeigt sich erstaunt. „Ich weiß nur, dass Euer Mündel nun in Salzburg ist. Gut behütet, denke ich. Ihre Erzieherin ist eine Verwandte von uns, eine äußerst verlässliche und charmante Person. Ich werde mich sofort informieren und ein paar Gendarmen abstellen, die Tag und Nacht auf Maria aufpassen. Das bin ich Euch, aber vor allem meinem Freund Peter schuldig. Verlasst euch auf mich. Euer Anliegen ist auch meins!“

Stefan will ihm noch das mit dem Vorschlag des Weinferdls erzählen, aber der Architekt drängt sich dazwischen.
„Unser Herr beschäftigt sich halt lieber mit der Kunst. Ihm schwebt neben den Umbauten an seinen Schlössern auch noch ein besonderer Park hier um Mirabell vor, mit zwergenhaften Figuren aus Sagen und Phantastereien. Neben dem wohl zur Zeit berühmtesten Baumeister, der nämlich, der uns gerade gestört hat, kommt demnächst auch einer der bekanntesten Kirchenmaler. Johann Michael Rottmayr, falls euch der Name etwas sagt. Sodann will er die Straße nach Venedig ausbauen, um Zugang zum Meer zu haben. Er träumt nämlich davon, Schiffe auszurüsten, mit denen er eigene Leute nach Amerika schicken, dort Kolonien erwerben kann. Ich bin aber der Meinung, dass Engländer, Franzosen, Niederländer und Spanier den Kuchen schon unter sich verteilt haben. Mich hat er dazu ausersehen, in Amerika nach Ländern Ausschau zu halten, die noch nicht von den Großmächten annektiert worden sind . Im Frühjahr muss ich reisen, die Passage ist schon gebucht. Von dieser fixen Idee ist er einfach nicht mehr abzubringen“, sagt Nikolaus von Prien, wenig überzeugt. Der Vertraute des Erzbischofs ist von imposanter Gestalt. Fast zwei Meter groß, der mächtige Brustkasten zeugt von enormer Stärke und seine tiefschwarzen, schulterlangen Haare machen eine Perücke überflüssig. Einige Narben in seinem sonnengebräunten Gesicht könnten sicherlich von manch gewonnenem Duell erzählen. Zudem ist er vieler Sprachen mächtig. Genau der richtige Mann für dieses Abenteuer, ist sich Stefan gewiss.

Er bleibt in Salzburg und hofft auf baldige Nachricht des Weinhändlers. Er hört sich aber weiterhin um, studiert Gesichter, täuscht sich nicht nur einmal, muss sich entschuldigen und sucht und fragt weiter.
Nach gut einer Woche erhält er die ersehnte Nachricht. Ein

ihm schon bekannter Kellner im Stiftskeller von St. Peter hat einen Brief für ihn parat, der die erforderliche Information erhält.
Dorthin also, murmelt Stefan. Er kennt die Spelunke von seinen Nachforschungen. Er hat mit so einem Milieu ohnehin schon gerechnet.
Nachdem er Marias Erzieherin gebeten hatte, das Mädchen für einen Abend aus ihrer Obhut zu entlassen, fahren sie mit einer Kutsche zum vereinbarten Treffpunkt. Kaum beachtet begeben sie sich schnurstracks in den besagten Raum im ersten Stock mit dem Blick zur darunter liegenden Gaststube. Sie werden nicht aufgehalten, anscheinend ist der Wirt über ihren Besuch instruiert. Gäste sind kaum zu sehen.
Sie fühlen sich sicher, bleiben aber so weit vom Fenster weg, dass sie von unten nicht erkannt werden können.
Plötzlich wird die Türe aufgerissen, Männer stürzen herein, reißen sie zu Boden, pressen ihnen scharf riechende Tücher vor die Nase .Sie verlieren die Besinnung.

Stefan wird wach, was einmal vom Rütteln der Kutsche, in die sie verfrachtet wurden, herrührt, aber auch von dem Weinen Marias, die immer wieder laut den Namen ihrer Mutter ruft.
Stefan zerreißt es fast das Herz. Wie konnte er nur in diese Falle tappen? Wie konnte er sein Mündel dieser Gefahr aussetzen? Er verflucht sich und den Weinhändler, weil er überzeugt ist, dass dieser ihn verraten hat. Sie sitzen gebunden im Innern einer geschlossenen Kutsche. Ihnen gegenüber zwei Ganoven, die sie nur zu gut kennen. Die Gefangenen sind gefesselt und geknebelt, Maria aber nicht so stark, weil sie immer noch nach ihrer Mutter rufen kann.
„Die hilft dir bestimmt nicht, euch kann niemand mehr helfen. Ihr hättet Ruhe geben und verduften müssen. Eure Lage habt ihr euch selbst zuzuschreiben. Es dauert aber

nicht mehr lange, dann seid ihr erlöst“, lässt sich nun einer der Entführer vernehmen.

„Wir haben euch doch nichts getan, lasst uns doch frei, wir verraten euch nicht“, kann Maria sagen, weil sich der Knebel etwas gelöst hat. Stefan ist völlig hilflos, nur seine Augen rollen gefährlich.

„Ja, ja, wenn Blicke töten könnten. Bald machst du für immer die Augen zu“, droht der Anführer. „Wir haben persönlich nichts gegen euch, aber ihr dürft nicht am Leben bleiben, weil sonst unser Leben keinen Pfifferling mehr wert ist“, erzählt er redselig weiter. Er scheint sich an der Angst seiner Gefangenen zu erfreuen.

„Unser Auftraggeber will es eben so. Da müssen wir gehorchen. Werden auch gut entlohnt. Er glaubt, dass er über uns in Schwierigkeiten kommen könnte. Dabei können wir schweigen wie Tote, oder mein Freund?“ Der andere lacht nur.

Stefan nestelt schon seit geraumer Zeit an dem Strick seiner auf dem Rücken gefesselten Hände. Im Wagen ist es finster, die beiden Laternen an den Seiten der Kutsche werfen nur ein mattes Licht auf den Weg. Stefan erkennt die Allee, die zu den Hütten des aufgelassenen Steinbruchs am Untersberg führt. Solange er gefesselt ist und Maria in seiner Nähe, die er auf keinen Fall gefährden darf, kann er nichts unternehmen. Er ist immer noch von der im Gasthof verabreichten Betäubung benommen, weiß aber, dass er jede sich bietende Chance ergreifen muss, um sein Mündel aus dieser gefährlichen Lage zu befreien. Er zweifelt nicht daran, dass die Halunken ihre Drohung wahrmachen würden.

„Na, schlottern euch schon die Knie, hat sich euer Darm vor Angst schon entlehrt? Es riecht nämlich hier schon so komisch“, nahm der erste Entführer höhnisch lachend den Monolog wieder auf.

„Das sind die Pferde, nicht wir“, antwortet Maria, ihren

Knebel nun endgültig ausspuckend.
„He, he, mein kleines Fräulein, so nicht ..."
„Lass sie doch, die hört doch keiner", unterbricht ihn der andere. „Wir wollen sie doch bei guter Laune halten, bevor wir sie kaltmachen. Sie soll uns doch noch ein paar angenehme Stunden bereiten. Eine Jungfrau ist doch nicht zu verachten. Du bist doch noch Jungfrau, oder?", setzt er mit ordinärem Gelächter hinzu.
Als Maria in verzweifeltes Weinen ausbricht, tätschelt sie einer der beiden Verbrecher und sagt: „Du wirst deine Freude an uns haben, wir sind zu dritt, alles richtige Männer, das wird dir Spaß machen. Dein Onkel darf zusehen, wenn er sich ordentlich benimmt."
Als er Marias Brust befühlt und ihr zwischen die Beine fasst, schreit der dritte Spießgeselle, der die Kutsche lenkt: „Da folgt uns eine Kutsche schon die ganze Zeit, hält immer den gleichen Abstand!"
Sofort greifen die zwei Banditen zu ihren Handfeuerwaffen, lehnen sich aus den Seitenfenstern.
Stefan nutzt die Gelegenheit, reißt mit Gewalt an seinen Fesseln. Es gelingt ihm unbemerkt, eine Hand freizubekommen. Er sieht, wie sich der an seiner Seite Sitzende immer noch aus dem Fenster der Seitentüre beugt. Blitzschnell versucht Stefan mit der freien Hand den Türgriff herunterzudrücken um den Mann durch die geöffnete Türe hinauszustoßen.
Der jedoch hält sich instinktiv am Türholm fest und schlägt zurück. Stefan lässt aber nicht locker. Er kämpft verbissen, hat aber nur eine Hand zur Verfügung und die fühlt sich taub an von der langen Fesselung. So wird er auf die Sitzbank zurückgestoßen. Als er erneut den Versuch unternimmt, sich auf seinen Peiniger zu stürzen, fällt ein Schuss. Die Kugel des anderen trifft Stefan am Kopf. Blut spritzt aus der Wunde, der Getroffene sinkt leblos in den Fußraum.
„Schmeiß ihn raus, gib ihm einen tüchtigen Tritt, dann rollt

er die Böschung hinunter. Der tut keinen Mucks mehr, das ist klar. Jetzt hat ihn halt etwas früher sein Schicksal ereilt. Selbst schuld“, schreit der, der geschossen hat.
Maria ist wie gelähmt. Kein Wimmern mehr, kein Rufen. Erstarrt sitzt sie auf der Bank, flüstert nach einer Weile: „Onkel Stefan!“ Aller Schmerz des Kindes liegt in den zwei Worten.
„Ist der andere Wagen noch hinter uns?“, will nun einer vom Kutscher wissen.
„Ja, schon ziemlich nahe!“
„Dann lasse ihn herankommen. Wir sind gerüstet. Vielleicht wollen die gar nichts von uns. Wenn der Weg breiter wird, dann sollen sie überholen, fahr also etwas langsamer!“
Als die fremde Kutsche aufgeschlossen hat, wird Platz gemacht. Maria wird der Mund zugehalten, damit sie nicht um Hilfe rufen kann. Der Griff löst aber ihre Erstarrung. Sie beißt zu, so kräftig ihr das nur irgendwie möglich ist. Ihr Peiniger flucht laut, zieht die Hand weg. Maria schreit, so laut sie nur kann. „Hilfe, Hilfe, helft uns, Banditen, Mörder!“
Die andere Kutsche fährt jedoch langsam vorbei.
„Die haben nichts gehört. Ihre Kutsche ist auch geschlossen und bei dem Lärm der Räder ...“, sagt der Gebissene und steckt Maria, die enttäuscht in sich zusammensinkt ohne Gegenwehr erneut den Knebel in den Mund.
„Das wirst du mir büßen, du kleines Luder“, droht er mit hasserfüllter Stimme.
Ihre Kutsche rollt kurz an, um dann wieder stehen zu bleiben.
„Was ist nun wieder los?“, schreit einer zum Kutscher.
„Die haben wahrscheinlich Probleme mit ihrem Fahrzeug. Der auf dem Bock ist abgestiegen, macht sich an einem der Vorderräder zu schaffen.“
„Dann fahr du weiter, das kümmert uns nicht!“
„Geht nicht, der Weg ist hier zu eng. Kein Platz für zwei

Kutschen nebeneinander."

„Dann fahr halt neben dem Weg, du Feigling."

„Da ist links und rechts eine steile Böschung. Aber wenn du lebensmüde bist ...!"

„Sieh nach, was denen fehlt und treib sie an. Wir haben nicht ewig Zeit."

Kurze Zeit später, der Kutscher ist zum anderen Fahrzeug gegangen, werden gleichzeitig die beiden Seitentüren der hinzugekommenen Kutsche aufgerissen, zwei Männer laufen zurück, richten Pistolen auf die Entführer. Deren Handfeuerwaffen liegen auf der Sitzbank, können nicht schnell genug hochgebracht werden. Die Waffe, mit der auf Stefan geschossen wurde, ist noch nicht einmal nachgeladen.

Tapferkeit scheint keine Tugend der Entführer zu sein. Brav strecken sie die Hände in die Höhe.

Aus anderem Holz geschnitzt ist aber ihr Kutscher. Dieser will seinen Kumpanen zu Hilfe eilen. Er kommt mit einem Messer, dessen Klinge im Schein der Laternen aufblitzt, auf die Pistolenmänner zu. Er reißt sein Messer hoch um zuzustechen, als ihn der Schuss aus einer Pistole zurückwirft. Das Messer fällt ihm aus der Hand, er stürzt und rollt die steile Böschung hinunter. Die beiden Angreifer ziehen nun jeweils ein Paar Handschellen aus der Tasche. Sie ketten die Entführer damit an die Räder der eigenen Kutsche.

Maria hatte alles mit angesehen. Als ihr der Knebel entnommen, ihre Fesseln gelöst sind, springt sie aus dem Wagen und läuft so schnell es ihre geschwollenen Beine zulassen, auf dem Weg zurück. Dabei ruft sie immerzu den Namen ihres Onkels. Abwechselnd schickt sie Stoßgebet um Stoßgebet zum Himmel, bittet ihren Vater, den sie da oben wähnt, um Hilfe.

Ihrem Gefühl gehorchend verlässt sie den Weg, klettert die steile Böschung hinunter, sucht im dichten Buschwerk nach Onkel Stefan.

Als hätte sie eine unsichtbare Hand geführt, erreicht sie nach kurzer Zeit die leblose Gestalt des Gesuchten. Im fahlen Mondlicht bietet sich ihr ein schauriger Anblick. Kopf und Gesicht sind voller Blut. Seltsam verdreht der Körper, in dem kein Leben mehr ist. Sie streichelt sein Gesicht, nimmt seinen Kopf in beide Hände. Ihre Tränen tropfen unaufhörlich auf ihn herab.

Lieber Gott, betet sie voller Inbrunst, du hast mir schon oft bei Kranken geholfen. Sie sind wieder gesund geworden. Gib mir die Gabe, auch Onkel Stefan zurückzuholen, er ist doch so ein guter Mensch und ersetzt mir Mutter und Vater. Bitte, lieber Gott, hilf mir.

Inzwischen waren auch die beiden Befreier hinzugekommen. Sie wollen Maria sanft von ihrem Onkel zurückziehen. Das Mädchen krallt sich aber an ihm fest, betet immer weiter.

Auch den beiden Männern fällt nichts anderes ein, als stumm mitzubeten.

„Das Mädchen muss ihren Schock überwinden. Wenn ihr dabei beten hilft, dann sollten wir sie gewähren lassen. Wenn wir mit einstimmen, dann tröstet sie das vielleicht," flüstert einer von ihnen, den anscheinend ein schlechtes Gewissen plagt. Maria wischt nun mit dem Saum ihres Rockes das mit ihren Tränen vermischte Blut vom Gesicht ihres Onkels. Dann nimmt sie wieder seinen Kopf und küsst ihn voller Liebe. Sie blickt in an und sieht, wie seine Augenlider zu flattern beginnen. Sofort legt sie ihr Ohr an seine Brust und hört, ganz schwach zwar, seinen Herzschlag.

Laut jubelt sie: „Gott hat mich erhört, er lebt!"

9

Die Ruhe ist gespenstisch. Waren sie hier richtig? Ist das ihr Ziel?
Die Palisade wirkt an einigen Stellen wie angebrannt. Auch in einigen der Hütten schien es gebrannt zu haben. Vorsichtig lenken sie Pferde und Gefährt weiter. Sie nähern sich einem großen Holzhaus. „Wahrscheinlich das Mannschaftsgebäude“, vermutet Peter.
„Hallo, ist hier jemand?“, ruft Jürgen, der sehr unsicher wirkt, augenscheinlich Angst hat.
Auch den beiden anderen ist es nicht wohl zu Mute.
Dann vernehmen sie das Knarren einer Türe. Sofort gehen ihre Blicke in die Richtung eines Blockhauses. Die Türe öffnet sich langsam. Dahinter kommt ein Mann heraus, der eine schussbereite Muskete mit beiden Händen fest umfasst hält.
„Was sucht ihr hier, was ist euer Begehr?“, kommt es mit belegter Stimme in der Unsicherheit mitschwingt, von dem Mann.
Peter hat sich vom Wagen geschwungen, geht mit ausgebreiteten Händen auf den Mann zu. „Keine Angst, wir sind drei friedfertige Menschen, die ein sicheres und festes Quartier suchen. Man hat uns dieses Fort empfohlen. Wir können auch bezahlen.“
„Fort ist gut gesagt“, kommt es freudlos zurück. „Das war einmal. Kommt aber näher und betrachtet euch vorerst als unsere Gäste.“
Er stellt sich als Ezechiel Rose vor, Händler.
Die drei sind froh, dass sie anscheinend freundlich aufgenommen werden. Sie folgen der Einladung in das Haus, das einen guten und sicheren Eindruck macht.
Hinter der Türe warten ängstlich drei weitere Personen. Zwei Frauen und ein Mann.
Ezechiel stellt vor: „Mein Bruder David, seine Frau Rachel,

meine Frau Esther."
Judith, Peter und Jürgen nennen nun auch ihre Namen. Sie schauen sich aufmerksam um. Sie registrieren einen durchaus wohnlich eingerichteten Raum, der sie ein wenig an zuhause erinnert. Zwei Türen führen in Nebenräume, die ihnen jedoch vorerst verschlossen bleiben.
„Wir dachten schon, das Fort wäre verlassen, weil das Tor offen war und sich so gar nichts rührte?"
„Wir wollten erst einmal sehen, wer zu uns kommt. Es sind nämlich sehr unsichere Zeiten.
Schon mehrmals haben wir unliebsam mit feindlich gesinnten Eindringlingen zu tun gehabt. Da wird man halt vorsichtig", erklärt Ezechiel, der das Wort führt. Seine drei Mitbewohner nicken, haben jedoch die anfängliche Zurückhaltung aufgegeben.
Die Frauen nehmen Judith bei der Hand und zeigen ihr die Wohnräume. Die Verständigung ist gut, weil die Roses aus Prag stammen.
„Eigentlich haben wir gedacht, auf einen Treck zu treffen, der hier überwintern wollte. War er schon hier? Das waren bestimmt an die vierzig Planwagen mit zahlreichen Rindern und Pferden", will nun Peter wissen.
„Nein, wir haben niemanden bemerkt. Bei so einem großen Zug wäre uns sicher etwas zu Ohren gekommen, selbst wenn er nur durchgezogen ist. Wir sind nämlich Händler mit einem unregelmäßigen Versorgungsdienst. Das heißt sie müssen sich das so vorstellen, dass wir hier von Fallenstellern, Indianern und Trappern geschürftes Gold, Felle, gedörrtes Büffelfleisch annehmen und es dann in den großen Ansiedlungen im Osten gegen Waren eintauschen, die hier dringend gebraucht werden."
„Übernehmen Sie die Transporte selbst oder haben Sie ...?", wollte Jürgen wissen, bekam aber, ehe er seine Frage beenden konnte, sofort zur Antwort: „Nein, jetzt nicht mehr. Wir

haben verlässliche Leute, die auch mit der Waffe umzugehen wissen, die das für uns übernehmen. Es sind Weiße, Indianer und Halbblut. Sie verdienen bei uns gutes Geld oder was sie sonst noch brauchen. Bisher ist alles gut gegangen", bemerkt er etwas zögerlich.
„Könnten Sie auch Briefe befördern?", fragt Judith , die den Rundgang mit den beiden Frauen inzwischen beendet hat.
„Natürlich, das auch. Allerdings werden Sie bis zum Frühjahr Geduld haben müssen, weil wir vorher keinen Transport mehr durchführen. Der Winter verhindert das. Außerdem warten wir auf unsere Leute, die schon seit einiger Zeit zurück sein müssten. Noch machen wir uns keine Sorgen, aber es ist allmählich an der Zeit. Wir müssen unsere Wintervorräte auffüllen. Für uns aber auch für den Handel mit Fellen, die bereits Ende des Winters angeliefert werden."
„Wie leben Sie hier, Sie kommen doch aus einer großen europäischen Metropole, ist es Ihnen da nicht zu einsam?", wendet sich Judith an die Frauen.
Esther und Rachel schütteln stumm ihre Köpfe.
„Hier ist es nicht einsam", schaltet sich David ein, „wir leben hier besser und vor allem freier als sonst wo anders. Wir haben genug hinter uns, dass wir mit Fug und Recht behaupten können, dass es uns hier gefällt." Er sagt das allerdings zu betont, so als würde er sich selbst etwas bestätigen müssen.
„Wie kommt man aber als Prager hierher? Was hat Sie hierher verschlagen?", will Peter wissen.
Die Frage bleibt vorerst unbeantwortet, weil die Frauen des Hauses Tee und Gebäck anbieten, was die Neuankömmlinge gerne annehmen.
„In Prag wurde uns das Leben immer mehr verleidet", erzählt nun Ezechiel. „Wir hatten einen gut gehenden Handel mit Schmuck, Gold und Geldverleih. Niemand hat uns etwas Schlechtes nachsagen können. Trotzdem wurden wir geschnitten und gedemütigt. Wir sind Juden und die wollte

man aus der Stadt haben. So mussten wir Stadt und Land verlassen. Überall in Europa wurde gegen die Juden gehetzt, schlecht über uns geredet. Deshalb sind wir nach Amerika, weil wir glaubten, in ein Land zu kommen, wo jedermann leben kann, so wie er will."

Die Frauen und auch David wollten sich einschalten, aber Ezechiel unterband das mit einer energischen Handbewegung und spricht weiter: „In den neuen Städten und Siedlungen des Ostens wurden wir jedoch schnell eines Besseren belehrt. Hass, Habgier und Heuchelei verbargen sich hinter Bibelworten. Nächstenliebe fehlte aber bei diesem Pharisäertum zur Gänze. Indianer sind in den Augen vieler Weißer die Wilden, keine Menschen. Fanatische Prediger hetzen die Menschen auf. Wir sind aus Europa geflohen, weil es dort keine Duldung der Andersdenkenden gibt, weil man sich dort grausam bigott und unmenschlich bekämpft. In Religionskriegen hat man sich gegenseitig totgeschlagen. Hier ist es nicht besser. Wir mussten deshalb weit weg von der sogenannten Zivilisation in die Einsamkeit. Es ging einfach nicht anders. Nun aber haben wir Freunde bei den Weißen und den Indianern."

Man spürt so richtig, dass der Mann sich alles unwidersprochen von der Seele reden musste, als er erschöpft innehält. Seine drei Familienmitglieder mussten sich das sicher schon oft anhören.

Peter und Jürgen erzählen nun ihre Geschichte, geben ein wenig preis von ihren Beweggründen, die Heimat verlassen zu haben. Jürgen hält sich auffallend bedeckt.

„Was uns aber wundert ist, dass wir noch keine Soldaten gesehen haben. Sind die alle ausgerückt?"

„Das Fort ist verlassen. Ursprünglich waren hier Franzosen und nebenan ein großes Huronendorf. Die Indianer hatten sich mit den Franzosen verbündet, lebten mit ihnen, tauschten Waren. Viele von ihnen wurden katholisch getauft. Sie mussten mit ihren Verbündeten gegen die Engländer kämpfen, beim Streit um das Land, das eigentlich den Indianern gehört. Dann kamen die Engländer mit einer großen Armee. Der französische Kommandant musste kapitulieren, um mit seinen Soldaten nicht völlig aufgerieben zu werden. Sie bekamen freien Abzug. Den Huronen ging es aber nicht so gut. Sie wurden förmlich abgeschlachtet. Männer, Frauen und Kinder. Der Kriegszug der Engländer ging aber noch weiter. Unbarmherzig und grausam. Sie überrollten die indianischen Siedlungen, machten alles nieder, was ihnen in den Weg kam. Zehntausende von Huronen fielen den übermächtigen Feuerwaffen der Eindringlinge zum Opfer. Nur ein paar Indianer überstanden die Massaker. Fürwahr kein Ruhmesblatt für England."

„Aber das Fort, haben sie es nicht geschleift oder mit eigenen Soldaten besetzt?"

„Anfangs schon. Dann aber haben sie weiter westlich neue Forts errichtet, ihre Bastionen immer weiter ins Indianerland geschoben, ihre Banner gehisst, um sich im Wettrennen mit den Franzosen möglichst große Territorien anzueignen. Besser gesagt: zu rauben!"

„Das ist ja furchtbar", entfuhr es Judith. „Zehntausende?"

„Kurz nachdem sind wir eingezogen. Man darf nicht lange nachdenken, sondern muss eben versuchen, sein Leben so zu gestalten, wie es Jahwe, unser Herr, zulässt", sagt nun Rachel, die bisher geschwiegen hatte. Sie und ihre Verwandten verbeugen sich tief, als sie ihren Gott beim Namen nennt.

„Seid ihr nun die Einzigen im Fort oder gibt es noch weitere Bewohner?" ist Jürgens anschließende Frage.

„Im Augenblick sind wir allein, wenn aber meine Männer zurückkommen, werden den Winter über noch zehn Personen mehr hier wohnen", gibt Ezechiel die gewünschte Auskunft.

„Können wir auch überwintern? Ich glaube nämlich nicht,

dass unser Treck noch auftauchen wird. Er ist meiner Berechnung nach mindestens seit zwei Wochen überfällig. Die haben entweder eine andere Route eingeschlagen oder sind unbemerkt vorbeigezogen, um vielleicht in einem der von euch geschilderten neuen Forts das Winterlager aufzuschlagen.“

Judith wartet bangen Herzens auf eine Antwort. Sie weiß instinktiv, dass auch Jürgen und Peter diese Frage seit ihrer Ankunft beschäftigt.

„Ihr seid uns herzlich willkommen. Platz genug gibt es in einigen Häusern. Es ist auch noch allerhand Gerät vorhanden, auch Pritschen zum Schlafen. Außerdem können wir euch mit Büffelfellen aushelfen, damit ihr nicht erfrieren müsst“, war die schnelle Einladung von Esther, keinen Einwand ihres Mannes oder Schwagers zulassend.

„Da fällt uns wirklich ein Stein vom Herzen. Ich hoffe, dass auch alle damit einverstanden sind?“ Peters Frage wird von den Roses mit freundlichen Nicken beantwortet.

„Es war höchste Zeit für euch. In ein paar Tagen könnte uns der Winter schon fest im Griff haben. Hoffentlich sind bis dahin meine Leute zurück“, war Davids Kommentar.

Judith ist von dem Gehörten immer noch tief erschüttert. Ihre Informationen deuteten doch darauf hin, auf Franzosen zu treffen, die mit den Einheimischen in Frieden lebten. Selbst Richard, ihr Treckführer, hatte nichts anderes erzählt. Vielleicht hatte er von den Veränderungen erfahren, deshalb einen anderen Weg genommen?

„Wohin sind denn nun die Franzosen?“, wollten sie wissen.

„Die sind nach Norden, dicht an die großen Seen heran, dort sind ihre Bastionen. Ob sie allerdings die Engländer gewähren lassen, wird die Zukunft zeigen. Platz gäbe es für alle. Aber die Engländer sind mit ihrer Gier nach Land und Gold unersättlich. Wer sie an ihrem Vormarsch hindert, wird gnadenlos niedergemacht. Die Rothäute haben aufopferungs-

voll um ihre Heimat gekämpft. Aber mit Pfeil und Bogen gegen Musketen und Geschütze? Hoffnungslos!"
Die Männer sind inzwischen losgezogen, um passende Hütten zu suchen.
Zielstrebig marschiert Peter auf ein Blockhaus zu, das zumindest äußerlich einen ganz passablen Eindruck macht. Ezechiel hält ihn jedoch zurück.
„Von dem Haus würde ich dringend abraten. Anscheinend wurde es von den Soldaten als Latrine benutzt. Der scharfe Geruch ist so penetrant, dass wir jedes Mal einen großen Bogen um das Haus machen."
Jürgen unternimmt erst gar nicht den Versuch, mit den Brandstädters ein gemeinsames Blockhaus zu beziehen. Er will sich jedoch in unmittelbarer Nachbarschaft einrichten.
„So können wir uns gegenseitig beistehen, wenn es einmal brenzlig werden sollte. Man weiß ja nie, was in den Wintermonaten alles passieren kann, oder Peter?" Der nickt nur.

Judith und Peter genießen das Wohnen im neuen Heim. „Ein paar Monate können wir es schon aushalten", sagen sie sich oftmals gegenseitig. Sie fühlen sich wohl. Wenn sie sich lieben, ist das Bild der Mutter wie weggewischt. Endlich sind sie ganz vereint, ihr Verlangen, ihre Leidenschaft kennt keine Grenzen. „Ich wünsche mir so gerne noch ein Kind", gesteht sie Peter immer wieder. Auch er hofft, dass ihr Wunsch in Erfüllung geht, obwohl ihre Zukunft mehr als ungewiss ist.

Judith ist froh, dass sie sich so gut mit den beiden Frauen versteht. Sie haben keine Geheimnisse voreinander und teilen sich die Arbeiten, die im Fort den Frauen zugeteilt werden. Judith würde am liebsten lange hier bleiben, weiß aber auch, dass Peters Traum in weiter Ferne liegt.

„Sobald die Kälte kommt, sollten wir noch einmal auf die Jagd gehen, weil wir für den Winter nicht genug an Vorräten haben. Das Fleisch kann sodann im gefrorenen Zustand über viele Wochen unsere Ernährung sichern“, empfiehlt Ezechiel.
Aufziehende dunkle Wolken kündigen Schneefall an. Roses Mannschaft ist immer noch nicht zurück. Allmählich kommt bei den Brüdern Sorge auf. Sie brauchen die bestellten Waren, in denen ein großer Teil ihrer Barschaft steckt.
„Sie waren bisher so zuverlässig, die tauchen bestimmt bald auf“, trösten sie sich.
„Es wird aber auch höchste Zeit, der Schnee wird bald jedes Fortkommen zunichte machen“, orakelt David.
Fast gleichzeitig mit dem einsetzenden Schneefall ertönt eines Abends Hufgetrampel. David und Ezechiel greifen zu den Waffen, gehen vor die Türe.
Zwei Reiter schwingen sich von den abgehetzten Pferden, dem dritten aber muss geholfen werden.
„Wir sind überfallen und ausgeplündert worden“, berichten sie atemlos. „Sechs Mann wurden getötet. Wir konnten uns gerade noch retten, weil die Räuber sich sofort auf die Beute stürzten, uns nicht verfolgten!“
„Wer war das?“
„Weiße Banditen, zirka zwanzig Männer. Drei oder vier von ihnen haben wir verwundet oder getötet. Es handelt sich höchstwahrscheinlich um die gleiche Gruppe, die vor kurzer Zeit eine Wagenkolonne überfallen und ausgeraubt hat. Es soll dabei viele Tote gegeben haben. Ein paar Leute haben wir angetroffen. Sie wollten wieder zurück. Todesangst stand in ihren Gesichtern. Wo die anderen verblieben sind, wussten sie nicht. Sie flohen in alle Richtungen. Bei dem einsetzenden Winter müssen sie schon großes Glück haben, wenn sie mit dem Leben davonkommen wollen.“
Die beiden Brüder sind wie geschockt. „Einmal musste es so

kommen“, flüsterte dann David, der seine Fassung als erster wiederfindet.
„Glaubt ihr, dass euch die Banditen verfolgen, dass sie hierher kommen?“, war die bange Frage Rachels.
„Ich glaube nicht, wenigstens vorerst nicht. Sie fürchten sicher auch den Winter. Die überfallenen Auswanderer glauben nämlich aus Bemerkungen der Räuber gehört zu haben, dass die Bande etwas weiter westlich ein Dorf überfallen und sich dort eingenistet hat.“
Der Sprecher der drei Überlebenden, ein Weißer namens Fred, wird mit den beiden anderen ins Haus gebracht. Der Verletzte hat eine Schusswunde am Bein, die sofort von kundiger Hand versorgt wird. „Das wird wieder. Im Frühjahr kannst du wieder hinter den Truthähnen herlaufen. Da bin ich mir ganz sicher“, verspricht ihm Rachel, die sich anscheinend auf die Versorgung von Wunden versteht.
„Sie war im jüdischen Hospiz in Prag eine tüchtige Kraft“, verrät David den hinzugekommenen Auswanderern.
„Das sind Fred, Jonathan, nur Jo genannt, und *Helles Feuer*, unser zuverlässiger indianischer Freund, stellt Ezechiel seine verbliebenen Mitarbeiter vor und berichtet von dem Überfall.
„Ich habe auch schon von der Bande gehört. Ihr Anführer ist ein Deutscher oder Österreicher.
Bisher wurden wir verschont. Zu viele Soldaten. Zuerst die Franzosen mit den Rothäuten und dann die Engländer. Ich denke, es ist an der Zeit, unser Eingangstor wiederherzustellen. Wir sind jetzt sieben Männer, da lässt sich die Anlage im Ernstfall schon verteidigen. Waffen sind genug da.“
„Der Winter ist ein guter Schutz“, ist Fred überzeugt.
Fred heißt Vogl mit dem Familiennamen. Er gleicht zwar eher einer satten Eule mit seiner gedrungenen aber sehr muskulösen Figur, hat wache Augen und macht einen sehr sympathischen Eindruck. Manchmal zieht er eine Brille aus

einem Rock, die er wie einen Augapfel hütet.
„Ein Mann, auf den man sich verlassen kann“, sind die Roses überzeugt.
Die nächsten Tage und Nächte schneit es ununterbrochen. Dazu pfeift ein unbarmherziger Sturm um das Fort, der es für alle geraten erscheinen lässt, in seinen jeweiligen vier Wänden zu bleiben. Die Männer der Brüder haben wie früher schon das große Mannschaftsquartier bezogen.
Dann setzt der Schneefall aus, der Sturm legt sich, die Sonne lacht vom blauen Himmel. Es ist jedoch bitter kalt geworden.
„Wir müssen jetzt zur Jagd. *Helles Feuer* wird Peter, Fred und Jürgen führen. David, Jo und ich kümmern uns um das Tor, das können wir gut schaffen. Jo ist gelernter Schmid, ein guter Handwerker, dem mein Bruder und ich zur Hand gehen werden. Sein Bein ist soweit in Ordnung. Eine Muskete kann er auf jeden Fall abfeuern!“
Der Indianer versteht ihre Sprache. Er kann sich auch selbst ein wenig darin ausdrücken. Besonders mit Fred versteht er sich fast blind. Eine Handbewegung genügt, schon weiß der andere was ansteht.
Sie rüsten sich mit Musketen aus und verpassen sich Schneeschuhe, die noch einigermaßen gut erhalten von den Soldaten zurückgelassen worden waren.
Der Indianer spurt, gefolgt von Fred und den zwei anderen, voran. Teilweise sinkt er bis zu den Hüften in den Schnee. Er behält aber sein Tempo bei. Jürgen und Peter, die in die ausgetretenen Fußspuren treten können, müssen sich kräftig anstrengen, um Schritt zu halten.
„Wo soll es hier Büffel geben?“ Die haben sich doch längst in wärmere Gegenden zurückgezogen?“, fragt Jürgen, bereits völlig nass geschwitzt seinen Vordermann.
„*Helles Feuer* weiß schon, wo er suchen muss“, ist die knappe Antwort.

Dann geht der Indianer plötzlich in die Knie und bedeutet seinen Begleitern das gleiche zu tun. Peter und Jürgen, die bis dahin nur die Schneespur im Auge hatten, sehen nun auch auf einer Anhöhe eine kleine Büffelherde.
„Der Wind steht gut“, flüstert Fred und folgt kriechend seinem Freund. Jetzt kommen sie nur noch langsam voran, der tiefe Schnee macht sie fast unsichtbar. Jagdfieber hat sie gepackt. Jetzt nur keinen Fehler machen, denn sie wissen, dass dies vielleicht ihre letzte Chance ist, die Wintervorräte zu ergänzen.
Die Bisons scharren im Schnee, der auf der Anhöhe nicht sehr hoch liegt, weil er vom Wind in tiefere Lagen verfrachtet wurde. So finden die Tiere noch etwas Gras. Das lenkt ihre Aufmerksamkeit so ab, dass die Jäger unbemerkt immer näher robben können.
Helles Feuer bespricht mit Fred einen Jagdplan, das heißt er beschränkt sich auf ein paar Gesten, die Fred nun flüsternd seinen beiden Hintermännern erklärt.
Peter und Jürgen können auf ihren Plätzen verbleiben, während Fred und der Indianer nach links und rechts ausschwärmen.
Gleichzeitig springen die Männer hoch, brüllen aus Leibeskräften, bewegen sich, so gut es geht, auf die Herde zu. Die Tiere geraten durch den Lärm in Panik, galoppieren weg von dem Lärm den Abhang hinunter. In der Senke hat sich jedoch viel Schnee abgesetzt. Viel zu viel Schnee für drei Tiere, die bis zu den Nüstern eingesunken sind und trotz aller Kraftanstrengung nur mühsam vorwärts kommen. Schon sind die Jäger zur Stelle. Ohne Kommando schießt Jürgen sofort auf ein Jungrind. Fred schreit noch, aber schon kracht auch ein Schuss aus Peters Muskete. Nun wirft sich Fred vor das ängstlich die Augen rollende Kalb.
„Hört auf zu schießen, wir brauchen die Tiere lebend!“, brüllt er.

Die beiden verwundeten Kühe erhalten einen Gnadenschuss. Das Kalb wird an Vorder- und Hinterbeinen gefesselt.
„Ihr beide holt nun den Schlitten mit zwei Pferden. Das nächste Mal schießt ihr nur, wenn wir das sagen“, knurrt er sichtlich verärgert.
Als sie nach langer Zeit mit dem Fuhrwerk zurückkommen, hat *Helles Feuer* die beiden Büffel bereits abgehäutet und die Innereien herausgenommen. Einen Teil lässt er liegen, das andere wird mit vereinten Kräften auf den Schlitten verladen. Der Rücktransport erfordert die Hilfe aller. Der Schlitten sinkt mit der schweren Fracht sehr oft ein. Sie müssen immer wieder Rast für sich und die Pferde einlegen.
„Warum durften wir nicht schießen, es ist doch prima gelaufen?“ , fragt Peter keuchend.
„Erstens hätte uns ein Bison gereicht und zweitens dürfen wir den Roses nur lebende Tiere liefern. Das hängt mit ihrem Glauben zusammen. Also, wenn wir noch einmal auf Jagd gehen sollten, dann richtet euch nach uns!“
Es ist Nacht, als sie ins Fort zurückkommen. Eine Überraschung wartet auf sie.

10

Stefan erlangt sein volles Bewusstsein. Maria sitzt bei ihm und weicht seit drei Tagen und Nächten nicht von seiner Seite. Wie im Nebel nimmt Stefan seine Umgebung wahr. Er liegt in einem Bett und hat furchtbare Kopfschmerzen.
„Wo bin ich hier, was ist geschehen?“, stammelt er.
„Wir sind hier im Salzburger Johannishospital“, antwortet Maria voller Freude über das erste Lebenszeichen ihres Onkels, bei dem er spricht. Er greift sich mit den Händen an den Kopf, so, als könnte er den Schmerz vertreiben.„Was ist mit dem Verband, bin ich verletzt?“

„Das ist nicht so schlimm, das wird schon wieder“, beruhigt ihn seine Nichte.
„Aber ich kann mich an nichts erinnern.“ Er zögert etwas und sagt dann nachdenklich: „Doch an etwas schon. Wir waren doch zusammen in einem Gasthaus, wollten dort ...“ Weiter spricht er nicht, tastet aber wieder an seinem Verband herum, überlegt krampfhaft.
„Bleib ganz ruhig, Onkel Stefan, du musst jetzt vor allem etwas essen, wieder zu Kräften kommen. Du hast viel Blut verloren. Nachher erzähle ich dir, was mit dir passiert ist.
Dieser Absicht braucht sie nicht sofort nachzukommen, weil der inzwischen von einer Schwester informierte Professor ins Krankenzimmer kommt.
„Sie kann ruhig hier bleiben“, sagt er zu Maria, die im Begriffe war, das Zimmer zu verlassen.
Er öffnet den Verband von Stefan, schüttelt zum wiederholten Male mit dem Kopf.
„Also, ich muss schon sagen“, er räuspert sich, „das grenzt wirklich an ein Wunder.
Irgend so ein Wahnsinniger hat auf ihn geschossen, die Kugel ist zwar in den Schädelknochen ein Stück eingedrungen. Wir haben sie ihm schon herausgeholt. Maria hat dabei tapfer mitgeholfen. Ihr gebührt sicher der Hauptanteil, dass…“ unterbricht sich selbst, spricht dann aber weiter: „Was müssen die Berchtesgadener für harte Schädel haben…, den fehlenden Knochenteil müssen wir nicht ersetzen. Wenn die Haut wieder richtig anwächst, dann kann er alles mit den Haaren verdecken.“ Lacht und setzt hinzu: „Dann ist er wieder so schön wie vorher!“
„Aber die heftigen Kopfschmerzen?“
„Das dauert halt seine Zeit. In ein paar Monaten ist sicher auch das überstanden.“
Maria, die näher getreten war, um nach der Wunde zu schauen, wird von Professor Schall am Arm genommen.

„Sie kann ihn wieder verbinden. Sein zweiter Schutzengel. Ja, das kann mit Fug und Recht behauptet werden. Ohne seine Nichte läge er heute ganz woanders. Sie ist seine Lebensretterin. Ihre Fähigkeiten werden auch bei uns im Hospiz hoch geschätzt. Er kann stolz auf sie sein“, nimmt er noch einmal den Faden auf, weil Stefan einfach wissen sollte, wie schlimm es um ihn stand.
Danach erzählt Maria ihrem Onkel die ganze Geschichte. Bruchstückhaft kehrt bei ihm die Erinnerung zurück.
„Was ist nun mit den Verbrechern? Konnten sie dingfest gemacht werden?“
„Der mich zuhause überfallen und die Kutsche gefahren hat, wurde getötet. Die beiden anderen, so hat man mir erzählt, sitzen in der Festung, werden pausenlos verhört, um an die Hintermänner heranzukommen. Wie weit man da schon vorangekommen ist, weiß ich nicht.
Hauptsache sie sitzen, können uns nichts mehr anhaben.“
Die Genesung von Stefan macht gute Fortschritte. Er ermuntert seine Nichte, das Studium fortzusetzen.
Maria wurde auf Wunsch des Erzbischofs an der Universität der medizinischen Fakultät zugeteilt. Die Studierenden waren ausschließlich junge Männer, meist Adelige, bedeutend älter als Maria. Ihre Kommilitonen behandeln sie wie eine Exotin. „Ach wie niedlich, ach wie süß. Wahrscheinlich ein Abkömmling eines der Domherrn oder gar von ... von ihm selbst?“, wird gemunkelt. Nach einiger Zeit hatten die jungen Männer den Eindruck, Professor Schall würde die Kleine bevorzugt behandeln. Das erweckte Eifersucht und Missgunst. Aus der Niedlichen, der Süßen wurde dann schnell eine dumme Gans, ein aufgeblasenes kleines Luder.
Weinend vertraute sich Maria ihrer Gouvernante an. Therese von der Brücke wandte sich direkt an den Erzbischof. Der reagierte sofort, nimmt Maria von der Universität. Statt dessen beauftragt er einen pensionierten Professor mit dem

Unterricht. Die praktische Unterweisung im Hospiz wird ausschließlich Professor Schall übertragen, der dieser Aufgabe gerne nachkommt. Er kann sich zwar das Phänomen, das von Maria ausgeht, nicht recht erklären, ist aber immer wieder überrascht, wie gebessert sich die Kranken fühlen, wenn sie von Maria auch nur gestreichelt werden.
Das Mädchen lernt gut und hat Freude an der Mitarbeit im Hospiz. Ihr Privatlehrer hält sehr viel von der Naturmedizin, ist erstaunt, welches Wissen seine Schülerin in den Unterricht mit einbringt. Viele Stunden verbringen die beiden deshalb in der freien Natur, beurteilen Pflanzen auf ihre Heilwirkung, suchen nach Steinen, denen sie ebenfalls einen positiven Einfluss für manches Leiden zuordnen.
„Vieles ist im Laufe der Zeit in Vergessenheit geraten. Die pflanzlichen Arzneimittel bestimmten bereits in der Antike die medikamentöse Therapie. Man verwendete von vielerlei Pflanzen, auch von solchen, die wir als Unkraut bezeichnen, nicht nur Blüten und Blätter, sondern auch Wurzeln, Rinde und selbst das Holz wurde in der Heilkunde eingesetzt. Ich bin froh, dass du uns mit dem Wissen deiner Großmutter wieder ein wenig zurückführst, uns Neuentdeckungen ermöglichst."
„Großmutter sagt immer, dass in der Natur verborgene Schätze schlummern, Kräfte, die bei der Heilung der Menschen äußerst nützlich sein können. Von Aderlass als Allheilmittel hält sie dagegen nicht allzu viel. Allerdings setzt sie hin und wieder Blutegel ein, zum Beispiel bei entzündeten Gelenken."

Professor Schall unterhält sich gerne mit Maria und staunt immer wieder, welch fundiertes Wissen sie mitbringt.
Eines Tages führt er sie in ein Krankenzimmer mit nur einer Person.
„Das ist unsere Maria", stellt er das Mädchen vor „und das

ist meine Frau“, auf die Patientin zeigend.
„Das tut mir aber leid, aber bei Ihnen ist sie ja bestens aufgehoben“, bemerkt Maria schüchtern.
Frau Schall lächelt Maria hoffnungsvoll zu und streckt ihr die Hand zum Gruße entgegen.
„Meine Frau leidet an einer Herzkrankheit, die wir einfach nicht in den Griff bekommen“,
beantwortet der Professor Marias unausgesprochene Frage.
„Großmutter heilt Herzkrankheiten mit einem Extrakt aus Fingerhutpflanzen ...“, beginnt Maria, kommt aber nicht weiter, weil Schall sofort abwinkend sagt: „Alles schon probiert. Ich weiß um deine besonderen Fähigkeiten, um deine heilenden Hände. Ich habe das schon oft beobachtet, selbst wenn du es nicht wahrgenommen hast.
Das Herz meiner Frau schlägt nicht regelmäßig. Einmal klopft es total unrhythmisch und viel zu schnell, um im nächsten Augenblick für einen Moment ganz auszusetzen oder viel zu langsam zu pulsieren. Das schwächt meine Frau in einem Maße, dass sie nicht einmal mehr die einfachsten Arbeiten ausführen kann. Beim Treppensteigen kommt sie total außer Atem“.
Maria ist verwundert, dass ihr der Professor das Leiden seiner Frau so genau erklärt. Sie ist gespannt, was er von ihr erwartet.
„Ich möchte nun, dass du meine Frau mit beiden Händen berührst, egal wo, das überlasse ich ganz dir. Einfach so, wie ich das bei dir schon mit anderen Kranken gesehen habe. Natürlich muss das unter uns bleiben. Es ist auch nur ein Versuch, der mir auch Aufschluss über deinen Umgang mit Kranken bringen soll. Dein Theorieprofessor spricht ja in höchsten Tönen von dir.
Ich lasse euch nun allein und du meldest dich dann bei mir, wenn dein Krankenbesuch nicht mehr erforderlich ist.“
Maria merkt, dass Frau Schall von ihrem Manne unterrichtet

wurde. Sie weiß zwar, wer Maria ist, aber nicht was ihr bevorsteht.
Maria tastet nach dem Puls am Handgelenk der Frau, spürt einen schwachen, sehr unregelmäßigen Herzschlag. Sie lächelt die Patientin an und bittet sie ihre beiden Hände in die Hände von ihr zu legen, so dass sich die Handgelenke berühren.
Dann fordert sie Frau Schall auf, die Augen zu schließen. Auch Maria folgt dem Beispiel. Bei geschlossenen Augen verspürt Maria ein Zittern, das durch ihren Körper läuft, so wie es sich immer einstellt, wenn sie Kranke länger berührt. Bei dem Unfall ihres Onkel überkam sie dieses Gefühl zum ersten Male. Sie dachte sich damals Grund dafür sei die Kälte oder der Schock. Bei den anderen Patienten schob sie das auf ihre Aufregung, weil sie dabei meistens der Professor oder andere Ärzte beobachteten.
Heute aber war sie allein. Das Zittern wollte einfach nicht aufhören. Instinktiv fühlte sie jedoch, dass sie die Hände ihrer Anbefohlenen nicht loslassen durfte. Sie begann leise zu beten, so wie sie Gott angefleht hatte, als sie vor dem leblosen Körper ihres Onkels kniete. Dieses Mal bat sie ihre Namenspatronin um Beistand.
Frau Schall verspürte eine wohlige Wärme, die ihren Körper immer wieder in neuen Schüben durchflutete. Auch ihre Hände und Füße wurden warm, ein Gefühl, das sie schon lange nicht mehr kannte.
Das Zittern in Maria ebbte allmählich ab. Als es ganz verschwunden war, öffnete sie die Augen, nahm die Hände zurück und sah ihre Patientin fragend an.
„Wunderbar", sagte diese nur.
Ein paar Tage später war das Krankenzimmer leer.
„Geheilt entlassen", hieß es knapp.
Nur drei Personen wussten von der plötzlichen Heilung, behielten jedoch das Geheimnis für sich.

Schall hatte Maria noch mehr ins Herz geschlossen. Er behandelte sie fortan wie eine Tochter.

Der Winter war ins Land gezogen, die Berge erglänzten im Sonnenlicht wie in Silber getaucht.
Stefan durfte wieder nach Hause in die Gern, wo er sich nunmehr verstärkt um seinen Hof kümmern konnte. „Bei Wetterwechsel brummt mir meist gewaltig mein Schädel, aber mein Gehirn funktioniert immer noch ganz gut“, antwortete er seinen Bekannten, die sich nach seinem Gesundheitszustand erkundigten.
Was sein Mündel betraf, war er einigermaßen beruhigt, weil er die beiden Verbrecher im Verlies der Festung wusste und Maria zu jeder Zeit beaufsichtigt wurde. Das war ihr zwar lästig, aber es geschah auf ausdrücklichen Befehl des Monarchen.
Kurz vor Weihnachten brachte ein Kurier des Erzbischofs ein Einladung zu einem Empfang für Stefan ins Schloss Mirabell.
Als er beim Einlass seine Einladung vorzeigt, wird er mit Respekt eingelassen und von einem livrierten Diener in den Prunksaal des Schlosses geführt. Der Herold kündigt ihn würdevoll, für alle Gäste gut vernehmlich als Stefan von Scheidegg an. Ihm ist der offizielle Empfang etwas peinlich, was sich aber rasch wieder legt, weil eine ganze Schar von Gästen ebenso empfangen wird und Stefan seine Nichte in der Menge erblickt.
Er steuert sofort auf sie zu, stellt mit Stolz fest, wie vornehm sie gekleidet ist. Sie ist in Begleitung ihrer Gouvernante in Gesellschaft eines jungen Mannes, der von den Umstehenden äußerst respektvoll behandelt wird.
Stefan erinnerte sich. Das war doch der junge Habsburger Prinz, den Maria Burschi nennen durfte. Maria jubelt, für die Umstehenden, die sich in sehr gedämpftem Tone unterhiel-

ten, etwas zu laut: „Onkel Stefan, wie ich mich freue, dich wieder zu sehen. Ich dachte schon, du hättest mich vergessen.“ Sie läuft zu Stefan, der sich ihrer heftigen Umarmung nicht entziehen kann. Frau von der Brücke zieht sie diskret zurück.

„Kennst du den Burschi noch“, plaudert Maria munter drauf los, ganz die Etikette außer Acht lassend, die ihr die Gouvernante vorher eingebläut hatte.

Stefan verneigt sich und sagt nur: „Hoheit.“

„Ach, lassen Sie das, Herr von Scheidegg. Ich bin der Burschi und du bist der Stefan, wenn ich bitten darf!“

Andere Gäste, die gern Kontakt mit dem Habsburger gesucht hätten, sind enttäuscht, weil die vier Personen einen kleinen Kreis gebildet hatten, in den man nicht unaufgefordert eindringen konnte. Posaunen kündigen die Ankunft des Gastgebers an, der sich in seiner einfachen Soutane wohltuend von den anderen Gästen abhebt, die sich in meist französischer Mode präsentieren.

Von Harrach spricht ein paar Begrüßungsworte, nennt als Grund für das Fest die Anwesenheit des Habsburger Prinzen, der von einer diplomatischen Mission aus Antwerpen zurückkam. Er wollte auf dem Rückweg unbedingt nach Salzburg, weil er unsere Stadt in guter Erinnerung hatte. Außerdem wollte er ein Mädchen wiedersehen, dem er sein Leben zu verdanken hat.

Der Gastgeber deutet auf Maria, die vor Scham und hochrotem Kopf im Boden versinken möchte. Aller Augen richten sich nun auf sie, so manchem wird nun klar, warum der Prinz nicht von ihrer Seite weicht. „Ein schönes Paar“, hört man allenthalben flüstern.

„Sie ist doch noch ein Kind“, entrüstet sich eine ältere Dame.

Nach Aufforderung durch den Erzbischof spricht nun der Prinz an die Gäste, die seinen Ausführungen gespannt lauschen. Zuerst erinnert er an die Jagd am Untersberg und seine Rettung. „Was mich nach Antwerpen geführt hat, war ein Auftrag meines Kaisers. Wir mussten mit der Republik der Sieben Vereinigten Niederlande einen Pakt abschließen, der die Besatzungsrechte der Holländer auf unseren Territorien in den Niederlanden regelt. Barrieretraktat nennt sich das Ganze. Hoffentlich das Ende des Spanischen Erbfolgekrieges", gibt er seiner Hoffnung Ausdruck.

„Habt ihr Kenntnis, wie es nun in Frankreich weitergeht? Nach dem Tode Ludwigs XIV.?", will einer der anwesenden Domherren wissen.

„Der Nachfolger des Sonnenkönigs, Ludwig XV., ist erst fünf Jahre alt. Sein Vormund, Philippe II., Charles de Bourbon, spielt nun die erste Geige. Er hat das Testament des Verstorbenen in wichtigen Teilen für ungültig erklärt. Das Land und seine Bewohner sind ihm ziemlich gleichgültig. Er setzt verstärkt auf die Karte Amerika, auf die kriegerischen Handlungen in Übersee. In seinen Entscheidungen ist er sehr wankelmütig. Keiner weiß so recht, wie man ihn zu beurteilen hat. Nun soll er sogar dem Volk viele Freiheiten gewähren. Berühmt sind auch seine ausschweifenden Feste in Versailles. Außerdem ist er Atheist und hat die Rechte der Jesuiten im Lande radikal beschnitten. Das erzählt man in Antwerpen. Ob alles der reinen Wahrheit entspricht, kann ich allerdings nicht auf meinen Eid nehmen."

Er wird nun mit Fragen überhäuft. So kann er nur hin und wieder Maria zuwinken, die von den Gästen rigoros zurückgedrängt wurde. Aber sie hat ja ihren Onkel, der ihr ausführlich berichten muss, was sich in der Familie in Berchtesgaden so tut.

Beiden sieht man die Freude des Wiedersehens deutlich an. Die Gouvernante will Stefan bitten, wieder öfter sein Mündel in Salzburg zu besuchen. Sie erzählt Stefan auch von den großen Fortschritten, die Maria in der Klinik und im Studi-

um macht.
„Professor Schall ist völlig hingerissen von ihr. Anders kann man das nicht nennen. Seine Frau lädt uns mindestens einmal pro Woche zum Tee ein“, erzählt sie stolz.

Maria darf an Weihnachten zu ihren Verwandten auf den Hof in Gern.
Tage vorher schon wird eifrig geputzt, gebastelt und gebacken. Elisabeth, Stefans Frau, ist bekannt für ihr wohlschmeckendes Brot aus getrockneten Pflaumen und Birnen.
Sie bäckt und bäckt, weil es Tradition ist, ihre Nachbarn mit dem Brot zu beschenken.
„Und jedes Jahr kommen neue hinzu. Zwanzig Laibe reichen schon nicht mehr aus“, erzählt sie genervt, lacht aber dabei spitzbübisch, wobei sich die Grübchen ihrer Wangen noch weiter vertiefen. Maria hilft ihr, aber auch der Großmutter, die an einem Spinnrad vor einem Berg Schafwolle sitzt. „Von unseren eigenen Schafen“, sagt sie mit Stolz in der Stimme. „Martin hat sie erst vorige Woche geschoren. Nach dem Waschen und Trocknen muss ich mich mit dem Spinnen sputen, damit ich für die Kinder noch je ein paar warme Socken stricken kann. Viel Zeit bis zum Heiligen Abend bleibt da nicht mehr“, wendet sie sich hilfesuchend an Maria, die sofort mit zupackt.
Martin, der größere Sohn von Elisabeth und Stefan, hat eine Tanne geschnitten, die er in der Wohnstube aufstellt. „Den Baum hab ich natürlich aus den Wäldern der Fürstpropstei“, erzählt er Maria, „aber das machen alle so. Man darf sich halt nicht erwischen lassen. Im Herbst habe ich mir einen noch schöneren Baum ausgesucht, aber da ist mir einer zuvorgekommen. Die von der Propstei bezeichnen das Aufstellen der Bäume als heidnischen Brauch. Der wirkliche Grund für ihre Ablehnung ist aber sicher darin zu suchen, dass sie jedes Jahr Weihnachten einen Haufen schöner Bäume verlieren.

Geschieht ihnen aber grad recht", setzt er schadenfroh lachend hinzu.
Maria und Martin, beide etwa gleich alt, behängen gerade den Baum mit getrockneten Früchten und Nüssen, als Hufgetrampel zu hören ist.
Gespannt laufen sie zur Türe und erblicken einen vermummten Reiter, der sie erschrocken zurückweichen lässt.
„Keine Angst", ruft ihnen der entgegen und wickelt sich das vor der Kälte schützende Tuch vom Gesicht. Maria erkennt den Reiter sofort. „Das ist Nikolaus von Prien, der engste Vertraute des Salzburger Erzbischofs", flüstert sie ihrem Vetter zu.
Der Besucher schwingt sich elegant vom Rücken seines schweißnassen Pferdes, reicht die Zügel an Martin weiter. „Sei er so gut und reibe das Tier trocken. Wenn Platz da ist, dann bringe er es anschließend in den Stall und füttere es. Wir haben einen anstrengenden Ritt hinter uns!"
Während Martin der Bitte nachkommt, begrüßt der Gast Maria und umarmt sie wie eine alte Freundin. Er wird in die Stube geführt, den Anwesenden vorgestellt. Er gibt sich leutselig, seine Erscheinung beeindruckt die Scheideggs ausnahmslos.
Er überbringt die Grüße seines Landesherren, fragt nach Stefan, dem er eine persönliche Botschaft zu überbringen hat. Während die Kinder den Vater suchen müssen, wird dem hohen Gast ein Glas frische Milch und ein Stück von dem soeben fertig gebackenen Weihnachtsbrot kredenzt.
Als dann nach einiger Zeit der Hausherr erscheint, bittet ihn der Besucher um ein Gespräch unter vier Augen, mit einer Botschaft, die er im Namen von Fürst Harrach zu überbringen hat.
„So gerne ich fröhliche Weihnachtsgrüße überbringen würde, so sehr tut es mir leid, dass meine Botschaft eher unerfreulichen Ursprungs ist. Um es kurz zu machen: die beiden

Inhaftierten, die euch und eurem Mündel so viel Kummer bereitet haben, sind aus dem Kerker ausgebrochen."
Stefan zeigt sich fassungslos. Wie konnte das geschehen?", würgt er hervor, weil ihm blitzartig klar wird, was das für Folgen haben könnte.
„Zwei dem Wachpersonal unbekannte Männer legten ein von unserem Erzbischof mit Unterschrift und Siegel versehenes Dokument vor, in dem eine sofortige Überführung der beiden Inhaftierten in die Residenz angeordnet wurde. Die Männer haben das Wachpersonal derart eingeschüchtert, dass diese unverzüglich dem schriftlichen Befehl nachgekommen sind.
Das Dokument war natürlich eine Fälschung, jedoch so gut gemacht, dass die Vermutung mehr als nahe liegt, dass hier einflussreiche Personen ihre Hand im Spiele hatten."
„Wie groß ist die Gefahr für uns? Wie sollen wir uns verhalten?", will Stefan wissen.
„Wir glauben, dass die beiden Männer außer Landes gebracht wurden. Das wäre der beste Fall. Es kann aber auch sein, dass sie ihren Auftrag zu Ende führen oder eine offene Rechnung begleichen wollen."
„Die wären doch dumm, wenn sie im Lande blieben. Sie werden doch sicher überall fieberhaft gesucht?", hofft Stefan.
„Natürlich spricht einiges dafür, aber die andere Variante ganz auszuschließen, wäre unverantwortlich. Zu bedenken gibt uns dabei der Einbruch in das Haus der Frau von der Brücke. Es wurden Schmuck und Münzen gestohlen , was auf einen Einbruchdiebstahl hinweist, aber ...?"
Nikolaus von Prien, der sich schnell wieder verabschiedet, hinterlässt einen nachdenklichen Hausherrn. „Was ist los, du bist so ernst, so still?", will Elisabeth wissen.
„Alles in Ordnung", wehrt Stefan ab. Er will die Freude seiner Familie am Weihnachtsfest nicht durch finstere Vermutungen trüben. Es bleibt aber nicht unbemerkt, dass er jedes

Mal, wenn Maria das Haus verlässt, sie begleitet.
„Sind die wieder hinter mir her?", fragt ihn sein Mündel ganz unverblümt.
„Man weiß nie, sicher ist sicher. Besser wir passen gut auf uns auf. Für alle Fälle halt, nichts Akutes", weicht er aus.
Am Heiligen Abend sitzt die Familie beisammen, singt und betet, feiert die Geburt Jesu. Das beste Bratenstück vom frisch geschlachteten Schwein kommt auf den Tisch und natürlich auch das süße Brot von Elisabeth. Der Kienspan brennt und jeder erzählt eine Geschichte von dem sich bald zu Ende neigenden Jahr.
Maria berichtet, an Großmutter gewandt, von den Erlebnissen im Hospiz, wie sie mit Großmutters Kräutern und Tinkturen so manchem Menschen helfen konnte. „Die waren vielleicht erstaunt, was ich mit deiner Medizin für Wunder vollbringen konnte!"

Um drei Uhr morgens marschiert die gesamte Familie in die Stiftskirche Berchtesgaden. In einem feierlichen Gottesdienst wird der Geburt Christi gedacht. Die Kirche ist überfüllt, weil die Bewohner aus dem ganzen Talkessel zusammengekommen sind, jeder, der auch nur einigermaßen laufen konnte. Voll Inbrunst ertönen aus Hunderten von Kehlen altvertraute Lieder, die man nur an Weihnachten singt.
Gegen Mittag kommt Professor Schall mit seiner Frau zu Besuch. Das letzte, steile Stück zum Hof mussten die beiden zu Fuß bewältigen. Sie sind noch ganz außer Atem. Frau Schall erholt sich schneller als ihr Mann und klopft auf ihre linke Brustseite. „Alles dein Verdienst, mein liebes Mädel", sagt sie zu Maria gewandt und weiter: „Du solltest dir auch einmal meinen Mann vornehmen, schau nur wie der immer noch pustet!"
Schall unterhält sich mit der Großmutter, ist erstaunt über

deren medizinischen Sachverstand. „Da hattet ihr in Maria eine gelehrige Schülerin. Sie hilft mir schon mehr als mancher meiner Studierten“, lobt er.
„Ja, sie ist ein ganz besonderes Mädchen. Hoch sensibel und gescheit. Ihr solltet sie einmal erleben, wenn sie auf den Hochalmen rundherum nach Wasser sucht und fündig wird. Ich hab ihr das nur einmal gezeigt. Allein mit der Haselnussgerte spürt sie tief sitzende Quellen und Wasseradern an Stellen auf, wo dies eigentlich für unmöglich gehalten wurde. Das beherrscht sie nun schon besser als ich und viele andere.“
Nach dem Essen, bei dem der restliche Braten vom Vorabend noch einmal auf den Tisch kommt, erzählen die Salzburger über das Leben in der Stadt, über Tratsch und Klatsch. Vor allem werden die Regierenden nicht verschont.
„Was unser Erzbischof wieder für Baupläne hat…? Wer soll das nur bezahlen? Der kleine Mann halt. Und das gottlose Treiben so mancher Domherren! Also, wenn da nur die Hälfte stimmt ...!“
Bei dem Stichwort Domherren wendet sich der Professor an Maria.
„Du kennst doch sicher den Firmian, unseren Domdechant?“
Maria schulterzuckend: „Ich weiß nicht recht ...“
„Ist auch nicht so wichtig, aber er, das heißt wir brauchen dich. Am besten wir nehmen dich gleich mit. Dann schläfst du eine Nacht bei uns oder deiner Gouvernante, die dich ohnehin schon vermisst. Anschließend bringen wir dich zurück oder du packst frisch erholt im Hospiz wieder an.“
Maria antwortet nicht, schaut nur fragend auf ihren Gönner.
„Es ist so, dass unser Domherr schon seit geraumer Zeit an einem Hautausschlag leidet, dem wir bei aller ärztlichen Kunst und trotz großem Aufwand einfach nicht beikommen

können.
Ich weiß um deine Fähigkeiten, auch um die sagenhaften Salben und Tinkturen deiner Großmutter. So würde ich dich um Beistand bitten. Der Domherr ist für Höheres vorgesehen, ein Verwandter unseres Landesherrn. Wenn wir ihm helfen können, kann sich das für unsere Arbeit nur positiv auswirken."
„Aber ich? Wieso ich? Da kann ich mich doch nur ...?"
„Nichts da. Gerade auf dich setze ich meine Hoffnung. Firmian hat sich auch schon in Wien und Prag erfolglos behandeln lassen. Ich habe ihm von dir erzählt. Er wünscht sich deinen Besuch. Er weiß, dass es nur der berühmte Strohhalm ist, nach dem er greift. Komm, du tust ihm ja nicht weh. Einen Versuch mehr oder weniger wird er schon verkraften."
Maria kann sich der Bitte nicht verschließen. Stefan erklärt dem Professor, warum er Maria begleiten muss.
Maria hat schon viel gesehen. Der Körper des Patienten aber erschreckt sie zutiefst.
Seine Haut ist durchgehend von glühender Röte überzogen. Große Teile sind wie bei einem Karpfen mit Schuppen bedeckt. Arme, Beine und der Rücken sind voller blutiger Einrisse.
„Zur Gänze ist das nie weg, berichtet der Patient, den sofort Vertrauen zu dem schönen Mädchen erfasst, „aber die meiste Zeit sehe ich so aus", auf seinen Körper deutend. „Diese Quacksalber hier haben mich wochenlang mit einer stinkenden Salbe aus unserer Hofapotheke vollgeschmiert, die aus Schafmist und Käseschimmel von Christof Mayr, dem Hofapotheker, zusammengemixt wurde, ihm viel Geld eingebracht aber mir nicht geholfen hat."
Sein Hals ist zwar auch befallen, aber das edle, von feiner Blässe überzogene Gesicht ist makellos.
Maria hat die Präparate ihrer Großmutter mitgebracht. Ir-

gendwie fühlt sie aber, dass sie hierfür nicht gerüstet ist. Sie folgt einer inneren Stimme zum Fußende des Bettes, tastet sich vorsichtig bis zu den Knöcheln des Kranken, umfasst sie mit beiden Händen, schließt die Augen. Es erfasst sie kein Ekel, nur Mitleid. Während sie halblaut betet, fühlt sie wieder das bekannte Zittern, das ihren Körper durchläuft. Der Kranke aber, dem bisher die Kälte arg zu schaffen machte, spürt eine warme Strömung, ausgehend von den Händen an seinen Beinen, bis zu seinem Kopf. In immer kürzeren Abständen fließen warme Wellen durch seinen Körper. Der starke Juckreiz verschwindet, er sinkt, die Augen schließend, in sein Kissen zurück, schläft ein.

Maria, schweißgebadet und total erschöpft, zieht ihre Hände zurück. Sie will sich aufrichten, kommt aber schwindelnd ins Taumeln. Professor Schall fängt sie gerade noch rechtzeitig auf, setzt sie in den nächsten Stuhl, wo sie ihre Schwäche allmählich überwindet.

„Das war zu viel für dich, die Reise, die Aufregung. Jetzt ruh dich ein bisschen aus, mein tapferes Mädchen."

Die Haut des Domdechanten erneuert sich sehr schnell. Wieder spricht man von einer Wunderheilung.

Schall hat viel zu tun, um die Heilung seiner ärztlichen Kunst zuzuschreiben, weil er Maria beschützen will. Irgendwie spürt er, dass diese Einsätze sehr an den Kräften seiner Schülerin zehren. Allzu oft darf sie ihre heilenden Hände nicht einsetzen, ist er überzeugt.

11

Das Tor ist geschlossen.
„Gute Arbeit“, stellt Fred anerkennend fest.
Nachdem lautes Klopfen anscheinend nicht gehört wird, wendet sich Fred an Peter: „So nun kannst du einen Schuss abgeben“, was sich dieser nicht zweimal sagen lässt, obwohl er von dem Transport völlig erschöpft ist.
Johann öffnet das Tor, ist sichtlich froh, dass seine Freunde wohlbehalten zurück sind.
„Habt euch ganz schön Zeit gelassen“, ist sein kurzer Kommentar
Als sie in das Haus der Roses gehen, ist deren Stube voller Menschen. Die Stimmung ist gedrückt.
Peter und Jürgen erkennen unter den Neuankömmlingen zwei Frauen und mehrere Männer aus ihrem Treck. Unter ihnen Richard, der anscheinend verletzt ist.
Nach und nach erfahren sie, dass die Wagenkolonne der Auswanderer überfallen wurde. Viele Menschen fanden dabei den Tod. Die jungen Frauen und Mädchen wurden auf die Pferde der weißen Banditen gebunden, wahrscheinlich verschleppt. Mit dabei auch die Frau von Johann Stocher, der sich seinerzeit den heftigen Zweikampf mit Jürgen geliefert hatte. Evas Mann sitzt nun untröstlich mit in der Runde.
„Auf mich haben sie geschossen, hier steckt noch die Kugel“, Richard zeigt auf seine rechte Schulter. Als ich in die Knie ging, hat mir einer der Banditen noch eins mit seinem Flintenkolben verpasst. Sie waren dann sicher der Meinung, ich sei tot. Mein Indianerfreund hat mich aber gerettet“, nickt er anerkennend zu seinem Scout, der still auf dem Boden in einer Raumecke sitzt.
„Wir haben uns dann zu Fuß auf den Weg gemacht, die Richtung kannten wir ja. Da wir keine Waffen mehr hatten, mussten wir uns von Beeren ernähren. Das ging ganz gut.

Nach ein paar Wochen kam dann Schnee." Richard macht eine Pause. Man sah ihm an, dass er große Schmerzen hatte, weil er sich immer wieder vorsichtig an die Schulter griff. Vielleicht machte er sich auch Vorwürfe, weil er seinen Treck nicht hatte beschützen können.
„Sie sind erst kurz vor euch angekommen, wir sind also genauso gespannt wie ihr, welches Schicksal die Leute getroffen hat", erklärt Ezechiel.
„Sie sind halb verhungert, so unterkühlt, dass es fast an ein Wunder grenzt, wie sie die Strecke bis hierher geschafft haben", wirft Rachel ein.
„Ohne meinen Indianer *Sicherer Pfad* hätten wir das nicht geschafft", berichtet Richard weiter.
„Als wir in dem tiefen Schnee nicht mehr weiter konnten, nicht nur der Kälte, sondern auch des Hungers wegen, grub er uns eine Schneehöhle, in der wir uns gegenseitig wärmten . Dann zog eine Büffelherde an uns vorüber. Der Indianer überwältigte ein zurückgebliebenes Kälbchen, von dem wir uns ernährten. Die Herde hatte eine breite Spur gelegt, die etwa in die Richtung ging, die uns letztendlich zu euch geführt hat."
Wieder macht Richard, nun völlig erschöpft, eine Pause.
Jürgen und Johann, die sich nun wie Freunde benehmen, beraten, wie sie Johanns Frau aus den Fängen der Gangster befreien könnten.

„Ihr müsst euch hinlegen. Dann kann ich mir die Wunde anschauen", drängt nun sehr energisch Rachel den Treckführer.
Der war inzwischen so schwach auf den Beinen, dass er von Rachel und David zu einem Bett geführt werden musste. Es befand sich in einem Nebenraum, wurde anscheinend bisher auch nicht genutzt.
Richard stöhnt, als ihm David das Lederhemd über der

Schulter so weit aufschnitt, um an die Wunde zu kommen. Das Blut war zwar eingetrocknet, allerdings waren die Wundränder stark entzündet.
Rachel tastet vorsichtig die Wunde ab, stellt dann fest: „Die Kugel muss heraus, die faulen Wundränder beschnitten, mit Wundsalbe bestrichen werden. Außerdem habt Ihr Fieber. Wir dürfen keine Zeit mehr verlieren. Habt Ihr Angst?“
„Nur zu, ich vertraue mich gerne Ihren Händen an. Ich lasse mich doch mit Freude von so einer schönen Frau verwöhnen!“
Rachel ruft zwei starke Männern und bittet ihren Mann um Alkohol, den sie für Notfälle parat haben. Anschließend auch um ein Messer, das er vorher im offenen Feuer ausglühen soll.
Die beiden Männer müssen Richard festhalten, als Rachel den Alkohol, in die Wunde gießt, sie mit einem Leinenlappen reinigt. Dann ruft sie noch nach Fred und Peter, die ebenfalls helfen müssen, den Verletzten niederzuhalten.
Mit dem Messer erweitert sie die Wunde so weit, dass sie mit zwei Fingern durch das Einschussloch an das Projektil herankommen kann. Sie fühlt, dass die Kugel im Knochen steckt. Also führt sie die Messerspitze seitlich so tief an die Kugel heran, um sie heraus zu hebeln. Richard ist nun still. Er hat das Bewusstsein verloren, was die Prozedur erleichtert.
Nachdem Rachel die Kugel lockern konnte, schafft sie es, diese mit einem gekonnten Griff herauszuziehen. Während sie die Wundränder beschneidet, beginnt der Verletzte vor Schmerz zu stöhnen, versucht, wild um sich zu schlagen. Wie mit Eisenklammern wird er aber festgehalten. Esther hat Nadel und Faden gebracht. Nachdem die Wunde verschlossen ist, bestreicht sie Rachel mit einer Salbe. Darüber legt sie einen sauberen Leinenlappen.
Richard ist nun ruhiger.

„Hier, nimm einen Schluck, das wird dir helfen“ presst ihm Fred nun die Flasche mit dem Alkohol zwischen die Zähne.

„War doch gut, dass wir geschossen haben, oder?“, wendet sich Peter Brandstädter an Fred.
„Das wusste doch keiner von uns, dass wir mehr Esser zu versorgen haben. Aber ist schon in Ordnung“, antwortet dieser versöhnlich.
„Das Büffelfleisch werden wir in Streifen schneiden und jedem der Anwesenden eine Ration zuteilen. Gut getrocknet hält sich das Fleisch bei den Außentemperaturen viele Monate.
Die Roses bekommen das Kalb. Sie können sich davon das nehmen, was ihnen ihr Glaube zulässt.“
Die Flüchtlinge suchen sich nun Schlafplätze im Mannschaftsquartier, das ohnehin beheizt wird. Es bietet auch genügend Platz für die Männer und die beiden Ehepaare. Richard darf bis zur Wiedergenesung im Haus der Roses bleiben. Rachel versorgt ihn mit Essen und wechselt täglich seinen Verband. Trotz aller Mühe hat sich bei dem Verwundeten hohes Fieber eingestellt.
„Ich weiß nicht, ob er das übersteht“, befürchtet seine Pflegerin. „Er fantasiert, kämpft gegen Indianer und Banditen, verliert immer wieder das Bewusstsein. Er braucht ständig neue Wäsche und Decken, die in kürzester Zeit schweißnass geschwitzt sind und getrocknet werden müssen“, erzählt Rachel ihrer neu gewonnenen Freundin Judith.
Peter beobachtet ein paar Tage später, wie David und Ezechiel das brüllende und wild um sich schlagende Kalb mit den Hinterbeinen zuerst am Fahnenmast so weit hochziehen, bis es frei in der Luft schwebt. Bevor er einschreiten kann, hat Ezechiel ein langes Messer gezogen und zieht es mit aller Kraft durch den Hals des Tieres, dessen Kopf nach unten klappt. Er ist nur noch mit der Halswirbelsäule

und einem Rest vom Fell mit dem Körper verbunden. Blut schießt aus der klaffenden Wunde, dann rührt sich das Kalb nicht mehr.
„Was tut ihr da, wir haben doch Musketen, das ist doch ..."
Peter kommt nicht weiter, weil ihn Ezechiel mit einer energischen Handbewegung unterbricht.
Sehr deutlich sagt er dann. „Dies ist eine religiöse Handlung, so wie es uns unser Glaube vorgibt. Sagt nichts und lasst uns gewähren!"
Das war also das berühmte Schächten, denkt sich Peter, dem das arme Tier leid tat. Er schüttelt den Kopf, geht zurück zu Judith, die unter der Türe stehend den Vorfall beobachtet hat. Das Gebrüll des Kalbes hatte aber nicht nur sie aus der Unterkunft getrieben.
Judith hat mit Rachel gesprochen, die auch, wie ihre Schwester, das gescheitelte Haar unter einem Kopftuch trägt, sobald andere Menschen in der Nähe sind.
„Das gebietet unser Glaube genauso wie die Kopfbedeckung unserer Männer, die Kippah. Sie bedeutet, dass es ein höheres Wesen gibt, dem wir zu dienen und nach seinen Geboten zu leben haben", klärt sie ihre Freundin auf.
Für die nächsten Tage gibt es genügend Gesprächsstoff. Bisher ging es vor allem um die Frage, wie man den Winter überstehen konnte. Natürlich auch, welche Pläne man im Frühjahr angehen wollte. Viel war den Auswanderern nicht geblieben. Allmählich setzte sich der Gedanke, das Versteck der Banditen zu überfallen, immer mehr in den Köpfen der Männer fest.
„Wir überfallen sie, so wie sie uns überfallen haben. Dann holen wir uns das Geraubte zurück. Es ist auch unsere Christenpflicht, die entführten Frauen und Mädchen zu befreien. Mit vereinten Kräften und Gottes Hilfe wird uns das auch gelingen", war man sich gewiss.
Die Tage vergehen, man hatte sich arrangiert. Meistens hal-

ten sich die Auswanderer im Mannschaftsquartier auf. Sie wissen auch, wann es besser ist, sich einmal aus dem Wege zu gehen, um sich in sein eigenes Nest zurückzuziehen.
Die beiden Indianer haben sich im Wachhäuschen nahe dem Tor eingerichtet. Sie haben wenig Kontakt mit den anderen Bewohnern des Forts. Wenn es das Wetter zulässt, sieht man sie in Schneeschuhen das Fort verlassen. Meist kommen sie dann mit einem in der Schlinge gefangenen Schneehasen, einem Reh oder Hirschkalb, das halb tot in einer Schneewächte vorgefunden wurde, oder mit einem Schneehuhn, treffsicher mit dem Pfeil erlegt, zurück.
Bis auf die Innereien die sie auch vom Kalb der Roses zugeteilt bekamen, haben sie auf das Fleisch der Büffel keinen Anspruch erhoben.
Die Roses versorgen nun alle aus ihren Lagerbeständen mit Lebensmitteln, die für eine in etwa ausgewogene Ernährung dringend notwendig sind. Nicht alle können bezahlen, man hilft sich aber gegenseitig aus, will die Schulden dann später irgendwie tilgen.
Man hatte sich arrangiert, bis der Verdacht aufkam, dass sich jemand an den Fleischvorräten zu schaffen gemacht hatte.
„Es muss ein Dieb unter uns sein“, wurde voller Misstrauen vom Bestohlenen behauptet. Jedermann suchte nun ein eigenes Versteck. Die Diebstähle blieben jedoch nicht aus. Wachen wurden aufgestellt, doch andernorts fehlte wieder ein Stück.
Man suchte auf der ganzen Anlage nach einem heimlichen Versteck. Vergeblich.
Einige beschuldigen auch hinter vorgehaltener Hand die Indianer. Über das Für und Wider wird heftig gestritten. Fred nimmt sich vor, mit seinen roten Freunden zu sprechen, weiß jedoch, wie empfindlich die Rothäute reagieren, wenn man sie des Diebstahls bezichtigt.
„Jede Nacht heulen die Wölfe. Nach den Spuren zu urteilen,

kommen sie durch eine Lücke in der Palisade auch bis in unseren Hof", vermutete *Sicherer Pfad*, der seine Entdeckung an Fred weitergibt.
„Das kann schon sein. Wie sollen die Tiere aber in unsere verschlossenen Behausungen eindringen, sich dann mit unseren Fleischvorräten die Bäuche voll schlagen? Wir werden das Loch in der Palisade mit einigen Reservepfählen, die wir unter dem Schnee herausgraben müssen, verschließen. Dann sehen wir schon, ob die Diebstähle nachlassen", schlägt Fred den anderen Männern vor.
In der gleichen Nacht heulen wieder die Wölfe, stärker als die Tage zuvor. Niemand getraut sich aus den Häusern. Am nächsten Tag jedoch liegen zwei tote Wölfe innerhalb der Umzäunung. Rundherum war der Schnee aufgewühlt, voller Kampfspuren.
„Die haben sich gegenseitig totgebissen", war das Urteil der meisten Betrachter. „Seht nur, wie ihre Kehlen aufgerissen sind, sie sind verblutet, fast wie beim Schächten", setzte Jürgen etwas leiser hinzu. Er wollte ja die Roses nicht verprellen.
Fred ergreift die Gelegenheit beim Schopf und spricht mit den Indianern.
„Es gibt einen Fleischräuber, könnten das die Wölfe sein? Ihr müsst euch die frischen Spuren ansehen, ob ihr daraus etwas lesen könnt?"
Lange untersuchen die beiden Rothäute die Spuren, auch die zwei toten Wölfe.
„Wölfe von großem Marder getötet. Könnte auch der Fleischräuber sein", ist ihr wortkarges Urteil.
„Den großen Marder nennen wir Vielfraß", erklärt Fred den Umstehenden.
„Da kann schon etwas dran sein. Vielleicht hat so ein Vieh bei uns hier Winterquartier bezogen. Oder sogar eine ganze Familie, dem Fleischverbrauch nach", mutmaßt Jo.

Sofort beginnt die Suche.
Sicherer Pfad verfolgt Spuren, die von den Weißen kaum wahrgenommen werden.
Dann ist er bei dem Blockhaus angelangt, das von den Auswanderern bisher wegen des unangenehm scharfen Geruches in weitem Bogen umgangen wurde.
Der Indianer deutet auf eine Öffnung unterhalb der Balustrade. „Hier wohnt er. Ich rieche ihn. Wir müssen Fallen aufstellen."
Jürgen ignoriert den beißenden Gestank und den Vorschlag des Roten, holt eine lange Stange, stochert wichtigtuerisch damit in das Loch, in dem der Vielfrass vermutet wird.
„Den hole ich da raus, wenn sich sonst keiner traut", brüstet er sich.
Die Indianer warnen Jürgen vergeblich zur Vorsicht. Er legt sich nun auf den Boden, um mit der Stange noch tiefer in die Öffnung gelangen zu können.
„Ich spüre Widerstand, etwas Weiches, das muss es sein", ruft er triumphierend und stößt noch härter zu. Die Menschen kommen, neugierig geworden, näher heran, nur die Indianer gehen kopfschüttelnd weiter zurück. Sie haben ihre Messer gezogen.
Plötzlich, mit menschlichem Auge kaum wahrzunehmen, schießt wie ein braun-gelber Blitz etwas aus dem Loch, krallt sich am Kopf von Jürgen fest. Der brüllt vor Schreck und Schmerz. Es gelingt ihm im letzten Augenblick, mit der Stange seinen Hals zu schützen. Den scharfen Krallen in seinem Gesicht und Schulter kann er sich aber nicht erwehren.
Die beiden Indianer haben sehr schnell die Situation erfasst. Wahrscheinlich waren sie vorbereitet, wussten, was kommen könnte.
Sicherer Pfad schnellt nach vorne, packt das Raubtier an seinen Rückenhaaren, sticht zu. Sofort wendet sich der Vielfrass von Jürgen ab, wirbelt herum, versucht den zu-

rückweichenden Angreifer, der dabei sein Messer verliert, zu erreichen. Tief graben sich seine Krallen in Hüfthöhe in das Lederzeug des Indianers. Ehe das Tier zum tödlichen Biss ansetzen kann, greift der zweite Indianer ein. Er rammt sein Messer in den Rücken des „Großen Marders", reißt ihn mit der anderen Hand herunter. Das Raubtier fällt zwar, wendet sich zu dem weiteren Feind, faucht und blitzt gefährlich mit seinen tückischen Augen. Es kann aber nur noch die Vorderbeine einsetzen. Der letzte Messerstich scheint sein Rückgrat durchtrennt zu haben. Trotzdem geht es wieder zum Angriff über. Da hält ihm Jo seine Muskete an den Kopf und drückt ab. Dann herrscht Stille. Der Vielfrass hatte einen heroischen Kampf geliefert. Man wird noch lange darüber sprechen.

„Schade um das schöne Fell." Bedauern liegt in Freds Stimme. „Es ist ein Weibchen, gut einen Meter lang und knapp dreißig Kilo schwer. Das Fell hätte einen guten Preis erzielt. Aber nicht nur die Messerstiche haben es wertlos gemacht, es sind vielmehr viele frische Bissverletzungen, die wahrscheinlich vom Kampf mit den Wölfen herrühren. Das war schon ein tolles Tier. Vielleicht hat es sogar Junge und nur sein Territorium verteidigt."

Jürgen hat sich, heftig blutend, hilfesuchend an Rachel gewandt. Nach einer ersten Untersuchung bittet sie Judith um Hilfe.

„Die rechte Wange ist total zerfetzt, Haut und Fleisch bis zum Knochen, der hoffentlich heil geblieben ist, aufgerissen. Wir müssen, soweit das mit unseren Mitteln hier möglich ist, sofort helfen. Bitte komm mit ins Haus."

Als Judith die grässliche Wunde sieht, erfasst sie Mitleid mit dem Verletzten, mit dem sie eigentlich nichts mehr zu tun haben wollte.

Zuerst gießt Rachel Alkohol in die Wunde, tupft mit einem Tuch das Blut aus dem Gesicht, zieht dann ganz vorsichtig den fast abgelösten Fleischklumpen mit den daran hängenden Hautlappen nach oben. Dann vernäht sie geschickt die Wunde, während ihr Judith nach Anweisung zur Hand geht. Jürgen rührt sich nicht. Er ist wie paralysiert. Judith nickt anerkennend mit dem Kopf.

„Der spürt wahrscheinlich nichts. Das gibt es. Später wird aber sein Gejammer groß sein“, flüstert Rachel.

„Das hast du perfekt hingekriegt“, lobt Judith ihre Freundin, während diese die Wunde mit ihrer selbst gemachten Salbe, die sie auch bei Richard anwendet, bestreicht.

„An einem Schönheitswettbewerb wird er nicht mehr teilnehmen können“, kichert Rachel, „aber er hat großes Glück gehabt. Wenn das Raubtier seinen Hals erwischt hätte ..., dann ..., nicht auszudenken!“

„Da hast du bestimmt einen weiteren Verehrer hinzugewonnen“, scherzt Judith.

„Nun übertreib nicht so“, antwortet Rachel lachend, spürt aber immer mehr die begehrlichen Blicke der Männer, wenn sich diese unbeobachtet fühlen. Selbst die Indianer sind davon nicht ausgenommnen. Es sind die vielen Wochen und Monate, in denen die Männer ohne Frauen auskommen müssen. Hinzu kommt nun die meist untätige Zeit, in der man wegen der unwirtlichen Witterung kaum die vier Wände verlassen kann. Judith überlegt, wie ein wenig Abwechslung in den Alltag gebracht werden könnte, bespricht sich mit Peter.

„Also, abgemacht, wir machen abwechselnd Sprachkurse. Du übernimmst Englisch und ich Französisch“, fasst Peter ihre Abmachung zusammen.

„Und du hältst jeden Sonntag Gottesdienst, damit du siehst, wie tolerant wir Juden sein können“, kommt es von den Roses. Peter sieht nach Jürgen, der sich so richtig vergraben hat.

„Du kannst ruhig herauskommen aus deinem Bau. So

schlimm siehst du nicht aus.“
„Das Mitleid und Gespött der lieben Mitbewohner kann ich mir ersparen. Was ich mit meinen Fingern ertaste, das reicht mir.“
„Nun zerfließe nicht in Selbstmitleid. Du bist doch ein Mann und nicht ganz schuldlos.“
„Das Geschwätz kannst du dir sparen. Ihr alle seid mit Schuld. Wer hatte denn die glorreiche Idee, die Bretter unter dem Dach herauszuschlagen, damit es das Fleisch auch richtig luftig und trocken hat? Das war bestimmt nicht ich.“
„Das konnte doch keiner ahnen, dass so ein Vielfraß ...“
„Dass ich nicht lache“, unterbricht Jürgen sofort seinen Besucher. „Die Roses oder zumindest ihre Indianer hätten doch bei dem bestialischen Gestank, der sich bei den wechselnden Winden bis in die Wohnbaracken verbreitete, merken müssen, dass dies nicht von der Pisse der längst abgezogenen Soldaten kommen kann.“
„Vielleicht waren wir zu sorglos, aber sie ...“
Wieder unterbricht ihn erregt der Holländer. „Sorglos, sorglos! Saublöd sind die. Nun können sie ihre ganzen Vorräte ausgeben, damit wir den Winter durchstehen. Das geschieht ihnen völlig zu Recht. Leid tut mir nur Davids Frau, eine Perle, die einen anderen Mann verdienen würde.“
„Dich vielleicht?“
Peter wendet sich ab, erschüttert, welcher Hass ihm entgegengeschlagen ist. Er sagt nur noch: „Wenn du mich brauchst, dann weißt du ja, wo du mich finden kannst.“

Richard liegt immer noch bei den Roses. David wird allmählich ungeduldig. Zu viel Zeit verbringt seine Frau mit dem Verletzten. Er spricht mit ihr, doch sie vertröstet ihn.
Eines Tages vertraut sie sich Judith an, mit der sie bisher schon über alles reden konnte.
„Es geht um Richard“, beginnt Rachel, „ich bin in einem

Konflikt, der mich fast auffrisst.
Ich brauche jemanden dem ich vertrauen kann, von dem ich weiß, dass er es ehrlich mit mir meint."
„Sprich nur, ich bin sehr glücklich über unsere Freundschaft. Wenn du mir ein Geheimnis anvertrauen möchtest oder einen Rat brauchst, so will ich dir helfen, so gut ich kann."
„Ich weiß mir keinen Ausweg. David ist ein lieber Mensch. Ein Ehemann, wie man ihn sich nur wünschen kann. Deshalb ist alles so schwer."
Judith glaubt zu wissen, was ihre Freundin bedrückt, die aber bisher noch nicht sehr deutlich geworden ist. Ermunternd sagt sie deshalb, Rachel um die Schultern nehmend: „Hast du dich in Richard verliebt oder ist es etwas anderes. Bedrängt er dich vielleicht in unziemlicher Weise?"
Rachel hebt schwer atmend unschlüssig die Schultern.
„Ich bin mir über meine Gefühle nicht ganz klar. Richard bedrängt mich in keiner Weise. Ich werde aber immer unsicherer, wenn ich in sein Zimmer gehe, ihn füttere, wasche und verbinde. Sehe ich seinen nackten sehnigen Körper, zittern mir die Knie. Das kenne ich nicht. Ich musste ja im Prager Hospiz viele Männer pflegen. Richard ist aber ein ganz besonderer Mann. Er wird bald ganz gesund sein. Eigentlich könnten wir ihn schon seit geraumer Zeit ins Mannschaftsquartier verlegen. Ich will ihn aber nicht weggeben, will in seiner Nähe bleiben, allein in seinem Zimmer. Es treibt mich frühmorgens aus dem Bett, ich kann kaum mehr schlafen, weil sich meine Gedanken, meine Träume fast nur noch um ihn drehen. Dann sehe ich meinen Mann, der fürsorglich um mich bedacht ist, mir freundliche Worte sagt, mich liebkost, wenn er meine wankelmütigen Stimmungen bemerkt. Ich weiß nicht, wie ich so weiterleben kann. Deshalb bitte ich dich, meine beste Freundin, um deine Hilfe."
Judith hat still zugehört, Rachel, der Tränen übers Gesicht laufen, nicht unterbrochen.

„Du musst Abstand gewinnen. Richard einige Zeit aus den Augen verlieren. Auf andere Gedanken kommen. Schaffst du das, dann kannst du dich entscheiden. Aber, wie steht denn Richard zu dir, liebt er dich auch?“
„Ich weiß es nicht. Manchmal sieht er mich mit Blicken an, die mich noch mehr erschaudern lassen. Er spricht aber nicht. Noch nicht!“
„Wenn du damit einverstanden bist, dann übernehme ich die Versorgung von Richard ab sofort. Für Richard bist du selbst krank geworden und David wird über diese Lösung sicher froh sein. Auch die anderen werden verstehen, dass wir uns in der Pflege abwechseln. Noch dazu müssen wir uns auch um Jürgen kümmern.“
„Es zerreißt mir fast das Herz, aber ich bin einverstanden. Sag du bitte auch Richard Bescheid. Ich gehe nicht mehr in sein Zimmer. Ich würde mich nämlich sonst verraten.“
„Es wird mir sicher gelingen, etwas von Richards Gefühlen dir gegenüber zu erfahren.
Du kannst dich künftig mehr um Jürgens Verwundung kümmern. Seit du ihn zusammengeflickt hast, hat er ohnehin nur noch Augen für dich.“
„Jetzt hör aber auf ...!“
„Nein, nein, es ist schon so. Ich bin aber ganz froh darüber“, fällt sie ihr ins Wort.

Das Fleisch wird knapp, auch die anderen Lebensmittel. Roses Lager sind fast leer. Immer noch hat der Winter das ganze Land fest im Griff.
Die Indianer jagen noch. Sie verzichten nun auch auf das Getreide von den Roses. Statt dessen schaben sie Rinden von den Bäumen, die sie zu Brei mahlen und verzehren.
Bald folgen einige der Auswanderer ihrem Beispiel. Nachdem jedoch bei den meisten der Magen heftigst protestiert, wird der Brei vor dem Verzehr mit den eingeweichten

Getreideresten gekocht. Jetzt fehlt das geraubte Fleisch. Ein paar Tage nach dem Tod des Raubtieres kommen drei halbverhungerte, erbärmlich winselnde, schneeweiße Junge ans Tageslicht.
„Vielleicht kommt ihr Vater und holt sie“, tröstet Fred die Frauen, als er die Kleinen vor das Hoftor setzt.
Allmählich breitet sich Hunger aus. Die Vorräte sind aufgebraucht. Das Wenige, das die Indianer von der Jagd heimbringen, reicht kaum für eine Suppe für alle. Fred und Jo, denen sich hin und wieder Peter anschließt, kommen immer wieder mit leeren Händen von der Jagd zurück.
„In der Senke, in der wir die Büffel erlegt haben, ist doch ein kleiner See. Da könnte es doch Fische geben“, überlegt Peter laut.
„Das Eis ist dort sicher so dick, dass jeder Versuch, ein Loch zu schlagen, von vorneherein zur Aussichtslosigkeit verdammt ist,“ glauben die Roses.
„Ich hab da Erfahrung. Im Winter war ich oft mit meinen Freunden beim Fischen an den Seen rund um Salzburg. Wenn das Wetter gut ist und mich jemand begleitet, dann kann doch ein Versuch nicht schaden, oder?“, lässt Peter nicht locker.
Er sucht sich unter allerlei von den Soldaten zurückgelassenem Gerümpel eine Schnur und bastelt aus einem Stück Draht einen Haken. Damit ausgerüstet geht er mit Johann, der unbedingt etwas Abwechslung braucht, weil ihn das Schicksal seiner Frau Tag und Nacht verfolgt, mit Schneeschuhen zum See. *Helles Feuer*, der die Gegend am besten kennt, spurt voran. Es ist nicht leicht, die Stelle wieder zu finden. Endlich graben sie sich mit der mitgeführten Hacke zu einem Eispanzer durch, der sich über dem Wasser gebildet hat.
„Der ist nicht so dick, wie alle vermutet haben. Der tiefe Schnee hat eine stärkere Vereisung verhindert. Das ist immer

so“, erläutert Peter.
Sie schlagen ein breites Loch in das Eis, hängen an den Haken ein Stück vom Gedärm des zuletzt von den Indianern erlegten Schneehuhns, versenken den Köder am Haken mit der Schnur im Wasser.
Dann bewegt Peter vorsichtig die Schnur auf und ab. Nichts!
„Du musst den Haken tiefer hinunterlassen, er schwimmt sonst dicht unter der Eisdecke dahin. Da warten sicher keine Fische“, ist der fachmännische Rat von Johann.
„Gar nicht dumm, aber wie? Wir hätten ein Stück Metall oder so etwas mitnehmen sollen.“
Alle Mühe ist vergebens Kein Biss, kein Fisch. Die scharfe Kälte erfordert den Rückzug.
„Morgen probieren wir es noch einmal. Dann rüsten wir uns besser aus, versuchen an verschiedenen Stellen unser Glück. Du und ich mit je einer Angel. Das wäre doch gelacht“, meint Johann zuversichtlich.
Ein paar Tage später haben sie Glück. Mit verbessertem Angelzeug sind sie so erfolgreich, dass sie die gesamte Mannschaft verköstigen können. Das gelingt zwar nicht immer, verhungern braucht aber niemand. Die Roses nehmen immer nur lebendige Fische, jedoch nur solche mit Schuppen und Flossen. Das trifft nur hin und wieder zu.
„Lieber verhungern die, als dass sie etwas zu sich nehmen, was in ihren Augen nicht koscher ist“, spottet Johann, den die Ablenkung erkennbar lockerer macht.
Die Sprachkurse machen den Menschen sichtlich Freude. Sie bringen so manchen Spaß mit sich, wenn es bei dem einen oder anderen mit der Aussprache absolut nicht klappen will, oder wenn Englisch und Französisch durcheinandergebracht werden.
Peter staunt über die guten Englischkenntnisse von *Helles Feuer*. Vor allem in seiner Kleidung unterscheidet er sich

von *Sicherer Pfad.* Während Richards Freund wie ein Indianer gekleidet ist, stolz sein ledernes Beinkleid mit der knielangen Schürze und einem fein bestickten Lederhemd trägt, kleidet sich *Helles Feuer* fast wie ein Weißer. Hose, Rock und Schlapphut, alles in Schwarz, wie die Puritaner.
Peter will mehr wissen.
„Die Roses haben mich in der Nähe von Boston aufgegriffen, weil sie einen Scout nach Westen suchten."
„Hast du vorher bei deinem Stamm gelebt?"
„Ich habe keinen Stamm mehr. Die Engländer haben meine Eltern und Geschwister zu Christen getauft, uns in einem Dorf bei Boston mit Tausend anderen christianisierten Indianern untergebracht, wo wir wie Sklaven gehalten und für sie, ohne Entlohnung, arbeiten mussten."
„Ich habe davon schon gehört, das muss schlimm gewesen sein", sagt Peter mit Bedauern in der Stimme, weil er auch vom Ende dieser Aktion schon gehört hat. Er merkt allerdings, dass der Indianer weiter erzählen möchte, schaut ihn deshalb interessiert an.
„Sie nannten sich Puritaner, die Worte und Taten ihres Jesus Christus immer auf den Lippen.
Ihre Taten aber waren böse. Als sich weiter westlich einige Indianerstämme gegen die weißen Eindringlinge zur Wehr setzten, wurden alle Indianer, denen die Puritaner habhaft werden konnten, gefangen genommen. Die Jüngsten und Besten wurden nach Europa und Haiti gebracht, als Sklaven verkauft. Den Rest von den Getauften setzten sie auf eine Flussinsel aus. Es war Winter. Unsere Leute erhielten weder Lebensmittel noch warme Decken.
An die fünfhundert erlebten das nächste Frühjahr nicht."
„Und wie konntest du überleben?"
„Als die Gefangennahme begann, haben mich meine Eltern unter Ästen und Trümmern versteckt. Ich war noch sehr klein, konnte noch nicht richtig laufen ...", erinnert er sich

mit leiser Stimme. „Soldaten haben mich erst entdeckt, als fast alle Indianer schon weg waren.
Ein Soldat hatte anscheinend Mitleid mit mir und brachte mich in sein Haus. Seine Frau, die kinderlos geblieben war, hat mich dann aufgenommen und aufgezogen. Sie schnitten mir die Haare kurz und kleideten mich wie einen der ihren. Die Frau erzählte mir später vom Schicksal meiner Eltern. Von dieser Stunde an wollte ich weg, konnte keinem Weißen, die unserem Volk das angetan hatten, mehr ohne Hass ins Auge schauen. Ich wollte versuchen, Reste von meinem Stamm zu finden. Hinzu kam, dass meine Pflegefamilie wegen meiner Anwesenheit großen Repressalien ausgesetzt war. Ich glaube, sie war sehr erleichtert, als ich eines Tages verschwunden war."

„Dann warst du also auf dich allein gestellt?"

„Ich war bereits zwölf Jahre alt. Diejenigen Indianer, die ich angetroffen habe, litten alle große Not. So habe ich mich mit Gelegenheitsarbeiten durchgeschlagen, was nicht allzu schwierig war, weil ich mich wie ein Puritaner kleidete, der englischen Sprache mächtig war. Meine Pflegeeltern haben mich manchmal als portugiesischen Schiffsjungen ausgegeben, der versehentlich an Land geblieben und von ihnen zum wahren Puritaner erzogen wurde.
Das machte auch ich mir zunutze."

„Woher kommt dann dein Name?"

„Zeitweise hatte ich Anschluss an eine indianische Familie, die sich irgendwie vor dem Massaker der Weißen in Sicherheit bringen konnte. Die älteren Söhne brachten mir alles bei, um in den Wäldern unseres weiten Landes überleben zu können. Sie lehrten mich ihre Waffen zu gebrauchen, Spuren zu deuten, Wild zu erlegen, Feuer zu machen. Von da an war ich in dieser Familie immer für das Feuer zuständig, was mir auch große Freude bereitete. Sie gaben mir deshalb diesen Namen."

Nachdem auch die Pferde etwas bewegt werden müssen, gibt es Reitunterricht für diejenigen, die ihre Pferde bisher nur vom Kutschbock aus kannten.
Alle staunen über Peter. Er versteht sich mit den Pferden beinahe blind, reitet mit und ohne Sattel, was selbst die Indianer nickend anerkennen.
„Ich bin als Kind mit Pferden aufgewachsen. Es gab auf unserem Hof Zug- und Reitpferde. Ich musste sie jeweils zur Weide führen. Sobald ich vom Haus her nicht mehr eingesehen werden konnte, habe ich mich auf eins der Tiere geschwungen und ab gings im Galopp. Das verlernt man nicht."
Die Zeit scheint schneller zu vergehen. Die Tage werden länger und die Nächte, in denen die hungrigen Wölfe immer noch den Mond anheulen, kürzer. Scharen von Gänsen ziehen in geordneter Formation hoch am Himmel nordwärts. Die Männer versuchen so manchen Schuss. Vergeblich.
„Die Biester kennen genau die Reichweite unserer Musketen", flucht Fred.
Der Frühling kündigt sich an und mit ihm die bange Frage der Auswanderer, was wohl die Zukunft an Überraschungen für sie bereithält. Am liebsten würde so mancher in der Geborgenheit des Forts bleiben.
Aber noch wartet auf alle die Aufgabe, den Banditen das geraubte Gut abzujagen und die Frauen und Mädchen zu befreien. In den vielen langen Winternächten schmiedeten sie viele Pläne und schworen sich, gemeinsam zu handeln.
Sicherer Pfad muss sich allmählich damit vertraut machen, als Kundschafter ausgeschickt zu werden. Richard, der nun wieder auf den Füßen ist, wird ihm die Situation erklären.
Er kennt seinen Scout am besten und weiß auch, dass der sich nichts befehlen lässt.
„Ich bin aber überzeugt, dass er uns die notwendigen Informationen liefern wird. Es ist aber lebensnotwenig, dass jeder

mit Schusswaffen umgehen kann. Ab sofort sollten wir auch das noch üben."

Peter hat jedoch den Eindruck, dass beide Indianer keinen großen Wert auf ihre Teilnahme an der Befreiung der weißen Geiseln legen. Sie machen auch ohne Worte deutlich, dass sie dies für eine Aufgabe halten, die von den Weißen selbst gelöst werden sollte.

Nach seinem Gespräch mit *Helles Feuer* hat er sich auch mit dem Scout von Richard unterhalten. Er berichtet ihm von den Greueltaten der sogenannten Pilgerväter. Diese hatten das Dorf niedergebrannt, in dem seine Familie und viele Verwandte von ihm wohnten. Alle Erwachsenen wurden ermordet, der Kopf des Häuptlings auf eine Stange gespießt und herumgetragen. Ein paar Kinder wurden geraubt, darunter auch *Sicherer Pfad*. In einem unbewachten Augenblick konnte er jedoch entkommen und sich im dichten Unterholz so lange versteckt halten, bis die Mörder abgezogen waren. Ein paar verstreute Stammesangehörige hatten ihn dann gefunden und aufgezogen. Die massiven Verfolgungen gingen aber weiter. So flüchtete er immer tiefer ins Land. Dort traf er Richard, der seine Fallen aufstellte und gut einen willigen Gehilfen brauchen konnte.

Peter ist vom Gehörten tief erschüttert. Auswanderer, die in ihrer Heimat brutale Gewalt erfahren hatten, gebärdeten sich gegen die Indianer noch schlimmer. Raubten, vergewaltigten, mordeten. Nannten sich Christen, wüteten aber wie Raubtiere!

Richard geht das Gespräch mit Judith nicht aus dem Kopf. Er muss sich über seine Gefühle klar werden. Er vermeidet seinerseits jeden Kontakt, der ihn mit Rachel alleine zusammenbringt.

12

Nikolaus von Prien kommt von seinen Erkundungsreisen, die ihn den Winter über nach Paris, Madrid, Lissabon und zuletzt nach London geführt haben, nach Salzburg zurück. Er will umgehend seinem Landesherrn Bericht erstatten.
Der Gesandte bekleidet zwar den Titel eines Domherrn, wurde aber nicht zum Priester geweiht. So kann er alle Annehmlichkeiten des Lebens in vollen Zügen genießen, ohne dabei ein schlechtes Gewissen haben zu müssen. Seine Vorliebe für schöne Frauen ist auch dem Erzbischof bekannt, der sich gern von den amourösen Abenteuern seines besten Mannes erzählen lässt. Natürlich interessiert er sich heute für die europäische Politik und die Chancen Salzburgs in Amerika.
„Da gibt es nicht mehr viel zu holen. Spanien und Portugal haben Südamerika unter sich aufgeteilt. Sie haben alle Länder fest im militärischen Griff, beuten sie nach Strich und Faden aus, ermorden die Ureinwohner oder machen sie zu Arbeitssklaven wie auch eine große Schar von Afrikanern, die von den Engländern importiert werden."
„Sklaven, wie im alten Rom?"
„Die Engländer haben bereits vor zwei Jahren, 1713, den sogenannten Asiento-Vertrag geschlossen. Danach beliefern sie die Spanier und Portugiesen mit Schwarzafrikanern, die aus ihren Dörfern geraubt und in Amerika verkauft werden. Die ersten Sklavenschiffe sollen bereits auch in Nordamerika angelegt haben.
Dort tobt immer noch Krieg zwischen Engländern, Franzosen und den mit ihnen verbündeten Indianern, sofern diese nicht von einer der beiden europäischen Mächte bereits ausgerottet wurden oder den eingeschleppten Krankheiten erlegen sind.
Kolonien wurden und werden nach und nach, je nach dem

Stand der Inbesitznahme, gegründet, Gouverneure eingesetzt, Milizen aufgestellt, Land an Siedler verteilt und Gesetze erlassen, die den unseren in keiner Weise nachstehen. An Intoleranz nicht zu überbieten.
Die ersten Siedler begehren schon auf, lassen sich die Bevormundungen ihrer Heimatländer nicht länger gefallen. Es gärt ganz gewaltig, glaubt man denen, die zurückkommen oder mit ihren Schiffen zwischen der Alten und der Neuen Welt pendeln.
Jäger, Fallensteller und Händler wagen sich immer tiefer in das Land, immer weiter nach Westen. Es wird nicht mehr lange dauern, dann ist auch Nordamerika total besetzt. Da bleibt uns nicht mehr viel Zeit. Wenn wir noch irgendetwas für uns erreichen wollen, müssen wir sofort handeln. Das kann auch nur gelingen, wenn uns Frankreich und England nichts in den Weg legen", berichtet zusammenfassend der Priener.
„Sehr zuversichtlich klingt das gerade nicht, das muss ich schon sagen. Aber vielleicht seht ihr das alles zu schwarz. Wahrscheinlich hat man an den Höfen der Hauptstädte eure Absicht bemerkt und will partout keinen Mitkonkurrenten haben, meint ihr nicht auch?"
„Am wenigsten habe ich mit den Herrschenden gesprochen, eher schon mit Leuten, die mit der Neuen Welt Handel treiben. Mit Kapitänen und Militärs, die verwundet in die Heimat zurückgeschickt wurden. Aus all den Gesprächen ergibt sich bei mir das Bild, das ich euch geschildert habe."

„Eure Passage ist gebucht. Ihr übernehmt die Aufgabe. Später sollte uns niemand dem Vorwurf aussetzen, etwas versäumt zu haben."
„Weiß man etwas von dem Peter Brandstädter? Der müsste doch schon längst Fuß gefasst haben", will der Vertraute des Erzbischofs wissen.

Die Antwort ist stummes Kopfschütteln.
„Vielleicht hat das Mädchen Nachricht. Ich werde mal mit ihr reden.“
„Das geht zur Zeit nicht. Vor einer Woche kam nämlich ein Kurier des Kaiserhauses mit der Nachricht, dass auf den jungen Prinzen, ihr wisst schon, der schon des Öfteren bei uns war, erneut ein Attentat verübt wurde. Diesmal mit schwerwiegenden Folgen ...“
„Und was hat das mit der jungen Brandstädter zu tun“?, fällt ihm Prien ins Wort, erntet dafür einen ungnädigen Blick. Der Landesherr beantwortet trotzdem die Frage:
„Der Bote hatte eine Depesche des Prinzen dabei, worin dieser um den Besuch Marias bittet.
Sie kam unverzüglich dieser Aufforderung nach. Wir haben ihr eine Kutsche mit sechs Mann Geleitschutz mitgegeben. Sie müsste schon in Wien sein. Hoffentlich lebt der Prinz noch.“
„Wurden die beiden Ausbrecher inzwischen wieder dingfest gemacht?“
„Ich weiß schon, wen ihr meint. Leider waren wir bisher nicht erfolgreich. Sie sind wahrscheinlich schon über alle Berge, weil unsere Leute hier wirklich jeden Stein erfolglos umgedreht haben. Die Fahndung läuft allerdings immer noch.“

Die Fahrt nach Wien musste Maria nicht alleine unternehmen. Frau von der Brücke und auch Professor Schall ließen sich nicht abhalten und begleiteten ihren Schützling.
Maria ist ganz froh, dass ihr Professor mitgekommen ist, weil sie nach den Aussagen des Kuriers durchaus der Meinung waren, einen der besten Chirurgen des Kaiserreiches ans Krankenbett zu holen.
„Es steht nicht gut um den Prinzen. Er hat einen Schuss in die Brust abbekommen. Niemand wagt, ihn zu operieren,

weil bei einem Fehlschlag dem Operateur die Schuld in die Schuhe geschoben wird. Als Arzt ist er dann fertig und kann sich irgendwo am Land durchwursteln", vermutet der Bote.
Die Fahrt verläuft problemlos. Die Pferde können immer wieder gewechselt werden, der vorausreitende Kurier hat dies im Auftrag des Kaisers in die Wege geleitet.
Ohne Verzögerung suchen sie sofort das kaiserliche Hospiz auf, in dem der Prinz liegen soll.
Das Krankenzimmer ist abgedunkelt. Nach einiger Zeit erst kann man das Bett entdecken und den Patienten, der von Maria zuerst kaum wiedererkannt wird.
Hände und Gesicht haben die Farbe von weißem Wachs, die geschlossenen Augen liegen tief in den eingefallenen Wangen. Er scheint zu schlafen.
Maria tritt nun ans Bett, streichelt eine seiner fiebrigen Hände und flüstert: „Burschi."
Der schlägt ganz langsam die Augen auf und haucht mit belegter Stimme: „Endlich! Maria!"
Professor Schall hat den Raum verlassen und bespricht sich mit einem der zuständigen Ärzte.
Er erhält nun aus erster Hand die notwendigen Informationen, die er braucht, um sich selbst ein vorläufiges Bild zu machen. So ganz zufrieden ist er nicht mit dem was er hört.
„Ein Steckschuss, der die Lunge verletzt hat, weil der Prinz an der Einschussstelle Blut verloren hat aber mehr noch über den Mund. Jedes Mal und das war anfänglich sehr oft, wenn er einen Hustenanfall bekam, hat er hellrotes Blut gespuckt."
„Hat man nicht versucht, ihn zu operieren?", will Schall wissen.
„Da getraut sich keiner heran. Die Gefahr eines Eingriffs, der unmittelbar zum Tode führt, ist einfach zu groß. Die Kugel kann nah am Herzen sein oder sonst in einem lebenswichtigen Organ stecken. Ihr könnt es ja versuchen, der Kai-

ser ist weit. In Salzburg wird man euch bestimmt behalten wollen, selbst wenn hier etwas schiefgehen sollte."
Als der Professor in das Krankenzimmer zurückkommt, sitzt Maria am Bettrand, der Prinz hält ihre Hand umfasst. Er lässt sie auch nicht los, als sich Maria zurückziehen möchte.
So schildert ihr Schall flüsternd die Situation und gibt zu erkennen, dass sehr wenig Hoffnung besteht. „Man hat viel zu lange gewartet. Eine kleine Chance besteht allerdings, wenn wir operieren können. Dazu muss der Patient einverstanden sein", spricht er nun laut genug in Richtung des Verletzten, macht eine Pause.
„Wenn Maria bei mir bleibt, dann wird alles gut. Sie ist mein Schutzengel, das weiß ich genau", spricht der Habsburger Prinz leise, weiterhin die Hand Marias nicht loslassend.
„Du schaffst das, denn mein Professor ist der beste. Was der schon alles gemacht hat. Der kleine Eingriff bei dir ist für ihn Routine", erklärt sie mit Schalk in der Stimme.
„Morgen bereits kommen wir mit dem großen Messer", scherzt nun auch Schall, der Optimismus verbreiten, den Patienten etwas froher stimmen will.
„Ich muss mir aber noch ein genaueres Bild von euch machen. Darf ich?"
Nachdem der Prinz nickt, entfernt Schall den Verband von der Brust des Verletzten, tastet rundherum die Wunde ab, hebt vorsichtig dessen Arme. Maria steht daneben und sieht voller Mitleid einen total abgemagerten Körper mit einem verkrusteten Einschussloch, das noch nicht einmal vernäht ist. „Was sind das nur für Ärzte?", wendet sie sich kopfschüttelnd an ihren Professor.
Schall entschließt sich zur Operation. Er bittet die Verantwortlichen im Hospiz um die erforderliche Assistenz. Der Kranke muss gefesselt werden, weil er unverrückbar fixiert werden muss. Das Haus verfügt über entsprechende Betten

mit festverankerten Lederriemen mit denen die zu Operierenden niedergehalten werden.
Die Salzburger beziehen als Gäste des Kaiserhauses vornehme Zimmer. Auch die Bewirtung ist fürstlich.
„Da können wir es gut aushalten“, meint die Gouvernante. „Wie lange wird unser Aufenthalt dauern?“
„Ich kann nicht lange bleiben. Schließlich gibt es im Johannisspital reichlich zu tun. Was ich gesehen habe und wenn alles gut geht, müsste die Operation zu schaffen sein. Hauptsache der Prinz ist noch kräftig genug, um die Schmerzen des Eingriffs zu ertragen. Er liegt einfach schon zu lange im Bett, verliert immer wieder Blut, isst und trinkt kaum etwas. Das steht keiner lange durch. Es ist also höchste Zeit.“
Vor dem Krankenzimmer des Prinzen als auch vor ihren Wohnräumen bemerken sie Wachen.
„Die befürchten immer noch einen Anschlag“, glaubt Schall.
Am Morgen des folgenden Tages werden die drei von einer Kutsche abgeholt, die man ohne Zweifel dem Kaiserhaus zuschreiben kann. Nach kurzer Unterbrechung, die der Unachtsamkeit eines anderen Kutschers zuzuschreiben ist, erreichen sie ohne weitere Zwischenfälle das Hospiz. Überall weicht man der kaiserlichen Kutsche respektvoll aus.
„So vornehm geht's bei uns nicht zu“, bedauert die Gouvernante.
Der Prinz ist in ein anderes Zimmer verlegt worden, dessen Ausstattung den Operationsraum verraten. Der Patient ist unter einem weißen Leinentuch nackt und wird beim Eintritt Schalls und Marias festgeschnallt. Zu seiner Beruhigung wurde ihm Tee mit einem Baldrianextrakt eingeflößt.
Maria tritt ans Bettende und umfasst fest seine beiden Beine. Zwei Männer postieren sich am Kopfende und legen ihre Hände auf die Schultern des Prinzen, bereit, diesen niederzudrücken, wenn es dem Operateur geraten erscheint. Fest

angelegte Lederriemen tun ein übriges.
Schall wäscht nun die Wunde mit Alkohol aus. Danach beginnt er sofort diese mit einem Skalpell zu öffnen. Der Prinz beißt auf das Stück Holz in seinem Mund, stöhnt jedoch schmerzvoll.
„Ganz ruhig, es ist gleich vorbei, dann wird alles gut", spricht Maria beruhigend auf ihn ein.
Ein paar Augenblicke später, als die Schmerzen unerträglich werden, sagt sie: „Denk an den Untersberg, da warst du der Tapferste."
Dann schließt sie die Augen und betet. Und wieder überläuft sie ein Schauer, den sie nicht unterbinden kann. Der Prinz wird aber ruhiger, verspürt keine Schmerzen mehr, ein wohliges Gefühl macht sich in seinem Körper breit. Er entspannt sich. Die Männer brauchen keinen Krafteinsatz mehr, um ihn niederzuhalten.
Schall ist jetzt tief genug eingedrungen, um die Kugel zu orten.
„Das ist es also", murmelt er, mehr zu sich sprechend.
Er nimmt vom Operationsbesteck eine Zange, führt sie in den erweiterten Schusskanal ein, zieht mit gekonntem Griff die total verformte Bleikugel heraus.
Sie steckte in einer Rippe, die sich halb durchgebrochen in die Lunge gebohrt hatte. Nun holt Schall mit einer anderen Zange die beschädigte Rippe zurück in die richtige Position. Blut sickert aus der Wunde. „Halb so schlimm", beruhigt er die Umstehenden. Dann bittet er um Nadel und Faden.
Maria ist immer noch wie in Trance. Der Schweiß läuft ihr in Bächen vom Körper. Sie fleht, betet für ihren Burschi und um seine Genesung. Sie hält immer noch seine Beine, als sie ihr Professor sanft anstößt. „Es ist vorbei und alles ist gut gegangen. Wenn es keine größere Nachblutung gibt, das Wundfieber zurückgeht, dann reitet er in einigen Wochen wieder zur Jagd. Du wirst ihm bei seiner Genesung helfen."

Nachdem die Operation vorüber ist, wobei er den entscheidenden Anteil über den geglückten Eingriff Maria zuschreibt, versinkt Schall in Gedanken und stellt sich Fragen, die ihn sehr nachdenklich stimmen.
Man konnte davon ausgehen, dass der Prinz nach dem Attentat von den besten Ärzten des kaiserlichen Hospizes untersucht wurde. Warum wurde er aber nicht sofort operiert? Zu der Zeit hatte es mit Bestimmtheit kein Wundfieber gegeben, zudem wäre der Verwundete körperlich noch bei Kräften gewesen? Hing das alles mit dem Attentat zusammen? Gab es einflussreiche Kräfte am Hof, deren Arm bis ins Hospiz reichte? Sollte der Patient dem Siechtum und schließlich dem Tod überlassen werden? Warum wurde er, der ohnehin viel zu viel Blut verloren hatte, noch zur Ader gelassen? Andererseits hatte ihn niemand an der Operation gehindert. Sah er Hirngespinste oder war der Beinahezusammenstoß bei der Anfahrt zum Hospiz mit einer anderen Kutsche Absicht? Er konnte sich noch genau an den heftigen Disput der Kutscher erinnern, bei dem er durch sein energisches Einschreiten Handgreiflichkeiten verhindern konnte.
Schall bleibt noch einige Tage, die rasche Genesung des Prinzen beobachtend. Dann reist er allein nach Salzburg zurück. Maria, der Gouvernante sowie den Wachen vor der Tür des Prinzen schärft er absolute Wachsamkeit ein, warnt: „Der oder die Attentäter wissen bestimmt, dass ihr Opfer überlebt hat. Ein erneuter Versuch könnte auch für euch fatale Folgen haben!“

Auf einem ihrer Spaziergänge im Garten des Hospizes prescht plötzlich ein Reiter daher, zügelt unmittelbar vor den dreien sein Pferd, springt ab, salutiert respektvoll vor dem Prinzen.
„Darf ich Hoheit kurz stören? Ich habe euch eine wichtige Mitteilung zu machen.“

Der Prinz bleibt stehen, Maria und ihre Erzieherin entfernen sich ein Stück, gerade so weit, dass sie nicht jedes Wort hören aber sofort eingreifen könnten, wenn ihr Schützling Hilfe braucht.
Kurze Zeit darauf entfernt sich der Reiter und der Prinz gesellt sich wieder zu ihnen.
Man sieht ihm an, dass er wieder zu Kräften gekommen ist und ihn die Begleitung sehr fröhlich stimmt.
„Eine gute Nachricht", verkündet er ernst aber erleichtert: „Der Attentäter ist gefasst und wahrscheinlich auch seine Hintermänner! Ob der Kopf der Verschwörer ...?" lässt er die Frage im Raum stehen.
Erstaunt über diese Wendung wollen die Frauen mehr wissen.
„Das war ein absoluter Zufall. Euere Kutsche muss bei der Anfahrt zum Hospiz von einem anderen Gefährt in einen Unfall verwickelt worden sein. Erinnert ihr euch?"
„Ja, schon, das war aber nicht schlimm. Es ist nichts passiert."
„Trotzdem. Euer Kutscher hat seinen Kontrahenten, der ebenfalls zum Kaiserhaus gehörte, angezeigt. Unsere „Geheimen" sind sofort hellhörig geworden. Sie haben dem Kutscher so zugesetzt, dass dieser seinen Auftraggeber benannt hat. Es hat nicht lange gedauert, dann hat dieser gestanden und Namen weiterer Personen preisgegeben. Sie sind nun alle hinter Schloss und Riegel. Derzeit werden sie gnadenlos verhört."
„Hoffentlich erwischen sie nun auch die Salzburger", wünscht sich die Gouvernante.

Der Prinz drängt die beiden Salzburgerinnen, auch nach seiner Entlassung aus dem Hospiz zu bleiben. Er bewohnt zusammen mit zwei weiteren aber um einiges ältere Prinzen ein Schloss im Wiener Wald. Dort brachte er auch seine Gäste unter. Seine beiden gegenwärtig abwesenden Mitbewohner, die im Militärdienst ausgebildet sind, befehligen jeweils ein kaiserliches Regiment, die in Ungarn und Serbien stationiert sind.

„Zur Zeit rüsten wir aber wiederum gegen die Osmanen, die schon wieder frech geworden sind. Da müssen meine beiden Cousins bei ihren Regimentern sein“, beantwortet der Prinz die Frage nach seinen Mitbewohnern.

„Wollen die Türken noch einmal nach Wien?“, zeigt sich Frau von der Brücke schockiert.

„Nein, nein, keine Angst, so weit ist es noch nicht. Das werden wir schon zu verhindern wissen. Zunächst haben die Osmanen die Republik Venedig angegriffen. Mit der sind wir verbündet. Die Angreifer denken bestimmt, dass wir von den Folgen des Spanischen Erbfolgekrieges noch so sehr geschwächt sind, dass wir unseren Bündnisverpflichtungen nicht nachkommen können. Bei meinem Blitzbesuch vor wenigen Wochen in der Lagunenstadt konnte ich die dortige Führung davon überzeugen, dass wir auch militärisch auf ihrer Seite stehen.“

„Bedeutet das Krieg, bei dem auch du mitmachen musst?“, fragt Maria mit banger Stimme.

„So schnell geht das erstens nicht, wir müssen uns vorher noch die enormen Mittel, die so ein Einsatz mit sich bringt, beschaffen und zweitens ist Prinz Eugen, unser Oberkommandierender, der Meinung, dass Venedig vorerst selbst schauen sollte, wie es den Türken Paroli bieten kann.“

„Warum bist du eigentlich kein Offizier?“, will Maria wissen.

„Mein Onkel hat das so bestimmt. Er braucht auch Leute seines Vertrauens, die er überall hinschicken kann, um Gespräche zu führen, Botschaften zu überbringen oder Dinge vor Ort auszuloten, wie ein Vorgang am besten angepackt werden sollte.“

„So einer bist du also“, stellt Maria befriedigt fest.
„Ich bin zwar militärisch ausgebildet und kann mich auch gut meiner Haut erwehren, aber die mir übertragenen Dienste sind sehr interessant, für die Krone auch wichtig“, stellt er nicht ganz unbescheiden fest.
Der Prinz kann sie nicht halten. Maria nebst Gouvernante zieht es nach Salzburg zurück.
„Warte auf mich, das nächste Mal mache ich dir einen Heiratsantrag“, sagt Burschi halb scherzhaft halb ernst bei der Verabschiedung, die ihnen zu Ehren mit einer festlichen Gala im Schloss begangen wird.

13

Schnell leckt die Sonne den letzten Schnee weg. Der Boden ist jedoch noch viel zu weich, um mit Pferden und den Wagen loszuziehen. Trotzdem ist Unruhe im Fort. Aufbruchstimmung macht sich breit. Was wird die Zukunft bringen? Pläne wurden in den langen Wintermonaten genug geschmiedet. Johann will seine Frau aus den Händen der Banditen befreien, Jürgen hat nur noch Rachel im Kopf. Richard und die übrigen Auswanderer wollen nach Westen, brauchen aber Wagen, Zugtiere, Werkzeug und vieles mehr. Die Brandstädters sind unschlüssig, blieben am liebsten noch länger im Fort. Rachel würde sich darüber sehr freuen, weil sie in Judith eine Freundin gefunden hat. Die Brüder Rose allerdings wissen genau, was zu tun ist. Die ersten Trapper und Fallensteller sind mit ihrer Ausbeute an Winterfellen eingetroffen. Sie wollen tauschen und verkaufen, müssen aber vertröstet werden.
Die Roses bitten Fred, bald mit den Fellen in die Städte des Ostens zu gehen, um sie gewinnbringend zu verkaufen. Dazu erhält er eine lange Liste, was im Fort dringend ge-

braucht wird. Fred bespricht sich mit Richard und den verbliebenen Auswanderern, die ihn begleiten müssen, wollen sie doch die verlorene Ausrüstung erneuern.
„Mit eurer Hilfe könnt ihr den Roses alles zurückgeben, was ihr den Winter über hier verbraucht habt“, lockt er.
Die Männer sind einverstanden. Auch Peter will sich anschließen.
„Wir brauchen Waren. Außerdem schulden wir den Roses einiges“, versucht er Judith seinen Entschluss zu erklären.
„Ich komme selbstverständlich auch mit. Schließlich hab ich reiten und schießen gelernt. Da kann ich genauso meinen Mann stehen, wie manche der Siedler“, antwortet sie entschlossen.
Als sie die besorgte Mine Peters sieht, umarmt sie ihn schaut ihm in die Augen und sagt:
„Ich liebe dich doch. Keinen Tag, nein, keine Stunde möchte ich ohne dich mehr sein.“
„Wenn uns die Banditen erwischen, sind wir immer noch zu schwach. Außerdem ist mir die Verantwortung zu groß“, wendet sich Fred an David und Ezechiel.
„Es wäre schon sehr von Vorteil, wenn ihr beide auch mitkommen würdet. Vier Frauen, die sich gut ihrer Haut erwehren können und *Helles Feuer* bleiben zurück. Die Gefahr überfallen zu werden ist nicht sehr groß. Immerhin ist das ein Fort und kein Fremder weiß, ob Soldaten hier sind.“
„Ich bleibe auch im Fort“, meldet sich Jürgen zu Wort, „Mit meinem Gesicht gehe ich nicht mehr unter die Leute, das versteht ihr doch?“
„Ein zweiter Mann kann nicht schaden. Zwingen können wir euch nicht. Also bleibt“, ist Ezechiel einverstanden.

Nachdem die Sonne den Boden genügend getrocknet hat, setzen sich zwei mit Fellen beladene Planwagen, jeweils vier Pferde vorgespannt, von einem guten Dutzend Männern

begleitet, alle gut bewaffnet, in Bewegung.
Als sich Richard von Rachel verabschiedet und sie, wie alle anderen umarmt, flüstert er ihr ins Ohr: „Warte auf mich, ich komme zurück!"
Rachel senkt den Kopf, um die aufkommende feine Gesichtsröte zu verbergen, die jedoch David nicht entgeht. Er beobachtet bei seiner Frau in den letzten Wochen eine Veränderung, die er sich bisher nicht erklären kann. Sie ist noch stiller, noch zurückhaltender geworden. Sie verschließt sich ihm immer mehr. Nur zu Judith, mit der sie die meiste Zeit verbringt, scheint sie Vertrauen zu haben. Ich muss mit Judith reden, nimmt er sich vor.
Johann hofft, dass sie etwas über die Banditen erfahren, vielleicht auch, wo sich ihr Versteck befindet. *Sicherer Pfad* wird sich bei herumstreifenden Indianern, die sich hin und wieder sehen lassen, erkundigen.
„Wir treffen sicher auf Soldaten, auch ein Fort liegt auf unserem Weg. Wenn wir Glück haben, dann helfen die uns bei der Befreiung der Gefangenen", macht Fred Johann Hoffnung.

Im Fort ist es ruhig geworden. Die vier zurückgebliebenen Frauen sind in der Hauptsache damit beschäftigt, das Fort zu säubern und das zu kochen, was ihnen *Helles Feuer* von seinen Jagdausflügen auf den Tisch bringt.
Rachel zieht sich meist in ihre Blockhütte zurück. Sie will allein ihren Gedanken nachhängen. Warte auf mich, ich komme zurück! Dieses Versprechen geht ihr nicht aus dem Sinn. Er liebt dich, hatte ihr Judith gesagt, aber er will euer Eheglück nicht zerstören.
„Eheglück" hatte sie gedacht, sich an die Zwangsheirat erinnert, die zwischen ihren und Davids Eltern beschlossen worden war. Liebe war das nicht, Respekt ja, aber das was sie für Richard empfand, hatte sie mit Gewalt erfasst, ihren Körper

durchströmt, ihre Gedanken gefangen genommen. Ihr Herz sehnte sich nach ihm, aber gab es einen Ausweg?

Automatisch bedient sie ihr Strickzeug, als sie jäh aus ihren Träumen gerissen wird, weil plötzlich Jürgen vor ihr steht. Er zittert am ganzen Körper, Gier leuchtet aus seinen Augen. Rachel hat Angst, die sie jedoch zu verbergen sucht, als sie ihn höflich nach seinem Begehr fragt.
„Dich will ich. Nur dich. Das musst du doch bemerkt haben“, keucht er näher kommend, ringt förmlich nach Atem. Rachel springt auf und weicht zurück. Er packt sie an den Armen, zieht sie an sich, will sie küssen.
„Sei doch vernünftig, das ist doch Irrsinn. Ich will mit dir nichts zu tun haben, bin schließlich glücklich verheiratet, also lass das, geh aus meinem Haus, dann vergessen wir das Ganze auch“, versucht sie, äußerlich ruhig und gefasst, Jürgen von sich zu drängen.
„Glücklich verheiratet, dass ich nicht lache! Wahrscheinlich schläfst du mit deinem Mann überhaupt nicht. Sonst hättet ihr nämlich Kinder. Ihr begegnet euch doch wie Fremde, sprecht kaum miteinander. Ich beobachte euch doch schon seit langem!“
„Geh, ich bin nichts für dich, such dir eine andere“, sagt sie nun energischer.
„Eine andere? Woher nehmen? Nein, nein, nur dich will ich. Du ähnelst nämlich zu sehr meiner großen Liebe in Holland. Leider habe ich zu spät bemerkt, dass sie eine Hure ist.
Sie hat das büßen müssen, das Luder. Wegen ihr musste ich mein Land verlassen. Oder glaubst du ich bin freiwillig in dieser Wildnis? Das ist doch kein Leben! Kein Schnaps und keine Weiber! Ohne mich! Wenn du willst, dann nehme ich dich mit. Dann weißt du wenigstens was leben bedeutet!“
„Das interessiert mich alles nicht. Wenn du nicht augenblicklich gehst, dann schreie ich so laut ich kann“, droht sie mit

erhobener Stimme.
„Wer soll dich denn hören? Der Indianer ist doch mit den Frauen unterwegs, um Gemüse zu sammeln. Die kommen so schnell nicht wieder. Also erhöre mich“, bettelt er nun. „Das wirst du nicht bereuen. Alle meine Weiber haben mich immer gelobt. Ich schweige auch wie ein Grab. Bis dein Mann zurückkommt, können wir viel Freude aneinander haben.“
Schweiß steht auf seiner Stirn, Speichel fließt ihm aus dem Mund. Seine Gesichtsnarbe hat von der roten Farbe ins Violette gewechselt. Er kennt kein Halten mehr, glaubt, auf keinen Widerstand zu stoßen. Er versucht sie auf den Boden zu drücken, schreit aber dann laut auf, als sie mit aller Kraft mit dem Bein zustößt, ihn an seiner empfindlichsten Stelle trifft. Er lässt sie kurz los. Sie stürzt zur Türe und ruft mit überschlagender Stimme nach Esther. Dann ist Jürgen wieder bei ihr, hält sie mit eisernem Griff umklammert, reißt sie nieder. Sie wehrt sich, strampelt mit den Beinen, schlägt mit den Armen. „Esther, Esther“, ruft sie aus Leibeskräften. Dann brüllt sie: „Richard wird dich dafür töten!“
Der Holländer lacht nur: „Richard, was will denn der? Hast du etwa mit dem ...?“
Mit einem lauten Knall fällt die Türe ins Schloss. Weder Rachel noch ihr Bedränger haben gehört, wie sie geöffnet wurde.
Jürgen wirft sich herum. Vor ihm steht *Helles Feuer.*
Der Angreifer rappelt sich angstvoll hoch, bemerkt jedoch, dass der Indianer keine feindselige Haltung einnimmt. Er hilft vielmehr Rachel beim Aufstehen, sagt freundlich: „Du bist gestürzt, darf ich dir helfen? Bist du verletzt?“
Diesen Faden nimmt Jürgen gerne auf. „Ich wollte auch nur helfen. Es scheint aber nichts passiert zu sein. Da kann ich wieder gehen.“ Sagt es und verlässt eilig das Haus.
„Du solltest nicht allein sein“, rät der Indianer, ebenfalls den

Raum verlassend.
Rachel ist geschockt. Ihr sind aber die Hände gebunden. Künftig werde ich immer mit Esther oder einer der beiden anderen Frauen beisammen sein, nimmt sie sich fest vor.
Sie wiegt Jürgen in Sicherheit. Er soll denken, dass ich den Überfall nicht ernst genommen habe. Wenn aber die Männer zurückkommen, weiß ich, was getan werden muss. Ihr Entschluss steht fest.

Die Kolonne kommt gut voran. *Sicherer Pfad* ist ein ausgezeichneter Leiter. Er weist nicht nur den Weg, er versorgt die Truppe auch regelmäßig mit frischem Wild. Die Zubereitung übernimmt zur großen Freude aller Judith.
Peter reitet an der Spitze meist mit dem Indianer. Der spürt ganz instinktiv die Wertschätzung, die ihm der Salzburger entgegenbringt.
So erfährt Peter, dass Verwandte von *Sicherer Pfad* weiter im Westen in dem Dorf eines befreundeten Stammes leben.
„Siedler und Soldaten sind bisher noch nicht so weit vorgedrungen. Dort kann ein Indianer noch nach alter Sitte leben. Man hört noch die Trommeln von Dorf zu Dorf, wenn man Freude ausdrücken möchte oder das Kriegsbeil ausgegraben wird. Am Lagerfeuer kreist noch die Heilige Pfeife unter den Kriegern des Stammes." Während er spricht, schweift sein Blick nach Westen. Peter sieht die Sehnsucht in seiner Miene, will wissen, warum er nicht zu seinen Verwandten geht. Der Rote gibt ihm keine Antwort. Noch nicht.
„Wisst ihr wohin ihr wollt? Oft schon habe ich eure ratlosen Mienen gesehen, wenn die Bleichgesichter über ihre Pläne sprachen. Aber von euch kam keine klare Aussage!"
„Wenn diese Frage so leicht zu beantworten wäre", seufzt Peter, fährt fort: „Zunächst sind wir einmal froh, in Amerika zu sein. Wir wussten nicht, was uns hier erwartet. Nun müssen wir eben abwarten, welche Gelegenheit sich uns bietet.

Noch haben wir Zeit."
„Du kennst dich doch gut mit Pferden aus. Weit im Westen gibt es große Herden wilder Mustangs. Du fängst sie, reitest sie zu und verkaufst sie an die Soldaten. Die brauchen viele Pferde und die zahlen gut. Ich mache das vielleicht, wenn ich diese Aufgabe hier für Richard zu einem guten Ende gebracht habe. Wenn ihr wollt, dann könnten wir uns zusammentun. Ich fange die Pferde, zähme sie, du verkaufst sie. Für einen Weißen ist das kein Problem. Bietet ein Indianer ein Pferd zum Verkauf an, geht man sofort davon aus, dass es gestohlen ist, weil man sich vor der Bezahlung drücken möchte. Ja, so ist das. Überleg dir meinen Vorschlag."
„Wir brauchen aber ein Grundstück, das wir bebauen können. Ebenso für die Koppeln der Pferde, wie soll denn das gehen?", will Peter wissen, weil er durchaus Gefallen an dem Vorschlag seines roten Freundes findet.
„Manche Indianerstämme verkaufen ihr Land, bevor es ihnen gestohlen wird. Hat es ein Weißer erworben, wird er von Seinesgleichen sicher keinen Ärger bekommen."
Judith ist begeistert. Ein eigenes Haus. Eine eigene Existenz. Das ist es, von dem sie geträumt hat. Dann könnte ich ja Maria herüberholen, denkt sie voll Vorfreude.
„Hoffentlich hat *Sicherer Pfad* recht. Ich mag die Pferde. Sie kommen gleich nach dir", neckt sie Peter. Dieses Ziel vor Augen macht sie beide richtig zuversichtlich und froh.
„Wir kaufen uns einen Planwagen und beladen ihn mit allem Gerät, das wir für Haus und Pferde brauchen. So viel Geld haben wir noch. Das müsste schon mit dem Teufel zugehen", gibt sich Peter euphorisch.

„Hier ist die Stelle, an der uns der Trupp Banditen überrascht hat", erinnert sich Richard.
„Es waren ursprünglich zwei Weiße, die ganz höflich darum baten, bei uns mitreiten zu dürfen. Nachdem es zu spät war,

konnten wir uns ihre Neugierde, die sie an den Tag legten, schon erklären. Als sie genug ausgekundschaftet hatten, informierten sie heimlich ihre Spießgesellen. Dann fielen sie zusammen mit ihnen völlig überraschend über uns her. Mit Ausnahme von *Sicherer Pfad*, der den zwei Reitern von Anfang an mit Misstrauen begegnete. Ich habe leider seine Warnung nicht ernst genommen. So waren wir in keiner Weise auf einen Angriff vorbereitet. Deshalb konnte die Bande über uns herfallen. Jede Gegenwehr wurde sofort mit tödlichen Schüssen beantwortet."

Man sieht Richard an, dass er sich immer noch Vorwürfe macht, dass ihm seine Sorglosigkeit schwer im Magen liegt. Mit grimmiger Miene meint er:

„Wir suchen und finden die Hunde, das ist sicher. Dann sind sie die Überraschten. Das verspreche ich!"

Die Reste von ein paar Wagen liegen verstreut herum. Dazwischen immer wieder ausgebleichte Knochen, an denen noch der eine oder andere Kleiderfetzen hängt. Weitere Knochen finden sich weit verstreut. Jeder weiß, dass sie von Tieren verschleppt worden waren.

Sie schaufeln ein Grab, in das alle Knochen gelegt werden, setzen ein Kreuz darauf, das sie aus den Trümmern der kaputten Wagen zimmern. Peter betet laut für die Toten.

Etwas später treffen sie auf zwei Reiter, die in Sichtweite bleiben, ihnen jedoch eine ganze Weile folgen. *Sicherer Pfad* reitet zurück. Er hat sie als Indianer ausgemacht, will wissen, was sie im Schilde führen. Nach einiger Zeit kommt er mit ihnen zu der Truppe. Hier werden sie mit gespannter Neugier empfangen. Es sind zwei stolze Krieger. Sie reiten ohne Sattel. Ihre Mokassins sind aus hellem Wildleder, das mit Stachelschweinborsten bestickt ist. Die langen Beinkleider sind aus weichem Leder gefertigt, die sich eng an ihrem Körper anschmiegen. Die Oberkörper sind nackt, mit einer leichten Bemalung. Vor der Brust baumelt der Medizinbeu-

tel. In dem langen Haarschopf sind jeweils drei Adlerfedern geknüpft. An den Oberarmen und am Hals tragen sie breite, mit Perlen bestickte Schmuckbänder. In ihren Gürteln stecken Tomahawk und Messer.
„Das sind zwei Häuptlinge des Tschirokee-Stammes. Sie wollen nach Osten um mit den Engländern irgendein Abkommen zu erneuern. Sie haben sich mit ihnen gegen die Franzosen verbündet. Ich habe sie gebeten, mit uns zu kommen, weil wir Verstärkung gut gebrauchen können. Außerdem scheinen sie zu wissen, wo die Banditen ihren Schlupfwinkel haben."
Richard ist einverstanden. Die anderen sind auch beruhigt, weil *Sicherer Pfad* für sie bürgt. Johann Stocher will sofort Näheres über den Aufenthaltsort der Banditen wissen, hofft bei der Befreiung seiner Frau auf die Mithilfe der Indianer. Die geben sich jedoch vorerst verschlossen, bitten um Bedenkzeit.
„Das hat sicher einen triftigen Grund", vermutet Richard. „Mein roter Freund wird schon wissen, wie er an die Information kommt. Wir müssen uns halt in Geduld üben", versucht er Johann Stocher zu besänftigen, der sich aber laut wundert, warum die Indianer keinerlei Gepäck mit sich führen.
„Die finden immer was sie gerade brauchen", beruhigt ihn *Sicherer Pfad.*

Die Ruhe im Fort wird durch Pochen am Außentor und lautes Rufen jäh unterbrochen.
Der Indianer steigt auf einen der beiden Türme, die rechts und links vom Tor angebracht sind. Sie dienen der Verteidigung, sind aber auch der Ausguck, der den Blick rundum in das weite Land freigibt.
Die Frauen und Jürgen hören Stimmen. Dann kommt *Helles Feuer* zu ihnen und berichtet von einem einzelnen Reiter mit

einem zusätzlichen Packpferd, der sich nach Richard und den Brandstädters erkundigt habe.
„Droht von ihm Gefahr?“ will Esther wissen.
„Ist das vielleicht wieder so einer, der uns auskundschaften will, damit die Banditen über uns herfallen können?“, fragt eine der Auswandererfrauen ängstlich.
„Wir sollten ihn hereinlassen. Es ist nur ein Mann. Der tut uns bestimmt nichts, wenn wir auf der Hut sind. Haben wir Zweifel, dann schicken wir ihn wieder weg“, rät der Indianer.
„Von Richard kann er ja gehört haben. Woher sollte er aber die Brandstädter kennen?“, meldet sich Rachel zu Wort.
Jürgen, der sich seit Tagen merklich zurückhält, holt sein Gewehr und öffnet das Tor.
Seine Überraschung ist groß, als er in dem Ankömmling Christian von Schwamm erblickt.
Der braucht einige Zeit, um den Holländer wiederzuerkennen. „Was ist denn mit dir passiert, ist einem Indianer das Skalpmesser in dein Gesicht gerutscht?“, lacht er.
„Mit einem Vielfrass gekämpft“, ist die kurze Antwort.
„Tut mit leid, ist mir halt so herausgerutscht“, entschuldigt sich Christian.
„Was führt dich aber hierher. Du wolltest doch mit deinen Verwandten Rinder züchten?“
„Ich habe das bei meinem Bruder nicht mehr ausgehalten“, berichtet Schwamm. „Außerdem hatte ich Sehnsucht und bin froh, euch noch angetroffen zu haben. Ihr habt also tatsächlich hier den Winter über verbracht? Aber wo sind die anderen Auswanderer? Es ist mir ein bisschen zu still hier.“
Schnell ist erzählt, was sich in den letzten Monaten ereignet hat. Christian will bleiben, bis Richard zurückkommt. „Ich will mit ihm weiter nach Westen“, steht sein Entschluss fest.
Die Frauen finden den jungen Mann sehr sympathisch.

„Einen Mann mehr, den können wir gut gebrauchen. Das bedeutet auch eine Muskete mehr", rechnet Esther.
Rachel kümmert sich um den Neuankömmling. Sie hat sofort Vertrauen zu ihm. Sie spürt instinktiv, dass ihr von Christian keine Gefahr droht. Sie lädt ihn ein, versorgt ihn mit Essen, spricht viel und gern mit ihm. Jürgen, der Rachel immer noch wie ein hungriger Wolf umkreist, entgeht das nicht. Er überlegt, wie er den offensichtlichen Rivalen wieder los wird. Warte nur, deine Stunde schlägt noch, flüstert er mit den Zähnen knirschend immer wieder. Nach außen hin spielt er den alten Freund und Weggefährten, der sich über die Anwesenheit Christians mächtig freut. In Wirklichkeit hat er sich seit seiner Verletzung stark verändert. Er ist böse geworden, versucht es aber nach außen hin zu verbergen.
Rachel lässt sich jedoch nicht täuschen. Sie muss auf der Hut sein, weiß aber nicht, wie sie Christian warnen soll. Sie lässt es aber nicht zu, dass beide Männer alleine das Fort verlassen. Sie bittet jedes Mal den Indianer mitzugehen, wenn Jürgen nur mit Christian auf die Jagd oder zum Fischen gehen möchte. *Helles Feuer* scheint die Gedanken Rachels lesen zu können. Auch ohne Worte fühlt er, was von ihm erwartet wird. Nun muss er gleich zwei Menschen beschützen. Jürgen schäumt vor Wut, die er offen nicht zeigen darf. Sein ganzes Sinnen und Trachten gilt Rachel, die er immer mehr begehrt. Seine ganzen Pläne scheitern aber jedes Mal an dem Indianer oder an Christian. Sie müssen weg, dann ist mein Weg frei, schwört er sich.

Immer mehr Fallensteller geben ihre Felle ab und lassen sich bis zur Rückkehr der Rose-Brüder vertrösten. Die Männer leben das ganze Jahr über in der Wildnis. Auch Halbblutindianer sind unter ihnen. „Sie gehören nicht zu den Weißen, mein Volk verachtet sie", erläutert *Helles Feuer.*
Manchmal wollen die Pelztierjäger auch Geld für ihre Ware,

das ihnen Esther nach den Anweisungen ihres Mannes auch bereitwillig gibt. Sie hat für die Münzen ein sicheres Versteck, das nicht einmal Rachel kennt.
Christian, Jürgen und die Auswanderer wollen alles wissen, was die Fallensteller über den Westen zu berichten haben. So erfahren sie, dass immer mehr Siedler in das Land kommen. „Wollt ihr freies Gebiet erwerben, müsst ihr viel weiter nach Westen“, ist die einhellige Meinung der Befragten.
Jürgen erzählt Christian von den Banditen, die einige Frauen und Mädchen aus ihrem Treck geraubt haben. „Es sollte uns eine Ehrensache sein, das Lager der Banditen ausfindig zu machen. *Sicherer Pfad* glaubt, es zu kennen. Es soll sich am Fuße eines Berges befinden, über den alle Indianer mit großer Ehrfurcht sprechen. In seine Höhlen haben die Shawnee, das ist ein einstmals hier ansässiger Stamm, ihre Toten gebracht. Der Stamm, der am Fuße des Berges eine große Siedlung unterhielt, wurde fast vollständig durch eine eingeschleppte Epidemie hinweggerafft. Dieses Gebiet würde ihrer Ansicht nach entweiht, wenn es von Weißen betreten oder dort gar gekämpft werden sollte. Im Berg vermuten sie die Wohnung des Großen Geistes. Deshalb haben die Banditen dort ein sicheres Quartier. Unser Indianer vermutet das zwar, ist sich aber nicht ganz sicher.
Wir könnten doch die Zeit nutzen, um uns ein wenig umzusehen. Wenn unser Trupp zurück ist, dann wüssten wir schon, wohin wir uns zu wenden haben. Denn eines ist klar, das haben alle geschworen: die Frauen werden befreit und den Verbrechern ihre Beute abgejagt.
Kommst du mit?“, kommt lauernd die Frage.
Christian aber zögert.
„Wohl zu feige, oder?“, lässt Jürgen nicht locker.
Rachel beobachtet die Versuche Jürgens, Christian in dieses Abenteuer zu stürzen.
„Geh bitte nicht weg, wir brauchen dich hier. Lass ihn alleine

reiten. *Helles Feuer* wird ihm schon sagen, wohin er sich in etwa zu wenden hat."
Christian ist unschlüssig. Er bittet Jürgen um Bedenkzeit. „Ich möchte ja auch, dass die Frauen, die ich doch alle kennengelernt habe, bald frei kommen. Aber wir zwei allein gegen einen Haufen schießwütiger Banditen, das kann doch nur schiefgehen!"
Jürgen lässt ihm jedoch keine Ruhe. „Stell dir doch vor, deine Frau ...?"
„Ich habe keine Frau. Aber ich überlege noch. Dazu will ich mich auch noch mit eurem Indianer und den Frauen besprechen. Also lass mir Zeit", erwidert Christian energisch.
„Dann gehen wir doch morgen zur Jagd. Nur wir zwei. Dann können wir alles noch einmal genauer bereden. Truthähne gibt es im nahen Wald genug. Abgemacht?"
„Abgemacht."
Rachel bemerkt erst am Morgen, was die zwei planen. Sie hat kein gutes Gefühl. Wenn sich nämlich Jürgen unbeobachtet fühlt, spürt sie den Hass in seinem auf Christian gerichteten Blick. Sie kennt auch den Grund. „Der Neue hat wohl mehr Chancen als ich", hatte ihr vor ein paar Tagen der Holländer zugezischt und drohend hinzugefügt: „Daraus wird aber nichts. Schlag dir den aus dem Kopf, ehe etwas Schlimmes passiert!"
Im Fort ist jetzt viel Betrieb. Ein Kommen und Gehen. Die ersten Trecks verweilen ein oder zwei Tage im Fort. Noch immer kommen Trapper und Fallensteller mit ihren Fellen.
Esther und Rachel sind vollbeschäftigt und froh darüber, dass die beiden anderen Frauen die Hausarbeiten übernehmen. Alle hoffen auf die baldige Rückkehr ihrer Männer, die sie jeden Tag zurückerwarten.
„Sie werden sicher nur maximal bis Philadelphia gezogen sein. Die Quäker sind bekannt dafür, dass sie anständigen Handel betreiben. Sie respektieren auch die Rothäute", sind

sich die beiden Schwägerinnen einig, hoffen jedoch, dass ihre Männer schon früher die notwendigen Waren eintauschen oder ankaufen konnten. Die neuen Siedlungen schieben sich nämlich immer weiter nach Westen.

Kurz nach Sonnenaufgang reiten die beiden Männer los. In den Sattelhalftern stecken ihre Musketen. Ihre Gedanken könnten unterschiedlicher nicht sein. Christian beschäftigt sich mit Truthähnen, Jürgen denkt nur daran, den Nebenbuhler loszuwerden.
Nach zwei Stunden erreichen sie das dem dichten Wald umsäumende Buschwerk. Nachdem sie von ihren Pferden gestiegen, diese angepflockt und ihre Musketen an sich genommen haben, schleichen sie getrennt in den noch lichten Mischwald.
Nach einiger Zeit treffen sie wieder aufeinander. Keiner von ihnen ist bisher zum Schuss gekommen.
„Scheint heute kein guter Tag zu sein. Höchstens für Truthähne", lacht Christian. „Hoffentlich haben wir den Mund nicht zu voll genommen, sonst ist uns der Spott der Frauen gewiss."
„Das wäre sehr schade für dich, wenn du vor Rachel als Versager dastündest, nicht wahr?", sagt Jürgen gehässig, mit einem Ton in der Stimme, der Christian aufhorchen lässt.
„Ganz so schlimm wird's schon nicht werden. Die Frauen sind in Ordnung", sagt Christian versöhnlich.
„Weil wir gerade beim Thema sind: Lass deine Hände von Rachel. Sie gehört nämlich zu mir!" Wieder ist sein Ton drohend.
„Zu dir? Irrst du dich da nicht? Sie ist doch verheiratet. Alles was sie mir gegenüber verlauten ließ, ist sie sehr zufrieden in ihrer Ehe."
„Aha, sie spricht also mit dir über ihre Ehe. Ich kann dir nur raten: Störe meine Kreise nicht, denn das würde dir schlecht

bekommen."
„Ja glaubst du denn wirklich, du könntest mich davon abhalten, mit Rachel die freundschaftliche Verbindung aufzugeben? Ich denke vielmehr, sie geht dir aus dem Weg. Es scheint mir gar, sie fürchtet dich!"
„Am besten wird sein, du verschwindest wieder. Kommst einfach daher, machst dich überall lieb Kind, schmeichelst den Frauen, machst dich an Rachel heran, die zu mir gehört!"
„Ich bleibe so lange ich will. Rachel steht unter meinem Schutz. Ich werde höllisch aufpassen, dass ihr von deiner Seite aus keine Gefahr droht. Merk dir das. Von deinen Weibergeschichten habe ich ein für alle Mal genug!"
„Was weißt du denn von meinen Weibergeschichten, du kennst mich doch kaum."
„Was war denn mit Eva, der Frau von Johann Stocher beim Treck? Rachel hast du bedrängt. Aus Holland musstest du wegen einer Frau flüchten, wie du gegenüber Rachel bekannt hast. Genügt dir das?"
„Du weißt viel, ein bisschen zu viel, aber das sagt mir wieder, dass mein Verdacht über dein Verhältnis zu Rachel zu Recht besteht."
Christian versucht, ihn hinzuhalten, weiter in ein Gespräch zu verwickeln, aber die Geduld seines Gegners ist zu Ende.
„Also, du hattest deine Chance. Das hier hast du dir selbst zuzuschreiben." Jürgen bringt seine Muskete in Anschlag, an seiner entschlossenen Miene erkennt Christian, dass sein Widerpart im Begriffe ist, abzudrücken.
Christians Waffe lehnt unerreichbar an einem Baum. Er streckt seine Hände, wie zum Schutze vor sich und schreit: „Bist du denn total verrückt. Mach dich nicht unglücklich. Willst du hängen?"
„Ein Jagdunfall. Das kommt immer wieder vor. Oder ein Indianer hat sich gerächt, da fällt mir schon was ein. Jetzt knie

nieder, dann gefällst du mir noch viel besser."
Drohend die Muskete hebend verleiht er seiner Forderung unmissverständlich Nachdruck.
Als Christian in die Knie geht, ertönt plötzlich ein langgezogener Schrei, der beide herumfahren lässt. In wildem Galopp bricht sich ein Pferd die Bahn durch das Gehölz, ist im Nu heran und stößt, ohne dass dieser einen Schuss abgeben kann, Jürgen zu Boden. Seine Muskete entfällt seinen Händen, er scheint verletzt zu sein.
Christian hat die Waffe blitzschnell an sich genommen und sieht erst jetzt, wem er seine Rettung zu verdanken hat.

14

Maria kann nun ohne Angst ihrem Studium nachgehen. Ihr Lehrer ist hochzufrieden und schlägt sie für die ersten Prüfungen vor, auf die andere Studenten noch Jahre warten müssen.
Ihre beiden Peiniger wurden gefasst, schmachten seither im Kerker.
Ein einflussreicher Domherr, wird trotz seiner verwandtschaftlichen Verbindungen zum Kaiserhaus, als Salzburger Mittelsmann der Verschwörer entlarvt, verliert seinen Titel und wird ausgewiesen. „Geh Er nach Amerika, da mag Er Unfug stiften, so viel Er will", fordert ihn der Erzbischof auf.
Ein Bote kommt zu Maria.
„Der Domdechant schickt nach dir. Sein Diener berichtet, dass Hochwürden Leopold Anton von Firmian seit zwei Wochen bewegungsunfähig in seinem Palais liegt. Er wurde bereits mehrmals zur Ader gelassen. Sein Leibarzt ist mit seinem Latein am Ende. Sein Herr schimpft und flucht nur noch, vertreibt alle, die ihm helfen wollen. Du scheinst sein

letzter Strohhalm zu sein."
„Gerne gehe ich da nicht hin. Ich bin doch keine Ärztin. Außerdem hat er überhaupt nichts von sich hören lassen, als ich ihm wegen seiner schrecklichen Hautkrankheit zur Seite gestanden bin. Professor Schall sagt, ich darf meine Kräfte nicht vergeuden. Ich wäre im Hospiz schon überfordert. Wenn der hohe Herr dann mit mir nicht zufrieden ist…?"
„Ich muss dir ein wenig auf die Sprünge helfen, damit du weißt, wer dich um Hilfe bittet.
Firmian entstammt einem hoch angesehenen Tiroler Adelsgeschlecht. Sein Onkel war der Vorgänger unseres Erzbischofs. Nach seiner Priesterweihe wurde er schnell Dompropst und jetzt Dechant. Dem stehen alle Türen offen. Er kann dir einmal sehr nützlich sein. Also, mein Kind, geh hin. Vielleicht kannst du ihm helfen. Versuch es wenigstens."

Firmian ist sehr erleichtert, als er Maria sieht. „Du bist mir lieber als all diese Quacksalber, die sich bisher an mir versucht haben. Komm her und sieh zu, was du aus mir machen kannst", fordert er sofort nach ihrem Eintreten Maria auf. Freundlichkeit hört sich anders an, denkt sich Maria.
Ganz leicht streichen ihre Fingerspitzen über seinen Rücken, der nun makellos weiß und völlig narbenfrei ist. Sie spürt sofort die harte Muskulatur in Höhe der Hüftknochen. Wie gewohnt, legt sie ihre Hände auf die schmerzhafte Stelle und betet. Wärme durchflutet den Körper des Patienten, die für eine spürbare Entspannung der Muskelstränge entlang der Wirbelsäule sorgt. Maria massiert mit ihrer selbst gemachten Salbe den gesamten Rücken, deckt ihn mit einem Tuch ab, verlässt den Domherrn, der inzwischen eingeschlafen ist.
Sein Diener geleitet sie aus dem Krankenzimmer, hält sie jedoch dann zurück.
„Wenn du ihm helfen konntest, wird das dein Schaden nicht sein", verspricht er.

„Aber“, setzt er fort, „ich habe dir noch einen Wunsch einer sehr einflussreichen Persönlichkeit vorzutragen, den du nicht ablehnen solltest.“
Maria denkt, noch eine Behandlung? Die schaffe ich nicht!
„Demnächst gibt es eine Gerichtsverhandlung gegen die zwei Männer, denen der Anschlag bei der erzbischöflichen Jagd am Untersberg vorgeworfen wird. Du sollst dabei als Zeugin aussagen.“
„Ich habe davon schon gehört“, sagt Maria leise. Sie hat noch immer Angst.
„Nun, unser Wunsch geht nun dahin, dass du dich nicht mehr erinnern kannst, wie die Männer ausgesehen haben. Verstehst du das?“
„Ja, schon, aber mein Onkel hat sie doch auch ...?
„Dein Onkel wird nicht vorgeladen. Es geht nicht um eure Entführung, sondern ausschließlich um den Vorfall bei der Jagd.“
„Aber ich werde doch gefragt auf Ehre und Gewissen, vielleicht unter Eid!“
„Das wird verhindert, das ist gewiss. Du brauchst also nur zu sagen, dass du nicht mit Bestimmtheit sagen kannst, ob du einen von ihnen am Untersberg gesehen hast.“
„Die haben uns doch so viel angetan ...!“
„Dir wird noch mehr passieren, wenn du gegen sie aussagst. Sei also gescheit, wenn dir dein Leben lieb ist! Außerdem hat dieses Gespräch nie stattgefunden, hast du mich verstanden?“, droht er.
Maria sagt dann nachdenklich: „Wenn die beiden freikommen, dann fallen sie bestimmt über uns her. Wir könnten ihnen doch immer noch gefährlich werden.“
„Ihr habt nichts mehr zu befürchten. Die beiden werden dann umgehend außer Landes gebracht, das kann ich versprechen.“
Maria weiß nicht, wem sie vertrauen kann. Gedanken

schwirren ihr durch den Kopf.
Völlig verwirrt kommt sie nach Hause und vertraut sich nach einigem Zögern doch noch ihrer Gouvernante an.
Die kennt die Ränkespiele der hohen Herren, weiß um deren Macht und Einfluss.
„Am besten ist es, du tust, was sie von dir verlangen. Schon einmal kamen die beiden Verbrecher wie durch ein Wunder frei. Es ist durchaus möglich, dass sie ihre Drohung wahr machen, dir etwas angetan wird, wenn sie deine Aussage belastet. Selbst wenn sie im Kerker sitzen, können sie dir noch schaden. Die haben überall Verbündete. Bestes Beispiel ist doch der Diener des Domherrn. Ich rate dir das nicht gerne, aber ich denke, es ist das Beste, wenn du dich nach so langer Zeit einfach nicht mehr mit letzter Gewissheit erinnern kannst."

„Da hast du ja wieder ein Wunder bewirkt", lobt sie Professor Schall ein paar Tage später.
„So schnell hättest du den Dechant nicht heilen müssen. Ein paar schmerzvolle Wochen mehr hätten ihm bestimmt nicht geschadet", fügt er lachend hinzu.
Er ist stolz auf seine Maria, die nun auch bei allen Krankenbesuchen immer an seiner Seite zu finden ist. Nur in scheinbar aussichtslosen Fällen bittet er sie, ihre heilenden Hände einzusetzen. Er ist jedes Mal aufs Neue verblüfft, wie oft Maria Erfolg hat. Nicht nur einmal sagt er zu ihr: „Du bist mein Engel und der Engel der Kranken."
Eine Infektionskrankheit wütet in Stadt und Land die vor allem Säuglinge hinwegrafft.
Im Hospiz behilft man sich mit Aderlass, Holunder- und Lindenblütentees. Um die Körperhitze zu dämpfen, werden Körper- und Wadenwickel verabreicht. Als keine Besserung eintritt, geistert das Wort von der Vampirkrankheit durch das Volk.

„Du hältst dich von den Kranken fern“, befiehlt Schall seiner Schutzbefohlenen.
Als sie sich nicht abhalten lässt, schickt er sie nach Hause. „Ich brauche dich gesund. Diese Epidemie ist hoch ansteckend. Das Risiko dürfen wir nicht eingehen“, warnt er sie.
Schweren Herzens gehorcht Maria und stürzt sich zu Hause verstärkt in ihr Studium mit dem alten Professor Zuhra.
„Maria, du musst mir helfen“, kommt ein paar Tage später weinend Frau Schall ins Haus.
„Unser Enkelkind hat schon seit einer Woche hohes Fieber. Jede Mühe von uns, zu helfen, ist vergebens. Das Mädchen wird immer schwächer. Wir sind verzweifelt. Du bist meine, unsere letzte Hoffnung. Rundherum sterben die Kinder. Gott helfe uns.“
„Ist euer Mann damit einverstanden ...?“
„Er weiß nichts von meinem Besuch bei dir. Er kommt ohnehin kaum einmal nach Hause, ist fast Tag und Nacht im Hospiz. Was in seiner Macht steht, hat er für unsere Enkelin getan…“, hilflos die Arme hebend, fährt sie weinend fort: „Besonders schlimm ist das Gerücht, unser Mädchen wäre von der hoch ansteckenden Vampirkrankheit befallen. Angeblich auch alle Kinder, die schon gestorben sind. Nach den ersten Symptomen wagt sich keiner mehr in ihre Nähe. Die Krankenzimmer werden mit Bilsen- und Johanniskraut ausgeräuchert. Das hilft natürlich nicht. Mein Mann kämpft vergeblich gegen diesen Aberglauben, weil auch viele seiner Kollegen von dieser Vampirkrankheit überzeugt sind.“
Maria geht sofort mit ins Haus der Schalls und trifft dort das hoch fiebrige Mädchen.

Die Kunde von der Heilung der Kleinen lässt sich nicht unterdrücken. Immer mehr Menschen bitten Maria um Hilfe.
Es dauert jedoch nicht lange, dann ist sie mit ihren Kräften am Ende. Sie kann sich kaum mehr auf den Beinen halten,

isst nichts, findet keinen Schlaf. Frau von der Brücke, die machtlos dem raschen Verfall ihres Zöglings mit ansehen muss, findet Maria eines Morgens ohne Bewusstsein im Bett. Sie weiß aber, was zu tun ist, um Maria, deren Herz noch schlägt, wiederzubeleben. Sie bespricht sich mit den beiden Professoren. Danach packt sie Maria in eine Kutsche. Beide fahren ins Landgut der Brandstädter nach Grafengaden.

Allmählich kommt Maria wieder zu Kräften. Sie fühlt sich sichtlich wohl in dem Haus ihrer Kindheit. Nach und nach werden ihre Ausflüge, begleitet von der Gouvernante, ins Reich des Untersberges immer länger.
„Auf unserer Hochalm ist die Quelle fast versiegt“, klagt der von Stefan eingesetzte Gutsverwalter. Wenn es nicht bald regnet, müssen wir das Vieh zur Mitteralm bringen. Da reicht allerdings dann das Futter nicht für die Zeit bis zum Abtrieb.“
Maria erinnert sich an so manchen Tag mit der Haselrute und der Gerner Großmutter.
Vor dem Hof steht ein großer Haselnussstrauch. Von dem schneidet sie von ganz unten eine Gerte, die sich ein Stück weiter oben teilt. Nun kann sie in jeder Hand ein Ende halten.
„Ihr müsst mit“, fordert sie Frau von der Brücke auf. Das wird lustig. Ich kann euch viel zeigen auf meinem Berg. Vielleicht finden wir auch Wasser. Ich weiß aber nicht, ob mir das noch gelingt.“
Am folgenden Tag, gleich nach Sonnenaufgang, marschieren die beiden gut gelaunt, und wohlversorgt mit Proviant auf den Berg. Sie stört es auch nicht, dass sie bereits beim Durchqueren des Wiesengrundstückes vor dem Anwesen durch das hohe Gras nasse Füße bekommen.
„Das gehört dazu“, meint das Mädchen fröhlich.
Ehe die Hochalm erreicht ist, führt Maria ihre Begleiterin in

einige Höhlen, die teilweise so tief in das Innere des Berges führen, dass man deren Ausmaße nur erahnen kann. Der Gouvernante ist nicht ganz wohl zu Mute. Sie sieht aber die Freude bei ihrer Schutzbefohlenen und verweigert sich nicht.
Übermütig versucht Maria immer wieder mit ihrer Gerte etwas zu entdecken.
„Hier soll es Gold geben", lacht sie. „Wenn wir dann reich werden, fahren wir nach Amerika, machen uns mit Mutter ein schönes Leben!"
Frau von der Brücke ahnt die Sehnsucht Marias nach ihrer Mutter. Sie denkt immer wieder, welch tapferes Mädchen ihr anvertraut wurde.
Plötzlich stößt Maria, die etwas weiter in eine der Höhlen eingedrungen ist, einen Schrei aus.
Nachfolgend sieht die Erzieherin Maria vor einem in der Dunkelheit kaum erkennbaren lose herumliegenden Geröll stehen. Die Rute in ihrer Hand biegt sich mit Macht, so als würde sie im nächsten Augenblick brechen, nach unten.
Maria nimmt einen Stein auf und trägt in nach draußen. Ihre Wangen glühen. Gespannt untersucht sie den Stein. Er ist schmutzig, voller Risse und Flecken. Auf den ersten Blick nichts besonderes. „Man sieht zwar nichts, aber irgend etwas muss mit ihm sein, weil die Rute gar so heftig ausgeschlagen hat. Er fühlt sich jedoch warm an. Ich nehme ihn mal mit nach Hause. Wegwerfen kann ich ihn immer noch."
Auf der Hochalm schlägt die Rute an ein paar Stellen aus, die mit jeweils einem Steinhaufen markiert werden.
Auf dem Nachhauseweg kommen sie an einem Bach vorbei, bei dem der gefundene Stein gründlich gewaschen wird. „Sieht doch ganz interessant aus, oder?", stellt die Ältere fest.
„Die vielen Einschlüsse, seht hier eine versteinerte Muschel, die verschiedenen Farben, das ist schon ein besonderer

Stein. Ich werde ihn zum Kugelmüller bringen. Der soll ihn runden und polieren, dann habe ich zumindest eine Erinnerung an den heutigen Tag. Vielleicht verschenke ich ihn dann an euch?", verspricht Maria halb im Scherz.
Nach zwei Wochen begibt sie sich zur Kugelmühle, um den Stein abzuholen.
„Such dir einen aus, ich weiß nicht mehr, welchen Rohling du mir gebracht hast", fordert sie der Müller auf.
Sie sucht in dem großen Korb, in dem ein paar Dutzend Steine liegen, kann den ihren allerdings nicht entdecken. „Der ist nicht dabei, ihr habt ihn sicherlich woanders liegen?"
„Kann ich mir nicht vorstellen. Nimm dir halt den schönsten von denen da oder von mir aus auch zwei!"
„Ich will aber meinen", beharrt sie etwas energischer werdend. Sie bemerkt eine gewisse Ratlosigkeit beim Müller, macht sich ihre Gedanken. „Ihr wisst ja, der Erzbischof, dem jetzt diese Mühle gehört, sie war ja früher in unserem Besitz, ist mir sehr wohl gesonnen. Also rück er meinen Stein heraus, sonst ...?"
„Was sonst?"
„Ihr wollt doch hier weiterhin arbeiten?", droht sie nun forsch, immer mehr zu der Überzeugung kommend, dass ihr Stein doch etwas Besonderes sein muss.
Unsicher werdend, geht nun der Müller zu einem anderen Korb und schüttet eine ganze Reihe von Kugeln auf den Boden.
Die Auswahl könnte prächtiger nicht sein. Die polierten Kugeln offenbaren die Geheimnisse des Untersberges. Unterschiedliche Farben, raffinierte Maserungen, geheimnisvolle Einschlüsse von Muscheln und Insekten aus früheren Jahrtausenden, Sterne und Lichtpunkte, die wie Gold glänzen und vieles mehr, was das Auge kaum erfassen kann. Jeder Stein erzählt eine eigene Geschichte, denkt Maria, fasziniert von all der Pracht.

„Nun nehme sie ihre Kugel, wenn sie überhaupt erkennt, wo sie liegt“, kommt es mürrisch von den Lippen des Mannes.
Maria würde am liebsten den ganzen Korb voller Steine mitnehmen. Sie haben alle in etwa die gleiche Größe, wurden vor der Prozedur in der Wassermühle so gehauen, dass sie sich gleichmäßig im Mahlstein drehen konnten.
Nun kniet sie nieder und führt ihre flachen Hände konzentriert über die wunderschönen Exemplare. Wie von Geisterhand geführt berührt sie nun einen Stein, ihren Stein. Den nimmt sie beglückt an sich.
„Das ist er, ich erkenne ihn genau“, sagt sie triumphierend, hält ihn hoch.
Auf dem Weg zum Hof nimmt sie ihn wie im Zwang in beide Hände. Sie spürt ganz deutlich, wie sie von einem Gefühl der Wärme und Geborgenheit durchströmt wird, wie sich ihre Stimmung noch mehr hebt. Allmählich wird ihr bewusst, dass dies eine ähnliche Regung ist, die sie bei ihren Heilungen überkommt.
Den Stein will sie nie mehr aus der Hand geben.
Frau von der Brücke erhält eine schöne andere Kugel aus der Mühle.
Von nun an erholt sich Maria verblüffend rasch. Sie wirkt ausgeglichener, froher und glücklicher.
Professor Zuhra kommt zu ihr aufs Gut. Er staunt, wie wissbegierig seine Schülerin ist, wie leicht sie selbst die kompliziertesten Aufgaben löst, Antworten auf Fragen findet, die selbst für ihn nicht ganz klar waren. Auch das Ehepaar Schall ist überrascht, Maria so gesund und lebenslustig anzutreffen.
„Ich möchte wieder im Hospiz mitarbeiten, weil ich jetzt einen zusätzlichen Helfer habe“, tut sie geheimnisvoll.
Schall freut das. Er hat sie schon arg vermisst. Zuerst will sie aber noch nach Gern, weil es der Großmutter nicht so gut gehen soll, wie es Stefan in einem Brief geschrieben hat.

15

„Ich danke dir, das war aber im letzten Augenblick“, wendet sich Christian an seine Retterin, umarmt und küsst sie.
„Leider habe ich zu spät bemerkt, dass ihr so früh davon seid. *Helles Feuer* hat mich aber sofort darauf aufmerksam gemacht. Der scheint wirklich den Siebten Sinn zu haben.“
„Gut dass du sein unbeschlagenes Pony genommen hast. So hat er dich“, er deutet auf den am Boden Liegenden, „so spät gesehen, dass er nicht mehr rechtzeitig reagieren konnte. Ich danke dir von ganzem Herzen, liebe Rachel“, wiederholt er.
Er blickt sie lange an, denkt, dass es kein Wunder ist, wie diese Frau auf Männer wirkt. Ihr Haar trägt sie heute offen, die langen schwarzen Locken reichen ihr über die Schultern. Ihr Gesicht ist vom schnellen Ritt von einem zarten Rot überzogen, die geöffneten Lippen geben eine makellose Reihe blendend weißer Zähne frei. Die leicht gekrümmte Nase, die feinen Gesichtszüge und die schwarzen Augen zeigen eine Frau, wie man sie nicht oft findet. Zudem hat sie ihren langen Leinenrock über die ganze Beinlänge aufgeschlitzt um im Männersitz reiten zu können. Wenn sie sich bewegt, sind hin und wieder ihre nackten Beine zu sehen. Christian bleibt nicht unberührt von der Schönheit seiner Retterin. Am liebsten würde er sie noch einmal küssen. Schade, dass sie schon vergeben ist, denkt er, reißt sich aber von seiner Betrachtung los, weil er aus den Augenwinkeln heraus bemerkt, wie Jürgen versucht, auf die Beine zu kommen. Voller Hass blickt er auf Christian und Rachel. Beide Hände an die rechte Brustseite gepresst, stöhnt er, anscheinend von Schmerz geplagt. Christian ist auf der Hut. Er will sich nicht überraschen lassen. Die Behinderung könnte gespielt sein. Die Muskete des Holländers hat er an sich genommen.
„Was machen wir mit ihm?“, wendet er sich an Rachel.

„Wir lassen ihm sein Pferd, dann kann er reiten, wohin er will. Es ist sicher besser, wenn wir uns nicht die Hände an ihm schmutzig machen."

„Ins Fort kommt er uns auf keinen Fall mehr. Strafe hätte er zwar verdient. Das war schließlich ein eiskalter Mordversuch. So ganz ungeschoren möchte ich ihn nicht davonkommen lassen."

„Mein ist die Rache, spricht der Herr. Das sollte auch hier gelten. Sei froh, dass ich im letzten Augenblick das Schlimmste verhindern konnte. Auch ich hätte noch eine Rechnung mit ihm zu begleichen. Lassen wir ihn, er hat Schmerzen. Ohne uns muss er erst schauen, wie er in diesem Lande zurechtkommt."

Jürgen hat sich an einen Baum gelehnt, das Gespräch mitverfolgt. Er ist sichtlich froh, so glimpflich davonzukommen. Trotzdem spuckt er Gift und Galle. „Freut euch nicht zu früh, ich komme wieder, dann Gnade euch Gott", stößt er zwischen gepressten Zähnen hervor.

„Komm, wir reiten. Der Kerl widert mich an", wendet sich Rachel an Christian.

Mit gemischten Gefühlen verlassen sie van Schröter, der ihnen noch lange nachflucht.

Sie informieren die Fort-Bewohner, sind sich mit ihnen einig, dass der Holländer nicht mehr aufgenommen wird.

Christian weicht nun seiner Retterin nicht mehr von der Seite. Er sieht sie nun mit ganz anderen Augen, obwohl sie nun wieder lange, geschlossene Röcke trägt und ihr schönes Haar unter einem Tuch verbirgt. Er ist sich über seine Gefühle nicht im Klaren. Ist er verliebt oder nur dankbar? Nach außen hin spielt er die Beschützerrolle. Man weiß ja nie, ob der Holländer nicht doch noch auftaucht, um seinem Racheschwur nachzukommen.

Christian denkt auch wieder an Stefanie, die sich mit ihrem Vater dem Treck angeschlossen hatte. An ihre blauen Augen,

an die schlanke Figur. Lebte sie überhaupt noch oder ist sie bei dem Überfall der Banditen zu Tode gekommen? Ob sie die Banditen mitgenommen haben, konnte ihm keiner der Geretteten sagen. Ihr Vater hatte den Angriff wahrscheinlich nicht überlebt, er befand sich jedenfalls nicht unter den Flüchtlingen, die im Fort untergekommen waren. Endgültige Klarheit will er sich verschaffen, wenn die Gemeinschaft den Banditen auf den Leib rückt.
Wenige Tage später fällt eine Schwadron englischer Soldaten im Fort ein. Sie berichten, dass sich die Roses mit ihren Planwagen zwei Tagesritte hinter ihnen befänden. Die Freude bei den Daheimgebliebenen ist groß. Die Soldaten bleiben nur eine Nacht und reiten am folgenden Tag weiter. Vorher erzählt ihnen der Offizier, dass sie von Richard gebeten wurden, bei einer Befreiungsaktion mitzuhelfen. „Unsere Befehle lauten aber anders. Wir haben die Roten zu bekämpfen, das ist schwer genug. Das haben wir euren Leuten auch schon klargemacht."

Von den Aussichtstürmen aus kann Christian den Tross bereits von weitem ausmachen. Er sieht drei Planwagen flankiert von Reitern. Beim Näherkommen erkennt er trotz ihrer Männerkleidung Judith und die Nachhut bildend Peter. Auf dem Kutschbock eines der Fahrzeuge sieht er zu seinem Schrecken Jürgen van Schröter.
Das Wiedersehen wird mit herzlichen Umarmungen gefeiert. Die Wagen sind voll beladen, ein paar Trapper sind dazugekommen. Auch ein Halbblut, das angeblich das Nest der Banditen kennt, weil er einmal eines ihrer Mitglieder war.
Peter stellt Christian, nachdem ihn dieser erzählen musste, warum er nicht bei seinem Bruder geblieben ist, den Rose-Brüdern vor. David begegnet ihm äußerst reserviert, fast feindselig, was sich Christian vorerst nicht erklären kann. Rachel umarmt Richard, in dessen Freude sich offensichtlich

großer Ernst mischt. „Später erzähle ich dir alles", flüstert er ihr ins Ohr.
„Wir haben den Holländer vom Hof gejagt", was will der noch bei uns, will Christian von Peter wissen.
„Den haben wir vor ein paar Tagen aufgelesen. Er ist verletzt. Offener Rippenbruch. Darüber hinaus hat er uns eine abenteuerliche Geschichte erzählt, die ich zwar kaum glauben kann, jedoch David in große Unruhe versetzt hat. Du und Rachel spielen darin die Hauptrolle."
„Dann will ich dir schnell meine Version schildern. Kurz gesagt: Der Kerl wollte mich erschießen. Rachel hat mich mit einem Bravourritt gerettet. Daraufhin haben wir ihn ausgestoßen."
„Dachte ich mir doch. Er bringt das Ganze natürlich in seinem Licht. Danach hat er dich und Rachel beim Ehebruch erwischt. Er wollte euch aus Freundschaft zu David davon abbringen, worauf du ihm mit dem Kolben deiner Muskete die Rippen eingeschlagen hast. David war verrückt vor Wut. Ich habe Jürgens Schilderung sehr in Zweifel gezogen, ihm geraten, abzuwarten, bis wir im Fort sind, Rachel sowie dich befragen können."
Kaum angekommen, befahl David seiner Frau, im Hause zu bleiben, mit niemandem zu sprechen. „Du hast zu gehorchen", donnerte er sie an, als sie wissen wollte, warum sie in ihrer Wohnung bleiben sollte. Sie wusste nämlich nichts von dem Gespräch, das Richard mit David auf ihrer Rückreise geführt hat. Das Fass zum Überlaufen brachte dann die Erzählung des Holländers.
David gibt sich verschlossen. Er spricht nur mit seinem Bruder. Als Judith ihre Freundin besuchen will, verbietet er auch ihr das Haus.
„Deine Freunde Jürgen und Christian beschuldigen sich gegenseitig so massiv, dass uns das nicht gleichgültig sein kann. Es gibt zwar bei uns keine weltliche Gewalt, aber ich bin der

Meinung, dass wir das Gesetz selbst in die Hand nehmen sollten", wendet sich Ezechiel an Peter. Zumindest solltest du mit beiden reden und danach entscheiden was zu tun ist. Sowohl Christian als auch der Holländer bleiben bei ihrer Darstellung.

Peter versucht vergeblich, Rachel zu einer Aussage zu veranlassen, scheitert aber am entschiedenen Einspruch ihres Mannes, der sich selbst von seinem Bruder nicht umstimmen lässt.

„Die Situation wird allmählich unerträglich. So sehr wir uns an euch gewöhnt haben, wäre es uns lieber, ihr würdet schnell abreisen. Die beiden Kontrahenten solltet ihr auch mitnehmen", fordert Ezechiel von Peter.

„Ein paar Tage müssen wir schon noch eure Gastfreundschaft in Anspruch nehmen. Hugo, das Halbblut, ist noch nicht von dem Erkundungsritt zum Lager der Banditen zurück. Richard wartet noch auf drei Familien aus Philadelphia, die sich uns anschließen wollen. Habt also noch ein wenig Geduld. Wir wollen alle keinen Ärger. Deshalb haben wir auch Christian und Jürgen getrennt untergebracht."

„Ich habe meinen Bruder gebeten, Rachel zu veranlassen, die Verletzung von Jürgen zu behandeln. Er leidet noch immer an Wundfieber. Auch die gebrochene Rippe ragt noch aus der Haut. Er braucht Hilfe. Rachel lehnt das jedoch strikt ab, ganz abgesehen davon, dass David meinen Wunsch nur zähneknirschend akzeptiert hat. Na ja, ein bisschen Autorität hat man als älterer Bruder doch noch."

„Euer Vorschlag nach einer Gerichtsverhandlung scheint mir nun doch einigermaßen sinnvoll. Ich habe mich mit Richard unterhalten. Er sagte mir, dass es in Gegenden, in denen es keine Polizei oder sogenannte Sheriffs gibt, Streitfälle von gewählten Bürgervertretern in die Hand genommen und entschieden werden. Wie soll das jedoch bei uns vor sich gehen?"

„Ganz einfach. Christian und Jürgen einigen sich auf einen Richter. Dazu wählen alle Leute aus dem Fort zwei Beisitzer. Die Parteien werden angehört, Zeugen befragt und dann entschieden. Ich werde mit beiden Männern reden. Ihr kennt beide, seid mit ihnen lange Zeit unterwegs gewesen. Ihr besitzt aufgrund eures Berufes auch die nötige Autorität. Alle die euch kennen, bringen euch gehörigen Respekt entgegen."

Peter kommt sich einigermaßen überrumpelt vor, willigt aber ein. Er spürt auch immer mehr, wie es bei den zwei Männern brodelt, dass sie nur darauf warten, sich an die Gurgel zu gehen.

Einer muss weg, wenn eine Katastrophe verhindert werden soll.

Ezechiel trifft die notwendigen Vorbereitungen.

Judith und Peter haben sich im Osten all das besorgt, was ihrer Meinung nach für eine Pferdefarm gebraucht wird. Richard und *Sicherer Pfad* haben sie beraten, wobei immer klarer geworden ist, dass sie das Wagnis zusammen mit dem Indianer eingehen werden.

Nächtelang besprechen sie das Für und Wieder, sind dann aber überzeugt, dass der Fang und der Verkauf der wilden Mustangs ein Erfolg werden könnte. Lose Gespräche mit englischen Offizieren bestätigten die Aussage des Indianers, wonach die Armee großen Bedarf an Pferden hat.

Die Verhandlung findet im Freien statt. Alle Bewohner des Forts, bis auf Rachel, sind anwesend.

Peter führt den Vorsitz, seine beiden Beisitzer sind Neuankömmlinge. Eine Frau und ein Mann, die beide weder zu Christian noch zu Jürgen eine besondere Verbindung haben.

Die Kontrahenten erklären, dass sie sich einem Urteilsspruch fügen werden.

Nacheinander werden sie befragt. Wie nicht anders zu erwarten, bleiben sie bei ihrer Version.
Christian, dem von der Beisitzerin die entsprechende Frage gestellt wird, bestreitet vehement, mit Rachel eine intime Verbindung eingegangen zu sein.
„Da habe ich etwas ganz anders gesehen“, brüllt Jürgen dazwischen. „Ihr himmelschreiendes Treiben konnte ich einfach nicht mehr ...!“
„Du sprichst hier nur, wenn du gefragt bist“, unterbricht ihn donnernd Peter
„Und Sie haben selbst kein Interesse an Frau Rose gezeigt?“, wendet sich nun der Beisitzer an den Holländer.
„Natürlich nicht. Ich habe andere Interessen. Frauen sind mir gleichgültig. Außerdem ist die Frau eines Wohltäters, so darf ich sicher David Rose bezeichnen, absolut tabu. Das hat leider nicht jeder begriffen“, sagt er, voll Hass in der Stimme, in Richtung Christian.
„Würden Sie die gleiche Aussage auch machen, wenn Frau Rose hier wäre?“
„Aber natürlich, sie würde das sicher bestätigen. Ihr Mann ist doch auch von dem, was ich gesehen habe, überzeugt, sonst würde er sie nicht einsperren.“
„Du sollst dich in den letzten Wochen auffällig stark um Rachel gekümmert haben. Stimmt das?“, wendet sich Peter an Christian.
„Ja, das stimmt. Das war jedoch ihr ausdrücklicher Wunsch. Sie fühlte sich von dem da“, er zeigt auf van Schröter, „bedroht. Er hat sie nicht nur einmal bedrängt. Deshalb bat sie um meinen Schutz.“
„Alles Lüge. Einfach grotesk. Umgekehrt wird ein Schuh daraus. Befragt sie doch!“
Peter blickt auf David, der aber schüttelt entschieden mit dem Kopf.
„Man hat euch beide früh am Morgen wegreiten sehen“,

richtet sich der Beisitzer an Jürgen. „Dies würde die Aussage Christians bestätigen?"

„Das stimmt schon. Das war aber das Raffinierte. Kurz nach dem Fort drehte er wieder um, weil er angeblich sein Jagdmesser vergessen hatte. Er wollte rasch nachkommen, was aber nicht der Fall war. Ich habe euch doch geschildert, wie das Weitere ablief."

„Was sagst du dazu", wendet sich Peter wieder an Christian, der bei den Ausführungen Jürgens nur noch den Kopf schüttelt.

„Wenn hier einer lügt, dann er. So viel Frechheit ist mir im Leben noch nicht vorgekommen. Er will seinen Kopf aus der Schlinge ziehen. Schließlich wollte er mich ermorden, wurde nur durch das mutige Eingreifen von Frau Rose daran gehindert."

„Ihr sagt, dass ihr euch aus Frauen nichts macht. Gab es aber da nicht einen Zwischenfall bei eurer Anreise in Richards Treck?"

„Nein, nein, nein!", schreit der Befragte. Das war ein Missverständnis. Ich habe das inzwischen auch mit Johann Stocher geklärt. Er wird es euch bestätigen."

Nun wird Richard gehört, der sich zwar an die Schlägerei erinnert, jedoch nicht sagen kann, ob es sich nur um einen Irrtum gehandelt hat.

Helles Feuer sagt aus, dass er an Rachel sein Pony verliehen hat, weil diese in großer Sorge um einen der Männer war. „Ich glaube aber, dass sie Angst vor dem Holländer hatte", setzt er ungefragt hinzu.

„Was weiß schon ein stinkender Indianer ...!"

„Sei still und benimm dich, wie es sich gehört. Auch du hast unserem Indianer, den alle hier hoch schätzen, viel zu verdanken. An deiner Stelle würde ich mich sofort bei ihm entschuldigen", rät Peter.

„Meinetwegen, aber Recht hat der nicht. Ich bleibe bei mei-

ner Aussage. Wenn es einen Zweifel an meiner Schuld gibt, dann könnt ihr mich auch nicht bestrafen. So viel muss auch jedem klar sein, der ein bisschen Ahnung vom Gerichtswesen hat.
„Ah, standen sie schon öfter vor Gericht? Vielleicht in Holland? Mussten sie deshalb ihr Land verlassen?", fragt nun die Beisitzerin, deren Sympathie sich deutlich Christian zuneigt.
Peter zeigt sich sehr verwundert, als nach seiner Aufforderung, ob noch weitere Zeugen sachdienliche Beobachtungen gemacht hätten, sich Judith, seine Frau, meldet.
Er weiß nicht, dass sie kurz vorher noch mit Rachel sprechen konnte.
Jürgen sieht die Entwicklung mit einiger Sorge. Was wusste die Frau? Würde sie ihn verraten?
„Ich finde das Ganze hier wie ein Theater. Es steht doch Aussage gegen Aussage. Da kann doch nichts herauskommen, wenn David weiterhin seiner Frau eine Aussage verbietet." „Also, David, lass Rachel sprechen, damit wir zu einem Ende kommen", fordert der Holländer, hoffend, dass David bei seinem Entschluss bleibt.
Man spürt aber, wie David zögert.
Sofort meldet sich Jürgen wieder wortstark: „Was soll auch Rachel aussagen? Natürlich wird sie ihren Liebhaber beschützen, seine Lügen bestätigen. Willst du deiner Frau das wirklich antun, David", schwenkt er schnell um. David schließt kopfschüttelnd die Augen.
Judith ist unsicher, gibt sich dann einen Ruck und schaut nur auf ihren Mann.
„Es fällt mir schon etwas schwer", beginnt sie stockend, „aber es dient der Wahrheitsfindung, entlarvt einen Menschen, der von seinen Trieben beherrscht wird."
Jetzt nimmt sie Jürgen ins Auge und spricht weiter: „Mir ist bekannt, das hat Jürgen selbst erzählt, dass er aus Holland fliehen musste, weil er eine Frau vergewaltigt und wahr-

scheinlich getötet hat. Mich selbst wollte er auf unserer Anreise zur Farm zu Christians Bruder vergewaltigen, was nur durch den gleichzeitigen Angriff einer Gruppe Indianer verhindert wurde. Ich habe das bisher verschwiegen, auch meinem Mann gegenüber, weil ich keinen Unfrieden in unserer geschlossenen Gruppe aufkommen lassen wollte. Ich weiß ferner von Rachel, dass auch ihr von Jürgen Gewalt angetan wurde. Es blieb Gott sei Dank bei dem Versuch, weil *Helles Feuer* im letzten Augenblick dazwischenkam.
Ich weiß nicht, was im Wald geschehen ist, ich weiß aber, dass Jürgen gegenüber Frauen Gewalt anwendet. Außerdem lege ich für Rachel meine Hand ins Feuer, habe keinerlei Zweifel daran, dass sie sich mit Christian nichts zuschulden hat kommen lassen!"
Gespannt haben alle Anwesenden zugehört. David, der Judith aufmerksam lauschte, senkt beschämt seinen Kopf. Jürgen flucht: „Die Weiber stecken doch alle unter einer Decke. Sie betrügen und lügen, dass sich die Balken biegen!"
Er sieht zum Fürchten aus. Die Haare hängen ihm schweißnass in die Stirn, seine Narbe glüht förmlich, aus seinem Mund tropft Speichel, als er fortfährt: „Wer dem Miststück da glaubt", er zeigt mit dem Finger auf Judith, „dem ist das Hirn eingerostet ...!"
Weiter kommt er nicht, weil die Anwesenden durch laute Missfallensäußerungen dies verhindern. Vereinzelt hört man den Ruf: „Hängt ihn!"
Nach einer kurzen Besprechung mit seinen Beisitzern verkündet Peter das einstimmige Urteil:
Jürgen wird mit sofortigem Vollzug aus dem Fort gewiesen. Er hat sich ferner jeder Annäherung zu den Auswanderern zu enthalten. Hält er sich nicht daran, werden ihm härtere Strafen angedroht.

Der Holländer weiß, wohin er sich zu wenden hat. Nicht umsonst ließ er sich von *Helles Feuer* die Richtung exakt beschreiben. Er darf sein Pferd behalten.
Seine Wunde ist einigermaßen verheilt, das Fieber abgeklungen. Dies hat er Richard zu verdanken, der ihm in einer sehr schmerzhaften Prozedur die gebrochenen Rippen wieder zurechtgerückt, die Wunde ausgebrannt hatte.

16

Großmutter Scheidegg freut sich über den Besuch Marias.
„Du bist aber groß geworden, eine richtige Dame“, stellt sie stolz fest. „Die jungen Salzburger werden sich bestimmt um dich reißen.“
„Ich bin froh wieder hier zu sein“, wiegelt Maria ab. „Bei euch fühle ich mich wirklich wie zu Hause.“ Sie ist erschrocken über das Aussehen der Großmutter. Eingefallene Wangen und beängstigend abgemagert.
„Du müsstest ein paar Pfund zulegen, geben sie dir hier nichts zu essen?“, sagt sie, ihre Betroffenheit verbergend, lachend.
„Ich bringe einfach nichts mehr hinunter. Tee und Brei, Brei und Tee, das ist seit Wochen mein Essen“, ist die resignierende Antwort.
So kennt Maria die Großmutter nicht. Nie kam ihr auch nur ein Wort der Klage über die Lippen, selbst dann, wenn jedermann erkennen konnte, dass es ihr hin und wieder nicht so gut ging.
„Am besten du legst dich einmal ins Bett. Ich will dich untersuchen. Schließlich muss ich dir ja zeigen, was mir meine Lehrer in Salzburg alles beigebracht haben.“
Das noch warme Bett zeigt, dass es erst vor Kurzem verlassen wurde. Sie ist sicher nur zu meiner Begrüßung aufgestan-

den, denkt Maria.
Selbst die sehr behutsame Berührung des Oberbauches scheint große Schmerzen auszulösen.
„Schau, was ich gefunden habe?“ Maria hält die Steinkugel vom Untersberg in die Höhe.
Sie schillert in unterschiedlichen Farbtönen, als sie ihr Kleinod dreht. Fast scheint es, als würden Strahlen von ihm ausgehen.
„Darf ich dir den Stein auf deinen Bauch legen? Ich habe das schon ein paar Mal recht erfolgreich ausprobiert. Schaden kann es ja nicht, oder?“
Vorsichtig legt sie den Stein auf die pergamentene Haut der Großmutter. Ihr Brustkorb scheint nur noch aus Knochen mit einem durchsichtigen Überzug zu bestehen. Mit den Fingerspitzen beider Hände hält nun die Großmutter den Stein in seiner Position. Er scheint innerlich zu leuchten, überzieht sich mit einem Hauch von Feuchtigkeit. Maria sieht das nicht. Sie hat die Augen geschlossen und betet.
Nach einiger Zeit blickt sie auf die Kranke und bemerkt, wie die vorher gelb-graue Haut von einer leichten Röte überzogen wird.
„Ich habe keine Schmerzen mehr“, flüstert die Großmutter mit Tränen in den Augen.
Maria legt sich nun erschöpft neben die Großmutter, so wie sie es als kleines Kind hin und wieder machen durfte. Beide schlafen glücklich ein.

Fast gleichzeitig erreichen Maria zwei Briefe. Den aus Amerika öffnet sie mit zitternden Händen als erstes. Es ist der zweite Brief nach monatelanger Wartezeit. Wie oft hatte sie sich nach einem weiteren Lebenszeichen ihrer Mutter gesehnt. Wie oft musste sie Frau von der Brücke trösten. Und nun war er da. Sie schloss sich in ihre Kammer ein und begann zu lesen. Tränen tropften auf das Papier. Tränen der Erleichterung, Tränen der Freude. Die Mutter berichtet ihr, wie sie den Winter in einem Fort verbracht haben, das in der Nähe eines Flusses liegt, den sie Oswego nennen. Südlich davon breitet sich die unendliche Prärie aus und im Norden soll es Seen geben, bei denen man von einem Ufer das gegenüberliegende nicht mehr sehen kann. Sie spricht von einer Pferdezucht, die sie mit Onkel Peter und einem Indianer betreiben möchten. Weiter schreibt sie von einer Familie aus Krefeld, die in Philadelphia eine zweite Heimat gefunden hat. Maria spürt, wie glücklich ihre Mutter ist. Sie scheint allen Schmerz, alle Demütigungen, alle Zwänge, die sie in den letzten Monaten in Grafengaden erleben mussten, abgestreift zu haben.

Marias Herz schlägt wie wild, als sie liest, wie sich ihre Mutter nach ihr sehnt . „Sobald wir auch nur einigermaßen Fuß gefasst haben, kommst du zu uns“, schreibt sie. Maria erkennt an der verwischten Schrift, dass auch ihre Mutter geweint hat.

Spontan zeigt sie den Brief auch ihrer Gouvernante. Dann schwenkt sie ihn noch freudestrahlend auch im Hospiz vor den Augen ihres Professors.

„Ich will sofort los. Onkel Stefan wird die Überfahrt bezahlen. Darüber hinaus wird er mir aus den Einnahmen aus unserem Gut genug zur Verfügung stellen, damit ich mir mit Frau von der Brücke auch in Amerika keine Sorgen zu machen brauche“, sprudelt sie mit rosigen Backen heraus.

„Ganz so schnell wird es wohl nicht gehen. Du brauchst schon eine weitere Nachricht. Sonst weißt du ja nicht, wo sich deine Mutter befindet. Amerika ist ein bisschen größer als Salzburg. Es wäre doch schlimm, wenn du in dem großen Land herumirren würdest, ohne jemals deine Mutter zu finden“, dämpft Schall ihre Entschlossenheit. Das Mädchen ist ihm ans Herz gewachsen. Er möchte es gerne für immer an sich und seine Familie binden.

Über die Freude, von ihrer Mutter gehört zu haben, vergisst Maria beinahe den zweiten Brief.
Der sieht sehr vornehm aus. Wappen und Siegel zieren den Umschlag aus feinem Pergament.
Er kommt aus Wien. Maria ist daher nicht sonderlich erstaunt, von Prinz Burschi zu hören.
Die Überraschung kommt aber noch als sie liest, dass auch er nach Amerika will. Er schreibt, dass ihn der Kaiser zu dieser Reise aufgefordert hat, weil das Leben in Wien für den Prinzen zu gefährlich geworden sei. Weitere Anschläge auf ihn wären möglich. Er will als erstes nach Boston, wo er sich als offizieller Gesandter des Habsburger Hofes ausweisen könne. Wenn sich Frankreich und England streiten, so könnten wir uns vielleicht freuen, der lachende Dritte zu sein, meinte der Kaiser, der natürlich auch an dem nordamerikanischen Kontinent Interesse zeigt. Der spanische Zweig der Habsburger war in Südamerika erfolgreich gewesen. Vielleicht könnte Wien in Nordamerika etwas erreichen? Durch geschicktes Taktieren hatte der Kaiser auch in Europa nach dem verlorenen Spanischen Erbfolgekrieg einen territorialen Zugewinn erreicht. Warum also nicht auch in Amerika? Prinz Burschi war für so eine Mission gerade der Richtige, ist der Regent überzeugt.
Burschi, der von der Auswanderung ihrer Mutter Kenntnis hat, will von Maria wissen, ob sie ihn begleiten möchte.
Nun dreht sich alles in Marias Kopf. Geht es doch schneller als sie dachte?
Die weitere Korrespondenz nimmt nun die Gouvernante in die Hand. Sie schreibt dem Prinzen, dass ihr Mündel von seinem Angebot gerne Gebrauch machen möchte, jedoch zuerst der Aufenthaltsort ihrer Mutter ausfindig gemacht werden muss.
Sie weiß, dass Nikolaus von Prien bereits vor ein paar Wochen Salzburg ebenfalls in Richtung Boston verlassen hat. Er

hatte sie vor seiner Abreise besucht, weil er wissen wollte, wo er Peter Brandstädter finden könnte.

Maria ist ihre Nervosität sichtlich anzumerken. Sie knetet ihren Stein um ruhig zu erscheinen, die Männer nicht merken zu lassen, wie sie sich fühlt.
Nun sitzt sie schon über eine Stunde den drei Männern gegenüber und spürt sehr deutlich deren Ablehnung.
Professor Zuhra, ihr Privatlehrer, hat die medizinische Zulassungskommission der Paris-Lodron-Universität gebeten, Marias Tauglichkeit für das Prüfungsverfahren zur Ausübung des ärztlichen Berufes zu beurteilen. Er war sich mit Schall darin einig, dass Maria alle Voraussetzungen erfüllte. Sie hatten jedoch nicht erkannt, dass die Nähe ihres Schützlings zu Professor Schall und die bevorzugte Behandlung Marias Eifersucht und Missgunst bei all den anderen Mitarbeitern im Hospiz hervorrief.
„Die kleine Hexe soll der Teufel holen“, so und noch schlimmer waren allenthalben die Bemerkungen, wenn von Maria die Rede war.
„Was knetet Sie da ständig in ihrer Hand?“, wollte einer der Prüfer wissen.
„Das, das ist mein Talisman.“
„Gib Sie ihn her. Wir wollen keine Hexerei. Wir wollen wissen, ob Sie das Zeug dazu hat, als Wundarzt zu arbeiten.“
„Der Stein hat aber schon Vielen geholfen. Auch solchen, die ...“
„Leg ihn weg, sonst ist unsere Befragung sofort zu Ende. Was wir bisher gehört haben, hat uns nämlich keineswegs überzeugt.“
„Wir sind ohnehin nur hier, um dem Zuhra einen Gefallen zu erweisen. Ein kleines Mädchen anzuhören, entspricht sicher nicht unserem Anspruch“, setzt der zweite hinzu.
„Sie betet also, wenn sie die Kranken besucht. Das schadet

zwar nicht, hat aber mit dem Beruf eines Wundarztes, seiner Ausbildung und Behandlung nichts, aber auch überhaupt nichts zu tun. Also, was kann Sie uns sonst noch anbieten?"
„Wie schnell kann sie Gliedmaßen entfernen, zum Beispiel ein Bein amputieren? Auf das kommt es an und nicht auf das Beten. Das soll Sie in der Kirche oder in ihrer Kammer machen. Also, antworte Sie sofort, sonst ist unsere Anwesenheit beendet!"
Maria beginnt zu schluchzen. Sie greift nach ihrem Stein kann ihn aber nicht erreichen, weil er von einem der Männer sofort zurückgezogen wird.
„Ich denke, das genügt", sind sich die Prüfer einig. Zu Maria gewandt:
„Ein paar Jahre in unserer Universität werden ihr nicht schaden. Dann können wir uns vielleicht wiedersehen." Sie verlassen den Raum. Maria bleibt niedergeschlagen zurück. Zu spät bemerkt sie, dass mit den Dreien auch ihr Stein verschwunden ist.
Völlig aufgelöst wendet sie sich an Professor Schall. Der zeigt sich informiert. Die Auseinandersetzung mit den drei Prüfern hat auch ihm gehörig zugesetzt.
Maria erzählt ihm, wer ihren Stein mitgenommen hat. Schall holt ihn zurück, muss jedoch mit dem Erzbischof drohen, um die Herausgabe zu erzwingen. Längst hatte sich nämlich herumgesprochen, dass die Heilerfolge Marias mit auf diesem Stein beruhten.
Dieses Erlebnis verstärkt den Wunsch des Mädchens, möglichst bald ihre Mutter in die Arme schließen zu können. Mit Hilfe ihres Steines wird sie die Mutter finden, ist sie felsenfest überzeugt.
Sie schreibt an ihren Prinzen nach Wien.

17

David spricht kaum noch mit seiner Frau. Er hatte ihr Vorwürfe gemacht, die sie schmerzhaft trafen. Alle paar Tage nimmt er sich aber, wozu er glaubt, als Ehemann ein Recht zu haben. Rachel lässt es über sich ergehen. Manchmal tröstet sie sich dabei mit Gedanken an Richard, von dem sie zwar träumen, ihn aber nur durchs geschlossene Fenster sehen kann. David spürt natürlich, dass sich seine Frau nicht mehr aus Liebe hingibt, dass sie sich verschließt, ja verkrampft, wenn er sich ihr nähert. „Du bist meine Frau, du hast zu gehorchen, mir zu dienen, so wie du es gelobt hast. Schlag dir die anderen Männer aus dem Kopf, nimm dir ein Beispiel an Esther“, sind immer wieder die gleichen Worte, die sie zu hören bekommt.

David würde Richard am liebsten aus dem Fort jagen. Das verhindert Ezechiel, der seinen Bruder darauf aufmerksam machen muss, wie viel sie Richard zu verdanken haben. „Ohne ihn hätten wir unsere Fracht nicht ins Fort gebracht. Nicht nur einmal hat er uns vor Überfällen geschützt, nicht nur einmal hatte er uns aus fast ausweglosen Situationen gerettet. Also, schlag dir das aus dem Sinn. Achte auf deine Frau, die uns einen sehr niedergeschlagenen Eindruck macht. Esther und ich machen uns große Sorgen.“

David zermartert sich den Kopf. Was habe ich bloß falsch gemacht? Wie kann ich Rachels Liebe zurückgewinnen? Er wird immer ratloser. Versucht es mit Güte und mit Gewalt. An der Haltung seiner Frau ändert sich nichts.

Er bittet seinen Bruder und dessen Frau um Rat.

„Ich werde mit Rachel sprechen“, bietet sich auch Judith an. „Du solltest deiner Frau aber erlauben, sich auch außer Haus zu zeigen. Das Eingesperrtsein verträgt niemand auf Dauer. Das ändert nichts, im Gegenteil, es schafft eine Verbitterung bei Rachel, die wahrscheinlich nie mehr zu heilen ist.“

„Wir erwarten unser erstes Kind“, verrät Ezechiel seinem Bruder.
David ist überrascht. Er hatte sich doch so sehr einen Sohn gewünscht, der ihm bisher versagt geblieben ist. Insgeheim gibt er Rachel die Schuld. Sein Zorn auf sie erhält dadurch neue Nahrung.
„Das wird Leben in unser Fort bringen. Ich wünsche euch schon heute alles Gute“, kommen ihm gequält die Worte über die Lippen.
„Esther und ich tragen uns mit dem Gedanken, zurück in den Osten zu gehen. Wir wollen nicht nur ein Kind, es dürfen noch ein paar dazukommen“, lacht Ezechiel.
„Zurück?“
„Es ist noch nicht endgültig. Wir wollten vorher mit dir darüber sprechen. Aber unsere Kinder sollen einmal in einer guten Schule all das lernen, was sie zum Leben in Amerika brauchen. Ich habe gehört, dass es zum Beispiel in Boston so eine Einrichtung gibt, in der jüdische Kinder von Rabbis unterrichtet werden. Immer mehr Juden müssen Europa verlassen. Sie siedeln in eigenen Vierteln der großen Städte. Wir sind doch eigentlich keine Händler. So könnten wir einen Geldverleih eröffnen oder auch eine Bank gründen. Vielleicht mit anderen Glaubensbrüdern oder was meinst du?“
„Ihr scheint ja schon fest entschlossen!“, ist die wortkarge Antwort, der eine deutliche Verstimmung anzumerken ist.
„Nein, nein, nichts steht fest. Es sind nur Gedankenspiele. Wenn es tatsächlich dazu kommen sollte und du willst lieber hierbleiben, dann überlasse ich dir unseren hiesigen Anteil und du bist dann der alleinige Herrscher in diesem Fort, brauchst den Gewinn nicht mehr zu teilen!“
„Das trifft mich doch etwas unvorbereitet. Ich muss mir alles durch den Kopf gehen lassen. Zuerst will ich mit Rachel ins Reine kommen, dann bindet uns auch noch unsere Zusage,

bei der Befreiung der Frauen aus dem Treck mitzuhelfen. Danach werden wir weitersehen."
Gedankenversunken geht er in seine Wohnung zurück. Rachel weint wieder einmal, was seine Stimmung nicht gerade hebt.

Zwei Tage später kommt Halbblut Hugo von seinem Erkundungsritt zurück.
Er berichtet den Männern, dass die Banditen immer noch im gleichen Versteck zu finden sind.
„Ich habe dreißig bis vierzig Reitpferde gezählt, was auch auf die Anzahl der Männer schließen lässt.
Vor den Hütten, die sämtlich an den Felsabsturz des Berges angebaut sind, waren auch einige Frauen oder Mädchen zu erkennen. Mehr konnte ich nicht ausmachen. Dazu war ich nicht nahe genug. Es ist aber anzunehmen, dass die Männer mehrheitlich von Zeit zu Zeit das Nest verlassen, um Überfälle zu begehen. Ihr Anführer, den sie „Brandstifter" nennen, befiehlt auch Angriffe auf Farmen und einzelne Gehöfte. Nach Raub und Tötung wird alles niedergebrannt."
Ezechiel will dem Kundschafter etwas auf den Zahn fühlen, möglichst Gewissheit haben, dass ihnen mit Hugo nicht ein Kuckucksei ins Nest gelegt wurde.
„Das ist ganz toll, wie du das alles auskundschaften konntest. Fühlst du dich nun als Verräter an deinen ehemaligen Komplizen oder hilfst du uns, weil du mit ihren Taten nicht mehr einverstanden bist?"
„Mit denen habe ich abgeschlossen", kommt spontan die Antwort. „Überfälle auf reiche Auswanderer kann ich ja noch akzeptieren. Sinnloses Abschlachten und Niederbrennen ist aber was ganz anderes. Das ist nichts für mich. Dazu habe ich in meiner Jugend schon zuviel mitgemacht."
Hugo wirkt aufrichtig.
Neugierig geworden, will Ezechiel mehr wissen.

„Wie hast du denn deine Jugend verbracht?"
„Das ist eine lange Geschichte. Nur so viel: Mein Vater kam eines Tages verletzt in unser Dorf. Als Weißer war er nicht gerne gesehen. Meine indianischen Verwandten haben ihn dann doch aufgenommen und gesund gepflegt. Dabei hat er sich in meine Mutter verliebt. Das Ergebnis bin ich!", setzt er lachend hinzu.
„Wie gings dann weiter?", fragt nun der hinzugekommene Fred.
„Die Kindheit verbrachte ich mit meinen Eltern im Dorf. Vater war wohl gelitten. Er brachte den Einheimischen vieles bei, was ihnen von Nutzen war.
Eines Tages kamen berittene Soldaten, ich glaube Engländer, die Anspruch auf unser Land erhoben. Es kam zum Kampf, bei dem mein Vater starb. Mich haben die Soldaten mitgenommen, weil ich wie ein Weißer aussah. Sie brachten mich zu einer Missionsstation, die sich um Waisenkinder kümmerte. Dem strengen Regiment der Patres konnte ich aber nach ein paar Jahren entfliehen. Ich habe mich dann herumgetrieben, mich mit kleinen Diebereien über Wasser gehalten, wurde immer wieder erwischt, geschlagen, gedemütigt, in Farmen gesteckt, die einen Arbeitssklaven brauchten. Bei einem Überfall von Banditen, bei dem die Bewohner niedergemacht, die Anwesen niedergebrannt wurden, hat mich die Bande mitgenommen. Ich wurde dann einer der ihren. Das heißt nicht ganz. Sie brauchten einen, den sie rumstoßen konnten. "
„Warum bist du dann ausgestiegen?"
„Plünderung, Mord, Vergewaltigung; das war nicht meine Sache. Für die Bandenmitglieder war ich der letzte Dreck, musste alle Arbeiten machen, für die sonst keiner die Hand rührte. Dazu wurde ich immer verspottet, verprügelt, verhöhnt, weil ich für sie nur ein dreckiger Indianer war. Dazu nutzten sie mich noch als Spielball für ihre ekelhaften

Schweinereien."
„Ließen sie dich so ohne weiteres gehen? Du kanntest doch ihren Schlupfwinkel."
„Nach einem Überfall, bei dem unsere Gruppe auf großen Widerstand stieß, viele Verluste erlitt, fliehen musste, blieb ich wie tot liegen. Die Siedler hatten Mitleid mit mir, weil ich ja noch so jung war. Sie ließen mich laufen."
Ezechiel ist einigermaßen zufriedengestellt.
Hugo macht auch äußerlich einen guten Eindruck. Er ist groß gewachsen, muskulös hat einen wachen, offenen Blick. Seine Ausdrucksweise verrät Intelligenz. Bestimmt kein Dummer, denkt sich der Jude.
„Hast du auch einen indianischen Kriegsnamen?" fragt Fred noch spaßeshalber.
„Keinen Kriegsnamen. Ich war dafür noch zu jung", wartet ein bisschen, lacht dann übers ganze Gesicht und fährt fort: „Vater hat mir einen Spitznamen gegeben, den dürft ihr aber nicht weitersagen. Versprochen?"
„Versprochen."
„Er war Österreicher. Sein Name war Franz Kohlinger. Mich nannte er aber „Rahmstrudl". Gefällt euch der Name?"
Nun lachen alle drei aus vollem Halse.
Dann geht das Gespräch weiter. Es wird laut überlegt, wie sie das Banditennest ausräuchern könnten.

„Wenn wir alle zusammenstehen, bringen wir maximal ein Dutzend Leute an die Musketen.
Dieser Übermacht sind wir nicht gewachsen", stellt Fred resignierend fest.
„Natürlich dürfen wir nicht wild angreifen, ins offene Messer rennen. Das wäre Selbstmord.
Nein, wir brauchen ein Versteck in der Nähe des Banditendorfes. Dort werden wir abwarten, bis die Männer zu einem Beutezug wegreiten. Dann schlagen wir zu. Am besten

nachts", ist Richards Vorschlag.
„Auf der anderen Seite des Berges gibt es einige Höhlen, auch dichten Wald. Da könnten wir uns verstecken. Wenn wir unbemerkt dorthin gelangen, wir müssen die letzte Etappe nachts reiten, können wir in Ruhe abwarten und angreifen, sobald wir sicher sind, dass das Nest leer ist", ergreift Hugo wieder das Wort.
„Ein Kinderspiel wird das sicher nicht", warnt Ezechiel. „Wir sollten es doch noch einmal versuchen, Soldaten in die Aktion mit einzubinden."
„Die schlachten lieber Indianer und vertreiben die Franzosen. Da haben wir keine Chance. In den Forts von hier nach Philadelphia habe ich mehrmals versucht, Hilfe von den Soldaten zu bekommen. Erfolglos. Nehmt das selber in die Hand, war jeweils die knappe Antwort."
„So schlecht finde ich Hugos Plan nicht. Wir dürfen aber nichts überstürzen. Klaren Kopf bewahren und rasch zuschlagen. Die Überraschung ist auf unserer Seite. Ich habe ein gutes Gefühl bei diesem Plan", wirbt Christian, dem Stefanie nicht aus dem Kopf geht, für seine Umsetzung.
„Das hört sich jetzt alles gut an. Wenn es aber schiefgeht? Wenn die Banditen Lunte riechen über uns herfallen? Wir sollten lieber noch etwas warten. Es kommen doch neue Siedler. Wir erwarten dazu noch eine Reihe von Felljägern. Die sollten wir mitnehmen. Gegen gute Bezahlung und die Aussicht auf reichliche Beute…", wendet David ein, wird aber von Johann Stocher wütend unterbrochen: „Warten! Warten! Wir haben schon genug gewartet. Ich reite alleine los, wenn ihr zu feige seid!"
Nach einer nicht enden wollenden hitzigen Debatte erklärt Richard lautstark.
„Ich reite in zwei Tagen los. Hugo und die beiden Indianer, die sich zwar nicht in die Kampfhändel mit einschalten wollen, begleiten mich. Wer mitkommt ist herzlich willkommen.

Schließlich sind einige unter uns, die nicht nur von den Banditen ausgeraubt wurden, sondern auch Frauen und Töchter verloren haben."
Nachdem er aufgestanden ist und den Raum verlassen hat, ziehen sich auch die anderen, eifrig diskutierend, in die Quartiere zurück.
Ezechiel berichtet seiner Frau von dem Palaver, wechselt das Thema David und Rachel betreffend.
Judith hatte ihm bereits vorher erzählt, was ihr Gespräch mit Rachel ergeben hat.
„Da ist nichts mehr zu kitten. Rachel hat sich völlig von ihrem Manne abgewandt. Ihre Verbindung ist nur noch eine Quälerei für sie. Am besten wäre es, sie würden sich trennen.
Die Scheidung muss aber von ihm ausgehen. Das erfordert unser Gesetz. Aber ohne Rabbi geht das auch nicht", gibt Esther zu bedenken. „Mit ihr habe ich mich bereits ausführlich unterhalten."
„David müsste eine Scheidungsurkunde ausstellen", überlegt Esther weiter. „Wir unterschreiben als Zeugen. Das muss doch auch genügen, meinst du nicht auch Ezechiel?"
„Ich habe da meine Bedenken. Eine Lösung wäre vielleicht, wenn ein Rabbi nachträglich seinen Segen dazu gibt. Aber wie entscheidet sich David? Will er sich überhaupt von Rachel trennen? Ich werde gleich morgen mit ihm sprechen. Vor unserem Ritt zum Quartier der Banditen sollte Klarheit herrschen. Schließlich sind Richard und David im gleichen Trupp.
Reibereien untereinander können wir uns da nicht leisten. Da ist jeder auf den anderen angewiesen. Gegenseitige Hilfe ist unabdingbar."

Sie sind drei Tage unterwegs, als David Richard, der zusammen mit Hugo vorausreitet, anspricht. Man sieht, wie

schwer es beiden Männern fällt, unbefangen miteinander umzugehen.
David reitet wortkarg neben Richard, als er plötzlich förmlich verkündet:
„Ich wollte dich davon unterrichten, dass ich Rachel, vor unserem Ritt, die Scheidungsurkunde ausgestellt habe. Ich habe zur Kenntnis nehmen müssen, dass sie dich vorzieht, also habe ich gehandelt. Ezechiel ist meine Zeuge."
Richard ist so sehr überrascht, dass er keinen Ton herausbringt.
„Du kannst dich ruhig bedanken. Ich habe es unserer Freundschaft willen und aus Dankbarkeit gemacht. Außerdem müssen wir, bei dem was wir vorhaben, zusammenstehen, auf uns gegenseitig verlassen können. Rivalitäten unter uns könnten böse enden", setzt er hinzu.
„Danke für deine Offenheit. Auf mich kannst du im Ernstfall zählen", würgt Richard mit belegter Stimme heraus.
An diese Wendung hätte er nie gedacht. Er treibt sein Pferd zu wildem Galopp an um allein zu sein, um seine Gedanken zu ordnen. Ein unglaubliches Glücksgefühl stellt sich ein. Er will dieses Abenteuer so schnell wie möglich hinter sich bringen. Die Sehnsucht nach Rachel wächst von Stunde zu Stunde. Sollten seine Träume in Erfüllung gehen? Sollte ihm in seinen reifen Jahren dieses Glück zuteil werden? Seine Gedanken kreisen von nun ab nur noch um die geliebte Frau und ihre gemeinsame Zukunft.

Hugo führt den Trupp, der aus vierzehn entschlossenen Männern besteht, nach knapp einer Woche hinter einem allein in der Prärie aufragenden Berg, der von einem breiten Waldgürtel umgeben ist. Sie sind allein., in den letzten drei Tagen auch niemanden mehr begegnet.
„Wir können froh sein, dass wir unbeobachtet geblieben sind. Auf der anderen Seite leben die Banditen und ihr

Anhang. Die fühlen sich sicher, weil jedermann ihre Nähe meidet", weiß Hugo. „Die Pferde pflocken wir hier im Wald so großzügig an, dass sie auch genügend Futter finden. Ich klettere auf den Berg, um das Dorf zu beobachten. Wenn es leer ist, dann komme ich. Dann greifen wir sofort an. Ihr könnt euch inzwischen in einer der Höhlen verstecken, damit ihr nicht zufällig entdeckt werdet." Hugo hat inzwischen das Kommando übernommen. „Der ist nicht blöd", meint auch Fred zu Peter.

„Der ist bei Missionaren zur Schule gegangen, war einige Zeit auch bei englischen Familien. Das merkt man."

„Gelernt hat er was. Gut ist es ihm aber nicht ergangen", weiß Fred.

Im Trupp der Befreier gesellt sich zur Ungeduld Sorglosigkeit. Hugo ist auch am dritten Tag noch nicht zurück. Man stellt zwar weisungsgemäß immer eine Wache aus, die von erhöhter Position sowohl den Eingang ihrer Höhle, als auch den Bereich in dem ihre Pferde weiden, überblicken kann, aber nichts regt sich, was auch nur im Entferntesten nach Gefahr aussieht.

„Bleibt wo ihr seid und kommt dann einzeln und unbewaffnet heraus", brüllt in der vierten Nacht plötzlich eine Stimme. Schüsse werden abgefeuert, Fackeln in die Höhle geworfen.

Erschrocken springen die Männer von ihren Schlafplätzen auf, tasten nach ihren Musketen, ziehen sich abwartend weiter in die Höhle zurück. Dann meldet sich erneut die gleiche Stimme. „Kommt einzeln heraus, ihr seid gefangen. Wenn ihr nicht augenblicklich meinem Befehl Folge leistet, dann räuchern wir euch aus! Ihr seid dreizehn Leute, also keine Tricks!"

Als sich nichts rührt, werden weitere Fackeln in die Höhle geschleudert, zusätzlich am Eingang ein Feuer entfacht.

„Kommt doch ihr herein, wenn ihr uns haben wollt. Oder glaubt ihr, wir sind so dumm, uns wie die Hasen abknallen zu lassen“, schallt es nun aus der Höhle. Richard hat gerufen, aber er muss erkennen, wie hoffnungslos ihre Lage ist. Die Wache hat sie nicht gewarnt, jetzt sitzen sie in der Falle. War Verrat im Spiel?
„Wenn ihr nicht gehorcht, dann schießen wir. Irgendeinen werden wir schon treffen. Die Eingeschlossenen nehmen nach den ersten Schüssen und Querschlägern die Warnung sehr ernst, versuchen hinter Felsbrocken Deckung zu finden. Dann ertönen von Getroffenen die ersten Schmerzensschreie.
„Hört auf zu schießen, ich komme als Erster“, schreit nun Peter unter Atemnot leidend, zurück. Und noch einmal, von Husten gequält: „Ich komme, nicht schießen!“
Nach und nach verlassen alle die Höhle, sehen sich von einer großen Zahl wilder, bewaffneter Gestalten umzingelt, die im flackernden Schein des Feuers furchterregend aussehen. Sie empfangen die Ankömmlinge mit höhnischem Gelächter.
Ihr Anführer gibt Befehle zur vollständigen Entwaffnung und Fesselung.
„Was wollt ihr von uns. Wir sind Jäger und keine Feinde. Engländer, Franzosen und Indianer sind uns gleichgültig. Also, weshalb dieser Überfall?“, versucht Richard zu beschwichtigen.
Seine unausgesprochene Frage, wieso es bei zwei Wachtposten, ohne dass sie Feuer gemacht hatten, zu diesem Überfall kommen konnte, wird sehr schnell beantwortet.
Der Anführer pafft nämlich zurück: „Dass ihr schon den ganzen Winter über Pläne schmiedet, wie ihr uns überfallen und berauben könnt, das ist bestimmt ein Märchen. Da müsst ihr schon etwas früher aufstehen, wenn ihr euch mit uns anlegen wollt. Ihr bleibt gefesselt hier. Morgen sehen wir dann ob wir euch zu uns bringen oder gleich an Ort und

Stelle aufknüpfen! Hugo, dieser Bastard, hat ohnehin für seinen Verrat schon den verdienten Lohn erhalten. Falls ihr noch Hoffnung hegt: Eure Wache haben wir schlafend angetroffen. Hier“, er zeigt auf den Boden, „schläft er immer noch.“

Peter, der wegen der wechselnden Lichtverhältnisse den Anführer nicht gut erkennen konnte,

glaubt, die Stimme schon einmal gehört zu haben. Jetzt war er sich fast sicher.

„Stefan Brandstädter!“, ruft er aufs Geratewohl.

Der Anführer dreht sich zu Peter und sagt nur: „Hat mir Jürgen doch richtig berichtet. Eine Judith und ein Peter Brandstädter aus Salzburg, das können doch nur meine Verwandten sein. Ja, ich bin es, euer Stefan. Judith hat mich aus dem Haus getrieben. Es blieb mir nichts anderes übrig, als mit meiner Geliebten und ihrer Sippe nach Amerika zu gehen. So trifft man sich wieder, Onkel Peter. Nun bist du mein Gefangener. Aber keine Angst. Du wirst nicht besser behandelt als deine Freunde. Oder Jürgen, was denkst du?“

Nun kommt auch der Holländer näher und lacht, wobei sich sein Narbengesicht zu einer Fratze verzerrt.

Schlagartig wird den Überrumpelten klar, wem sie das alles zu verdanken haben.

„Wir haben euch schon früher erwartet. Als wir euren Späher entdeckten, wussten wir, dass der Tag meiner Rache nicht mehr weit war“, sind die zynischen Worte des Holländers.

„Wir hätten dich hängen sollen, dich Drecksau“, entfährt es Fred, der seine Worte sofort mit einem schmerzhaften Kolbenhieb zu büßen hat.

„Eure Weiber hole ich mir, sobald wir mit euch fertig sind. Rachel und Judith warten sicher schon mit Sehnsucht auf mich“, prahlt Jürgen weiter.

„Ein Mann von uns liegt noch in der Höhle. Ihr habt ihn erschossen. Wir möchten ihn begraben. Dürfen wir seinen

Leichnam herausholen und beerdigen?“, bittet Peter.
„Das besorgen schon die Kojoten. Er soll da bleiben, wo er liegt!“, entscheidet der Brandstifter.
„Ein christliches Begräbnis ...“, macht Peter einen erneuten Versuch, wird aber sofort unterbrochen.
„Schluss jetzt. Zwei Mann bleiben als Wachen hier. Morgen sehen wir weiter“, beendet Stefan den Einsatz.
Am folgenden Tag kommen zwei weitere Mann. Die Gefangenen werden auf die Pferde gebunden und zum Lager der Banditen gebracht. Fieberhaft überlegen die Gefesselten, wie sie sich aus der misslichen Lage befreien können.
„Wir bekommen noch unsere Chance“, ermuntert Richard die Niedergeschlagenen.
Auch Ezechiel sieht einen Hoffnungsschimmer. „Tot nützen wir denen nichts. Vielleicht können wir uns freikaufen?“
„Mit was denn?“, fragt Johann zurück.„Wir haben doch einige Trapper im Fort zurückgelassen. Wenn wir zu lange ausbleiben werden unsere Frauen alles unternehmen, um nach uns zu suchen. Es handelt sich um erfahrene Westmänner, die wissen schon, was zu tun ist“, gibt sich auch Fred optimistisch.

Nach einem halben Tagesritt erreicht der Tross mit den Gefangenen das Dorf der Gesetzlosen.
Wieder müssen sie in eine Höhle, die durch ein massives Tor geschlossen wird.
„Gott sei Dank haben sie uns die Fesseln abgenommen. Meine Beine und Arme sind schon ganz taub“, seufzt nicht nur einer.
Sie hören eine Frauenstimme, die sich energisch mit einem der Wachposten unterhält. Das Tor wird geöffnet, Trinkwasser und Essen hereingereicht.
Johann ist stutzig geworden, als er die Stimme der Frau hört. Dann stürzt er zum Tor und will zu ihr hin, wird jedoch von

einer der Wachen brutal zurückgestoßen.
„Lass das!“, befiehlt die Frau, in der Johann seine Eva erkennt.
Sie erschrickt sichtlich und stammelt nur: „Johann, du?“
Dann geht sie zurück. Das Tor wird wieder geschlossen
„Eva, Eva“, schreit Johann ihr verzweifelt nach. Er schlägt und rüttelt vergeblich an dem Tor. Ein paar Flüche der Wachen antworten ihm.
Die Höhle dient sicherlich nicht zum ersten Mal als Gefängnis.
„Die machen also Gefangene. Ich dachte mir das schon, weil sie uns nicht sofort ins Jenseits beförderten“, vermutet Fred.
Tags darauf wird Peter herausgeholt und zum „Brandstifter“ gebracht.
„So sieht man sich also wieder, lieber Onkel“, sagt Stefan mit Hohn in der Stimme.
Peter sieht ihn nur an. Vorwurf, aber auch Mitleid ist in seinem Blick.
„Es ist mir völlig egal, was du von mir hältst. Das ist mein neues Leben und ich lebe gut. Nur das zählt“, rechtfertigt er sich. „Einen Pfarrer, der mit einer Frau zusammen ist, kann man ja auch nicht gerade als Vorbild bezeichnen, oder?“
„Was hast du mit uns vor?“
„Das ist ganz einfach. Wenn ihr meine Bedingungen erfüllt, könnt ihr eure Lieben bald wieder in die Arme schließen.“
„Welche Bedingungen?“
„Geld natürlich. Lösegeld!“
„Nachdem ihr die meisten von uns ausgeraubt habt?“
„Von Jürgen weiß ich, dass die beiden Juden gut betucht sind. Sie werden schon für euch zahlen. Wenn nicht, dann seid ihr für uns wertlos. Der eine oder andere kann sich uns anschließen. Die anderen sterben.“
„Du bist ja ein Ungeheuer. Gott wird dich strafen. Das kann

schon sehr schnell geschehen. Wir sind nicht ohne Absicherung hierher geritten. Soldaten folgen uns. Die machen dann kurzen Prozess mit euch Gesindel!"
„Soldaten", äfft Stefan seinen Onkel nach. „Mit den Soldaten habe ich bestes Einvernehmen. Sie geben uns Nachricht, wenn ein wenig bewachter Treck unterwegs ist oder informieren uns über Farmen und Gehöfte, wo gute Beute zu machen ist. Von ihnen haben wir auch erfahren, dass sich einer von euch um Hilfe an sie gewandt hat. Diese Drohung zieht nicht, lieber Onkel. Ihr seid auf euch allein gestellt. Die Devise für euch kann nur lauten: „Zahlen oder sterben!"
„Ich kann einmal mit den anderen reden. Wie viel wir zusammenkratzen können, kann ich nicht sagen", tut Peter resigniert.
„Ich will 10 Kilo Gold, 50 neue Musketen mit Munition, 50 Mustangs. So billig kommt ihr nur davon, weil du für eure Truppe sprichst. Je schneller ihr liefert desto eher kommt ihr frei! Jetzt mach, dass du zu deinen Freunden kommst ."
„Und was ist mit den Frauen und Mädchen die ihr geraubt habt?"
„Die bleiben bei uns. Denen gefällt es hier. Eine von ihnen habe ich zu meiner Frau gemacht. Sie erwartet ein Kind von mir. Eva will bestimmt nichts mehr mit euch oder ihrem Manne zu tun haben!"
„Hast du denn gar kein Herz? Denkst du nicht manchmal an die schöne Zeit am Untersberg zurück? An die Zeit, in der du in unsere Familie aufgenommen wurdest? Spürst du überhaupt keine Dankbarkeit? Sagt dir dein Gewissen nicht, was Recht und Unrecht ist ...?"
„Lass dein Gesülze, das zieht bei mir nicht", fährt der Angesprochene grob dazwischen. „Überleg dir meinen Vorschlag, meine Bedingungen. Du entscheidest über Leben und Tod deiner Freunde!"
Zurückgebracht, berichtet Peter von seinem Gespräch mit

Stefan, dem Brandstifter.
Zur Bestürzung gesellt sich aber auch ein wenig Hoffnung, die sich vor allem an die Brüder Rose knüpft.
„Wir müssen Zeit gewinnen. Irgendwann ergibt sich eine Möglichkeit zur Flucht. Anscheinend können sich die geraubten Frauen und Mädchen frei bewegen. Denen fällt bestimmt etwas ein“, hofft einer der Auswanderer.
„Wir müssen zusehen, dass einer von uns die Lösegeldforderung überbringt. Im Fort sind noch ein paar Mann. Die und ein Trupp Soldaten ...?“
„Soldaten können wir uns aus dem Kopf schlagen“, wendet Peter ein und berichtet, was ihm Stefan dazu gesagt hat.
Nach einiger Zeit bittet Peter die Wachen, zu dem Anführer gebracht zu werden. Stefan läuft in seinem Quartier hin und her, hält sich den Kopf, die Augen sind blutunterlaufen.
„Hast du Schmerzen, kann ich dir helfen?“, ist seine Frage.
„Das hat dich nicht zu kümmern“, kommt mürrisch die Antwort.
„Was ist, habt ihr euch entschieden?“
„Nun ja“, kommt es zögerlich.
„Dachte ich mir doch, dass ihr mein Angebot für gut findet. Jürgen hat sich bereits angeboten, im Fort die Forderung zu überbringen. Der kennt sich aus. Sein Hass auf euch ist außerdem so groß, dass er diese Aufgabe mit der notwendigen Konsequenz übernehmen wird.“
„Unsere Bedingung ist aber, dass einer von uns, das heißt David oder Ezechiel Rose das übernimmt.“
„Ausgeschlossen. Den Juden traue ich schon gar nicht. Wenn einer von denen hier heraus ist, dann holt er sich sein Geld. Danach sucht er auf dem schnellsten Weg das Weite. Schlagt euch das aus dem Kopf. Jürgen reitet!“
Peter bleibt unnachgiebig.
„Gut, dann reitest eben du. Als Pfarrer, der Moral und die Zehn Gebote immer hochgehalten hat, wirst du deine

Freunde nicht im Stich lassen. Du wirst sicherlich alles tun, um meine Forderung zu erfüllen. Da verlasse ich mich ganz auf dich. Enttäusche mich aber nicht. Allen hier würde das schlecht bekommen."

„Ich muss noch einen zweiten Mann mitnehmen. Einen, der den kürzesten Weg zum Fort kennt."

Peter berichtet und reitet. *Sicherer Pfad* darf ihn begleiten. Jürgen, der sich ebenfalls aufgedrängt hatte, wird von Stefan zurückgehalten.

Die Bürde der Wegreitenden ist schwer. Es muss aber einen Ausweg geben.

18

Nikolaus von Prien hastet von Kolonie zu Kolonie.

Sehr rasch erkennt er, dass im Osten Amerikas nichts mehr zu holen ist. Jede der einzelnen Kolonien hat ihre eigenen Gesetze, sogar eine eigene Münze. Reiche Pflanzer beherrschen das Land. Die Gouverneure erinnern ihn an die Feudalherren in Europa. Vor allem in Virginia arbeiten schwarze Sklaven, die in großer Zahl von den englischen Schiffen herangeschaufelt und meistbietend versteigert werden. Ihr Lohn besteht darin, dass sie einmal weniger geschlagen werden. Neger, Indianer und Hunde werden von ihren Herren gleichermaßen behandelt. Nikolaus wendet sich voller Abscheu weiter nach Westen, schließt sich einem Treck nach Detroit, einem französischen Fort, an. „Von dort aus schlagen sie sich weiter nach dem im Bau befindlichen Fort St. Joseph durch. Gegenwärtig ist es auch noch ein Kloster. Ob sie dann noch weiterkommen, erfahren sie bestimmt von den Patres", rät ihm ein Landsmann, der westlich des Ohio Flusses ein kleines Anwesen besitzt. Nikolaus notiert dazu in sein Tagebuch: Die Bauersfamilie musste ihre Heimat aus Glaubensgründen verlassen. Sie lebt hier in ärmlichen Verhältnissen in einer roh gezimmerten Blockhütte aus unbehauenen Baumstämmen, deren Ritzen notdürftig mit Moos und Lehm verstopft sind. Der Fußboden besteht aus gestampftem Lehm. Es gibt nur einen Raum mit Sitzgelegenheiten aus Steinblöcken. Die Arbeit der Sklaven auf den Gütern der Feudalherren verrichten hier die Kinder.

„Wenigstens haben wir vor den Indianern nichts mehr zu befürchten. Die Engländer haben sie ausgerottet oder vertrieben. Reich können wir nicht werden. Wir sind aber frei und können unserem Glauben nachgehen, so wie wir wollen", berichtet ihm der Bauer.

Ursprünglich wollte von Prien auch nach Montreal, dem Zentrum des Pelzhandels, das sich fest in französischer Hand befindet. Er ist aber immer mehr davon überzeugt, dass sich aus seiner Einschätzung der politischen Verhältnisse auch nach einem Besuch dieser Metropole nichts ändern würde. Es gibt nur noch zwei Kolonialmächte. Sie bekriegen sich zwar erbittert, sind sich aber darin einig, weiteren Mächten den Zutritt zur Neuen Welt mit vereinter Kraft zu verwehren. Trotzdem will Nikolaus seine Reise fortsetzen. Es geht ihm immer weniger um den Auftrag seines Herren. Das Land selbst fasziniert ihn, hat von ihm Besitz ergriffen. Er überlegt nicht nur einmal, sich irgendwo niederzulassen, ein Leben, losgelöst von allen Zwängen zu führen. Der Erzbischof hatte ihn finanziell gut ausgestattet, so dass er keine Eile hat, sich um seine Zukunft zu kümmern. Er kann über ein kleines Vermögen verfügen, das er in spanische und holländische Silbermünzen eingetauscht hatte, weil, wie man ihm sagte, dies die besten Währungen seien.

Um seinen Landesherren nicht ganz zu enttäuschen, will er versuchen, ein größeres Stück Land zu erwerben. Dorthin würde sein Erzbischof dann ohne große Skrupel die Leute schicken, die aus irgendeinem Grunde in Salzburg uner-

wünscht waren.
Nikolaus erkundigt sich im Laufe seiner Reise immer wieder, wo er fündig werden könnte.
Die Länder sind jedoch verteilt, mit dem Recht des Stärkeren gestohlen oder auch von Regierungsstellen zugewiesen und verschachert. Er wird immer weiter nach Westen verwiesen, trifft aber auch hier auf dieselben Gegebenheiten. In Detroit schließlich, wo sich um das Fort eine ansehnliche Siedlung ausgebreitet hat, trifft er auf einen Mann, der sich als Regierungsbeamter ausweist. Er gibt sich zumindest den Anschein, für Grundstückszuteilungen zuständig zu sein.
„Hier ist nichts mehr frei", erklärte er dem Fragesteller. „Es gibt allerdings weiter im Westen, nach dem Fluss, den sie Mississippi nennen, genügend freies Land, bestens geeignet für Ackerbau und Rinderzucht. Wenn ihr wollt, so komme ich mit euch. Ich habe beste Beziehungen zu den dort umherstreifenden Sioux, zu Händlern und Grundstücksbesitzern. Das sind zwar nur wenige, aber sie haben die Rechte auf das Land erworben. Da gibt es für kleines Geld soviel Land, wie ihr wollt. Hier hält mich nichts mehr. Meine Arbeit ist getan."
Der Mann macht keinen schlechten Eindruck auf Prien und versetzt ihn in Hochstimmung. Spontan nimmt er das Angebot an.
„Ich heiße Heinrich Aal, also der Heinrich, wenn Sie so wollen."
„Nikolaus. Wir können uns gerne duzen."
„Ehe wir reiten, werde ich Verträge vorbereiten. Wir können sie hier in der Garnison beglaubigen lassen. Ich mache das immer so. Dann hat das alles seine Richtigkeit, wenn wir Kaufverträge mit den Grundstückseigentümern abschließen", tut er wichtig.
Sie erwerben noch jeder ein Packpferd, lassen sich von den Soldaten die sicherste Route erklären, reiten los. Heinrich

und Nikolaus verstehen sich auf Anhieb. Der Priener malt sich in den schönsten Farben aus, wie geeignet dieses Land, das er erwerben will, sein wird. Der Erzbischof wird zufrieden sein. Ich könnte mich vielleicht dort ansiedeln, als oberster Verwalter natürlich, mit einer schönen Frau eine Familie gründen ...", schwelgt er in seinen Vorstellungen.
Heinrich schien sich gut auszukennen. Er war diese Strecke sicher schon einmal geritten. Nikolaus ist aber doch etwas verwundert, wie vorausschauend sein Führer unpassierbare Stellen umgeht, gefahrlos Bäche und Flüsse durchquert. Er freut sich jedoch, einen so versierten Reisegefährten zu haben. Etwas nachdenklich wird er aber, als er eines Nachts, durch das eindringliche Geheul der Kojoten aufgewacht, im schwachen Schein des verglimmenden Feuers, Heinrich beobachtet, der sich an seinem Gepäck zu schaffen macht.
Nikolaus tut so, als würde er gerade wach, räuspert sich, setzt sich auf. Dabei gibt er seinem Begleiter genügend Zeit sich von den Gepäckstücken zu entfernen.
„Ah, bist du auch wach geworden? Bei dem Lärm konnte ich nicht schlafen, musste auch nach den Pferden sehen, die ziemlich unruhig sind", gibt sich Heinrich beschwichtigend.
Wenn der an mein Geld will, dann kann er lange suchen, denkt sich der Angesprochene.
Nikolaus hatte vorgesorgt. Ein Teil der Münzen ist in dem aufklappbaren Sattel versteckt,
weitere hatte er in den doppelten Böden seiner Satteltaschen verstaut, der Rest befindet sich in den Zwischenwänden der Ledersäcke, die von dem Packpferd getragen werden. Den Rat eines Kundigen in Detroit hatte er gerne befolgt. „Vertraut niemandem und passt auf eure Wertsachen auf, sonst seid ihr sehr schnell ein armer Mann", wurde ihm nicht nur einmal gesagt.
„Hast du genügend Bares dabei um ein größeres Grundstück auch kaufen zu können?", will Heinrich wissen.

„Für eine Anzahlung wird es schon reichen", antwortet Nikolaus, fröhlich auf seinen Gürtel klopfend.
Ihre Etappen führen über Forts und einzelne Gehöfte, in denen sie überall gut aufgenommen werden. Sie treffen auf wenige indianische Jäger, die Heinrich hin und wieder mit kleinen Geschenken bedenkt. Der Mann ist Gold wert, denkt sich Nikolaus im Stillen, ist froh, dass er sich um nichts zu kümmern braucht. Er ist auch ein guter Schütze. Wild gibt es genug.
„Hungern brauchen wir nicht!", stellt er jedes Mal fest, wenn er mit einem Stück Wild ins Lager kommt. Heinrich hatte dann schon genügend Holz gesammelt. So gingen die Tage, Nächte und Wochen dahin, als sie das Grasland hinter sich lassend und einen breiten Gürtel aus Bäumen und Buschwerk durchquerend vor dem großen Fluss stehen. „Jenseits wartet das Gelobte Land", sagt Heinrich mit Pathos in der Stimme.
Nikolaus will sofort durch den breiten Strom, wird aber von Heinrich zurückgehalten.
„Wir lagern heute hier. Dann suchen wir uns einen Übergang, eine Furt, wo das Wasser ruhiger fließt und nicht so tief ist."
„Die Pferde können doch schwimmen und wir auch", wendet Nikolaus ein, kann sich jedoch nicht durchsetzen.
Am nächsten Morgen suchen sie die Furt. Nikolaus ist aufgeregt, konnte nicht schlafen. Nach wenigen Stunden sollte er das Land seiner Träume erreichen!
Am jenseitigen Ufer ist ein Gehöft mit mehreren Gebäuden zu erkennen.
Heinrich findet nach kurzer Suche eine geeignete Stelle, in der sie den Fluss überqueren können. Eines der Packpferde wird sehr weit abgetrieben und findet sich schließlich nach längerer Suche, genüsslich an jungen Blättern kauend, unversehrt wieder.

Etwa zur gleichen Zeit treffen Prinz Burschi mit Maria, Therese von der Brücke und einem Diener des Prinzen in Boston ein. Ihr erster Weg führt sie zum Gouverneur, der sie herzlich willkommen heißt. Sie werden in einem Gästehaus untergebracht, das von der Ausstattung her durchaus mit einem kaiserlichen Palais mithalten kann.
Der Prinz will länger bleiben, Maria aber nicht. Sie bittet einen der maßgeblichen Beamten um Hilfe für ihre Weiterreise nach Pennsylvania.
„Milady können reiten?"
„Natürlich."
„Auch eure Begleiterin?"
„Auch!"
„Dann solltet ihr euch einer Reisegruppe von Auswanderern anschließen, die sich in großer Zahl nach Westen begeben. Ich kann mich kundig machen und euch berichten. Gute Pferde zum Reiten und die notwendigen Packpferde könnte euch der Gouverneur zur Verfügung stellen. Euer Prinz sollte deshalb bei ihm vorstellig werden."
„Trotz deiner Wunderkugel bin ich immer noch seekrank", jammert der Prinz. „Können wir nicht noch ein paar Tage bleiben?", bettelt er.
Aber Maria ist unerbittlich. Sie hatte ihm bei der Überfahrt, bei der sturmgepeitschten See, bei der sich sogar die Matrosen übergeben mussten, mehr als einmal geholfen. Ihm war so hundeelend, dass er lieber sterben als weitersegeln wollte. Sie hatte ihm deshalb ihre Kugel überlassen, obwohl auch sie, Frau von der Brücke und der Diener dringend Hilfe gebraucht hätten. Der Prinz war in ihrer Schuld. Das nützt sie nun aus und beharrt auf sofortigem Aufbruch. Zugute kommt ihr auch, dass weitere Passagiere, die auf dem Schiff Kabinen in unmittelbarer Nachbarschaft belegt hatten, ebenfalls nach Westen wollen. Sie hatten sich mit Burschi angefreundet. Die Aussicht, mit ihnen weiterreisen

zu können, gab letztendlich den Ausschlag. Sie hatten die Überfahrt von London aus mit einem der schnellen englischen Linienschiffe gemacht, was sich als äußerst vorteilhaft erwies, weil einige Freibeuter, die angriffslustig in ihre Nähe kamen, sofort abdrehten, als sie das gut bestückte Kanonendeck und die ansehnliche Anzahl Soldaten beiderseits der Reling sahen. Es handelte sich dabei um ein Regiment der Kavallerie, das ebenfalls nach Westen sollte, um Kameraden abzulösen, die schon seit Jahren im Einsatz waren. Maria war mit ihrer Gouvernante in Passau, wohin sie eine Kutsche des Erzbischofs gebracht hatte, zu Burschi gestoßen und dann in dessen Kutsche, die auch auf dem Fährschiff des Ärmelkanals mitgenommen wurde, bis London gereist.
Der Abschied aus Salzburg und Berchtesgaden war für alle Beteiligten schwer und tränenreich. Die Freude, bald ihrer Mutter zu begegnen, verdrängte jedoch bei Maria allmählich jeden Schmerz. Keiner glaubte aber so recht, dass sie die Mutter und den Onkel finden würde. Zu groß war das Land, zu ungewiss die wirtschaftlichen und politischen Verhältnisse. Maria aber glaubte fest daran und tat alle Zweifel mit einem optimistischen Lächeln ab, vertraute ihrer Kugel, mit deren Hilfe sie die Gesuchten zu finden hoffte.

Ein Empfehlungsschreiben des Gouverneurs für die weiteren Landesfürsten und Statthalter der Provinzen im Gepäck, schlossen sie sich einem Treck an, der von zwei Führern geleitet wurde, die der Gouverneur wärmstens empfohlen hatte.
Tage später wurden sie von einem Trupp berittener Soldaten überholt. Die Freude war groß. Es waren die gleichen, mit denen sie die Überfahrt verbracht hatten. Mit dem Tempo des Militärs konnten sie aber nicht Schritt halten. Zu viele Ochsengespanne befanden sich in der Kolonne der Auswanderer.

„Wir könnten doch mit den Soldaten ...!“, schlug Maria vor, wurde aber sofort von Burschi unterbrochen. „Können wir nicht! Die nehmen keine Zivilisten mit. Das weiß ich von einem ihrer Offiziere!“
Maria und die Gouvernante hatten zwar auf dem Schiff ein bisschen Englisch gelernt, aber zu wenig für eine Unterhaltung. Da war ihnen der Prinz überlegen. So mussten sie glauben, was er ihnen übersetzte.
„Die hätten uns gerne mitgenommen“, sagt Maria überzeugt zu ihrer Begleiterin.
„Vielleicht ist es ganz gut so. Die Engländer führen Krieg mit den Franzosen und deren verbündeten Indianern. Wenn es einen Zusammenstoß gibt, dann wären wir mittendrin!“

Die Reise ist kein Honiglecken. Schlechte Straßen, wiederholt Platzregen, Gewitter und handgreifliche Streitereien unter den Auswanderern sind an der Tagesordnung. Burschis Diener bemüht sich zwar nach Kräften, doch was er zum Essen heranschafft, war sehr gewöhnungsbedürftig. Es gab jedoch im Treck einige Frauen, die aus dem Wenigen, das zur Verfügung stand oder gejagt wurde, gute und kräftige Kost zauberten. Dem Charme von Burschi konnten diese Damen nicht lange widerstehen, sodass sich im Laufe der folgenden Wochen die Verköstigung erträglicher gestaltete.
Verletzte gab es genug. Stürze vom Pferd oder Wagen, Huftritte, Quetschungen und offene Wunden waren an der Tagesordnung. Maria ist in ihrem Element. Sie wurde bald der Salzburger Engel genannt. So vergingen wie im Flug die Tage und Wochen. Passierten sie ein Dorf oder ein Gehöft, erkundigt sich Maria sofort nach ihrer Mutter und nach ihrem Onkel.
Sie ritt inzwischen wie der Teufel, was allenthalben Erstaunen hervorrief. „Wie ein Indianer“, lautete so mancher Kommentar.

„Mutter und Onkel Peter wollen Pferde züchten und zähmen. Darauf muss ich vorbereitet sein“, antwortete sie auf die Fragen ihrer Mitreisenden.
„Wo ist denn das?“
„Weit im Westen!“
In Philadelphia machten sie Halt. Zwei Familien, die hier Verwandte hatten, wollten sich in deren Nähe niederlassen. Sie stammten aus Krefeld und waren Quäker.
Maria hatte im Brief ihrer Mutter von deutschen Auswanderern gelesen. Sie bat deshalb die beiden Familien ihr zu helfen.
„Vielleicht kennen eure Verwandten meine Mutter? Sie war schon hier, hat mir von da aus auch geschrieben. Bitte erkundigt euch. Wir bleiben zwei Tage hier, da könntet ihr mir eine Nachricht zukommen lassen“, bittet sie.
Tatsächlich kommt am Abend des zweiten Tages einer der Männer, dem Maria auf der Reise einen gebrochenen Arm eingerichtet hatte, mit einem Siedler zu ihr. Der erzählt, dass ihre Mutter vor einem halben Jahr in der Stadt war, um Lebensmittel und allerlei Gerätschaften einzukaufen, wie man sie für den Bau von Blockhütten und für die Arbeit mit Reitpferden braucht.
Maria frohlockend: „Seht ihr, ich habe es euch immer gesagt, wir sind auf dem richtigen Weg, zweifelt also nicht länger!“
„Dass sie hier war, ist doch keine Überraschung, aber wie soll es weitergehen?“, macht sich Burschi laut seine Gedanken.
„Deine Mutter hat davon gesprochen, dass sie den Winter über in einem aufgelassenen Fort in der Nähe des Oswego River verbracht haben. Sie war in Begleitung eines Indianers, der sie beim Einkauf beraten hat. Sie wollten, so habe ich das mitgekriegt, weiter nach Westen, zuerst von Fort zu Fort. Irgendwo soll es ein Tal geben, in dem große Herden wilder Mustangs leben. Das ist aber vielleicht genauso ein Märchen, wie von großen Goldfunden, die sich so mancher erträumt.

Wenn sie aber weiter wollen, dann müssen sie über den Mississippi", wusste der Quäker.
Maria war glücklich. Bald schon hoffte sie, würde sie ihre Mutter in die Arme schließen.

19

Die Lage der Gefangenen in der Höhle ist unerträglich. Im etwas ansteigenden hinteren Teil müssen sie ihre Notdurft verrichten. Die Luft ist stickig, weil das massive Holztor die Öffnung nach draußen dicht abschließt.
„Das dauert einige Wochen, bis Peter mit dem Gold und den anderen Sachen zurückkommt. Bis dahin sind wir erstickt oder verhungert", jammert Johann, dem die Situation am meisten zu schaffen macht. Irgendwie spürt er, dass seine Eva keine Gefangene ist. Peter hatte nach seiner Unterredung mit dem Brandstifter eine Bemerkung fallen lassen, die seinen Verdacht erhärtet. Wenn Eva, die sich meist in Begleitung von Stefanie befindet, das Essen bringt, antwortet sie mit keiner Silbe auf die Fragen der Gefangenen.
„Seid ihr stumm, haben sie euch die Zunge herausgerissen?", schreit nicht nur einmal Johann oder einer der anderen. Christian und Stefanie wechseln aber Blicke, die durchaus erkennen lassen, wie gerne sie sich unterhalten würden. Das Mädchen führt jedoch immer ihren Zeigefinger an die Lippen. Christian stellt deshalb auch keine Fragen. Er will Stefanie nicht gefährden.

Sicherer Pfad macht Peter auf einen Schwarm Geier aufmerksam, die über dem Waldstück kreisen, in dem sie ihre Pferde versteckt hatten. Sie entschließen sich zu einem Umweg, weil nicht auszuschließen ist, ihren tot geglaubten Kameraden zu finden.

„Lass uns nachsehen, vielleicht braucht jemand unsere Hilfe“, schlägt Peter vor.
So reiten sie ins Zentrum der kreisenden Aasfresser. Hier entdecken sie nach einigem Suchen und Rufen nach Hugo und *Helles Feuer* die beiden. Verwundet, aber Gott sei Dank noch am Leben.
„Die dachten, ich wäre tot“, berichtet Hugo. „Ich habe mich aber nur tot gestellt, als mir das Wurfmesser in den Leib fuhr. Nachdem ihr abgezogen wart, habe ich mich notdürftig mit blutstillenden Blättern verbunden, bin zur Höhle hinabgestiegen, in der ich den bewusstlosen *Helles Feuer* vorgefunden habe. Gegenseitig haben wir uns dann geholfen.“
Peter überlegt, wie sie weiter vorgehen sollen. Die Gefangenen müssen ausgelöst werden, also müsste er auf dem schnellsten Wege ins Fort. Die Verwundeten will er jedoch auch nicht ihrem Schicksal überlassen. Sie haben aber nur zwei Pferde.
Hugo fragt nach den übrigen Leuten. „Ich kenne die Höhle, in der unsere Freunde untergebracht sind. Dort kann man es nicht sehr lange aushalten. Ein zwei Leute vielleicht aber ein Dutzend? Außerdem hat die Bande fast jedes Mal, wenn das Lösegeld eingetroffen war, die Entführten ermordet. Sie wollen keine Zeugen. Sie wollen auch verhindern, dass ihr Versteck bekannt wird. So musste das Lösegeld immer weitab vom Lager übergeben werden. Wenn euch also bei der Überführung nicht die Augen verbunden wurden und wenn du mit allem, was sie fordern wieder zurückreiten sollst, dann ist über dein Schicksal und über das der Kameraden schon entschieden“, ist das Halbblut überzeugt.
„Was schlägst du vor?“, will Peter erschrocken wissen.
„Das gleiche Vorgehen, das wir ursprünglich planten. Der Indianer und ich sind in spätestens einer Woche wieder soweit einsatzfähig, dass wir kämpfen können, sollte es nötig sein.

„Ohne Waffen?"
„Eine Muskete und ein paar Schuss Munition hat man dir doch gelassen. Wenn wir es geschickt anfangen, dann könnte es klappen. Wir haben eigentlich nichts zu verlieren. Natürlich könnten wir auf Nimmerwiedersehen verschwinden. Aber die anderen im Stich lassen, sie unweigerlich ins Verderben stürzen lassen? Nein, das will keiner von uns. Jeder von uns hat noch eine Rechnung mit den Banditen offen, meine ist viel älter als euere. Wenn wir zusammenhalten, könnte es uns gelingen."
„Wir marschieren also ins Lager der Banditen mit einer Muskete und zwei Messern?" schüttelt Peter ungläubig mit dem Kopf.
„Die Höhle hat einen zweiten Zugang. Den kenne, so glaube ich zumindest, nur ich. Natürlich müssen wir abwarten, bis sich die Mehrzahl der Banditen auf Raubzug befindet. Lange bleiben die nie im Camp. Wir nähern uns nachts so weit, bis wir alles genau einsehen können. Dazu suchen wir uns ein gutes Versteck, ich weiß schon wo. Dort bleiben wir, bis sich eine günstige Gelegenheit ergibt, um unser Vorhaben erfolgreich umzusetzen."
Peter ist wieder einmal erstaunt, wie klar Hugo ihre Lage beurteilt.
„Wir bleiben hier zusammen, bis *Helles Feuer* und auch ich soweit sind. Wir wechseln uns beim Reiten ab oder wir versuchen es mit zwei Mann auf einem Gaul. Das könnte wahrscheinlich klappen."

„Sie wollen euch umbringen", flüstert Stefanie bei einer Essensübergabe Christian heimlich zu. „Ihr müsst fliehen, ich helfe euch!"
„Halt sofort dein Maul", ruft eine der Wachen.
Die nächsten Tage tut sich aber nichts. Die Gefangenen sind froh, wenn das Tor bei der Essensabgabe ein wenig geöffnet

wird. Dann saugen sie sich ihre Lungen voll mit frischer Luft, um gleich darauf erschöpft auf ihr Lager zurückzusinken. Ihre Lage erscheint hoffnungslos. Die Untersuchung der Höhle war erfolglos. Es schien zwar so, als hätte es einmal einen zweiten Ausgang im hintersten Bereich gegeben. Der war aber zugeschüttet, und ohne entsprechendes Werkzeug nicht freizulegen.
Christian hat die Leidensgenossen kurz informiert. Seither herrscht erhöhte Wachsamkeit bei den Gefangenen. Sobald das Tor aufgeschlossen wird, bewaffnen sie sich mit Steinen und lose herumliegenden Holzteilen.
Auf einmal findet sich ein Messer in einem Topf mit dem braunen Brei aus Wurzelgemüse.
Johann nimmt es schnell an sich, ohne dass ein anderer zugreifen kann. Er ist wild entschlossen, fordert die anderen immer wieder auf, auszubrechen, sobald die Höhle aufgeschlossen wird.
„Das ist Selbstmord. Die Schüsse der Wachen würden sofort deren Kumpane auf den Plan rufen. Das wäre unser aller Ende“, warnt Richard.
„Und hier verrecken wir allmählich. Da nehme ich schon lieber ein paar von den Ganoven mit!“, lässt Johann nicht locker. Er bleibt aber mit seiner Meinung allein.
Nach Tagen des Wartens hören sie laute Zurufe, laute Befehle, die dem Brandstifter zugeordnet werden können. Geschäftiges Treiben ist selbst durch das geschlossene Tor zu bemerken. Dann ertönt so lautes Hufgetrampel, dass davon ausgegangen werden kann, ein größerer Trupp könnte sich vom Lager entfernen. Das hektische Flackern in den Augen von Johann bemerkt nur Christian.
„Ich weiß, was du vorhast. Lass ab, sonst stürzt du uns alle ins Verderben“, mahnt er flüsternd Evas Ehemann.
„Keine Angst, ich tue schon nichts“, kommt es beruhigend zurück.

Die Stimmung ist jedoch gespannt. Haben die Banditen ihr Nest verlassen? Sind nur die paar Wachen zurückgeblieben? Wäre das die Gelegenheit für einen Ausbruch?
„Wir warten einmal ab und bleiben ruhig“, rät Richard, der am meisten Autorität besitzt.
„Vielleicht erfahren wir etwas von den Frauen. Danach sollten wir uns richten“, fügt er hinzu, als auch er die wilde Entschlossenheit in Johanns Gebärden erkennt.
Kaum jedoch hat Eva die Schüssel hereingereicht, springt Johann sie an, reißt sie herum, setzt ihr das Messer an die Kehle. Er drängt die Überrumpelte nach draußen, schreit den Wachposten an: „Muskete weg und auf den Boden.“ Der Mann gehorcht. Als Johann Christian anbrüllt: „Heb die Waffe auf und…!“, erstickt ihm das Wort im Mund, weil ihn von hinten ein fürchterlicher Schlag auf den Kopf mit dem Kolben der Muskete des zweiten Wachpostens trifft. Er verliert augenblicklich das Bewusstsein, sinkt wie tot zu Boden. Sofort nimmt auch der erste Wachposten seine Muskete auf und richtet den Lauf entschlossen auf den Kopf des Hingestreckten.Eva schlägt ihm jedoch im letzten Augenblick die Muskete zur Seite und schreit: „Schluss jetzt, mir ist nichts passiert. Was mit dem da geschieht, entscheidet Stefan!“ Der Wachmann fügt sich, was die Eingeschlossenen erkennen lässt, dass die Frau eine durchaus bevorzugte Stellung bei den Banditen einnehmen muss.
Nun richten die Wachposten die Läufe der Musketen auf das geöffnete Tor und befehlen: „Zieht den Idioten hinein. Vielleicht lebt er noch. Wenn er verreckt ist, dann geschieht ihm das gerade recht, dem Selbstmörder.“
Johann aber ist kaum mehr zu helfen.

Von ihrem sicheren Versteck heraus sehen die drei Freunde, wie an die fünfundzwanzig Berittene das Fort verlassen. „Das könnte unsere Chance sein“, murmelt Hugo. „Wir

warten bis zum Einbruch der Dunkelheit. Wenn bis dahin der Trupp nicht zurück ist, dann bleiben sie bestimmt länger aus.
Der Indianer und das Halbblut haben sich von ihren Verwundungen einigermaßen erholt, fühlen sich in der Lage, das geplante Vorhaben in die Tat umzusetzen. Hugos Ortskenntnis ist dabei von unbezahlbarer Hilfe. Ihre Annäherung hat er so gestaltet, dass sie vom Dorf aus nicht gesehen werden konnten. Leider musste er feststellen, dass der zweite Ausgang aus der Höhle zugeschüttet war.
„Gut, dass Stefan keine Hunde mag, sonst würde es schwerer werden", flüstert Hugo zu Peter.
Hugo erklärt noch einmal den Plan.
„Wir schnappen uns als erstes die Wachen vor dem Gefängnis. Wenn wir Glück haben, dann treffen wir sie schlafend an. Wir schlagen sie nieder, fesseln und knebeln sie. Das Material dazu holen wir uns aus der Hütte vor der Höhle.
Mit ihren Waffen dringen wir sodann in das Mannschaftsquartier ein. Wenn die Leute schlafen, dann machen wir es so wie mit den Wachen. Sollten wir jedoch auf Widerstand stoßen, gibt es kein Pardon. Allzu viele können es ohnehin nicht mehr sein. Außerdem ist es dunkel. Sie werden unser Eindringen erst merken, wenn es für sie zu spät ist."
„Wir müssen uns auch um die Frauen und Mädchen aus dem Treck kümmern. Deshalb wollten wir doch ...?"
„Alles zu seiner Zeit. Wenn die Banditen kampfunfähig sind, holen wir unsere Männer aus der Höhle, verfrachten die Banditen, die es überlebt haben, in das Gefängnis, in dem jetzt unsere Leute vegetieren. Hoffentlich leben noch alle und sind gesund. Alles weitere erledigen wir dann beim ersten Morgenlicht. Dazu gehört auch die Mitnahme der Frauen aus dem Treck, soweit sie dies überhaupt noch wollen. So ein Winter ist lang ...!", spricht er den Satz nicht zu Ende.
Lautlos schleichen sie an. Die beiden Wachen übernehmen

das Halbblut und *Helles Feuer*. Die zwei Schläge werden nicht einmal in der Höhle gehört.
Schon aber die Schüsse, die aus der Mannschaftsunterkunft zu vernehmen sind.
Dann ist es still. Ein paar Frauenstimmen werden aber laut. Peters beruhigende Stimme ist zu hören. Die Befreier öffnen das Tor. Jubel bricht aus. Danach kehrt scheinbare Ruhe ein. Denn Schlaf findet in dieser Nacht keiner mehr im Dorf der Banditen.
Es finden sich noch genügend Waffen, Munition und Pferde. Rasch wird alles durchforstet. Vieles von dem was brauchbar erscheint, zum Teil auch aus dem Beutegut ihres Trecks wieder erkannt wird, kommt auf die Packpferde. Alle Frauen und Mädchen aus dem Treck wollen zurück. Auch Stefanie, die von Christian behutsam in den Arm genommen wird.
Es werden keine Fragen gestellt. „Wir müssen den Frauen Zeit lassen. Sie haben sicher Schreckliches erlebt“, rät Peter, der sieht, dass einige von ihnen schwanger sind. So auch Eva, die als einzige im Dorf bleiben will. Ihr Mann ist immer noch nicht bei Bewusstsein. Er phantasiert zwar, wälzt sich am Boden, muss niedergehalten werden. „Schädelbruch“, mutmaßt Richard. „Wir müssen ihn aber mitnehmen. Ihn hier zu lassen, ist nicht zu verantworten. Wenn er überlebt, machen die Banditen sicherlich nicht viel Federlesens mit ihm.“
Von der Handvoll Banditen, die sich noch im Lager befanden, hat bis auf die beiden Wachen keiner überlebt. Richard rät, die Leichen in den Stollen zu bringen, den Eingang zuzusprengen. Pulver findet sich genug.
„Wir dürfen keine Spuren hinterlassen. Die Hütten brennen wir nieder. Dann teilen wir uns.
Fred und Peter übernehmen die Packpferde. *Helles Feuer* reitet mit ihnen vorerst in entgegengesetzte Richtung, verwischt sorgfältig die Spuren, damit man ihnen nicht so leicht

folgen kann. Die anderen Reiter und die befreiten Frauen reiten mit mir. *Sicherer Pfad* wird mit einigen von uns Spuren in eine andere Richtung legen. Eva muss uns den Gefallen tun, den zurückkehrenden Banditen erklären, dass ein englisches Reiterschwadron das Dorf überfallen, niedergebrannt, die Höhlen und Stollen zugesprengt hat. Dabei sind auch die Gefangenen aus dem Fort verschüttet worden, mit Sicherheit tot. Peter, du kennst Eva am besten, glaubst du, sie wird mitspielen?"
„Ich werde mit ihr reden. Ich weiß, dass sie die Banditen verabscheut, jedoch in einer Art Hassliebe mit dem Brandstifter, dessen Kind sie wahrscheinlich unter dem Herzen trägt, verbunden ist. So denke ich, dass sie uns helfen wird. Ihr Mann ist ihr sicher nicht gleichgültig. Sie wird schon alles tun, um ihn zu retten."
„Die beiden Wachen, sie werden ...", befürchtet Christian, wird aber von Hugo unterbrochen.
„Die sind immer noch bewusstlos, wissen daher auch nicht, was geschehen ist. Wir werden ihnen noch die Augen verbinden. Der Brandstifter muss sich schon auf das verlassen, was er von Eva zu hören bekommt", ist Hugo überzeugt.
„Wir werden auf jeden Fall vor den Banditen im Fort sein, wenn sie Lunte riechen und die Geschichte mit den Engländern nicht glauben", erklärt Richard.
„Dort werden wir ihnen einen heißen Empfang bereiten", verspricht David, der seine Krise gut überstanden hat.

20

Maria ist voller Eifer, kann es nicht erwarten, möglichst schnell von den Quäkern wegzukommen. Sie treibt nicht nur ihre Begleiter, sondern auch die Gefährten im Treck zu größerer Eile an. Man nimmt ihr das nicht übel, hat Ver-

ständnis für ihre Situation, die Reit- und Zugtiere dürfen aber nicht überfordert werden. Die wenigsten haben Reservepferde oder ein zweites Paar Ochsen dabei. „Wir müssen mit unseren Kräften und mit denen unserer Tiere schonend umgehen, wenn wir unsere Ziele erreichen wollen“, mahnt wiederholt ihr Führer.
Maria reibt an ihrer Kugel, um zur Ruhe zu kommen.
Burschi unterhält sich viel mit einer Auswandererfamilie, die ebenfalls aus Österreich kommt und adelig ist. „Wir wurden vertrieben, weil man uns nachsagte, mit den Bayern und Franzosen paktiert zu haben“, vertraut sich der Mann Burschi an.
„Letztendlich haben wir aber das deinem Onkel zu verdanken“, ergänzt die Frau zu ihrem Mann gewandt. „Der sitzt nun auf unserem Gut und lacht über uns. Dabei war er es doch, der dem Kaiser in den Rücken gefallen ist. Nur durch Zeugen, die von ihm bestochen wurden, hat er seine Schuld auf uns abgewälzt. Dem Schuft möchte ich noch einmal begegnen ...!“, fügt sie zornig hinzu.
Nach und nach erfährt der Prinz mehr über die Familie. Auch ihr Schicksal ähnelt dem seinen.
Graf von Langenhorst hatte einen Bruder, der zu den engsten Beratern des Kaisers gehörte.
„Der Kaiser hat kaum eine Entscheidung getroffen, ohne sich vorher den Rat meines Bruders eingeholt zu haben“, erzählt der Graf seinem Reisegefährten.
„Dann hatte mein Bruder einen tödlichen Reitunfall. Ich konnte mir das nicht erklären, weil er einer der besten Reiter war, die ich kenne. Also begab ich mich nach Wien, um mich selbst zu informieren. Nach einigem Suchen und mit Hilfe eines Freundes meines Bruders fand ich heraus, dass sein Sattelgurt angeschnitten worden war. Bei den wilden Galoppritten, für die mein Bruder bekannt war, war es nur eine Frage der Zeit, bis der Gurt riss. Ich habe mich mit diesem

Beweisstück an einen hohen Beamten der Residenz gewandt. Der versprach, meinen Verdacht sofort an die zuständige Exekutive weiterzuleiten. Es tat sich aber nichts. Also habe ich versucht, eine Audienz beim Kaiser zu erlangen. Vergeblich. Danach wurde ein Anschlag auf mich verübt. Ich wurde zusammengeschlagen und liegen gelassen, weil die Schläger dachten, ich wäre tot. Als ich nach einiger Zeit wieder auf den Beinen war, reiste ich auf unser Gut zurück, versprach aber allen, die es hören konnten, zurückzukommen.
Inzwischen hatte ich auch davon erfahren, dass auch auf andere Personen, die dem Kaiser nahestanden, Mordversuche unternommen oder üble Verleumdungen bis hin zum Hochverrat ausgestreut wurden. Da war System dahinter. Man wollte wohl den Kaiser isolieren, um unsaubere Machenschaften zum Vorteil einiger weniger ungestört durchführen zu können."
„Aber ihr sagtet doch ..."
„Ob mein Onkel zu diesen Verschwörern gehört, weiß ich nicht. Auf jeden Fall hat er während meiner Abwesenheit falsche Beweise gegen mich zusammengetragen, Zeugen bestochen, sodass uns kein anderer Ausweg blieb, als mit geringen Mitteln die Reise ins Ungewisse anzutreten."
„Ich helfe euch gerne", verspricht Burschi, „damit euer Ruf wiederhergestellt wird. Sobald ich zurück bin…"
„Danke. Aber wir gehen bestimmt nicht mehr zurück. Wir bleiben in Amerika, das haben wir uns fest versprochen", auf seine Frau blickend, die traurig nickt. Er setzt deshalb hinzu: „Wir können beide arbeiten und unsere Kinder haben wir auch nie verwöhnt. Wir machen unser Glück, darauf gründet sich unsere Hoffnung." Zuversicht ist in seiner Stimme.

Allmählich kommen sie dem von Maria angestrebten Ziel immer näher. Sie bewegen sich über ausgetrocknetes Prärie-

land. Deshalb sehen sie schon von weitem eine Staubwolke, die immer näher kommt.
„Das ist ein Treck, ich erkenne Reiter und drei bis vier Planwagen, Ochsen vorgespannt“, meldet Burschi, durch sein Fernrohr blickend.
„Auswanderer, die zurück wollen? Wir scheinen uns in die falsche Richtung zu bewegen. Sicher Leute, deren Hoffnung auf ein besseres Leben nicht erfüllt wurde“, mutmaßt Frau von der Brücke, die sich jeden Tag und jede Nacht die Frage stellt, warum sie sich auf dieses Abenteuer eingelassen hat. Sie ist erschöpft, wirkt mit jedem Tag schwächer. Nur ihrem Mündel zuliebe hält sie bisher tapfer durch.
In geraumer Entfernung machen beide Gruppen halt. Je ein Reiter der beiden Gruppen reiten aufeinander zu, steigen von ihren Pferden, sprechen miteinander.
„Die wollen sicher voneinander wissen, mit wem sie es zu tun haben“, mutmaßt Burschi laut.
„Es soll Banditen geben, die sich als harmlose Auswanderer ausgeben, um dann überraschend zuschlagen zu können.“
Nach bangen Minuten des Wartens preschen die beiden Reiter zu ihren Schützlingen zurück.
„Wir campieren heute Nacht hier. Die andere Gruppe wird uns Gesellschaft leisten. Es sind erfahrene Westleute. Von ihnen könnt ihr viel erfahren“, wendet sich der Treckführer der Auswanderer an seine Leute.
„Wieso schlagen diese Leute eine entgegengesetzte ...?“, will einer der Auswanderer wissen.
„Es handelt sich um Händler, die in der nächsten großen Stadt Waren einkaufen oder gegen Felle eintauschen. Sie kennen die Wege, die wir zurücklegen müssen, ganz genau, wissen auch, ob uns Gefahren von Indianern oder weißen Banditen drohen und wo die besten Stellen für unsere nächsten Halteplätze sind.“
Die Wagen werden wie jede Nacht eng aneinander im Kreise

aufgestellt, die Tiere innerhalb angepflockt, sodass ein gewisser Schutzraum gegen mögliche Angriffe von Feinden oder wilden Tieren entsteht. Abwechselnd werden Wachen eingeteilt. In der Mitte des Platzes brennt regelmäßig ein Feuer, auf dem frisches Wildbret zubereitet werden kann.
Wissbegierig stürzt sich Maria auf die Neuankömmlinge. Sie erkennt eine Frau, die ihr sofort Rede und Antwort stehen muss.
Nachdem Maria ihren Namen genannt hat, stellt sich auch die Frau vor.
„Ich bin Rachel Rose. Dort ist Richard, mein Mann“, mit dem Finger auf einen imposanten Westmann zeigend. „Wir sind frisch verheiratet“, setzt sie fast schüchtern aber stolz hinzu.
„Wohin geht eure Reise jetzt?“, will Maria wissen.
„Wir gehen zurück in eine der Städte im Osten. Bisher haben wir, das heißt, die längste Zeit ich, in einer Handelsstation gelebt. Mein Mann war nur einen Winter bei uns. Er war über viele Jahre Pelzjäger und Treckführer. Er denkt, dass wir in Montreal, das ist ein großer Umschlagplatz für Wildfelle, gut Fuß fassen könnten.“
„Ist euch in der Handelsstation vielleicht ein Ehepaar Brandstädter begegnet?“ fragt Maria ganz aufgeregt.
„Die kennen wir ganz gut. Peter hat uns vor wenigen Wochen sogar verheiratet. Ein feines Paar. Jeder kann sich glücklich schätzen ...“
Weiter kommt sie nicht, wird von Maria, deren Herz wild zu schlagen beginnt, sofort unterbrochen: „Wo sind sie jetzt? Vielleicht noch in der Station?“
„Sie sind gleichzeitig mit uns aufgebrochen. Allerdings in entgegengesetzter Richtung. Sie haben einen Indianer als Führer, im Schlepptau noch weitere Auswanderer, die sich vorgenommen haben, gemeinsam zu siedeln. Die Brandstädter und ihr Freund Christian mit seiner reizenden Braut

wollen irgendwo Pferde züchten. Aber Richard weiß da sicher etwas mehr."
Sofort läuft Maria auf Richard zu, der sich in einem Kreis von Männern befindet, die gespannt seinen Worten lauschen. Sie hört noch, wie er sagt: „…gut, dass die Soldaten gekommen sind, lange hätten wir nicht mehr durchgehalten."
Fragen prasseln auf Richard herein, die er nun schon zum wiederholten Male beantworten muss, weil immer mehr Leute dazukommen.
„Also, noch einmal: Wir haben aus einem Schlupfwinkel weißer Banditen weibliche Gefangene befreit, die im vergangenen Herbst bei einem Überfall auf einem von mir geführten Treck gemacht wurden. Unsere Aktion ist uns deshalb sehr leicht gelungen, weil der größte Teil der Gesetzlosen nicht im Lager war. Wir haben zwar falsche Spuren gelegt, sie aber dennoch nicht täuschen können. Das kam wahrscheinlich daher, dass eine Gruppe von uns, die mit der Beute und den Packpferden unterwegs war, nicht schnell genug vorankam, früher als geplant die Richtung zum Fort nehmen musste. Sie hatten einen Verwundeten dabei, der eines Morgens verschwunden war. Die Suche nach ihm dauerte fast einen Tag. Sie fanden ihn jedoch nur noch tot. Geier und Kojoten hatten ihn bereits übel zugerichtet. Die Banditen mussten ausgeschwärmt und auf die Spur der Packpferdkolonne gestoßen sein, die nach einem zu kurzen Umweg schnurstracks zum Fort führte. Gott sei Dank waren unsere Leute doch noch schnell genug. Die Bande war aber informiert.
Deshalb sind sie zu unserem Fort geritten, geführt von einem Holländer, der bei uns den Winter verbracht aber später ausgestoßen werden musste.
Wir hatten aber aufgepasst und das Tor verschlossen gehalten. Hugo, das ist ein Halbblut, der früher Mitglied der Bande war, erkannte in einem der vorausgesandten Späher, der sich als harmloser Trapper ausgab, ein Mitglied der Bande.

So waren wir gut vorbereitet, als der Trupp von gut zwanzig Berittenen angestürmt kam.
Wir konnten die Attacken erfolgreich abwehren, weil wir gut postiert hinter unseren Palisaden und auf den beiden Wachtürmen standen. Allmählich ging aber unsere Munition zur Neige. Die Banditen fanden eine marode Stelle im Zaun, die sie in Brand steckten ..."
„Seid ihr so schlechte Schützen ...?"
Weiter kam der Fragesteller nicht, weil er von den Umstehenden sofort unwillig unterbrochen wurde.
„Wir haben schon einige von ihnen getötet oder verwundet, aber so blöd waren die nicht, ins offene Messer zu laufen. Wir richteten uns schon auf einen Häuserkampf innerhalb unseres Areals ein, als wir plötzlich eine Trompete hörten und Schüsse, die nicht von den Banditen stammten. Ein Schwadron englischer Soldaten war aufgetaucht, deren Offizier die Situation sofort erkannte und die Angreifer unter Feuer nahm."
„Das war unser Trupp, der uns überholt hat, mit dem wir auf dem Schiff ...!", rief einer der Zuhörer dazwischen.
„Dann war alles schnell vorbei", fuhr Richard fort „Die Angreifer wurden von einem aus Soldaten und uns zusammengestellten Schnellgericht zum Tode verurteilt, das sofort vollstreckt wurde. Dafür hätten alleine schon die Greueltaten und Morde bei dem Überfall auf meinen Treck ausgereicht. Was sie den gefangenen Frauen antaten, kam noch erschwerend hinzu."
„Habt ihr wenigstens alle erwischt?"
„Leider nicht. Ihr Anführer und der verräterische Holländer müssen frühzeitig Lunte gerochen und sich abgesetzt haben. Ich bin aber sicher, dass auch sie ihrer gerechten Strafe nicht entgehen werden!"
„Ist die Handelsstation jetzt nicht besetzt?", will Maria wissen, die endlich ihre Fragen loswerden möchte aber bemerkt,

dass die Umstehenden Interesse an anderen Dingen haben.
„Doch, doch. Die Familie Rose ist im Fort und führt nach wie vor die Geschäfte. Zwei wehrfähige Männer und mehrere Frauen aus dem überfallenen Treck sind im Fort geblieben. Auch eine schwangere Frau, die ursprünglich zu meinem Treck gehörte. Die arme Eva“, sagt er leise, mehr zu sich selbst.
Marias Neugierde ist jedoch geweckt. „Ist die Frau alleine, hat sie keinen Mann, keine Familie?“
Richard sieht auch Interesse in den Mienen der anwesenden Frauen und gibt Auskunft.
„Diese Frau wurde von den Banditen geraubt. Bei der Befreiung durch uns wurde ihr Mann schwer verletzt. Es war der, den wir später tot aufgefunden haben. Sie wollte aber aus anderen Gründen zurückbleiben, wahrscheinlich, weil sie der Anführer der Bande, der übrigens Brandstifter genannt wird, zu seiner Geliebten gemacht hat.“
„Wie konnte die Frau nur ...?“
„Der lange Winter. Zuckerbrot und Peitsche. Nackte Verzweiflung. Hoffnung auf ein erträglicheres Leben, Sicherheit. Wer weiß, was in so einer geschundenen Seele vorgeht. Verurteilen kann ich sie bestimmt nicht“, setzt Richard ernst hinzu und spricht weiter:
„Ein paar Tage nach der Niederlage und Vernichtung der Verbrecher kam sie ins Fort. Sie hilft nun Frau Rose bei den täglichen Arbeiten. Was aus ihr werden wird, weiß, so glaube ich, nicht einmal sie.“
Genau wie bei mir, denkt sich Burschi. Er begleitet eben seine Maria. Das Beglaubigungsschreiben seines Monarchen hat er schon lange nicht mehr gebraucht. Wem sollte er es auch noch zeigen? Irgend etwas wird die Zukunft schon bringen. So lebt er in den Tag hinein, spricht mit seinen Leidensgenossen, freut sich an der Heil- und Reitkunst von Maria, lässt sich gern immer wieder von ihrem grenzenlosen

Optimismus anstecken, bald ihre Mutter und ihren Onkel zu finden.

Von Richard hat Maria noch viel erfragen können. Sie weiß nun auch, dass sie nach einem Tal suchen müssen, in dem es viele Pferde gibt. Es soll weit im Westen liegen, jenseits eines großen Flusses. „Das ist das Jagdgebiet der Fox oder sogar noch weiter weg“, vermutet Richard, der das Gebiet jedoch nicht aus eigener Anschauung kennt. Maria erfährt, wie ihre Mutter und Onkel Peter den Winter verbracht haben, hört von den Abenteuern, die sie bestehen mussten. Jedes Wort saugt sie in sich hinein, ist mehr denn je davon überzeugt, ihre Mutter nicht zu verfehlen. Ihr Stein wird sie leiten.

So ziehen sie weiter, immer weiter nach Westen.
Ab und zu treffen sie auf Ochsenkarren, auf einsame Reiter oder auch auf Indianer, die ihnen aber friedlich begegnen, froh über kleine Geschenke sind, meist bunte Perlen, Kautabak, Messer oder ein Säckchen Salz, Dinge mit denen sie sich vor Reiseantritt reichlich eingedeckt hatten. Hin und wieder reiten sie ein Stück mit ihnen und sind dann wieder verschwunden, ohne dass einer gesehen hat, in welche Richtung sie sich abgesetzt haben. „Wie Spukgestalten“, stellt Maria fest, deren anfängliche Angst vor den Roten sich in freundschaftliche Zuneigung verwandelt hat.
„Nicht alle sind so friedlich“, mahnt ihr Führer. „Wenn sie ihr Kriegsbeil ausgegraben haben, sind sie grausam und unerbittlich. An ihrem Verhalten aber tragen meist wir, die Weißen, schuld in unserer Gier nach Land und Reichtum. Hinzu kommt noch, dass viele unserer Jäger die Büffel, sie sind die Lebensquelle vieler Einheimischer, ohne Not, also nur aus purer Jagd- oder besser gesagt aus Mordlust, massenhaft abschlachten. Die Indianer jagen die Bisons mit Pfeil und Bogen. Sie verwerten alles an ihnen. Viele Weiße mähen die

Tiere mit ihren Musketen nieder, lassen die Kadaver liegen, was aber höchstens Geier und Kojoten freut."

21

Heinrich führt Nikolaus zu dem Gehöft, das sie vom anderen Ufer ausgemacht hatten.
Hundegekläff und Kindergeschrei schallt ihnen schon von Weitem entgegen.
„Hier siedelt Jacob mit seiner Familie. Ich kenne ihn schon einige Zeit, wenn wir uns auch schon lange aus den Augen verloren haben", erzählt Heinrich.
Kurz vor den niedrigen Gebäuden, die keinen sehr stabilen Eindruck machen, kommt ein Mann aus dem Haus, der Heinrich wie einen alten Bekannten begrüßt. Nach und nach erscheint auch die Familie. Zwei Frauen, die unschwer als Indianerinnen zu erkennen sind und eine Schar Kinder. Sie wohnen zwar am Fluss, denkt sich Nikolaus, dass man Wasser auch zum Waschen gebrauchen kann, hat sich in dieser Familie noch nicht herumgesprochen.
Das gilt aber auch für die Erwachsenen.
Der Siedler stellt die beiden Indianerinnen als seine Frauen vor. „Man braucht in dieser Einsamkeit mehr Frauen. Auch zur Arbeit", fügt er derb lachend hinzu.
Auf den ersten Eindruck gefällt Nikolaus der Mann nicht. Ist es die abschätzige Art wie er über seine Frauen spricht, ist es der verschlagene Blick, den er heimlich Heinrich zuwirft. Oder bilde ich mir das nur ein? Rein äußerlich sieht Jacob nicht gerade wie ein Adonis aus. Klein, breitschultrig mit einem roten Haarkranz, ungepflegten Händen, mehr als schütterem Bartwuchs. Hinzu kommen noch verfaulte Zahnreihen.
Im Westen kann man halt nicht anders aussehen, wischt

Nikolaus den schlechten Eindruck fort. Ich kann auch nicht wählerisch sein. Hauptsache er hilft mir meinen Auftrag zu erfüllen.
„Seine Frauen kommen aus zwei in dieser Gegend jagenden unterschiedlichen Stämmen. Das sichert sein Eigentum vor Überfällen der Indianer. Außerdem gibt er ihnen etwas von seinem Getreide, das hier in Flussnähe bestens gedeiht. An ihn musst du dich halten, wenn du Grund erwerben möchtest. Er kennt die Häuptlinge, kann dir bestimmt weiterhelfen, wenn für ihn auch etwas abfällt", gibt sich Heinrich wissend. Dabei klopft er Nikolaus lachend auf den Gürtel.
Dessen Begeisterung hält sich in Grenzen. Ihn stört etwas. Es ist aber mehr so ein Gefühl, das immer wieder hochkommt, das er aber unterdrückt, weil ihn dieses weite Land fasziniert. Er bewundert eine fruchtbare Ebene, hält sie bestens geeignet für Rinderzucht und Getreideanbau. Weit im Westen, den Horizont abschließend, ist im dunstigen Blau ein Gebirgszug zu erkennen. Jacob folgt seinem Blick und bemerkt: „ Dort hinten gibt es auch viel Wald und Wild. Hunger braucht hier keiner zu leiden."
Der Salzburger kann sich kaum satt sehen. Er träumt mit offenen Augen von schmucken Gehöften, fröhlichen Menschen, die hier, ohne um ihr Leben fürchten zu müssen, den Glauben ihrer Wahl ausüben können. Er sieht schon lebensfähige Siedlungen emporwachsen und Banner mit dem Salzburger Wappen im Winde flattern.
„Heinrich hat mir schon von Eurem Vorhaben erzählt", unterbricht ihn der Siedler.
„Im Augenblick werde ich am Hof nicht gebraucht. Die Feldarbeit verrichten ohnehin meine Weiber. Sie versorgen auch das Viehzeug. Wir könnten schon morgen losreiten, um das Land zu besichtigen."
„Was glauben Sie, kann ich etwas kaufen?"
„Etwas? Alles was Sie hier sehen! Die Indianer brauchen

Geld für Musketen zum Kampf gegen andere Stämme, bunte Stoffe für ihre Frauen, Glasperlen zum Schmuck ihrer Oberarme und Lederkleider, für Vieles, was die weißen Händler so anbieten. Da sind die Roten wie die Kinder."
„Wer entscheidet denn, ob sie auch…"?
„Das überlasst nur mir. Ich spreche mit den Häuptlingen. Die wissen von anderen Stämmen weiter östlich, denen das Land einfach gestohlen wurde. Von Weißen natürlich. Die haben Kolonien gegründet und die Ureinwohner mit Waffengewalt vertrieben. Wenn sie jetzt Münzen bekommen, für die sie alles kaufen können, dann greifen die zu, so wahr ich Jacob Hohlbinder heiße!"
„Sie glauben also, ich bezahle und die Indianer verlassen ihre Heimat, ihre Dörfer?"
„Die sind doch nicht sesshaft. Haben heute hier und morgen da ihre Tipis. Sie ziehen immer mit dem Wild. Ihr könnt sicher mit ihnen vereinbaren, dass sie hin und wieder ihre alten Jagdgründe aufsuchen. Das tut niemand weh. Wenn dann etwas bebaut oder umzäunt ist, dann ist das eben so. Dafür zahlt Ihr ja."
„Wenn ihr meint. Hört sich ja alles gut an ..."
„Wir werden mehr als eine Woche unterwegs sein, um euch wenigstens einigermaßen eine Vorstellung von dem zu machen, was ihr erwerben könntet. Wenn es Euch dann zusagt, sprechen wir sofort mit den Häuptlingen und Stammesältesten, um mit ihnen handelseins zu werden. Könnt Ihr genügend Geld mitnehmen? Nicht, dass Euch ein anderer zuvorkommt!"
„Daran wird's nicht scheitern."
„Euer ganzes Vermögen würde ich nicht mitnehmen", rät etwas später Heinrich ab, nachdem ihm der Salzburger von dem Gespräch mit dem Siedler berichtet hat. „Unter den Indianern gibt es auch Diebe. Besser ist es, wenn Ihr hier bezahlt, wenn ihr mit den Häuptlingen handelseins seid.

Wenn ihr mir vertraut, kann ich einstweilen auf euer Geld hier aufpassen."

„Wollt Ihr denn nicht mitkommen? Ihr versteht die Sprache der Indianer. Außerdem hätte ich einen weiteren Zeugen."

„Nein, nein, ich warte hier auf Euch. Ich werde fischen und schwimmen, mich von den beiden Squaws verwöhnen lassen. Ich laufe schon nicht weg. Schließlich erwarte ich die versprochene Entschädigung von euch, wenn ihr erfolgreich abgeschlossen habt."

Nikolaus wischt alle Bedenken beiseite. Zu verlockend ist alles, was er bisher hörte. Er hat genau das gefunden, was er sich auf der langen Reise vorgestellt hatte. Er denkt an seinen Landesherrn und malt sich dessen Gesicht aus, wenn der den Bericht über den Landbesitz in Amerika liest. Wenn er Jacob ein bisschen Misstrauen entgegenbringt, so weiß er doch aus verschiedenen Berichten, dass die Indianer Abmachungen einhalten. Schließlich kaufe ich ja das Land von ihnen, beruhigt er sich.

In der folgenden Nacht, die Nikolaus wie immer in einer Scheune verbringt, in der eine große Menge Stroh gelagert ist, vergräbt er sorgfältig seine Packtaschen, in die er noch die Münzen aus dem Sattel gibt. Mit den Münzen aus dem Gürtel will er eine Anzahlung leisten. Den Rest dann in der Farm von Jacob. Ich kaufe so viel Land, wie ich für mein Geld bekommen kann, nimmt er sich vor.

„Ich habe Euch einmal skizziert, über welches Land die Indianer verfügen. Das riesige Gebiet hier", er zeigt auf die Zeichnung, die er auf einem Stück gegerbten Leders mit Holzkohle gemalt hat, „sollte genau dem entsprechen, was Euch vorschwebt. Hier seht ihr den Mississippi und oben das Gebirge. Zwischen den beiden Zuflüssen, die zirka fünf Reittage auseinanderliegen, könnte Euer Land sein. Das liegt nun ganz bei Euch. Mit den Indianern werden wir schon klarkommen", verspricht der Siedler, ehe er sich kurz von

seiner Familie verabschiedet. Das heißt er erteilt Aufträge, die zu erledigen sind.
Dann reiten sie den Fluss entlang bis zu dem ersten Zufluss, dem sie einen Tag folgen müssen, um eine Furt zu finden. Nun reiten sie auf der anderen Seite dem Gebirge entgegen.
„Die beiden Flüsse entspringen dort hinten in den Bergen", erklärt Jacob wortkarg.
Nikolaus ist ohnehin an keinem großen Gespräch interessiert, hängt lieber seinen Gedanken nach. Er ist immer wieder aufs Neue begeistert von dem was er sieht. Immer mehr setzt sich bei ihm der Gedanke fest, dieses Territorium zu erwerben, koste es was es wolle.
Einige Male begegnen sie Indianern, die nach einem kurzen Palaver mit Jacob lachend weiterreiten. Nikolaus fühlt sich in besten Händen. Seine anfängliche Skepsis gegenüber seinem Reitgefährten ist verflogen.
„Nachts lassen wir unser Feuer brennen. Es gibt hier gefährliches Raubzeug, für das wir eine schmackhafte Abwechslung wären", rät Jacob. „Wir schlafen halt abwechselnd."
„Das haben wir mit Heinrich auch schon so gemacht. Das ist nicht neu für mich."
Wo sie der Ritt auch hinführt, Nikolaus ist wie geblendet, malt sich immer wieder aus, wo Siedlungen entstehen, Getreidefelder wogen, Pferde und Rinder weiden werden. Er schließt die Augen, weit entrückt denkt er an eine Zukunft, die schöner nicht sein könnte. Immer wieder muss er von Jacob in die Wirklichkeit zurückgeholt werden.
„Wir machen nun einen Schwenk, um das erste Dorf zu erreichen. Ganz genau weiß man ja nie, wo der Stamm der Fox seine Zelte aufgeschlagen hat. Ich glaube jedoch den Klang der Trommeln gehört zu haben. Diese Richtung", Jacob deutet nach Norden, sollten wir einschlagen."
Noch am selben Tag erreichen sie ihr Ziel. Die Wigwams

sind geschützt in einer Waldlichtung aufgebaut. Ein Trupp bewaffneter Fox ist ihnen entgegengeritten und begleitet sie fröhlich schwatzend zu den Zelten. Sie haben Jacob erkannt und akzeptieren daher auch seinen Begleiter.
Am Abend sitzen die beiden rund um ein Lagerfeuer. Die Pfeife des Friedens macht die Runde.
„Ich habe dem Häuptling Euer Anliegen vorgetragen, auch den Plan gezeigt. Er ist einverstanden, wenn der Preis stimmt. Er verlangt eine Vorauszahlung. Die wird er aber selbst einstreichen, weil er mich bat, ihm den Beutel mit Münzen so zu übergeben, dass es sonst keiner sieht."
„Das geht schon in Ordnung, aber wir sollten das vertraglich festmachen. Ich habe entsprechende Papiere mit dabei ..."
„Papiere, Papiere", unterbricht ihn Jacob, „davon halten die hier überhaupt nichts. Außerdem kann auch keiner von ihnen lesen. Die Vereinbarung gilt, wir haben darauf die Pfeife geraucht. Keiner von den Ältesten hat sich dieser Zeremonie entzogen. Also, was wollt Ihr mehr?"
Nikolaus füllt den ihm von seinem Begleiter übergebenen Lederbeutel.
„Den Rest holt sich der Häuptling mit einigen seiner Männer bei uns am Fluss", tut Jacob wichtig.
Das Verhalten der Indianer und ihrer Familien gegenüber den beiden Weißen ist freundschaftlich. Nikolaus versteht zwar kein Wort, glaubt aber ihren Gesten zu entnehmen, dass er sich keine Sorgen zu machen braucht. Er ist guter Stimmung und freut sich, den ersten Schritt zur Erfüllung seiner Wünsche getan zu haben.

Trommeln hatten sie schon angekündigt, als sie zwei Tage später in das Dorf eines weiteren Stammes der Fox einreiten.
Die Begrüßung ist nicht minder herzlich. Eine Schar Kinder läuft lachend und lärmend neben ihren Pferden her. Das

Dorf ist noch größer als das erste. In seiner Mitte befindet sich ein großer runder Platz mit einer hohen, geschnitzten und bunt bemalten Holzsäule. Rund herum an die fünfzig Zelte.

Vor dem größten machen sie Halt, steigen von ihren Pferden.

Ein großer, ernst blickender Indianer kommt aus dem Tipi, begrüßt sie.

Nikolaus kann aus seinen Gesten erkennen, dass sie willkommen sind.

„Es ist der Häuptling", klärt Jacob seinen Begleiter auf. „Erkennt man an den drei Adlerfedern."

Nikolaus wird ein Zelt zugewiesen, das er anscheinend allein bewohnen kann.

„Ich verdrück mich einmal zu meinen Verwandten", meldet sich Jacob ab. „Wenn die Sonne verschwindet, treffen wir uns hier auf dem Platz. Alle Ältesten werden anwesend sein, mit uns die Pfeife rauchen. Dann spreche ich auch mit ihnen. Macht Euch keine Sorgen, es wird bestimmt genauso kommen, wie Sie es sich vorgestellt haben."

Der Abend verläuft so wie im ersten Dorf.

„Alles in Ordnung", signalisiert Jacob. „Das muss gefeiert werden ...!"

Nikolaus erwacht am nächsten Tag mit schwerem Kopf. Ich habe zu viel von dem Gebräu getrunken, das mir Jacob ständig aufgedrängt hat, macht er sich Vorwürfe.

„Du musst trinken sonst sind sie gekränkt", ließ er seine Einwände nicht gelten.

Er will aus dem Zelt, wird aber von zwei Kriegern mit Speeren daran gehindert. Er lacht und macht Zeichen des Wasserlassens. Er darf trotzdem nicht weiter.

Das Verhalten der Indianer gibt ihm Rätsel auf. Er zermartert sich den Kopf, schilt sich selbst aus, dass er wohl zu viel getrunken, dabei irgend etwas falsch gemacht hat. Ich muss

mich halt gedulden. Jacob wird die Situation schon klären, hofft er. Er wartet aber vergeblich.
Er macht erneut einen Versuch das Zelt zu verlassen, gestikuliert, deutet, lacht und flucht.
Entschlossen präsentieren die beiden Wächter ihre Speere.
Also ruft er so laut er kann nach Jacob. Immer wieder. Einige Indianer kommen neugierig herbei. Ihre Mienen sind finster, feindselig starren sie ihn an. Nikolaus weiß nicht, wie er sich verhalten soll. Ein paar Münzen vielleicht? Er sucht im Versteck unter dem Schlaffell nach seinem Gürtel. Nichts. Hektisch durchwühlt er nun den Boden. Angst überkommt ihn. Also doch diebische Indianer! Sie haben meine Trunkenheit genutzt! Hoffentlich ist Jacob nichts passiert. Er macht sich Sorgen um seinen Begleiter.
Endlich, gegen Mittag, rührt sich etwas vor dem Zelt. Er erkennt die Stimme des Häuptlings, macht einen weiteren Versuch aus dem Zelt zu kommen.
Ein Stück weit kommt er, dann sieht er sich von einem Kreis bewaffneter und bemalter Krieger umstellt. Hilflos hebt er beide Arme empor. Obwohl er annehmen muss, dass ihn keiner versteht ruft er doch: „Was soll das, ich bin doch gut Freund. Wo ist Jacob, der kann es doch erklären?"
„Nix gut Freund! Feind!" , vernimmt Nikolaus verblüfft die Stimme des Häuptlings.
„Du sprechen meine Sprache. Das ist prima. Bitte sag mir, was vorgefallen ist, was ich falsch gemacht habe?"
Der wendet sich jedoch ab und erteilt einen Befehl.
Zwei Krieger schleppen den verdutzten Weißen zu dem imposanten Pfahl in der Mitte des Platzes, binden ihn fest.
Die Männer setzen sich rundherum auf den Boden. Sie sprechen lange miteinander, während die Pfeife unaufhörlich die Runde kreist. Der eine oder andere wirft dabei immer wieder einen bösen Blick auf Nikolaus. Besonders einer von ihnen, das spürt Nikolaus ganz deutlich, hetzt voller Hass mit rol-

lenden Augen, wenn er auf den Gefesselten deutet. Angst kriecht in ihm hoch. Er erinnert sich an Geschichten, die ihm Heinrich erzählt hatte, wonach die Indianer ihre Feinde qualvoll am Marterpfahl sterben lassen. Ich muss mit dem Häuptling sprechen. Er versteht mich anscheinend. Also ruft er wieder und wieder nach dem Häuptling, weil er spürt, dass die Männer über sein Schicksal beraten. Daraufhin gibt der Angesprochene einen Befehl, dem einer der Krieger nachkommt, in dem er Nikolaus einen Knebel in den Mund steckt.

Nach einigen Stunden, so empfindet es Nikolaus, verlassen die Männer den Platz. Eine Wache bleibt bei dem Gefesselten zurück. Nikolaus hält die Augen vor der herabbrennenden Sonne geschlossen, als er plötzlich eine Frauenstimme in seiner Sprache vernimmt.

Er will die Augen nicht öffnen, denkt an Einbildung, Delirium, Wahnsinn?

Doch dann fühlt er deutlich eine Hand an seiner Schulter und die ruhige Stimme: „Ich habe Wasser für Euch, auch etwas zu essen."

Blinzelnd öffnet er die Augen und sieht eine Frau vor sich, in der einen Hand eine Schüssel mit einem Holzlöffel und in der anderen Hand ein Gefäß mit Wasser.

„Wasser bitte." Krächzend kommen die Worte aus einer ausgetrockneten Kehle.

Allmählich kehrt sein Geist zurück. Die Frau ist aus Fleisch und Blut, hat eine angenehme Stimme und ist in feines, besticktes Wildleder gekleidet. Das dunkle, von grauen Fäden durchzogene Haar hat sie im Nacken zu einem Knoten gebunden, mit einem bunten Band verflochten. Er starrt sie an, während sie ihm den mitgebrachten Brei löffelweise in den Mund führt.

„Ihr seid doch keine ...", kommt es mit verbesserter Stimme über seine Lippen, als sie ihn unterbricht.

„Doch, doch, ich bin eine Indianerin. Zumindest seit zwei Jahrzehnten, als mich mein Mann von einem anderen Stamm gekauft hat, der mich aus einem Siedlertreck entführt hat. Mir geht es aber gut. Das ist jetzt mein Leben, hier bin ich zu Hause. Hier ist meine Familie!“
„Ihr wisst doch sicherlich, warum ich so behandelt werde. Ich bin doch als Freund gekommen, wollte Land kaufen. Gestern durfte ich noch hoffen ...“
Wieder unterbricht ihn die Frau: „In der Nacht noch kam Euer Begleiter in unseren Wigwam.
Er informierte uns, dass Ihr in Wirklichkeit ein Spion der Engländer seid, die unser Land stehlen, uns vertreiben oder gar ermorden wollen.“
„Das Gegenteil ist der Fall. Leider ist mein Gürtel abhanden gekommen. Darin hätte ich Verträge und auch genügend Geld. Wisst Ihr vielleicht wo sich mein Gürtel…“
„Wieder fällt ihm die Frau ins Wort: „Das kann ich Euch schon sagen. Euer Begleiter hat ihn an sich genommen. Meinem Mann erklärte er, der Gürtel enthalte schlechte Medizin. Sein Inhalt brächte Unglück über unser Volk. Weitab des Dorfes würde er ihn verbrennen, die Asche vergraben, damit er kein Unheil anrichten kann.“
„Was wird denn mit mir geschehen? Jacob wird sich doch für mich verwenden? Das ist doch alles ein großer Irrtum!“
„Euer Jacob ist schon lange fort. In aller Frühe machte er sich auf den Rückweg. Der hilft Euch nicht mehr. Im Gegenteil! Sein Schwager war es, der in der Runde der Ältesten am meisten gegen Euch hetzte. Er fordert die Todesstrafe, weil er die anderen Glauben machte, Euer Tod würde den Stamm stärken, ihn vor Angriffen der Weißen schützen.“
„Ist mein Tod schon beschlossen?“, fragt stockend Nikolaus.
„So gut wie. Mein Mann hat allerdings Zweifel an Eurer Schuld. Er fragt sich nämlich, wieso Euch Jacob überall im

Lande herumgeführt und dann zu uns gebracht hat. Durch die Trommeln wissen wir, dass Ihr schon bei einem anderen Stamm gut aufgenommen wurdet.
Jacobs Argument und das seines Schwagers, dass Euer Tod für uns von Vorteil wäre, leuchtet meinem Mann nicht so richtig ein. Ich habe ihn in seinem Zweifel bestärkt. Der Ankläger ist nicht mein Fall. So viel Menschenkenntnis traue ich mir schon zu!"
„Kann man mich denn nicht so lange hier losmachen, bis endgültig feststeht, was mit mir geschehen soll? Könnt Ihr mir da nicht helfen?"
„Dann sagt mir bitte, was Euch zu uns geführt hat, wenn es nicht für die Engländer ist."
„Ich bin im Auftrag meines Landesherrn hier, dem Salzburger Erzbischof Franz Anton Fürst von Harrach. Leider müssen bei uns viele Leute das Land verlassen, weil sie sich einem anderen Glauben verschrieben haben. Mein Herr möchte den Auszuweisenden eine neue Heimat anbieten. Das ist der Grund meines Hierseins. Ich soll Land erwerben, käuflich erwerben und nicht stehlen, wie es die meisten Europäer tun. Heinrich, der mich bis zum Mississippi begleitet hat, und Jacob waren der Meinung, ich könnte von den Stämmen der Fox genügend Land kaufen, um Salzburger Siedlungen mit ausreichend Grund und Boden zu errichten."
„Da hat man Euch ganz schön angelogen. Kein Fox würde Land verkaufen. Dies sind unsere Jagdgebiete. Mein Stamm würde eher sterben, als das Land seiner Väter zu verlassen. Euren Heinrich kenne ich nicht, aber Jacob hat das bestimmt gewusst."
Kopfschüttelnd verlässt sie ihn.
Gegen Abend aber spricht sie mit einer der Wachen, der ihn vom Pfahle losbindet und zu seinem Wigwam bringt.
Nikolaus stürzt, weil seine Gliedmaßen taub von der Fesselung sind. Dennoch hegt er Gedanken zur Flucht. Er hofft,

dass seine Wachen irgendwann einschlafen. Die Pferdekoppel ist nicht weit von seinem Gefängnis. Er will den Versuch wagen. Lieber ein schneller Tod, als grausam am Marterpfahl zu Tode gepeinigt zu werden. Er hatte schon mehrere gefährliche Einsätze in seiner Heimat zu überstehen. Warum sollte es ihm nicht auch hier gelingen? Schlafen kann er ohnehin nicht. Er beobachtet durch einen Schlitz im Zelt die Wachen. Dabei stellt er schmerzlich fest, dass von Zeit zu Zeit eine Ablöse kommt. Auch Jacobs Schwager schleicht immer wieder um das Zelt. Wahrscheinlich wartet er schon auf meinen Ausbruch, denkt der Gefangene, sieht seine Hoffnung immer mehr schwinden.
Doch eingenickt, schreckt er plötzlich hoch. Er spürt eine weiche Hand auf seinem Mund.
„Sei still", flüstert eine Stimme, „ich will dir helfen."
Wach werdend denkt er sich. Eine Finte? Soll ich fliehen und gleich vor dem Zelt abgemurkst werden? Er verhält sich ganz ruhig und nickt nur.
„Ich bin die Tochter des Häuptlings und seiner weißen Frau. Die Wachen habe ich im Auftrag meines Vaters weggeschickt. Zwei Pferde stehen für uns bereit. Ich darf dir helfen", kommt es weiter flüsternd.
Nikolaus überlegt fieberhaft. Dies scheint die Chance zu sein. Er nickt abermals, richtet sich auf.
Das Mädchen führt ihn bei der Hand in der er Weichheit und Wärme spürt, huscht mit ihm durch die Reihen der Zelte. Nichts rührt sich, kein Hund schlägt an. Drei Pferde stehen bereit. Auf einem von ihnen erkennt er seinen Sattel. Sie führen die unbeschlagenen Pferde, ohne Lärm zu verursachen, hintereinander am Zügel. Dann reiten sie los. Eine Zeit lang im Schritt, später dann im Galopp. Das helle Mondlicht erleichtert das schnelle Fortkommen.

22

Die kleine Gruppe mit den Auswanderern, denen sich Burschi und Maria angeschlossen haben, erreicht nach einiger Zeit die Handelsstation der Roses.
Sie passt exakt zu der Beschreibung, die ihnen Richard gegeben hatte.
Etwa eine Stunde vorher hatten sich ihnen zwei Reiter angeschlossen. Weiße, die am Ende des Zuges, kurz hinter dem letzten Wagen reiten.
„Wir wollen auch zum nächsten Fort. Genauer gesagt, zur Handelsstation der Brüder Rose. Das sind Freunde von uns, denen wir wichtige Nachrichten zu überbringen haben“, hatten sie sich freundlich vorgestellt. Maria, mit ihrem feinen Gespür für Menschen, findet ihre Visagen nicht gerade vertrauenserweckend.
„Kommt dir der eine, der sich Stefan nennt, nicht bekannt vor?“, will Maria von Burschi wissen. Der schüttelt jedoch den Kopf.

Das Tor ist verschlossen. Von der Brüstung des Wachturms aus werden sie angerufen, nach ihrem Begehr befragt. Erst danach öffnet der Mann, in dem sie einen Mischling erkennen, das Tor.
„Ich bin Hugo. Ihr müsst entschuldigen, dass wir euch nicht sofort geöffnet haben. Es treibt sich allerhand Gesindel herum. Wir sind nur zwei Mann Bewachung, die aufpassen müssen, dass kein Unbefugter eintritt. Es gibt noch sechs Frauen, einige erwarten sogar ein Kind, dazu noch die beiden Besitzer dieser Handelsstation.“
Als Hugo das Tor wieder schließen will, erkennt er zu seinem Entsetzen die zwei Reiter, die sich dicht hinter dem letzten Wagen versteckt hielten. Der „Brandstifter“ und der Holländer! schießt es ihm durch den Kopf.

Ehe er sich versieht, ist Stefan vom Pferd, hält seinem ehemaligen Bandenmitglied, das er für tot hielt, ein Messer an die Kehle.
„Still", zischt er, „sonst steche ich dich gleich hier ab."
Der Angriff geschieht nicht unbeobachtet. Einige Frauen hatten sich zum Tor begeben, um zu sehen, wer die Neuankömmlinge sind. Angstvoll schreien sie auf. Auch sie erkennen ihren Peiniger, von dem sie glaubten, er wäre dem Kugelhagel der Soldaten zum Opfer gefallen.
Nun schiebt er Hugo vor sich her, flankiert mit schussbereiter Muskete in den Händen von Jürgen van Schröter.
Von den Schreckensschreien angezogen, läuft Ezechiel Rose aus dem Haus. Er sieht sich der Situation gegenüber, die er irgendwie schon erwartet hatte. Die Männer des Forts wussten doch, dass der „Brandstifter" nicht zu den Toten des Überfalls gehörte. Furchtlos geht er auf die Angreifer zu: „Was wollt ihr hier? Verschwindet. Ihr habt genug Unheil angerichtet. Wenn ihr meiner Anweisung nicht sofort Folge leistet, dann schießen meine Männer, die euch von allen Seiten aus sicherer Deckung heraus umzingelt haben."
„Ha, ha, umzingelt. Zwei Mann hast du, die sich wahrscheinlich jetzt irgendwo versteckt halten oder schon in die Hose gemacht haben", höhnt der Angesprochene. „Ich bin aber heute nicht hier, um Rache zu nehmen. Gebt Eva heraus und wir sind weg. Ansonsten stirbt als erster diese Mistgeburt hier", dabei ritzt er Hugo die Haut an der Kehle auf, „und als Nächster bist dann du dran, du Krämer."
Einmal hatten sie Stefan und Jürgen bereits abweisen können. Sie hatten sich als Indianer verkleidet mit einem Packpferd voller Felle. Hugo hatte Jürgen an seinen Narben erkannt, rechtzeitig die List durchschaut. Das Tor blieb verschlossen. Ein paar Schüsse veranlassten die Banditen zum Rückzug. „Schickt Eva heraus oder wir kommen wieder", riefen sie zum Tor hinauf.

An der Tür des Hauses von den Roses ist Bewegung. Eva erscheint, dicht hinter ihr Esther. „Lasst mich gehen. Erfüllt seinen Willen, bevor er ein Blutbad anrichtet“, fleht sie.
Esther jedoch hält sie fest. „Du bleibst“, sagt sie energisch. „Dem Unhold liefern wir dich nicht aus!“
„Ich habe dich genau im Visier. Lass das Messer fallen, sonst putze ich dir deine Rübe weg“, erschallt nun eine Stimme im Rücken des Angreifers. „Wenn du dich umdrehst kracht es sofort. Reize mich nicht. Es juckt mich gewaltig in den Fingern!“
„Wenn du schießt, dann nehme ich den da mit. Willst du das riskieren“, kommt es nun von Stefans Lippen, wobei er vergeblich versucht, seiner Stimme einen entschlossenen Klang zu geben. Van Schröter merkt man ebenfalls Unsicherheit an. Er flüstert Stefan etwas zu.
Nun meldet sich eine weitere Stimme. Hinter seinem Planwagen hat Christian Stellung bezogen. Er hat als erster seiner Truppe die Situation erfasst. Die Erzählung Richards über die leidgeprüfte Eva sind in seiner Erinnerung haften geblieben.
„Auch ich habe euch im Visier“, ruft er, das Stimmengewirr übertönend.
„Und das nicht allein!“, schaltet sich auch Burschi ein.
Von ihren Pferden gedeckt, Hugo im festen Griff, ziehen sich nun die Banditen, wüste Drohungen ausstoßend, zum Ausgang zurück.
„Nicht schießen“, befiehlt nun Ezechiel. Wir wollen kein Blut vergießen, wenn es nicht unbedingt sein muss. „Lasst Hugo frei und ihr habt freien Abzug“, verspricht er den Eindringlingen.
Am Tor lässt sich Hugo fallen. Stefans Messer reißt ihm das Gesicht vom Unterkiefer bis zu den Haaren auf. Er schlägt nach Stefan, der zu Boden fällt, aber sogleich wieder auf die Beine kommt und auf sein scheuendes Pferd springt. Jürgen

hat bereits das Weite gesucht.
Der Schreck über diesen Überfall ist nicht nur den Neuankömmlingen in die Glieder gefahren.
Niemand macht ihnen jedoch Vorwürfe, in ihrem Schlepptau die Banditen eingeschleust zu haben.
Hugo, der fürchterlich blutet, wird sofort von Maria versorgt. Sie vernäht blitzschnell die Wunde, muss aber erkennen, dass ein Auge schwer verletzt wurde. Burschi hilft ihr. „Ist es sehr schlimm?“, will er wissen.
Maria nickt nur.
„Kannst du nicht ...?“
„Wieder nickt sie. Dann holt sie ihren Stein aus der Tasche und legt ihn dem Halbblut auf die unversehrte Gesichtshälfte. Sie hält seine Hände, kniet nieder und betet.
Hugo verspürt keine Schmerzen mehr. Ein wahres Glücksgefühl durchströmt seinen Körper. Er weiß, dass er auf einen Engel gestoßen ist.
Zwei Tage später, am frühen Morgen steigt Rauch auf vom Wachturm neben dem Tor.
Der Brand ist schnell gelöscht, der Schaden nicht allzu groß. Niemand zweifelt daran, wem dieser Anschlag zuzuordnen ist. Die Vermutung wird bestätigt, als aus sicherer Entfernung zwei Männer winken, die zu erkennen es keines Fernrohres bedarf.

Maria drängt auf den Abmarsch. Sie glaubt, ihrer Mutter schon sehr nahe zu sein.
„Es müssen an den Wagen noch einige Reparaturen gemacht werden. Allein können wir nicht weiter. Das wäre zu gefährlich“, warnt Burschi.
Therese von der Brücke fühlt sich wohl. Sie hat die Strapazen der bisherigen Reise gut überstanden. Die meiste Zeit verbringt sie bei den Roses. In Esther erkennt sie eine Seelenverwandte, wenn gleich sie unterschiedlichen Konfes-

sionen angehören. David schätzt sie als einen vollendeten Kavalier.
„Der macht Euch den Hof, das sieht doch ein Blinder", scherzt Burschi.
„Ganz so schlimm ist das nicht, er besitzt halt gute Sitten. Das ist doch hier in der Wildnis sicher nicht alltäglich", wiegelt sie geschmeichelt ab.
Hugo hat sich rasch erholt. Er weiß, wem er das zu verdanken hat. Er liest Maria jeden Wunsch von den Augen ab. Auch seine Narbe verheilt überraschend schnell. Noch ein Verehrer, denkt der Habsburger. Auch er hätte nunmehr nichts dagegen, wenn es schnell weiterginge.
Die Bewohner des Forts befinden sich in erhöhter Alarmbereitschaft.
„Die zwei Verbrecher umschleichen noch immer unsere Anlage. Es ist nur eine Frage der Zeit, bis sie wieder eine Bande von Gleichgesinnten um sich geschart haben. Dann sind wir wahrscheinlich zu schwach ...", befürchtet Ezechiel. „Eine Handvoll Männer und ein halbes Dutzend schwangere Mädchen und Frauen, das kann auf die Dauer nicht gut gehen."
„Er will doch nur seine Geliebte. Wir lassen sie gehen und der Spuk ist vorbei", schlägt David vor.
„Das wird schon Esther nicht zulassen. Sie hat sich mit Eva stark angefreundet. Man weiß doch auch nicht, was der „Brandstifter" mit der Stocher vorhat. Vielleicht will er sich an ihr rächen, weil sie ihn belogen hat, was unsere Gefangenschaft betraf. Dem Kerl ist doch alles zuzutrauen. Der verstellt sich bestimmt."
„Es muss aber eine Lösung geben, das muss doch allen klar sein. Ich werde ganz vorsichtig mit Eva sprechen. Dann können wir ja weitersehen", schlägt David seinem Bruder vor.
Einige Tage später nimmt er Ezechiel zur Seite.
„Das Gespräch ist gut verlaufen. Ganz in unserem Sinne. Von Eva selbst kam der Vorschlag, das Fort zu verlassen. Ihr

ist bewusst, in welche Gefahr sie uns alle bringt."
„Wir können sie doch nicht diesem Verbrecher zum Fraß vorwerfen. Das würde mir Esther nie verzeihen!"
„Das muss nicht sein. Ich habe mit den Auswanderern gesprochen, die in den nächsten Tagen wieder weiterziehen. Sie würden Eva mitnehmen. Gut versteckt natürlich in einem ihrer Planwagen ..."
„Und die Banditen glauben weiterhin, dass sich Eva noch bei uns befindet", unterbricht ihn der Bruder.
„Wir haben auch das überlegt. Eva und ihre Gruppe müssen natürlich weit genug entfernt sein. Dann lassen wir dem „Brandstifter", so nach zirka einer Woche wissen, dass Eva nicht mehr bei uns ist, dass sie uns eines Nachts, ohne sich zu verabschieden, verlassen hat."
„Wer soll ihm die Botschaft überbringen? Wer soll ihn überzeugen? Das ist ein gefährliches Spiel, aber ich habe auch keinen anderen Vorschlag", meint der Ältere achselzuckend.

Die Gruppe rüstet sich zur Weiterreise. Die Fahrzeuge sind instandgesetzt. Die Männer gut bewaffnet. Maria glücklich. Da wird sie von ihrer Gouvernante auf die Seite genommen.
„Maria, ich würde gerne noch einige Zeit hier bleiben", eröffnet sie ihrem verdutzten Mündel.
„Noch länger ...?"
„Esther geht es nicht so gut. Sie wird demnächst niederkommen. Sie hat mich inständig gebeten Geburtshilfe zu leisten. Es ist ihr erstes Kind. Sie ist Ende Dreißig, da kann es Komplikationen geben, die sie alleine nicht bewältigen kann. Du weißt doch, dass ich ursprünglich diesen Beruf ausgeübt habe. Ich fühle mich einfach verpflichtet ..."
„Ja, ja, ich verstehe das schon, wenngleich ..."
„Ich komme doch nach, wenn hier alles gut gegangen ist. Außerdem sind auch bei den anderen Frauen schwere Ge-

burten zu erwarten, da muss ich einfach helfen dürfen", wirbt sie für ihr Vorhaben. „Ich werde auch noch mit dem Prinzen sprechen. Er muss noch mehr als bisher auf dich aufpassen. Das tut er aber gern, wie ich beobachten konnte", setzt sie augendzwinkernd hinzu, verschweigt jedoch, dass es hauptsächlich David ist, der sie zum Hierbleiben überredet hat.

Natürlich hat auch Maria längst mitbekommen, dass sich David intensiv um ihre Gouvernante bemüht. Sie wünscht ihr das Glück, weil sie in Therese nicht nur die Erzieherin sondern auch eine treue und verständnisvolle Freundin kennengelernt hat.

„Keine Angst. Der Burschi passt schon auf mich auf. Ich werde euch zwar sehr vermissen, aber die Frauen hier brauchen euch sicher noch mehr als ich. Sobald wir festen Fuß gefasst haben, hoffentlich bei meiner Mutter, lasse ich euch wissen, wo wir uns befinden. Dann liegt es an euch, ob ihr nachkommen wollt", bekundet sie ihre Zustimmung.

Als sie abreisen, ist Burschis Diener unauffindbar.

„Der hat mir von seinem unstillbaren Heimweh erzählt. Wahrscheinlich will er zurück, hält sich, solange wir noch nicht weg sind, versteckt", weiß Maria, die durchaus Verständnis zeigt. „Jeder muss wissen, wie er sich entscheidet. Zwingen sollte man zu diesem Abenteuer niemand. Hauptsache wir finden bald Mutter und Peter. Sehr weit dürften wir nicht mehr voneinander sein", hofft sie. Kein Indianer, kein Weißer bleibt auf ihrem Weg unbefragt. Erhält sie eine positive Auskunft jubelt sie in höchsten Tönen.

Ihr Führer lenkt sie zielsicher nach Westen. Hugo hat sich ihnen angeschlossen.

„Ich begleite euch, solange ihr mich haben wollt. Allein zu reisen ist ein zu großes Wagnis."

„Der hat einen Narren an dir gefressen", bemerkt Burschi zu seinem Schützling, lacht dazu.

Im Fort Sandulsky, das sie in wenigen Wochen erreichen, teilen sich die Wege seiner Schützlinge. Während sich ein Teil der Auswanderer Richtung Fort St. Joseph begibt, um sich in der Nähe der großen Seen niederzulassen, führt der Weg Marias und ihrer Freunde zum Fort Quiatenon, um danach zum Mississippi zu stoßen. Ezechiel hat Maria von den Plänen ihres Onkels und ihrer Mutter erzählt, nach einem westlichen Zufluss des großen Stromes zu suchen, der sie dann in ihr Gelobtes Land führen würde. Ihr Führer, der sich von ihnen verabschiedet, war selbst noch nie dort, kennt aber aus Berichten von Fallenstellern und Händlern in etwa die Route. Hugo ist jedoch mehr als ein guter Ersatz, er ist zum verlässlichen Freund geworden. Er hatte sich den Brandstädtern nicht angeschlossen, war im Fort geblieben. Maria jedoch will er nicht allein reisen lassen.
Eva hat inzwischen einem Sohn das Leben geschenkt. Maria und Burschi sind ganz vernarrt in den Kleinen.
Der „Brandstifter" ist Vergangenheit. Bisher hatten sie mit ihm oder auch dem Holländer keinerlei Berührung mehr.
Hoffentlich haben die Roses keine Probleme mehr mit ihm", wünscht sich Eva, der natürlich die grausamen Erlebnisse mit Stefan immer noch durch den Kopf geistern.
Mit dem Kind ist jedoch ihr Lebensmut zurückgekehrt. Sie redet sich immer mehr ein, dass Johann der Vater ist.
„Mit dem Banditen hat es auf jeden Fall keinerlei Ähnlichkeit", spricht ihr auch Maria Mut zu.
Unterwegs gesellt sich ein Indianer zur Gruppe, der mit ihnen reist, nachdem er von Hugo, der Maria wie seinen Augapfel hütet, gründlich unter die Lupe genommen wurde.
„Der Mann ist in Ordnung" stellt er fest. „Sein Stamm lebt jenseits des Grossen Flusses. Er glaubt auch den Zufluss zu kennen, den wir suchen. Sein Stamm nennt ihn *Schlangentöter.* Er gehört zum Volk der Menominee, das es bisher verstanden hat, den Massakern der Engländer zu entgehen. Sie ha-

ben sich mit Rauchzeichen verständigt, sich in unwegsame Gebiete solange zurückgezogen, bis ihnen keine Gefahr mehr drohte. Manches Mal haben sie auch als Fährtensucher für die Franzosen gearbeitet oder sie mit Fisch und frischem Wild versorgt."

Immer wieder treffen sie auf jagende Indianer, die ihnen oft nicht gerade freundlich gesinnt sind. Die Anwesenheit ihres neuen Weggefährten erweist sich daher immer mehr als ein Glücksfall.

23

Lisa, so hat sie kurz ihren Namen genannt, reitet wie ein Kosake. Nikolaus hat Mühe, ihrem Tempo zu folgen.
„Wir müssen uns beeilen. *Eulenschnabel*, der vehement euren Tod gefordert hat, wird alles daran setzen, um uns einzuholen. Er ist der Medizinmann des Dorfes. So kann er bestimmt ein paar Krieger für die Verfolgung begeistern. Wir sind nur zu zweit und waffenlos. Also bleibt uns nichts anderes übrig, als möglichst schnell zu verschwinden. Unsere Spur ist gut zu erkennen. Wir haben aber die besten Pferde. Sobald aber die Sonne aufgeht, werden sie auf unseren Fersen sein."
All das errät Nikolaus mehr, als er versteht. Zu schnell sind sie unterwegs.
Gegen Abend erreichen sie das Ufer eines Flusses. Von den Verfolgern ist noch nichts zu sehen.
„Wir treiben die Pferde auf die andere Seite des Flusses. Danach setzen wir unsere Flucht mit dem Kanu fort", sagt Lisa und zieht, gut getarnt unter Sträuchern, ein Boot hervor.
„Den Platz kennt nur mein Vater und ich. *Eulenschnabel* bestimmt nicht", sagt sie überzeugt.
Nikolaus sieht seine Retterin erst jetzt so richtig an. Lisa ist

unverkennbar ein Mischlingsmädchen, ein Halbblut, jedoch von einer natürlichen Schönheit, die durchaus auch in Salzburg Bewunderung hervorrufen würde. Mittelgroß, schlank, große dunkle Augen und offen getragenes kastanienbraunes Haar. Die Nase ist ein klein wenig hakenförmig, der Mund eine Spur zu sinnlich. Mit den Grübchen in den Wangen, die er auch bei ihrer Mutter schon feststellen konnte, ist sie das schönste Mädchen, das er bisher in Amerika zu sehen bekam.

Er sieht sie voll Bewunderung an, als sie mit einem Ruck das Kanu vollends aus dem Gestrüpp zieht und ihn zum Einsteigen auffordert.

„Die Pferde hängen wir uns hinten an und paddeln zuerst zum anderen Ufer. Wir müssen mit ein paar Schlägen nachhelfen, damit sich die Mustangs landeinwärts bewegen und eine gut sichtbare Spur hinter sich lassen. Bis *Eulenschnabel*, er heißt so, weil er vorgibt auch nachts zu sehen, unsere Finte entdeckt, sind wir schon weit weg von hier. Der Fluss hat eine starke Strömung. Er kommt von den Bergen dahinten und mündet nach zwei oder drei Tagesreisen in den Mississippi. Dann wird uns der große Strom zum Hof von Jacob bringen".

„Soweit willst du mit mir mit? Das ist doch sicher gefährlich für dich?"

„Wir müssen noch ein paar Stromschnellen überwinden. Das schaffst du alleine nicht. Außerdem will ich nicht sofort in mein Dorf zurück. Mutter ist eingeweiht. Ich erzähle dir später davon."

Nikolaus kann zwar rudern. In einem indianischen Kanu ist er jedoch vorher noch nie gesessen. Sie kommen aber gut voran, lassen sich von der Strömung treiben. Lisa erklärt ihm, wie er das Paddel zu führen hat.

„Wir könnten das Kanu um die Stromschellen herumtragen. Das dauert aber. Die Zeit haben wir nicht, weil wir damit

rechnen müssen, dass der Medizinmann mit seinen Kriegern unsere List rechzeitig erkennt. Er kann sich denken, wohin wir wollen. Also müssen wir alles versuchen, um vor ihm bei seinem Schwager zu sein", fordert das Mädchen.
Nachts führen sie abwechselnd das Boot. Sie gönnen sich keine Pause. Rechtzeitig erkennt Lisa die ersten Stromschnellen. Sie erklärt Nikolaus, wie er sich zu verhalten hat.
„Du kniest ganz vorne am Bug und bugsierst uns um die größten Steine. Ich versuche von hinten das Kanu so zu lenken, dass es in der tiefsten Fahrrinne bleibt."
Bete zu Manitu, dass wir heil durchkommen. Dies ist allerdings erst der Anfang, das leichtere Hindernis!"
Das Kanu lässt sich leicht dirigieren, reagiert auf jeden Paddelschlag. Nikolaus ist begeistert. So einfach hat er sich das nicht vorgestellt. Plötzlich aber geht ein Ruck durch das Boot. Im letzten Augenblick kann er einen Sturz kopfüber in die aufschäumenden Wellen verhindern.
Er sieht jedoch, wie das Paket, in das sie ihre Verpflegung gepackt hatten, im hohen Bogen an ihm vorbeifliegt. Schon rast der nächste Felsblock auf ihn zu. Er stemmt sich mit seinem Paddel entgegen. Das Boot schrammt haarscharf an dem Hindernis vorbei. Wasser dringt ein. Bei der ersten Kollision wurde der Boden aufgerissen. Er setzt sich auf das Loch um es abzudichten, kann sich jedoch nicht mehr um seine Aufgabe am Bug kümmern. Das Kanu tanzt in der Gischt, neigt sich gefährlich nach vorne, um im nächsten Augenblick wieder hochzuschnellen. Panik erfasst Nikolaus. Er glaubt, nie mehr dieser Hölle entrinnen zu können.
Plötzlich ist es still. Unheimlich still, nach dem lauten Gebrause und dem Donnern der Wassermassen, die sich durch die Engstelle im Fluss ihren Weg bahnen. Dann knirscht es noch einmal. Hochblickend sieht er, dass ihr Gefährt auf eine dem Ufer vorgelagerte Sandbank aufgelaufen ist.
„Ging doch ganz gut", tröstet ihn Lisa.

Benommen und zweifelnd sieht Nikolaus auf seine Gefährtin.
„Gut sagst du?"
„Wir suchen jetzt ein paar Rindenstücke, kratzen Harz von den Nadelhölzern. Damit verschließen wir den Riss im Boden. Lass uns anfangen, wir dürfen keine Zeit verlieren, die nächsten Stromschnellen warten schon!"
„Das ist doch nicht dein Ernst? Das schaffen wir doch nie!"
„So blöd hast du dich nicht angestellt. Die nächsten Male wird es noch besser. Du wirst schon sehen!"
Immer wieder müssen sie das Ufer aufsuchen, weil die beschädigte Stelle Wasser durchlässt.
Vermehrt sind nun auch Bären zu sehen, die allein oder auch mit ihren Jungen fischen.
Nikolaus staunt. „Das sind ja Tausende von Fischen, die flussaufwärts schwimmen!"
„Bären fressen sich mit ihnen genügend Fett für den Winter an. Das ist gut, weil sie dadurch weniger Appetit auf uns haben", klärt ihn Lisa lachend auf.
Nachdem sie ihr Kanu wieder recht und schlecht abgedichtet haben, kommen sie zur nächsten Stromschnelle, die rasend schnell auf sie zufliegt. Der Salzburger hat schon einen Blick dafür. Das Flussbett verengt sich wegen der näher gerückten Felsabstürze, das Wasser fließt schneller, Lisas Befehle werden lauter.
Nikolaus macht es Spaß. So ein Abenteuer habe ich mir schon immer gewünscht. Nah am Kentern, ein schönes Mädchen in Körpernähe und ein Gefühl, die Elemente zu beherrschen!
Das Donnern der zu Tal stürzenden Wasser verhindert jede auch noch so laute Unterhaltung. Jeder Handgriff muss sitzen. „Hier bin ich auch zum ersten Mal", schreit Lisa, doch das Tosen des Wassers übertönt ihre Stimme.
Nikolaus ist wie im Rausch. Mal zieht er sein Paddel mit aller

Kraft durch das Wasser, um dem Boot kurzfristig eine andere Richtung zu geben, dann drückt er es mit Macht gegen eine Klippe, an der das Boot unweigerlich zerschellen würde. So tanzen sie förmlich durch die aufschäumende Gischt, nehmen die Herausforderung leidenschaftlich an. Er sieht zwar nicht die Lenkeinsätze seiner Gefährtin, aber er spürt, wie das Boot, als würde es von Zauberhand gesteuert, die engen Durchlässe zwischen den Felsblöcken im Wasser findet.
Schon neigt sich das Kanu über die nächste Stufe, als Nikolaus dicht vor ihnen zwei im Wasser stehende Bären erkennt. Sie befinden sich unmittelbar neben der Fahrrinne, durch die sie müssen. Noch stehen die Bären in geduckter Haltung, immer wieder mit ihren Tatzen ins Wasser fassend, mit dem Rücken zu ihnen. Der Lärm der rauschenden Fluten ist zu laut, die Konzentration der Bären ausschließlich auf die ständig an ihnen vorbeispringende Beute fixiert, als dass sie die Witterung des herabschießenden Bootes aufnehmen können.
Nikolaus fürchtet fast schon einen Zusammenstoß mit einem der Raubtiere, als das Kanu, den Bären noch streifend, an diesem vorbeigleitet. Unwillig über die Störung dreht sich das Tier, schlägt mit seiner Pranke nach dem Boot. Er trifft noch den hintersten Teil des Hecks mit voller Wucht, so dass sich das Kanu zur Seite dreht. Die herabstürzenden Wassermassen finden nun die volle Breitseite. Mit letzter Kraft gelingt es den beiden Insassen das Gefährt wieder in Fahrtrichtung zu manövrieren. Die beiden Bären kümmern sich nicht mehr um das Boot. Sie haben Besseres zu tun.
Die Gefahr ist aber vorüber, das Wasser fließt wieder ruhig. Beide Bootsinsassen atmen sichtlich auf.
„Raus aus dem Kanu“, ruft Lisa, „wir sinken!“
Vor Aufregung hat Nikolaus nicht bemerkt, dass er bereits hüfthoch im Wasser kniet.
Schwimmend, das Kanu hinter sich herziehend, erreichen

sie das Ufer.
„Hoffentlich treffen wir hier nicht auch noch auf Grizzlys, die beiden da oben haben uns genug erschreckt", hofft Nikolaus, das Kanu an Land ziehend.
„Das sieht aber böse aus", stellt Lisa fest. „Der Bär hat uns das halbe Heck weggerissen. Ohne Werkzeug und Material ist das hoffnungslos."
„Dann fangen wir uns eben ein paar Pferde."
„Hier gibt es keine Pferde!"
„So müssen wir halt marschieren bis zum Hof von Jacob. So wie wir…"
„Das kannst du dir aus dem Kopf schlagen. Zu Fuß würde das Wochen dauern. Da gibt es keine Pfade, nur undurchdringliches Buschwerk. Wir müssen auch für Nahrung sorgen. Ohne Waffen dauert das. *Eulenschnabel* lauert dann bestimmt schon auf uns!"
Nikolaus sieht, wie sich seine Begleiterin ohne jede Scheu ihrer Kleidung entledigt, sie zum Trocknen auslegt.
Er kann den Blick nicht abwenden. Bewundernd blickt er auf einen Körper, wie er makelloser nicht sein könnte. Er ist wie erstarrt, seine Kehle wird eng, Schwindel erfasst ihn.
„Wenn du genug gesehen hast, dann trockne auch dein Gewand", bringt ihn Lisa in die Realität zurück.
Er kann ihr nicht antworten, weil ihm die Stimme versagt. Zitternd entledigt auch er sich seiner langen Wildlederhose, trennt sich von seinem Lederhemd und legt es neben ihr Kleid. Das kann lange trocknen, hofft er. Träume ich oder sind wir im Paradies? In seiner Heimat hatte er viele Frauenbekanntschaften. Das war also nicht neu für ihn. Aber hier in der Wildnis mit einer indianischen Prinzessin?
Allmählich kommt das Gespräch wieder in Gang. Nikolaus bemüht sich, das Mädchen nicht direkt anzuschauen, gibt deshalb seiner Stimme einen, wie er hofft, gelassenen Klang.

Er weiß nicht, wie er sich verhalten soll. Hin- und hergerissen wünscht er sich einmal eine leidenschaftliche Vereinigung und dann hofft er wieder, die Kleider sollten schnell trocknen.
„Ich fange uns einen Fisch. Du kannst inzwischen Feuer machen“, sagt er und geht schnell zum Ufer. Dort stürzt er sich, Abkühlung suchend, kopfüber in die Fluten. Fische gibt es genug.
Lisa lächelt wissend. Längst hat sie die große Unsicherheit bemerkt, die sie bei diesem weitgereisten Mann ausgelöst hat. Ihre Mutter wusste schon, was sie der Tochter geraten hatte. „Der Mann gefällt uns. Erobere ihn. Er wird dir weiterhelfen, kann dich in eine Welt einzuführen , die dir bisher unerschlossen geblieben ist.“
„Wir könnten uns ein Floß bauen“, schlägt Nikolaus vor.
„Dazu bräuchten wir eine Axt, um Bäume zu fällen.“
„Es liegt doch genügend Treibholz herum. Das verbinden wir mit Weidenruten und Schilfgräsern, die in Ufernähe wachsen ...“
„Versuchen können wir es ja. Das Treibholz ist jedoch nicht tragfähig. Wir müssten schon mehrere Lagen ...“
„Das machen wir auch. Oder willst du hier von Bären gefressen oder von *Eulenschnabel* an den Marterpfahl gebunden werden?“
„Wir dürfen nur trockenes Holz sammeln. Das wird dauern. In ein paar Tagen könnten wir ...“
„Keine paar Tage. Wir beginnen sofort“, übernimmt Nikolaus nun die Initiative.
Er braucht eine Aufgabe, die ihn fordert. Das nackte Mädchen kreist jedoch ständig in seinem Kopf. Er spricht zwar mit ihr, schaut sie jedoch nicht an.
Dann kommt sie auf ihn zu. Ganz nahe. Instinktiv fühlt er das, tastet sich mit unsicheren Schritten auch näher zu ihr. Urplötzlich passiert es. Ihre nackten Körper prallen aufein-

ander, sie umklammern sich, krallen sich, saugen sich am anderen fest und sinken zu Boden. Steine, spitze Astreste und abgebrochene Stängel der harten Schilfpflanzen verspüren sie nicht. Wilde Leidenschaft hat sie erfasst, wie im Rausch vergessen sie alles um sich herum. Weggewischt alle Vorsicht, kein Platz für Gedanken an ihre Verfolger. Kein Plan, keine Absicht hat diese wilde Gier, die sie beide gleichermaßen erfasst hat, in ihnen ausgelöst, ging dieser Explosion der Gefühle voraus.

Lisa kommt als erste wieder zu Sinnen.

Zärtlich küsst sie Nikolaus und flüstert: „Du hast mich zur Frau gemacht, ich liebe dich."

Er schüttelt den Schwindel, der ihn mit aller Macht erfasst hat, ab, wird durchströmt von einem Glücksgefühl, wie er es selten erlebt hat.

Um ein wenig von seiner Benommenheit abzulenken, will er mit belegter Stimme wissen, ob sie auch einen indianischen Namen hat.

„Mein Vater nennt mich *Sonnentau*, Du kannst aber weiter Lisa zu mir sagen."

Eulenschnabel sitzt mit drei seiner Getreuen am Lagerfeuer, das sie am Ufer des Flusses entfacht haben. Es hat nicht lange gedauert, bis sie die Spur der Flüchtigen aufgenommen hatten. Die drei Reitpferde, die Lisa und Nikolaus über den Fluss, dann weiter in das Land getrieben hatten, waren ans Ufer zurückgekehrt. Die Indianer haben die herrenlosen Tiere entdeckt.

„Ohne ihre Mustangs hätten wir die beiden in Kürze eingeholt. So dumm sind die aber nicht, zu Fuß das Weite zu suchen. Schwimmen werden sie auch nicht. Also haben sie sich ein Floß gebaut oder sie sind im Besitze eines Kanus. Vom Häuptling ist bekannt, dass er mit seiner weißen Squaw und der Tochter öfters an den Fluss geritten ist. Das wird es

sein“, stellt er abschließend fest. Vorher hatte er aus seinem Medizinsäckchen Knochen und Zähne von Wildtieren auf den Boden gestreut, Zauberformeln gemurmelt und dann gesprochen.
„Wir finden sie“, schaltet sich einer seiner Krieger ein.
„Dann gibt es keine Gnade. Der Weiße wird Martern erleiden, die er selbst in seinen schlimmsten Befürchtungen nicht erahnen kann.“
„Der Häuptling hat uns doch verboten ...“
Unwillig wischt der Medizinmann den Einwand hinweg: „Der wird nicht mehr lange Häuptling sein. Er hat gegen unser Gesetz verstoßen, den Beschluss der Ältesten missachtet. Wir werden ihn verbannen, wenn wir seine Tochter gefangen ins Dorf bringen und er sich weigert, sie für ihren Verrat zu bestrafen.“
„Sicher werden sie bei deinem Schwager Zuflucht suchen.“
„Zuflucht gerade nicht. Das Bleichgesicht wird aber mit Jacob eine Rechnung begleichen wollen, sollten sie überhaupt soweit kommen. Nach einiger Zeit müssen sie über Wasserfälle, die praktisch unpassierbar sind. Gehen sie nicht rechtzeitig an Land, so sind sie verloren. Sollten sie aber die Wasserfälle umgehen können, werden sie so viel Zeit einbüßen, dass wir sie bestimmt vorher erreichen werden“, ist sich der Medizinmann gewiss.
„Wir sollten uns aber aufteilen. Dann folgen wir dem Flusslauf mit je zwei Mann auf jeder Seite. Ich bin überzeugt, dass wir bald auf ein zerschelltes Kanu oder ihre von Raubtieren zerfetzten Kadaver treffen.“ Sagt es und wühlt wieder in den am Boden liegenden Knochen und Steinchen.

Sie knien auf ihrem Floß, das aus Holz unterschiedlicher Länge und Dicke besteht. Es geht nur langsam vorwärts. Um ein wenig in der gewünschten Richtung zu bleiben, setzen sie ein zerbrochenes Paddel mit nur noch einem Blatt und eine

lange Stange ein, die Nikolaus immer dann ins Wasser führt, wenn das Gefährt dem Ufer zu nahe kommt. Einer der vielen Bären, die sich immer noch zum Fischen im Wasser befinden, stürzt sich mit wildem Grunzen auf die scheinbaren Konkurrenten um die dicksten Fische zu ihrem Floß. Als er jedoch auf *tiefes Wasser* stößt bricht er seinen Angriff ab.
Obwohl sie mehrere Holzschichten übereinander gelegt und verknüpft hatten, sinkt das Gefährt so tief ein, dass die beiden bis zur Hüfte im Wasser knien.
Nikolaus mahnt immer wieder zu einer Pause, um sich am Ufer von der Sonne aufwärmen zu lassen. Er genießt diese Momente, weil er dann dem Mädchen sehr nahe ist, sich in Ruhe an ihrer Schönheit erfreuen kann. Manches Mal legt er einen Arm um ihre Schultern, spürt keinerlei Widerstand. Im Gegenteil. Es war also doch kein Traum. Dann küsst er sie auf die Wange, wobei er dem Kuss eine mehr kameradschaftliche Note verleihen will, versucht, sich seine erneute Erregung nicht anmerken zu lassen. Er will Zeit gewinnen, sich über seine Gefühle klar werden, Lisa nicht bedrängen, obwohl die Initiative von ihr ausgegangen war.
„Du hast doch sicher einen Freund dem du versprochen bist?", will er wissen, obwohl er Angst vor der Antwort hat.
„Freunde habe ich viele. Versprochen bin ich keinem. Und Jungfrau bin ich nicht mehr. Das hat meine Mutter besorgt. Das ist bei unserem Stamm so Sitte. Aber das ist dir sicher nicht im Verborgenen geblieben oder?
„Es war wunderschön, mir zittern immer noch die Knie. Ich glaube alles geträumt zu haben", weicht er ihrer Frage aus und schließt mit einem langen Kuss ihren Mund. Nach Atem ringend sagt sie:
„Vater hat den Preis für mich sehr hoch angesetzt. Fünfundzwanzig Mustangs muss ein Bräutigam aufbringen. Dazu einen Grizzly oder Silberlöwen erlegen. Das fördert nicht gerade meine Heiratsaussichten."

„Mustangs habe ich keine. Bären oder Puma auch noch nicht erlegt. Da müsste ich mich ja tüchtig ins Zeug legen. Könnte ich alles deinem Vater vorweisen, müsstest du dann mit einer Verbindung einverstanden sein?"
„Nur wenn mir der Freier auch gefällt. Das habe ich mit Vater so vereinbart. Mutter hat mir dabei sehr geholfen. Sie wurde ja selbst einmal geraubt. Mein Vater hat sie zu seiner Squaw gemacht, ob sie wollte oder nicht. Das will sie mir ersparen.
Aber sag mal, hättest du denn echtes Interesse an mir?"
Nikolaus lacht, will aber wissen: „Wenn du nun mit einem Mann geschlafen hast, würde dann der Preis sinken?"
„Natürlich. Dann müsste Vater für mich bezahlen, um mich an den Mann zu bringen. So streng sind die Sitten bei uns."
„Da habe ich heute deinen Preis gewaltig gedrückt", lacht er zurück. „Wie wärs denn mit einer Zugabe?" Sie lachen beide herzlich.
„Aber wie war es da mit deiner Mutter? Die wurde doch geraubt oder?"
„Die hat auch etwas gekostet. Vater hat sie ja nicht selbst geraubt sondern den Sioux abgekauft. Dieser Stamm hatte durch die vielen Kriege einen Überfluss an Frauen. Jeder Mann hatte bereits mehr Frauen, als er zum Gerben seiner Büffelfelle brauchte. Deshalb haben sie meine Mutter den Fox angeboten."
„Gerben von Fellen? Braucht man dazu die Frauen?"
„Nur Frauen machen diese Arbeit. Die Männer jagen und häuten die Tiere. Nachdem das Fell von Fleischresten, Sehnen und Fett gereinigt ist, wird es über ein Gerüst gespannt, in den Wind zum Trocknen gestellt. Danach sind die Frauen an der Reihe. Sie kauen an der Haut so lange, bis sie weich wird. Je mehr Felle eine Frau auf diese Weise gerbt, desto höher ist ihr Ansehen!"
„Hast du das auch schon ...?"

Weiter kommt er nicht, weil plötzlich vor ihren Augen mit zornigem Gekrächze Wasservögel aufsteigen.
„Etwas hat sie erschreckt. Bären sehe ich aber nicht“, flüstert Lisa.
Vorsichtig zieht sie Nikolaus in das dicht mit Büschen und hohen Pflanzen bewachsene Steilufer. Das Floß liegt tief im Wasser, sieht wegen der unregelmäßigen Stämme eher wie ein Haufen Treibholz aus.
Sie sind fast unsichtbar, als sie am gegenüberliegenden Ufer zwei Reiter sehen, die angestrengt das Wasser beobachten. Aufmerksam die Umgebung musternd ziehen sie weiter. Im Schlepptau drei reiterlose Mustangs. „Das sind die unsrigen“, macht Lisa ihren Begleiter aufmerksam. Die beiden wollen sich gerade aufrichten, als sie auch über ihnen Reiter bemerken. Lisa hat die Männer bereits erkannt. Sie drückt Nikolaus noch näher an den Boden, legt einen Finger auf seinen Mund. So verharren sie reglos. Steine werden losgetreten, kullern den Abhang herunter. Einer der Reiter bemerkt das Holz, lenkt deshalb sein Pferd näher zum Ufer. Schritt für Schritt tastet sich der Mustang die steile Böschung hinab. Lisa und Nikolaus getrauen sich nicht den Kopf zu heben, spüren jedoch die unmittelbare Nähe des Reiters. Alle Sinne angespannt warten sie auf ihre Entdeckung. Beide wissen, dass sie nur ein schneller Sprung ins Wasser retten kann, dass sie die Überraschung des Reiters ausnützen müssen, um vielleicht einen kleinen Vorsprung herauszuholen. Sie schelten sich, nicht etwas weiter weg von ihrem Gefährt zu lagern. Nun ist es jedoch zu spät.
Wieder kommt das Pferd einen Schritt näher, als es plötzlich scheut, auf die Hinterhufe steigt, nicht mehr weiter will. Jetzt hören sie Stimmen. Der Reiter steigt vom Pferd und führt es behutsam zurück auf die Anhöhe. Er unterhält sich vernehmlich mit einem zweiten Mann. Dann entfernen sie sich weiter flussabwärts.

Der Schreck sitzt den Flüchtlingen in den Knochen.
„Das waren zwei Leute unseres Medizinmannes. Er selbst sucht uns am gegenüberliegenden Ufer. Beinahe hätten sie uns entdeckt. Was willst du da unten, hat einer gerufen, das ist doch nur angeschwemmtes Holz. Lass uns weiterreiten, *Eulenschnabel* ist schon voraus. Mir reicht es allmählich!"
„Der war doch schon ganz nah. Warum hat aber sein Pferd plötzlich gescheut?", wundert sich Nikolaus.
„Riechst du das nicht? Hier waren Bären. Ihre Losung hat den Mustang irritiert. Deshalb wollte er nicht mehr weiter. Außerdem hatte ich den Eindruck, dass sie mit keinem großen Eifer bei unserer Verfolgung mitmachen. Es ist die Furcht vor dem Medizinmann, der sie sich beugen. Ich kann mir vorstellen, dass mein Vater diese Aktion nicht gutheißen wird. Das wissen die beiden auch."
Sie flüstern immer noch, halten sich in Deckung, weil die Möglichkeit besteht, dass noch weitere Reiter nachkommen.
„Wir bleiben heute hier. Unsere Verfolger sollen einen genügend großen Vorsprung haben. Nicht dass wir sie noch einholen", entscheidet das Mädchen.
„Irgendwann werden sie uns entdecken. Wir sollten daher unsere Wartezeit nutzen, das Floß so umzubauen, dass darunter ein Hohlraum entsteht, der es uns ermöglicht, unter Wasser schwimmend, den Kopf so hoch hineinzustecken, um frei atmen zu können."
Die Nacht gehört ihrer Liebe.
Einen Tag später spült sie ihr Fluss in den Mississippi.
„Wir halten uns in der Mitte. Da laufen wir nicht Gefahr, an einer Untiefe hängen zu bleiben. Außerdem sind wir dann von den Pfeilen unserer Verfolger nicht so leicht zu erreichen", schlägt das Mädchen vor.
„Die werden uns bestimmt bei Jacob erwarten. Wo sollten wir auch sonst hin? Jacob hat mein Geld. Das will ich mir zurückholen. Zudem glaube ich nicht, dass uns *Eulenschnabel*

sofort töten will. Er lässt sich den Triumph, uns lebend ins Dorf zurückzubringen, bestimmt nicht entgehen."
„Das denke ich auch. Lebend ja, aber verwundet? Das kommt aufs Gleiche hinaus. Allzu sicher dürfen wir uns da nicht sein.

Der Medizinmann ist verunsichert. Seiner Meinung nach müssten sie die Flüchtigen schon eingeholt haben. Sollte er sich getäuscht, die falsche Richtung eingeschlagen haben? Sind die beiden vielleicht flussaufwärts zu Fuß unterwegs oder hatten sie gar mehr Pferde mitgenommen?
Wieder leert er sein Medizinsäckchen auf den Boden. Er setzt sich und rührt mit der Hand in den Knöchelchen, Zähnen und Steinchen. Mit geschlossenen Augen murmelt er unverständliche Zauberformeln, versetzt sich in Trance. Gebannt starren seine Krieger auf ihn.
Nach einiger Zeit erhebt sich *Eulenschnabel* und schleudert mit funkelnden Augen zweien seiner Krieger entgegen: „Ihr habt nicht aufgepasst. Sie sind hinter uns, befinden sich auf dem Wasser!"
Er wartet nicht auf eine Rechtfertigung, sondern befiehlt: „Wir warten hier. Jeweils zwei von uns auf jeder Seite des Flusses. Dann beobachten wir sie so lange, bis sie ans Ufer kommen. Erst dann schlagen wir zu!"

Träge treibt das Floß in der Strömung. Es in der Mitte des Flusses zu halten gelingt nicht immer, Sandbänke müssen umschifft, Untiefen rechtzeitig erkannt werden. Liefe das Floß irgendwo auf, wäre es kaum mehr flott zu kriegen. Außerdem müssen sie die Ufer beobachten, weil nicht auszuschließen ist, auf ihre Verfolger zu stoßen.
Trotzdem stellt sich bei Nikolaus eine leichte Trägheit ein, seine Aufmerksamkeit lässt nach. Sein Blick ruht lieber auf Lisa, als auf dem bewaldeten Ufer, das eine wohltuende

Ruhe ausstrahlt. Wasservögel tummeln sich unaufgeregt im flachen Wasser. Die würden sich bestimmt anders verhalten, wenn Menschen in der Nähe wäre, denkt er.
Plötzlich spritzt Wasser vor ihm hoch. Dann noch einmal, noch etwas näher. Ehe er den Grund dafür erkennt, schallt schon Lisas Stimme: „Ins Wasser, unter das Floß!"
Während er sich anschickt, der Aufforderung nachzukommen, hört er ein Surren. Gleichzeitig schlägt vibrierend ein Pfeil eine Handbreit neben ihm in einen der Stämme.
Lisa ist nicht mehr zu sehen. Auch er lässt sich seitlich ins Wasser gleiten, taucht unter das Floß und tastet sich zu der Stelle, die sie ausgespart hatten, um mit dem Kopf aus dem Wasser zu kommen. Er spürt Lisa vor sich. Gott sei Dank, denkt er. Sie hatten sich vorläufig in Sicherheit gebracht.
„Bist du verwundet?" wendet sich Lisa wasserspuckend zurück.
„Alles in Ordnung. Vorerst sind wir sicher. Die denken wahrscheinlich, wir sind von den Pfeilen verwundet ins Wasser gestürzt und ertrunken, wenn sie uns nicht mehr sehen können!"
„Wir bleiben so lange hier, bis uns die Strömung an eines der Ufer treibt. Dann müssen wir halt das Beste hoffen."
„Ich kann durch einen Schlitz das Ufer erkennen. Von unseren Feinden ist aber nichts zu sehen."
„Vielleicht suchen sie das Wasser ab und hoffen, unsere Leichen zu entdecken?"
„Warten wir ab."
Es dauert nicht lange, dann spüren sie Grund unter ihren Füßen, während das Floß noch weitertreibt.
„Wir sind in Ufernähe. Wir müssen hier raus, ehe wir eingeklemmt werden. Ein Stück tauchen wir und laufen dann durch das seichte Wasser zum nahen Wald. Jetzt!"
Lisa hat wieder die Führung übernommen. Nikolaus schließt sich ihr gerne an.

Unterkühlt und tropfnass verlassen sie das Wasser, während das Floß eine Strecke später anlandet.
Sie haben laufend den Waldrand erreicht, als sie unmittelbar vor ihnen zwei Kriegern mit gespannten Bogen gegenüberstehen. Deren Pfeile sind bedrohlich auf sie gerichtet. Von *Eulenschnabel* ist noch nichts zu sehen. Dennoch müssen die beiden Flüchtigen erkennen, dass Gegenwehr oder Flucht aussichtslos ist. Vielmehr werden sie gezwungen, sich auf den Bauch zu legen. Fesseln werden ihnen angelegt.
Während sich Nikolaus den Anordnungen fügt, entbrennt zwischen den zwei Kriegern und Lisa ein erregter Disput. Nikolaus versteht zwar nichts, entnimmt aber der Tonlage des Mädchens wie sie droht und schmeichelt. Mal Wild-, mal Schmusekatze, denkt er.
Sie ist erst still, als ihr einer der Indianer einen Knebel in den Mund stecken will.
„Die beiden sind sich nicht ganz sicher, was sie jetzt machen sollen. Ich habe ihnen die Rache meines Vaters angedroht, wenn sie uns nicht sofort freilassen. Sie wollen aber die Entscheidung dem Medizinmann überlassen. Der ist wahrscheinlich auf der anderen Seite des Flusses, muss erst informiert werden", unterrichtet Lisa ihren Weggefährten.
Tatsächlich schwingt sich nun einer der Indianer auf sein Pferd und reitet flussabwärts. Der andere bleibt als Wache zurück.
„Kannst du deine Fesseln lockern?", will Nikolaus wissen.
„Keine Chance. Die verstehen ihr Handwerk. Die wollen uns ins Dorf zurückbringen. Bis dorthin ist ein langer Weg. Genügend Zeit also, in der uns sicher etwas einfallen wird."

Stunden später taucht auch *Eulenschnabel* mit einem weiteren Krieger und den drei Pferden auf, die ursprünglich im Besitz der Flüchtenden waren. Nikolaus würdigt er keines Blickes. Das Mädchen verhöhnt er.

Am nächsten Tag reiten sie los. Lisa wundert sich, dass sie nicht den direkten Weg zum Dorf nehmen, sondern flussabwärts.
„Bevor ihr eure gerechte Strafe bekommt, machen wir noch einen Besuch bei meinem Schwager“, beantwortet er protzig Lisas Frage, ohne einen Grund zu nennen.
„Das trifft sich gut, da wollten wir auch hin, um den Verleumder zur Rechenschaft zu ziehen. Wenn wir Jacob mit ins Dorf nehmen, ist das ganz in unserem Sinn. Wen dann die gerechte Strafe ereilt, wirst du schon sehen“, droht sie.
Die Begleiter des Medizinmannes sind unsicher. Sie haben sich zwar zu der Verfolgung überreden lassen, aber Lisas Vater ist immerhin der Häuptling, der mit starker Hand seinen Stamm führt, deshalb großes Ansehen genießt.
„Wir sollten die Gefangenen laufen lassen oder gleich hier töten“, schlägt einer von ihnen vor.
„Das wäre sicher das Beste. Was im Dorf geschehen wird, wenn wir sie zurückbringen, steht in den Sternen. Das kann für uns auch schlecht ausgehen. Kommen wir ohne sie zurück, dann haben wir sie eben nicht gefunden!“, schließt sich ein zweiter Krieger an.
Auch *Eulenschnabel* hatte sich schon mit dem Gedanken getragen, die beiden zu töten, war sich aber unschlüssig, ob das seine Leute mitmachen würden. Nun kommt der Vorschlag von ihnen. Wo aber bliebe dann sein Triumph? Er will den Häuptling bloßstellen. Das kann er nur, wenn er die Entflohenen zurückbringt. Das birgt aber auch für ihn eine Gefahr. Ganz abgesehen von seinen Begleitern. Sie haben sich den Befehlen des Häuptlings zu fügen. Das war nicht Sache des Medizinmannes.
Sie beraten. Dann schwören sie sich gegenseitig absolutes Stillschweigen. Der Tod ihrer Gefangenen ist beschlossen. Am Morgen des nächsten Tages wollen sie ihr Urteil vollstrecken.

„Ich verstehe nicht recht weshalb Jacob mich nicht gleich bei seiner Farm oder auf dem Weg zu den Dörfern umgebracht hat“, sinniert Nikolaus.
„Wahrscheinlich wusste er nicht genau, wo du dein Geld versteckt hast oder er glaubte, noch mehr aus dir herausholen zu können, wenn er dich mit viel Land ködert.“
„Das wird es sicher sein. Er fragte mich einmal, ob mein Landesherr Geld schicken könnte, wenn es für den Landkauf nicht ausreichen sollte. Leider habe ich ihm geantwortet, dass dies sicher möglich sein wird.“
Lisa spürt jetzt die Veränderung im Verhalten der Männer, die nichts Gutes bedeutet.
„Wir müssen heute Nacht handeln. Ich vermute, dass sie uns töten wollen. Das ist für sie das geringste Risiko. Einer von ihnen scheint mir die meisten Skrupel zu haben. Ich werde mit ihm sprechen. Wenn er uns hilft, kann er auf eine ansehnliche Belohnung hoffen. Außerdem hat er sich einmal bei meinem Vater nach meinem Preis erkundigt.
Lisa sucht jetzt mit dem Manne Blickkontakt. Er weicht immer wieder aus. Der Medizinmann bemerkt die Bemühungen der Häuptlingstochter, schickt den Mann weg, weil auch er spürt, dass dieser Gefährte nicht ganz überzeugt ist von dem was sie vorhaben.
Er teilt daher die beiden anderen zum nächtlichen Wachdienst ein. „Du bleibst bei den Pferden und rührst dich nicht von der Stelle. Ich habe einen Puma gesichtet. Die Pferde müssen bewacht werden. Das ist deine Aufgabe!“
Am Morgen werden die Gefangenen an Bäume gefesselt, geknebelt, die Augen verbunden.
Jeder der Indianer nimmt und spannt seinen Bogen.
„Wir schießen auf mein Kommando gleichzeitig. Zuerst töten wir den Mann“, ordnet der Medizinmann an. „Das ist ein ehrenvoller Tod. Ein Tod, der von unserer Versammlung für den Mann bereits beschlossen wurde. Das Mädchen hat

einen Verrat begangen, der nach unseren Gesetzen ebenfalls mit dem Tode bestraft werden muss. Wir könnten sie auch erwürgen oder am Marterpfahl sterben lassen. Aber wir machen es so, wie gestern einvernehmlich entschieden.

„Schade. Jetzt kann ich dich nicht mehr zu meiner Frau machen", quetscht Nikolaus durch den Knebel zu Lisa.

„Ich liebe dich. Manitu wird uns zusammenführen", kommt es kaum verständlich über ihre Lippen.

Die Indianer nehmen Aufstellung, heben die Bögen. Bevor *Eulenschnabels* Befehl ertönt, hören sie ganz deutlich Hufgetrampel und das Schnalzen einer Peitsche, das auch vom Schuss aus einer Muskete stammen könnte.

Alarmiert von den näher kommenden Geräuschen, wenden sich die vier Bogenschützen von den Gefangenen ab, suchen Deckung hinter den Bäumen. Angst kriecht jetzt in ihnen hoch. Ist das der Häuptling mit seinen Kriegern auf der Suche nach seiner Tochter?

Kurze Zeit später erkennen sie zwei Reiter, die mehreren Planwagen vorausreiten, sich in ihre Richtung bewegen. Am Rande des Wäldchens haben die Fox ihre sieben Pferde angebunden, die schon von Weitem gesehen werden können.

Die beiden Vorausreitenden gehen sehr vorsichtig zu Werke. Sie wissen ja nicht, was sie erwartet. Sieben Feinde?

Eulenschnabel ist einen Augenblick verunsichert, geht aber dann entschlossenen Schrittes auf die Reiter zu, als er einen von ihnen als Indianer ausmacht.

Sicherer Pfad und Peter halten ihre Musketen in den Händen, bereit, sie im Ernstfall sofort abfeuern zu können. Ein einzelner Indianer, der sich anscheinend unbewaffnet nähert, flößt ihnen aber keine Angst ein.

Sicherer Pfad springt vom Pferd und geht dem Medizinmann entgegen.

Peter versteht nichts von ihrer Unterhaltung, bemerkt aber, dass beide Schwierigkeiten haben, sich zu verständigen. An-

derer Stamm, andere Sprache, denkt er.
Inzwischen sind auch die Planwagen angekommen. Der Medizinmann sieht weitere Personen, alle mit Musketen bewaffnet.
Dann trennen sich die Indianer. *Sicherer Pfad* berichtet:
„Hier lagern einige Krieger vom Stamme der Fox, geführt von einem Unterhäuptling, der auch der Medizinmann des Stammes ist. Sie haben zwei Gefangene bei sich, die zum Tode verurteilt wurden, jedoch geflohen sind. Nun sollen sie in das Dorf der Fox zurückgebracht werden, um dort die verhängte Strafe zu erleiden. Am besten, wir kümmern uns nicht um sie. Schließlich müssen wir noch durch das Gebiet der Fox, die wir uns auf keinen Fall zu Feinden machen dürfen."
„Wie viele Leute sind in dem Wäldchen?", will Christian wissen.
„Das ist mir nicht bekannt. Ein paar werden es schon sein. Ich gehe aber anschließend hin, um mit ihnen die Pfeife zu rauchen. Dann weiß ich mehr. Vielleicht erfahre ich auch einen guten Übergang, eine seichte Furt, durch die wir gefahrlos unsere Gespanne auf die andere Seite des Flusses bringen können."
„Du solltest sie auch nach dem Zufluss fragen, den mit den drei Armen an der Einmündung. Er ist es doch, dem wir folgen müssen, um in das Tal der Mustangs zu gelangen", schlägt Peter vor.
„Diese Absicht hatte ich ohnehin. Es wird die Leute sicher nicht stören, wenn du mich begleitest. Ich glaube zwar nicht, dass mir Gefahr droht. Aber sicher ist sicher. Wir nehmen unsere Waffen mit."

Der Medizinmann berät sich mit seinen Kriegern. Ihren ursprünglichen Plan können sie nicht mehr umsetzen. Das wird ihnen schnell klar.

„Wenn, dann müssen wir alle töten. Ich habe aber gesehen, wie vorsichtig und gut bewaffnet die Leute zu Werke gehen. Das könnte auch für uns gefährlich werden", überlegt *Eulenschnabel* zu seinen Gefährten gewandt. „Sie haben Schusswaffen, wir aber nur Pfeil und Bogen. Unsere Kriegsbeile und Messer haben eine zu geringe Reichweite, fliegen einfach nicht weit genug."

„Wir müssen zusehen, dass die Gruppe rasch weiterzieht. Dann können wir immer noch überlegen, was mit den beiden Gefangenen geschehen soll. Wir könnten im Dorf erzählen, dass wir die zwei zwar kurze Zeit in unserer Gewalt hatten, sie aber wieder entwischt sind", schlägt einer der Krieger vor.

Während sie noch beraten, tauchen Peter und *Sicherer Pfad* bei ihnen auf.

Sie setzen sich im Kreis, versuchen sich einigermaßen verständlich zu machen, lassen die Pfeife zum Zeichen der Freundschaft kreisen.

Die beiden Gefangenen sind noch immer an die Bäume gefesselt. Peter erkennt ein junges Mädchen von beeindruckender Schönheit, das wie eine Indianerin gekleidet ist. Der Mann ist zweifelsfrei Weißer. Irgendwie kommt mir der bekannt vor, sinniert Peter. Den habe ich schon einmal gesehen. Er steht auf und will in die Richtung der Gefangenen, wird aber durch einen zornigen Zuruf des Medizinmannes gehindert.

„Bleib sitzen", ruft *Sicherer Pfad*. „Wir wollen keinen Ärger!"

Peter erinnert sich aber. Er setzt sich nicht mehr zu den Indianern, sondern geht nachdenklich zu den Planwagen.

„Kannst du dich an den Berater unseres Erzbischofs erinnern, der von Prien heißt", fragt er aufgeregt seine Frau.

„Der Große mit seinem breiten Brustkorb und den schwarzen langen Haaren? Meinst du denjenigen, über den die abenteuerlichsten Geschichten erzählt werden?"

„Der ist da hinten. Gebunden an einen Baum. Zusammen mit einem wunderschönen Mädchen. Beide sind dem Tode geweiht, sagt der Medizinmann. Das können wir nicht zulassen, ohne Genaueres zu wissen!"
„Was können wir aber tun. Abkaufen vielleicht oder gar kämpfen, um uns einen ganzen Indianerstamm zu Feinden zu machen?", zeigt sich Christian ratlos.
„Wir befreien sie", ist Steffi, wie sie jetzt liebevoll von Christian genannt wird, überzeugt. „Da wird uns schon etw…"
Sie beendet ihren Vorschlag nicht, weil ihr Führer zurückkommt.
Er bemerkt sofort die Aufgeregtheit seiner Gruppe, die er zu beruhigen sucht.
„Peter hat euch von den Gefangenen berichtet. Sie haben sich schwerer Vergehen schuldig gemacht. Deshalb wurden sie auch zum Tode verurteilt. Wir dürfen uns in die Gerichtsbarkeit dieses Stammes nicht einmischen, selbst wenn wir anderer Meinung sind. Wir brauchen Freunde und keine Feinde, wenn wir unser Ziel erreichen wollen. Also, findet euch mit den Gegebenheiten ab. Wir ziehen morgen weiter. Die Männer haben mir einen guten Übergang verraten. Dazu müssen wir noch ein paar Tage flussabwärts. In der Nähe soll sich dann auch unser Fluss befinden, der mit den drei Mündungsarmen."
„Aber die Gefangenen, was geschieht mit ihnen?", stammelt Steffi.
„Die Indianer haben vorerst den gleichen Weg wie wir. Sie wollen zu einer Farm, die von Weißen bewirtschaftet wird. Es soll sich um sehr tüchtige, friedliche Leute handeln, die im besten Einvernehmen mit den Indianern leben. Dort können wir auch Rast machen, unsere Vorräte ergänzen."
„Reisen wir gemeinsam mit den Indianern und ihren Gefangenen?", will Peter wissen.
„Die sind bestimmt schneller als wir mit unseren Planwagen.

Sie wollen uns aber bei der Farm anmelden, damit wir entsprechend vorbereitet empfangen werden."
Peter überlegt, wie es gefahrlos gelingen kann, die Gefangenen zu befreien.
Der Medizinmann hat andere Gedanken. Finstere. Er muss einen Weg finden, die Gefangenen zu töten und die Auswanderer los zu werden. So oder so. Schwager Jacob kann ihm dabei sicher helfen.

24

Maria, Burschi, Eva und die beiden Begleiter haben den Mississippi erreicht.
Sie sind total erschöpft von der langen Reise. Der Fluss scheint ihnen unüberwindbar.
„Wir müssen aber hinüber. Das haben sicher auch schon andere geschafft. Brücken gibt es nicht, also hinein in das Wasser", gibt sich Maria mutig.
„Mit dem Säugling? Schwimmen kann ich auch nicht", meldet sich Eva resigniert zu Wort.
„Wir suchen eine Furt. Es muss hier ganz in der Nähe eine geben. Das sehe ich an den Spuren. Hier waren Pferde, Wagen, also Menschen. Morgen suchen wir das Ufer ab. Du gehst flussabwärts, ich nehme die andere Richtung", spricht sich *Schlangentöter* mit Hugo ab.
„Keine Angst, wir schaffen das", beruhigt Hugo seine Freunde.
Burschi reitet mit Hugo, als dieser auf das andere Ufer deutet. Leichter Rauch kräuselt sich in die Höhe.
„Das ist kein Lagerfeuer. Da sind Hütten. Keine Indianer. Weiße!", ist sich das Halbblut sicher.
„Dann gibt es auch einen nahen Übergang", ist Burschi überzeugt und sucht mit Eifer weiter.

Der Fluss macht einen Bogen und verdoppelt dabei seine Breite. Kräuselnder Wellengang weist auf seichteres Wasser hin.
„Hier müssen wir es versuchen. Ich reite mal hinüber. Dann sehen wir weiter“, sagt Hugo entschlossen.
Anfangs weigert sich sein Mustang. Er ist anscheinend fließendes Wasser nicht gewöhnt. Nachdem ihn sein Reiter immer weiter in den Fluss lenkt, scheint auch das Pferd Gefallen an dem nassen Element zu haben. Plötzlich sinkt es ein, hat keinen Boden mehr unter den Hufen. Es bäumt sich auf, wiehert angstvoll, will zurück, versucht seinen Reiter loszuwerden. Hugo aber ist vorbereitet. An der Wasseroberfläche hatte er schon rechtzeitig erkannt, dass der Fluss tiefer wurde. Energisch treibt er sein Pferd weiter. Sie verlieren schwimmend schnell die Höhe, werden abgetrieben. Hugo lässt sich ins Wasser gleiten, nimmt die Zügel und schwimmt dem Ufer entgegen. Auch der Mustang scheint jetzt zu wissen, was zu tun ist. Instinktiv sucht er vorwärts zu kommen, arbeitet von Angst getrieben mit seinen Beinen. Dann spürt er wieder Boden unter den Hufen. Er kommt hoch aus dem Wasser und folgt nun willig seinem Herrn.
Am jenseitigen Ufer hat man die Reiter schon gesehen. Man ist vorbereitet.
„Sollten wir Besuch bekommen, versteckt ihr euch mal in der Scheune. Die Gefangenen braucht vorerst auch niemand zu sehen oder zu hören“, sagt Jacob Hohlbinder zu seinem indianischen Schwager.
Eulenschnabel ist mit seinen Männern vor zwei Tagen eingetroffen. Einen Tag später erscheinen auch Judith, Peter, Steffi und Christian. Sie werden freundlich in den Wohnraum des Siedlers gebeten. Ehe sie an Gegenwehr überhaupt nur denken können, werden sie von Jacob und den Indianern überwältigt. Sie landen unsanft in einer der Hütten. Nikolaus und Lisa liegen gebunden und geknebelt am Boden.

„Ich habe euere Blicke schon richtig gedeutet. Meine Medizin hat mich auch darin bestätigt, dass ihr euch kennt, oder ist es nicht so“?, will *Eulenschnabel* wissen.
Stumm starren ihn die Gefangenen an. Er nimmt Lisa den Knebel aus dem Mund, fordert sie auf, seine Worte zu übersetzen.
„Manitu und Vater werden dich bestrafen, du Teufel“, sind aber ihre ersten Worte.
Der Medizinmann lacht im Gefühl sicherer Überlegenheit. Er spricht dann weiter:
„Ihr Weißen haltet euch für besonders schlau. Ihr glaubt, der Rote ist dumm und primitiv. Wir sind zwar schwach, weil ihr die besseren Waffen habt. Der Kampf ist jedoch noch nicht entschieden.“
„Was hast du vor?“, unterbricht ihn Lisa.
„Auf dich und deinen Freund da, wartet der Tod. Das ist beschlossen. Lange braucht ihr nicht mehr zu warten“, droht er.
„Die anderen Gefangenen bleiben vorerst hier. Wir tauschen sie gegen Musketen ein oder gegen Lösegeld. Sie müssen unsere Forderung schriftlich bestätigen. Ein Kurier wird sie zum nächsten Fort bringen. Es wird ein Weißer sein, der den Brief überbringt.“
„Da könnt ihr lange warten. Franzosen und Engländer zahlen bestimmt nicht für Menschen anderer Länder. Wenn ihr aber wollt, dass die Gefangenen noch länger leben, dann nehmt ihnen doch die Knebel ab oder habt ihr so viel Furcht vor ihnen, dass ihr nicht einmal ihre Stimmen ertragen könnt?“
„Sie müssen das schon aushalten. Wir erwarten noch Besuch, der durch euer Geschrei nicht verunsichert werden darf.“
Vielleicht ist es Vater mit ein paar Kriegern, hofft Lisa.
Auch Peter überlegt. *Schlangentöter* befindet sich nicht unter den Gefangenen. War er entkommen oder macht er gar ge-

meinsame Sache mit den anderen Indianern?
Jacob nimmt den Frauen den Knebel aus dem Mund. „Für kurze Zeit nur, man ist schließlich kein Unmensch“, brüstet er sich, ehe er die Gefangenen wieder verlässt. Ein Indianer bleibt allerdings als Wache zurück.
Lisa spricht sofort mit ihm, weil sie sieht, dass er alleine ist. Die anderen merken aus ihrem Tonfall, dass sie ihren Stammesbruder ins Gewissen redet.
Er antwortet nach einiger Zeit des Schweigens eher kleinlaut. Lisa spricht weiter auf ihn ein, lässt nicht locker.
Plötzlich stürmt *Eulenschnabel* in den Raum, stellt seinen Krieger zornig zur Rede.
Wutentbrannt stopft er Lisa den Knebel in den Mund. Auch er hat längst das Fehlen von *Schlangentöter* bemerkt und zwei Krieger auf die Suche geschickt, von der sie allerdings ergebnislos zurückgekommen sind. „Der hat das Weite gesucht“, ist ihre Meinung.
Ab und zu bringt eine von Jacobs Frauen etwas Essen und Wasser. Notgedrungen muss sie dabei einzeln den Geiseln den Knebel abnehmen. Jeder der Gefesselten spricht auf sie ein. Sie schüttelt nur den Kopf. Bei Lisa stutzt sie, sieht sie erschrocken an.
„Mach mich los! Wir sind vom gleichen Stamm. Du musst mich kennen“, fordert Lisa.
Doch die andere hebt nur hilflos die Schultern, wendet sich irritiert ab.

Eva darf auf einem der Pferde bleiben. Der Indianer führt es am Zügel und erreicht, den tiefen Teil durchschwimmend, das andere Ufer des großen Stromes. Burschi hat den Säugling geschultert, hält sich schwimmend am Schweif seines Pferdes fest und meistert ebenfalls problemlos die Furt. Fluss- und Seedurchquerungen kennt er von seiner Soldatenausbildung. Er begibt sich noch einmal auf die andere Seite

und hilft Maria, die aber auch gut alleine zurechtgekommen wäre. Man merkt Hugo an, dass auch er gerne dem Mädchen geholfen hätte. Manchmal tastet er noch nach seiner Narbe, fühlt aber immer weniger deren Vorhandensein. Er weiß, was er Maria zu verdanken hat.
Als sie sich und ihre Tiere trocken reibend auf den Weiterritt vorbereiten, steht plötzlich wie aus dem Boden gezaubert ein Mann vor ihnen, der sogleich auf Hugo zueilt, ihn kräftig an den Oberarmen schüttelt, voller Freude auf die Schultern klopft.
Überrascht beobachten die anderen die Begegnung.
„Das ist *Sicherer Pfad*, ich habe euch von ihm schon erzählt. Er war mit Gästen des Forts auf dem Weg in das Tal der Pferde."
„Mit Mutter?", kommt es wie aus der Pistole geschossen von Maria.
Der Indianer nickt und erzählt: „Ein Reiter, der uns vor einigen Tagen entgegenkam, hat uns geraten, diese Farm aufzusuchen. Wir würden hier auf hilfsbereite Menschen treffen, bei denen wir einige Zeit verbringen könnten, um neue Kräfte zu sammeln. Er nannte sich Heinrich, mehr weiß ich nicht ..."
Als wir uns dem Gehöft näherten, kamen uns einige Kinder und Weiber entgegen, die uns freundlich grüßten und uns, ohne die geringste Vorsicht oder Scheu zu zeigen, einluden. Ich habe mich ein wenig umgesehen. Dabei sind mir in einer Koppel sieben gescheckte Indianerponys aufgefallen. Das kam mir nicht ganz geheuer vor, weshalb ich mich zurückfallen ließ, im dichten Buschwerk in Ufernähe abwartete.
Kaum waren meine Leute am Haus, als sie sich von Indianern und einem Weißen umringt sahen. Sie wurden mit Musketen bedroht, in einen der Holzschuppen getrieben. Seither warte ich auf eine günstige Gelegenheit, um die Gefangenen zu befreien."

„Ein Sturmangriff ist sicher nicht empfehlenswert, das könnte zu einem Blutbad führen“, befürchtet Burschi. „List ist gefragt. Wir sollten uns einen Plan zurechtlegen, der möglichst bald zu einem erfolgreichen Ende führt.“
„Die haben euch sicher schon gesehen“, fährt der Indianer fort. „ Zieht weiter, weg vom Gehöft, wiegt die Feinde in Sicherheit. In der Nacht kommen eure Männer zurück. Zur Schlafenszeit schlagen wir dann zu. Mit mehr als einer Wache werden wir es nicht zu tun haben.“
Maria macht sich Sorgen um ihre Mutter: „Wenn die Indianer und die im Gehöft lebenden Weißen, die bestimmt unter einer Decke stecken, aber schon früher etwas Entsetzliches tun ...?“
„Schlag dir diesen Gedanken aus dem Kopf“, unterbricht sie der Habsburger. „Wenn die ihre Gefangenen ermorden wollten, hätten sie das schon gleich gemacht. Die wollen sicher Geld oder brauchen Geiseln für einen Austausch oder irgend so etwas ...“
„Davon ist auszugehen“, stimmt ihm *Schlangentöter* zu. „Hoffen wir auf heute Nacht. Wenn wir es geschickt anstellen, merken die überhaupt nichts von unserer Aktion.“

Leicht mit dem Oberkörper hin- und herwippend sitzt der Medizinmann auf seinen gekreuzten Beinen und starrt auf seine vor ihm liegende Medizin. Er scheint völlig entrückt zu sein. Niemand wagt, ihn zu stören. Nach einiger Zeit erhebt er sich. Seine Miene ist nachdenklich.
„Bringt die Gefangenen in eine andere Hütte. Fesselt sie so aneinander, dass sie bewegungsunfähig sind, knebelt sie, damit sie keinen Laut von sich geben können“, befiehlt er seinen Männern.

Hugo und *Schlangentöter* schleichen voraus, Burschi bildet mit *Sicherer Pfad* die Nachhut. Die Musketen liegen schussbereit

in ihren Händen.
Es ist längst nach Mitternacht und sehr ruhig. Zu ruhig?, findet Burschi. Selbst von den Hunden, die tagsüber unaufhörlich kläfften, ist nichts zu hören. Die vier Männer bewegen sich völlig lautlos. *Sicherer Pfad* führt sie zur Hütte, in der er die Gefangenen weiß.
Sie haben sich gut an das fahle Mondlicht gewöhnt. Vor der Hütte teilen sich die Männer um die Wache aufzuspüren. Nichts.
Schlangentöter öffnet behutsam das Tor zur Hütte und verschwindet im Dunkel des Inneren.
Hugo und der andere Indianer folgen ihm.
„Legt eure Waffen auf den Boden, geht zurück“, tönt es plötzlich mit lauter Stimme. „Ihr seid umzingelt. Wenn ihr euch nicht sofort ergebt, knallen wir euch erbarmungslos ab.
Burschi verspürt vom Lauf einer Muskete einen so heftigen Schlag in den Rücken, der ihn ebenfalls in die Hütte stolpern lässt. Schallendes Gelächter folgt ihm. Dann hören die Eingeschlossnen, wie die Tür verriegelt wird.
„Versucht nicht, auszubrechen. Wir haben alles im Auge. Morgen sehen wir weiter“, ruft der Weiße, der sich Jacob nennt, noch in den Schuppen.
Durch die Ritzen sehen die vier Männer, wie draußen Feuer entfacht werden, deren Licht auch ihren Raum ein wenig erhellt. Von den Gefangenen, die sie befreien wollten, keine Spur.
„Ich habe mich nicht geirrt“, rechtfertigt sich der Indianer. „Sie müssen die Leute kurzfristig verlegt haben.“
„Oder umgebracht?“, befürchtet Burschi.
„Wir müssen abwarten. Unsere Waffen haben wir noch. Gefesselt sind wir auch nicht. Noch können wir uns freischießen“, empfiehlt Burschi
„Und dabei draufgehen“, warnt Hugo.

Die Lage der anderen Gefangenen wird allmählich unerträglich. Die Fesseln wurden so stramm angezogen, dass kaum mehr eine Blutzirkulation möglich ist. Zudem leiden sie an akuter Atemnot, weil ihnen die Knebel bis tief in den Rachen gesteckt wurden.
An Schlaf ist in beiden Hütten nicht mehr zu denken.
„Es sind einfach zu viele. Wir schnappen uns die, die sich noch auf freiem Fuße befinden und dann nichts wie weg mit ihnen. Der Fluss wird ihre Körper soweit abtreiben, dass wir mit ihrem Tod nicht in Verbindung gebracht werden können", schlägt Jacob seinem Schwager vor.
Der Medizinmann überlegt. Er hat noch eine Rechnung mit seinem Häuptling offen. Der sollte ruhig wissen, wem er den Tod seiner Tochter zu verdanken hat. Beweise gegen ihn und seine Mitstreiter dürften jedoch nicht zurückbleiben.
„Wir verbrennen morgen alles, was auf die Anwesenheit der Leute hinweisen könnte. Ihre Münzen behalten wir. Bevor morgen die Sonne am höchsten steht, sind sie tot!"

Gegen Morgen versuchen der Medizinmann und seine Männer die Neuankömmlinge aus der Hütte zu treiben.„Wir räuchern sie aus", war der Vorschlag von Jacob. „Wenn sie herauskommen, haben wir ein leichtes Ziel. Wir werden schnell fertig sein mit ihnen", gibt er sich überzeugt.

Eine von Jacobs Frauen begibt sich unbemerkt in die Hütte der Gefesselten. Sie trägt einen Wasserkrug. Die Hütte ist unbewacht, nur durch einen Riegel verschlossen.
Ohne den geringsten Lärm zu verursachen, schlüpft sie in die Hütte, wendet sich sofort an Lisa. Sie spricht kurz mit ihr und durchneidet die Fesseln. Schnell und unauffällig verlässt sie die Hütte.
Fragende Blicke richten sich auf Lisa, die, nach ihrer Miene zu schließen, eine schlimme Nachricht erhalten haben muss.

Eilig löst sie mit dem Messer, das die Indianerin zurückgelassen hat, die Fesseln der anderen.
„Wir müssen die Türe von innen verbarrikadieren. Nehmt alles was herumsteht und beeilt euch bitte“, löst sie endlich ihr Schweigen.
„Die haben Böses mit uns vor“, kommt sie Fragen der Mitgefangenen zuvor.
„Es gibt inzwischen noch mehr Gefangene. Auch sie sind, wie wir auch, in großer Gefahr!“

Aus sicherer Deckung heraus beschießen *Eulenschnabel* und seine Männer die Hütte der zuletzt Gefangenen mit Brandpfeilen. Allmählich beginnen die trockenen Balken zu brennen.
„Wir müssen hier raus“, schreit Burschi in Panik. Mit den Kolben ihrer Musketen versuchen die Männer an mehreren Stellen, die Balken zu lockern. Rauch und Hitze erreichen den Innenraum.
„Lieber sterbe ich durch eine Kugel oder einen Pfeil, als dass ich mich rösten lasse“, presst der Prinz zwischen den Zähnen hervor. Das Atmen fällt bereits schwer. Dann ist es aber geschafft . Eine Lücke, groß genug, um ins Freie zu kriechen, tut sich vor ihnen auf.
„Wir kriechen hart am Boden und feuern gleichzeitig unsere Musketen ab. Mit einer Portion Glück schaffen wir das. Es sind doch nur drei oder vier Feinde. Nur eine Muskete. Mit denen können wir es doch aufnehmen“, macht *Schlangentöter* den Männern Mut, geht als Erster. *Sicherer Pfad* bildet die Nachhut, will als Letzter nachfolgen.
Jacob gibt blind einen Schuss in die Hütte der Gefangenen ab, lädt nach, hofft auf einen gezielten Schuss. Er denkt dabei an den großen Salzburger.

Eulenschnabel und seine Krieger erwarten schussbereit mit Pfeil und Bogen die Gefangenen. Nur Jacob verfügt über eine Muskete, die er immer wieder abfeuert. Als der bereits lose Balken herauskracht, wird die Aufmerksamkeit der Wartenden in eine andere Richtung gelenkt. Eine sich rasch nähernde Staubwolke kündet von einer Reiterschar, die in direkter Richtung auf Jacobs Anwesen zustrebt.
„Ich wusste, dass sie kommen. So früh habe ich sie aber nicht erwartet", knirscht *Eulenschnabel* wütend.
„Bringt mir sofort *Sonnentau*! Sie ist unser Faustpfand! Ihren Tod wird der Häuptling nicht riskieren."
Einer seiner Krieger läuft zum Schuppen, in dem sich Lisa mit den anderen Gefangenen aufhalten muss. Er schiebt den äußeren Riegel zurück und rüttelt an der Türe, die sich selbst bei größtem Krafteinsatz nicht öffnen lässt.
Er läuft zurück. Seine Kameraden haben sich inzwischen im Haupthaus verschanzt, warten auf die Häuptlingstochter.
Die Männer in der brennenden Hütte haben die wütenden Befehle des Medizinmannes gehört. Sie können trotz des beißenden Rauches erkennen, wie sich ihre Feinde entfernen.
Fast gleichzeitig trifft ein Trupp Indianer ein, der sich rund um das Gehöft verteilt.
„Das sind mindestens zwanzig Krieger, geführt von einem Häuptling. Bestimmt keine Freunde unserer Bewacher", mutmaßt Hugo, der sich mit den Freunden von der brennenden Hütte und weg vom Haupthaus entfernt. Von der großen Indianergruppe kümmert sich im Augenblick niemand um sie. Vorsorglich haben sie aber ihre Waffen abgelegt, strecken die Arme in die Höhe. Sie warten ab. Schließlich gilt immer noch ihre größte Sorge den anderen Gefangenen, von denen sie hoffen, sie lebend vorzufinden.
Sie hören die kräftige Stimme des Häuptlings.
„Der fordert seine Leute, die sich anscheinend im Haus ver-

schanzt haben, auf, sich augenblicklich zu ergeben. Soweit ich ihn verstanden habe, sichert er ihnen freies Geleit zu ihrem Dorf zu", flüstert *Schlangentöter.*
Statt dessen wird aus dem Haus ein Schuss abgegeben, der den Häuptling knapp verfehlt. Die Häuptlingsgruppe sucht sich nun deckungssichere Plätze und wartet auf Befehle.
„Verzieht euch", hören sie nun *Eulenschnabel* rufen. „Wir haben *Sonnentau* in unserer Gewalt. Sie und ihr weißer Freund sterben, wenn ihr nicht augenblicklich verschwindet!"
„Das könnte euch so passen. Ihr werdet unter großen Qualen am Marterpfahl enden", schallt es drohend zurück.
„Wir sind im Recht, wir haben nur zwei Abtrünnige gefangen, wie es eigentlich deine Aufgabe gewesen wäre. Der Rat der Ältesten wird das genauso sehen. Dann bist du an der Reihe, Häuptling!"
„Wenn ihr nicht sofort aus dem Haus kommt, euch ergebt, so räuchern wir euch aus. *Sonnentau* befindet sich in unserer Mitte und eine große Anzahl weißer Westmänner mit Musketen. Wenn ihr euch nicht ergebt, dann trägst du, *Eulenschnabel,* die Schuld am Tod unserer Krieger. Der Tod der Familie deines Schwagers wird ebenfalls dir angelastet werden. Ich bin der Häuptling, ihr habt zu gehorchen!"

Nach einem erregten Wortwechsel verspricht der Häuptling noch einmal freien Abzug und sichert zu, sich dem Urteil der Ältesten zu beugen. Daraufhin verlassen *Eulenschnabel* und seine Gefolgsleute zögerlich das Haus. Sie werden sofort entwaffnet.
Inzwischen hat die andere Gruppe der Gefangenen die Türe ihres Schuppens freigelegt und macht sich durch lautes Rufen bemerkbar. Auch sie haben mitbekommen, dass sich das Blatt gewendet hat.
Lisa will sich in die Arme ihres Vaters stürzen. Der aber wendet sich ab. So froh er ist, seine Tochter unversehrt

wiederzusehen, so sehr hat er sich in der Gewalt. Er billigte zwar die heimliche Flucht des Weißen, war aber nicht damit einverstanden, dass er von seiner Tochter begleitet wurde.
„Wir reiten alle zu unserem Dorf. Dort müssen die Ältesten entscheiden“, ist alles, was er zu Sonentau vorerst sagt.
Einige seiner Krieger werden von ihm aufgefordert, auch Jacob aus dem Haus zu holen, der sich zähneknirschend und laut protestierend der Übermacht beugt.
Nikolaus von Prien erläutert, unter Zuhilfenahme Lisas dem Häuptling ihre Situation.
„Ich bin das Opfer verleumderischer Aussagen. Lügen, die sich bestimmt beweisen lassen.
Die Habgier Hohlbinders war es, die ihn zu dieser Aussage bewogen hat. Er hat mein ganzes Geld gestohlen. Geld, mit dem ich Grund für meine Landsleute von euch kaufen oder pachten wollte. Auch meine Packtaschen sind verschwunden. Mit ihnen eine große Menge holländischer und anderer Münzen. Sie hat ein anderer Weißer geklaut, Heinrich mit Namen, ebenfalls ein Freund dieses hässlichen Teufels“, dabei auf Jacob deutend.
„Von den Packtaschen weiß ich nichts“, meldet sich Jacob erbost, „die hat Heinrich mitgenommen. Euer Kamerad, der sich sofort nachdem wir zu den Dörfern der Fox geritten sind, aus dem Staub gemacht hat. Meine Squaws haben mir davon berichtet.“
„Wie dem auch sei. Ihr steckt mit ihm unter einer Decke. Dafür klage ich euch an. Von unserer Gefangennahme ganz zu schweigen“, erzürnt sich Nikolaus.
Für Burschi gibt es nun kein Warten mehr. Er reitet zu Maria und zu Eva.
Judith und ihre Tochter tanzen im Kreis. Eng umarmt lassen sie anscheinend nie mehr voneinander los. Sie weinen und lachen, schauen sich immer wieder in die Augen und küssen sich ohne Ende. Die Indianer beobachten irritiert

dieses Schauspiel. Danach ist Peter an der Reihe. Selbst ihm kommen die Tränen, derer er sich nicht zu schämen braucht. Auch Eva weint, freut sich am Glück der anderen. Alle sind froh über dieses vorläufig glückliche Ende.

Sie wissen, dass ihr Weg noch weit, die Zukunft ungewiss ist. Dies gilt vor allem für Lisa und Nikolaus. Insgeheim spürt jeder von den beiden, dass sie ihren Lebensweg gemeinsam gehen wollen.

„Da sind wir alle wieder einmal glimpflich davongekommen“, stellt Peter zufrieden fest.

Mutter lässt uns halt nicht im Stich, denkt er.

Unter den Befreiten sucht er nach *Sicherer Pfad*, ihrem treuen Begleiter, der sie vom Fort der Roses so sicher hierhergeführt hat.

Er geht in die niederbrennende Hütte, findet seinen Freund sterbend am Boden.

Die blind abgefeuerte Kugel Jacobs traf ihn nahe dem Herzen. Er ist nicht mehr zu retten. Verblutet. Die herbeigerufene Maria kann nur noch den Tod feststellen.

Lisa drängt sich zu Nikolaus, wird aber daran gehindert.

Umso überraschter sind sie, als sie wie Gefangene behandelt werden. Sie können sich innerhalb der Gruppe zwar frei bewegen, sobald sie jedoch wegreiten oder sich etwas zurückfallen lassen, werden sie angehalten, im Pulk zu bleiben.

Natürlich haben sich die Mitglieder der beiden Auswanderergruppen viel zu erzählen.

Dies gilt auch für Nikolaus und Burschi, die sich über die Entwicklung in Europa unterhalten.

„Die Europäer haben sich auf ein Gleichgewicht der Kräfte geeinigt. Darauf hat England ganz massiv gedrungen, um für seine expansive Überseepolitik freie Hand zu haben“, erzählt Burschi.

„Hat euer Kaiser da mitgemacht?“

„Musste er, weil England und die Niederlande Frieden

schlossen, um gemeinsam eine Realunion zwischen Österreich und Spanien zu verhindern."
„Und der Deutsche Kaiser?"
„Karl VI. erhält ehemals spanische Ländereien in Italien und den südlichen Teil von Holland."
„Davon bekommt man hier wenig mit. Eigentlich können wir froh darüber sein, dass diese Ränkespiele so weit weg von uns sind," meint Nikolaus, der immer mehr über seine Zukunft in diesem Lande nachdenkt. Im Mittelpunkt seiner Überlegungen steht nämlich seine Prinzessin, die, von Rothäuten flankiert, vor ihm reitet.
„Wir sind keine Rothäute. Das ist ein Schimpfwort", hat sie sich erst gestern bei ihm beklagt.
„Nur weil einige Stämme bei ihren zeremoniellen Feiern ihre Haut rot färben, rot wie Blut, als Symbol des Lebens, bezeichnet ihr uns abfällig als Rothäute. Oder hast du schon einen rothäutigen Indianer gesehen? Weiße schon eher, wenn sie sich zu lange der Sonne aussetzen."
Nikolaus schließt sie daraufhin in die Arme und gelobt feierlich, nie mehr dieses Schimpfwort zu gebrauchen.

Lisa findet keinen Zugang zum Vater, der sich in erster Linie um *Eulenschnabel* kümmert. Er spricht mit ihm kein Wort, hat ihn jedoch fest im Auge. An Flucht braucht der Medizinmann nicht zu denken. Er ist waffenlos und hat den lahmsten Gaul.
Die ganze Gruppe der Auswanderer zieht nun mit den Indianern zu deren Dorf. Sie konnten sich der Einladung des Häuptlings nicht entziehen. Er braucht sie als Zeugen.

Der Einfluss des Medizinmannes auf den Rat der Ältesten wiegt schwer.
Der Weiße war schließlich verurteilt, *Sonnentau* verhalf ihm zur Flucht.

Jacob lügt, und seine Frauen bestätigen alles, was er vorträgt.
Nikolaus und *Sonnentau* sind getrennt in bewachten Zelten untergebracht.
Das Palaver der Alten dauert drei volle Tage.
„Du musst um dein Leben kämpfen", flüstert ihm Lisas Mutter zu, als sie dem Salzburger das Essen bringt.
„*Eulenschnabel* ist dein Gegner. So wurde es beschlossen. Ist der Sieg dein, so ist auch meine Tochter frei. Die Entscheidung gilt als Gottes Urteil."
Kurze Zeit darauf erscheint auch der Häuptling. Er teilt Nikolaus das Urteil mit. Der wundert sich, wie gut der Indianer auf einmal seine Sprache beherrscht. Natürlich, seine weiße Frau, denkt er.
„Die Waffe bestimmte *Eulenschnabel.* Er hat den Bogen gewählt, weil er glaubt, dass ihm dies einen Vorteil bringt. Mehr konnte ich nicht erreichen. Du bekommst aber meinen besten Kriegsbogen und Pfeile, die immer treffen", muntert er den Salzburger auf. „Von Lisa weiß ich nämlich, dass du mit dem Bogen nicht ganz ungeübt sein sollst."
„Gibst du mir *Sonnentau* zur Frau, wenn ich gewinne? Wir lieben uns."
Kopfschüttelnd verlässt der Vater das Zelt.
Das ganze Dorf ist auf den Beinen. Die Trommeln berichten auch den benachbarten Stämmen von dem Gottesurteil. Viele Einheimische wollen sich den Kampf eines der ihren gegen ein Bleichgesicht nicht entgehen lassen. Auch die Auswanderer und ihre Freunde müssen sich das Schauspiel mit ansehen. Natürlich drücken sie Nikolaus die Daumen, wenngleich sie ihm gegen den Indianer, der seit Kindesbeinen an mit Pfeil und Bogen aufgewachsen ist, keine große Chance geben. „Hoffentlich wird er nur verwundet. Schließlich haben wir noch Maria, die wird ihn dann schon wieder zusammenflicken", ist der Tenor bei den Auswanderern.

Die Zuschauer bilden eine Gasse. Nachdem *Eulenschnabel* die Waffe wählen durfte, erlaubt man Nikolaus die Wahl seines Standortes.
„Er hat die Sonne im Rücken, das ist schon einmal gut", flüstert Peter zu Judith.
All seine Freunde sind voller Erregung, fürchten den schrecklichen Ausgang des Kampfes. Sie sind jedoch überrascht, wie gelassen Nikolaus auf seinen Abschussplatz geht.
Nun erscheint auch der Medizinmann. Nackt bis auf den Lendenschurz und seinen Medizinbeutel.
Den leert er vor seine Füße, spricht Zauberformeln, abwechselnd hasserfüllte, giftige Blicke auf seinen Gegner werfend.
„Auf mein Kommando schießt ihr gleichzeitig so lange, bis einer von euch tot ist", spricht einer der Unterhäuptlinge, der für diesen Kampf das Sagen hat. Lisas Mutter übersetzt die Anweisung für Nikolaus.
Eulenschnabel nimmt nun seine Medizin in beide Hände, wirft sie über den Kopf nach oben. Dann streckt er seine Arme aus und krallt die Hände zur Faust. Beschwörende unverständliche Worte zischt er in Richtung seines Gegners. Nikolaus fühlt plötzlich einen heftigen Schmerz in seiner Brust. Er kann kaum mehr atmen, geht in die Knie und presst, den Bogen fallen lassend, beide Hände an den Hals. Er glaubt ersticken zu müssen. Er hört nicht das abfällige Gemurmel der Zuschauer die denken, der Weiße sei feige, will sich vor dem Kampfe drücken.
Von Prien wendet sich in Richtung des Gegners und erschrickt. Er sieht nun drei Männer mit erhobenen Bogen. Sie gleichen sich wie Drillinge oder ist es *Eulenschnabel* in dreifacher Anwesenheit? Schwindel erfasst Nikolaus, sein Kopf dröhnt, er ist der Ohnmacht nahe. Sein sonnengebräuntes Gesicht wirkt fahl, verwelkt.
Da drängt sich Maria durch die Menge, bricht sich, die Protestschreie ignorierend, durch die Absperrung, läuft

blitzschnell zu Nikolaus. Sie bückt sich, schiebt ihm ihre Kugel in den Brustausschnitt seines Hemdes. Schnell läuft sie zurück.
Der plötzliche Anfall ist wie weggeblasen, verschwunden wie ein böser Traum. Er steht auf.
Der Unterhäuptling hebt nun den Arm, worauf Trommelwirbel einsetzt. Dann reißt er den Arm nach unten, die Trommeln stoppen, der erste Pfeil, abgesandt vom Bogen des Medizinmannes, fliegt zu Nikolaus und über ihn, weil der sich gedankenschnell auf den Boden fallen lässt. *Eulenschnabel* verhöhnt ihn, die Indianer lachen und hoffen, dass der Medizinmann das Duell nicht so schnell entscheidet. Sie glauben zu wissen, dass ein Weißer gegen ihre Schießkunst auf verlorenen Posten steht.
Nun schießt auch Nikolaus. Er muss sich an die Leihgabe des Häuptlings erst gewöhnen. Er gibt Schuss um Schuss ab, bewegt sich dabei wieselflink in seinem abgesteckten Terrain, sodass er Eulenspiegel kein festes Ziel bietet. Es sind aber nur Übungsschüsse, die das vermeintliche Ziel klar verfehlen, schadenfreudiges Gelächter der Roten auslösen. Der Medizinmann sieht seinen Gegner zwar immer hin und her huschen, wegen der Gegensonne, die ihm die Augen tränen lässt, tut er sich ungemein schwer, den tödlichen Schuss zu landen.
Die Entfernung ist einfach zu groß für einen sicheren Schuss, dem der Gegner nicht mehr auszuweichen vermag. Der Indianer ist ein guter Schütze. Ein Pfeil surrt hörbar am Kopf seines Gegners vorbei, ein weiterer zupft an seinem linken Ärmel.
Der Misserfolg macht den Medizinmann so wütend, dass er sein abgegrenztes Feld verlässt, was sofort zu Protesten führt, rückt näher zu Nikolaus heran. Auch *Eulenschnabel* läuft nun Zick Zack, kniet sich, als er nahe genug zu sein glaubt, nieder, legt an, zielt und wird von einem Pfeil des

Salzburgers, der sich genug eingeschossen hat, mitten in die Brust getroffen. Von der Wucht des Einschlages wird *Eulenschnabel* zurückgeworfen, will aber wieder hoch. Pfeil und Bogen hat er immer noch in der Hand. Ganz langsam richtet er sich auf. Über seine nackte Haut läuft Blut.
„Schieß doch Nikolaus“, ruft Peter, „mach dem Verleumder endlich den Garaus“, kommt es aus anderer Kehle. Die Leute haben Blut geleckt.
Nikolaus wartet aber mit gespanntem Bogen, seinen Gegner nicht aus den Augen lassend.
Als *Eulenschnabel* den Bogen spannen will, fällt er, die Augen verdrehend, nach vorne und stößt sich den Pfeil noch tiefer in die Brust.

25

Lange schon sehen sie Rauchzeichen als Antwort auf ihre Signale, die ihr indianischer Führer von einer Bergkuppe aus abgegeben hat. Sie gelten einem Stamme der Menominee, bei dem die Auswanderer den nächsten Winter über verbringen wollen.
Der Stamm soll gegenüber den Weißen keine bösen Absichten hegen, wie ihnen ihr Führer, der *Schneller Fisch* genannt wird, erzählt.
Nach dem Duell wurde der Schwerverletzte nach einstimmigem Beschluss des Ältestenrates vom Stamme verstoßen. Er hatte auf einem hinter einem Pferd gezogenen Astgeflecht zusammen mit seiner Frau das Dorf verlassen.
Über Nacht waren auch Lisa und Nikolaus verschwunden. Der Häuptling ist darüber so erzürnt, dass er sofort die Verfolgung aufnehmen wollte. Seine Frau hindert ihn jedoch. „Ihr habt mich doch auch geraubt. Dafür müsstest du doch Verständnis aufbringen, wenn jetzt einer das gleiche mit *Son-*

nentau macht." Dennoch ist er wütend, gibt sehr deutlich den Auswanderern zu verstehen, dass sie die Gastfreundschaft der Fox nicht länger beanspruchen sollten.
Er empfahl ihnen, bei den Menominee Schutz vor dem bald einsetzenden Winter zu suchen.
Ein Mitglied dieses Stammes weilt auf Brautschau in dem Dorf der Fox, erklärt sich aber sofort bereit, den Bleichgesichtern als Führer zur Verfügung zu stehen. Frau konnte er keine kaufen, was ihm aber nichts auszumachen schien. In *Schlangentöter* erkennt er einen Stammesgenossen. Beide haben viel miteinander zu palavern, freuen sich wie die Kinder über so manche Ungeschicklichkeit der Weißen.
Schneller Fisch hatte sich sowohl bei den Engländern als auch bei den Franzosen als Fährtensucher verdingt, konnte sich deshalb gut mit all seinen Reisegefährten verständigen. Er hatte ein sehr sympathisches Auftreten und war von allen wohlgelitten.
„Wir sind bei meinem Stamme willkommen" berichtet er, nachdem er die Rauchzeichen gedeutet hatte.
„Ich habe nur Rauch gesehen. Ihr versteht ihn zu lesen, wisst, was er bedeutet?"
„Das funktioniert immer. So können wir uns bis zu 80 Kilometer Entfernung verständigen."
Als er in ungläubige Gesichter blickt, fährt er fort:
„Wir steigen immer auf die höchste Anhöhe. Dann machen wir mit trockenem Gras und Holz ein Feuer, werfen feuchtes Gras darüber, decken die Rauchsäule mit einer Bison- oder Elchhaut in bestimmten Abständen ab. Die Partner, die auf die Signale warten, wissen genau, welche Abfolge die Rauchzeichen bedeuten. So können wir immer erkennen, was für eine Nachricht wir erhalten. Droht ein feindlicher Angriff, gibt es Wild oder etwas zu feiern?
Natürlich kann nicht jeder die Zeichen lesen. Das wann und wie wird vorher zwischen den befreundeten Dörfern

vereinbart.“
„Die sind schlauer, als wir meinen. Wir müssen gefahrvoll Kuriere schicken und meist lange auf Nachricht warten“, stellt Peter fest.
„Was sagen euch die Rauchzeichen?“, will er nun von *Schneller Fisch* wissen.
„Mein Stamm erwartet euch. Es befindet sich bereits ein Bleichgesicht bei meinem Stamm. Ich glaube, der Mann ist ein Fallensteller und verwundet. Wir werden ja sehen.“
„Du sagst sowohl bei den Engländern als auch bei den Franzosen im Sold gestanden zu haben. Hattest du da keine Schwierigkeiten?“
„Natürlich war das nicht immer einfach“ und fährt fort, als er Peters echtes Interesse erkennt:
„Die Engländer hatten sich ursprünglich nur ein kleineres Territorium vereinnahmt. Daraus vertrieben sie alle Indianer, töteten sie bei Widerstand oder versklavten sie. Weil sie immer mehr Siedler ins Land brachten, dazu viele Soldaten, breiteten sie sich weiter nach Westen und auch nach Norden aus. Das Land um die großen Seen hatten sich aber bereits die Franzosen einverleibt. Wegen der unwirtlichen Bedingungen treiben sie vor allem Handel mit Pelzen. Auch sie verjagen die Indianer, vor allem sind es Irokesen, aber sie töten sie nicht so wahllos samt ihren Familien wie die Engländer. Sie bauen Forts und befestigte Siedlungen für ihre Leute aus Europa.“
„Wie ging es denn dir und deinem Stamme?“
„Na ja, wir machten uns unsichtbar, wollten uns unbedingt aus den Kriegshändeln der beiden großen Kontrahenten heraushalten. Das war nicht immer einfach. Ein paar von uns, die bei ihren Missionaren ein wenig die fremde Sprache erlernten, boten sich als willkommene Fährtensucher an. Sie konnten dadurch die ihren meistens rechtzeitig vor Überfällen warnen. Unsere Rauchzeichen, die weder von den Eng-

ländern noch von ihren Gegnern verstanden wurden, halfen uns dabei. Anderen Stämmen erging es schlechter. Die Huronen, die sich mit den Franzosen verbündeten, wurden von den Engländern gnadenlos ausgerottet. Den Irokesen, die sich für die Gegenseite entschieden hatten, ging es nicht viel besser. Alle Versprechungen auf gute Entlohnung und Garantien für den Erhalt ihres Landbesitzes wurden gebrochen. Die Offiziere wurden immer wieder ausgewechselt. Die neuen hielten sich nicht an die Zusagen der alten. Schlechtes Feuerwasser war der Sold für das Rote Volk.
Aufstände wurden brutal niedergemäht. Unsere Zukunft, die Zukunft aller Indianer sieht düster aus“, kommt es traurig über die Lippen von *Schneller Fisch.*
Alles, was Peter bisher gehört und gesehen hat, bestätigt die düstere Prognose des indianischen Führers, über dessen Wissen Peter nur staunen kann.
Natürlich hatten sie *Schneller Fisch* nach dem Zufluss zum Mississippi, den sie so sehnlichst suchen, befragt aber er weiß viele solcher Zuflüsse, rät ihnen, erst den Winter abzuwarten, bietet sich an, gleich im Frühjahr bei der Suche zu helfen.
Auch *Schlangentöter* stellt sich unwissend. Auf die Frage nach dem Berg, den sie suchen, mit dem Tal voller Pferde, ernten sie nur ein unwissendes Kopfschütteln.
„Ich habe mich kurz mit der Häuptlingsfrau der Fox unterhalten, ihr unser Reiseziel genannt. Sie wusste etwas von einem Heiligen Berg, dessen Lage von den Indianern streng geheim gehalten wird, vor allen vor den Weißen. Vielleicht ist es unser Berg und die Menominne wollen nicht, dass wir dort hingehen“, erzählt nun Eva, um die sich die Häuptlingsfrau besonders gekümmert hat. Das war sicher auf den Liebreiz von Evas Baby zurückzuführen. „Auch Hugo bemüht sich auffällig um das Baby, hat aber auch durchaus Eva im Auge“, teilen sich Judith und Maria ihre Beobachtungen.

„Hugo ist ohnehin unsere Trumpfkarte bei der Suche nach dem Tal der Pferde. Er teilt unsere Pläne, hat naturgemäß den besten Zugang zu den Indianern“, meint Christian.
„Wir haben jetzt gefahrlos den größten Teil des Jagdgebietes der Winnebago durchquert und sind, wenn alles gut geht, in einer Woche bei meinem Stamm“, ermuntert *Schneller Fisch* die Mitreisenden, die nun vor knapp zwei Monaten das Dorf der Fox verlassen haben.
Die Stimmung ist gut bei den Reisenden, kleine Wehwehchen heilt Maria.
Sie ist mit ihrem Pferd immer in Bewegung, durchreitet die Prärie kreuz und quer, immer auf der Suche nach seltenen Pflanzen und nach Heilkräutern, die sie auch von der Heimat her kennt. Oft sieht man sie stundenlang nicht, alle Ermahnungen ihrer Mutter, doch näher bei ihnen zu bleiben, schlägt sie in den Wind. Mit Feuereifer testet sie ihr unbekannte Blumen und Pflanzen, zerreibt sie zwischen den Fingern, riecht und kostet davon. Mit untrügerischem Instinkt, mit einer Fähigkeit, die nur ihr eigen ist, erkennt sie, welche Kräuter heilsam sind.
„Solange war sie noch nie weg, nichts von ihr zu sehen“, sorgt sich ihre Mutter zu Peter gewandt. „Keine Sorge, die taucht plötzlich wieder auf. Sie ist schnell wie der Wind und hat einen ausgezeichneten Orientierungssinn“, beruhigt der Angesprochene seine Frau.
Als die Dämmerung schon hereinbricht, macht sich aber Peter, begleitet von *Schneller Fisch*, doch auf die Suche. Der Indianer ist ein hervorragender Spurenleser. Sie reiten zurück und können im niedergerittenen hüfthohen Gras die Spur noch gut erkennen. Sie führt im Zick-Zack durch die Prärie. Der Indianer erkennt auch genau, wo Maria abgestiegen ist, um Blumen, Kräuter oder Sträucher zu pflücken.
An einem Bau von Präriehunden schien sie sich länger aufgehalten zu haben.

„Hoffentlich ist ihr Pferd nicht in eine ihrer Erdhöhlen getreten. Ein Sturz vom Pferd könnte fatale Folgen haben“, gibt Peter zu bedenken, sich an frühere Erlebnisse mit anderen Auswanderern erinnernd.
„Gestürzt ist sie nicht, aber weitergeritten. Hoffentlich finden wir sie bald, weil die Nacht schon hereinbricht“, hofft *Schneller Fisch*.
Nach einiger Zeit kommen sie zu einem weiteren Bau der Präriehunde.
Rundherum ist das Gras niedergetrampelt. Der Indianer gleitet von seinem Pferd und untersucht den Boden.
„Ich erkenne Spuren vom Pferd Marias aber auch viele Spuren unbeschlagener Ponys und ihrer Reiter. Maria scheint verletzt zu sein. Hier liegt ein Stück Stoff, an dem Blut klebt. Kein Roter besitzt so einen Stoff“, vermutet er.
„Das ist ja furchtbar, Maria vielleicht schwer verletzt in den Händen von Wilden. Die werden ihr doch nichts angetan haben“, stöhnt Peter. „Das überlebt Judith nicht ... Heilige Maria hilf“, kommt es ihm von den Lippen.
„Es kann sein, dass Maria einem jagenden Trupp von Winnebagos begegnet ist. Die betrachten zwar die Weißen als ihre ärgsten Feinde, wurden sie doch von den Engländern brutalst von ihren Jagdgründen vertrieben, aber Wilde, wie du sie nennst, sind sie nicht.
Da gibt es bei euch Weißen schon andere Typen, die sich zwar zivilisiert nennen, aber wie Wilde handeln“, weist *Schneller Fisch* Peter zurecht.
„Ja, aber, entschuldige ...“, stammelt dieser. Verzweiflung ist ihm ins Gesicht geschrieben.
„Wir wissen nicht, was passiert ist. Den Spuren nach ist der Trupp, in der Mitte Marias Pferd, nach dort geritten“, wobei der Indianer in die Richtung der untergehenden Sonne zeigt.
„Einem Mädchen tun die nichts. Vielleicht wollen sie eine

Gefangene zum Austausch oder gegen Lösegeld. Vielleicht ist aber Maria verletzt und wird vom Medizinmann des Dorfes versorgt. Allzu große Sorgen musst du dir nicht machen. Wir reiten jetzt zurück, weil wir nachts keine Spuren mehr verfolgen können. Morgen kommen wir wieder her, suchen dann weiter." Sagt es und wendet sein Pferd. Peter muss ihm wohl oder übel folgen obwohl er noch gerne weitergesucht hätte. Er fürchtet sich auch davor, wie Judith die Nachricht aufnehmen wird.

Maria ist fasziniert. Endlich steht sie vor einem Bau einer größeren Präriehund Familie.
Die Indianer haben ihr schon viel von diesen possierlichen Tieren erzählt die so ungemein verblüffend den Murmeltieren ähneln, die sie von ihren Streifzügen durch die Matten des Untersberges kennt. Schon von weitem hat sie die Warnrufe der Wächtertiere gehört, von ihrem Sattel aus den Bau gesehen. Das Gras rund um die Erdlöcher ist kurz gehalten, um den Tieren einen freien Ausblick zu verschaffen. Rund um die Eingänge zu ihren Höhlen sind Erdwälle aufgeschüttet, die bei Regen das Eindringen von Wasser in die Behausungen verhindern helfen.
Während die heimischen Murmeltiere bei Gefahr einen schrillen Pfiff ausstoßen, variierten die Präriehunde ihre Warnrufe, die wie das Bellen von Hunden klingen, je nach gesichtetem Feind. Nähert sich ein Kojote, klingt der Warnruf anders als bei einem Raubvogel und wieder anders als bei einem Menschen. Sie gelten als Feinde, weil die Indianer durchaus auch Präriehunde auf ihrem Speisezettel haben. Maria findet die Tiere etwas plumper. Sie waren schwanzlos, mit einem kurzes Fell von grau-brauner Farbe Sie war abgestiegen und verhält sich ganz ruhig. Vorsichtig lugt nach einiger Zeit ein erwachsenes Tier aus dem Bau. Dann kommen nach und nach eine ganze Familie ans Tageslicht.

Maria getraut sich kaum zu atmen. Sie will die Tiere möglichst lange beobachten um auch zu sehen, wie sehr sie den „Mankeis“ vom Untersberg glichen. Ihr Pferd stört die Präriehunde nicht, es wurde nicht als Feind angesehen und gleicht halt den wilden Mustangs die hin und wieder durchziehen. Sie erhebt sich, pirscht sich näher an den Bau heran, hofft, dass sich die Tiere soweit an ihre Anwesenheit gewöhnt haben, um eines vielleicht streicheln zu können.
Der Wächter auf dem Erdhaufen stößt plötzlich ein angstvolles Bellen aus. Alle Tiere verschwinden blitzschnell im Bau.
Es ist spät geworden. Fragen, die sie bisher unterdrückt, zurückgestellt hatte, weil die Suche nach ihrer Mutter alles andere verdrängte, kreisen nun in ihrem Kopf, Gedanken, die immer mehr die Oberhand gewinnen. War das wirklich ihre Bestimmung, in diesem menschenleeren Land zu leben? Sie ist sich der Kraft ihrer heilenden Hände bewusst. Sollte sie dieses Talent nicht besser dort einsetzen, wo sie viel mehr gebraucht wurde? In Zentren mit vielen Menschen, in Hospizen, vielleicht auch dort, wo große Schlachten geschlagen wurden? Die paar Indianer hatten ihre eigenen Medizinmänner. Nur in Ausnahmefällen würden sie einem weißen Mädchen gestatten, sich einzumischen, mit zu behandeln. War es der Sinn ihres Lebens Pferde zu zähmen? Wollte sie nicht selbst einmal eine eigene Familie gründen? Sie weiß auch nicht, wie sie mit Onkel Peter umgehen soll. Ist das jetzt ihr Vater? Soll sie ihn so nennen? Oder einfach Peter? Außerdem will ihr der Untersberg nicht aus dem Kopf gehen. Sie wollte doch so gerne seinen Gipfel erklimmen, es ihrer Mutter gleichtun. Ob sich ihr Wunsch noch einmal erfüllen wird?

In dem versinkenden Tageslicht, das von den länger werdenden Schatten der angrenzenden Bäume noch weiter verdrängt wird, trabt sie weiter, versucht ihre Gedanken zu ordnen, sich an der herrlichen Natur zu erfreuen, an das Glück zu denken, endlich ihre Mutter gefunden zu haben. Sie achtet nicht auf den Pfad, der von der Baumkulisse des Laubwaldes begrenzt wird, überlässt es ihrem Pony, den Weg zurückzufinden.

Jählings zügelt sie ihr aufbäumendes Pferd, als ein Dutzend grell bemalter Indianer hinter den Bäumen hervorspringt, sie umringt und vom Pferd zieht.

Sie weicht zurück, prallt aber auf einen hinter ihr stehenden Roten.

Die jungen Männer lachen, begrapschen sie, fassen in ihre Haare, drehen sie abwechselnd im Kreise. „Friede, Freunde“, stammelt sie, die Arme hebend. Die Schubserei geht aber weiter.

Sie muss wieder auf ihr Pony, das von einem der Indianer geführt wird. Gegenwehr ist zwecklos. Nach kurzem Ritt erreichen sie den großen Bau der Präriehunde, wo sie Halt machen. Maria wird wieder hin- und hergereicht, betastet, an den Haaren gezogen. Die Indianer tanzen um sie herum, haben anscheinend großen Spaß an diesem Spiel.

Dann erscheint ein weiterer Reiter, der sich am Hals seines Ponys festhält und dem Treiben seiner Freunde Einhalt gebietet. Maria ist froh, dass die Belästigung aufhört und redet den Neuankömmling an. Wieder mit den Worten: Freunde, Friede. Sie wiederholt sie so lange, bis sie merkt, dass keines ihrer Worte verstanden wird. Aber sie sieht auch, dass der Hals des Ponys des Nachzüglers voller Blut ist. Ungehindert geht sie zu dem Indianer, der sich kaum noch auf dem Pferd halten kann. Sie reicht ihm die Hand, deutet auf das Blut und wirkt so überzeugend, dass sich der Krieger vom Pony gleiten und mit Marias Hilfe zu Boden sinken lässt. Gespannt sehen die übrigen Roten zu. Das lederne Jagdhemd des Verletzten ist zerrissen, eine breit klaffende Wunde zieht

sich vom Hals bis in Hüfthöhe.
Er scheint starke Schmerzen und einen großen Blutverlust erlitten zu haben.
Maria zieht ihm ungehindert sein Messer aus dem Gürtel. Damit schneidet sie ihm die Reste des Hemdes vom Leib. Sie macht das mit einer Selbstsicherheit, dass keiner seiner Freunde eingreift. Sie sehen nur interessiert zu, stehen unschlüssig herum, wissen anscheinend nicht, wie sie sich verhalten sollen. Dass Maria helfen will, scheint ihnen allmählich klar zu werden.
Sie reißt nun ein Stück Stoff aus ihrem Unterkleid. Damit beginnt sie vorsichtig, die Wunde zu reinigen. Aus ihrer Satteltasche entnimmt sie nun die wermutähnlichen Blätter der Silberraute, bedeckt damit die Wunde. Aus Arnikablüten und Rotem Sonnenhut, Kräuter, die sie soeben erst gesammelt hat, zerreibt sie mit den Händen zu einem Brei, streicht sie ebenfalls auf die Wunde. Sie ist jetzt ganz in ihrem Element, was um sie herum ist, klinkt sie aus. Sie reißt ihr Unterkleid unter den neugierigen Blicken ihrer Zuschauer in lange Streifen, hebt den Verwundeten leicht an und bedeutet dem am nächsten Stehenden, er soll sie dabei unterstützen. So fixiert, wickelt sie nun die Binden um den Oberkörper des Verwundeten damit die Kräuterauflage fest sitzt. Der Verletzte verliert immer wieder das Bewusstsein. Maria macht ein Zeichen des Trinkens, fordert so die Umstehenden auf, Wasser herbeizuschaffen. Ihres Erachtens hat er einen hohen Blutverlust erlitten.
Sie reicht dazu ihre Blechtasse weiter, die sie immer in einer der Satteltaschen mit sich führt.
Nach unendlich langer Zeit, so scheint es wenigstens, bringt einer der Indianer Wasser. Maria flößt davon ihrem Patienten in kleinen Schlucken ein.
Zusehens erholt er sich, Farbe kehrt in sein Gesicht zurück. Behutsam heben ihn nun seine Begleiter auf das Pony, das

sich, langsam geführt, in Bewegung setzt.
Ich habe getan, was in meiner Macht stand, denkt sich Maria, schwingt sich auf ihr Pferd, hofft nunmehr unbehelligt zurückreiten zu können. Die Indianer hindern sie aber daran; nehmen sie vielmehr in ihre Mitte, ihr Pferd am Zügel. Widerstrebend beugt sie sich der Übermacht. Mutter wird sich Sorgen machen, das weiß sie. Hoffentlich überstehe ich dieses Abenteuer einigermaßen unbeschadet, denkt sie.
Lange nach Mitternacht, weil sie oftmals Halt machen mussten, erreichen sie das Dorf der Indianer, wo sie von vielen Frauen, Kindern und auch Männern erwartet werden. Sie waren von einem der vorausreitenden Jäger schon angekündigt worden. Rudel von Hunden machen einen Höllenlärm. Der Kranke wird in ein Zelt gebracht. Maria darf nach einigem Disput mit hinein. Anscheinend ist ihr der Ruf vorausgeeilt, von Wundheilung etwas zu verstehen. Die Blutung hatte nach ihrer Erstversorgung bereits aufgehört, der Kranke war den Transport über meist bei Bewusstsein. Er sieht das Mädchen dankbar an. Er war es auch, der darauf bestand, dass Maria mit in das Tipi, das Zelt, durfte. Die Jäger hatten ein paar Präriehühner erlegt, die unseren Raufußhühnern ähneln, wie Maria schon bei den Fox feststellen konnte. Sie macht einer der im Zelt weilenden Indianerinnen deutlich, eines der Hühner kochfertig zu machen um es dann mit Wasser und einigen Kräutern aus ihrer Satteltasche zubereiten zu können. Von der Flüssigkeit flößt sie ihrem Patienten ein. Nun ist sie wieder ganz Heilerin, fürchtet sich nicht, verteilt gestenreich Aufgaben, wie zu ihrer Salzburger Klinikzeit, an die sie immer öfter zurückdenken muss.
Der Boden des Tipis ist mit Fellen ausgelegt, in der Mitte wird ein Feuer genährt. Als der Indianer einschläft, folgt Maria seinem Beispiel.
Hundegebell weckt sie schon sehr früh. Der Verletze schläft noch immer. Der notdürftige Verband muss erneuert wer-

den, er zeigt nämlich Spuren von Durchblutung.
Die Indianerfrauen im Zelt, die anscheinend die ganze Nacht gewacht hatten, schauen nun erwartungsvoll auf Maria, wie sie den Verband löst und die Wunde untersucht. Sie holt sich aus ihren Satteltaschen erneut einige Kräuter, die sie mit Wasser verrührt und die bisherige Auflage damit erneuert. Dabei betrachtet sie ihren Patienten und ist erstaunt, was sie sieht.
Die pechschwarzen Haare sind zu Zöpfen geflochten. Ein Stirnband aus Schlangenleder hält eine Adlerfeder fest, seine langen Beinkleider sind aus feinstem, hell gegerbtem Leder, die weichen Mokassins mit Stachelschweinborsten verziert. An der bronzefarbenen sehnigen Gestalt befindet sich kein Gramm Fett, die Gesichtszüge erinnern sie an griechische Götter, die in der erzbischöflichen Residenz in Marmor gehauen die Betrachter in Bewunderung versetzen. Zweierlei Dinge fallen ihr noch auf. Das kegelförmige Zelt, dessen Gestell aus langen Stangen, mit Bisonhäuten umspannt ist, weist Malereien auf, die kunstvoller nicht sein könnten. Alles in Naturfarben, gewonnen aus dem Saft von Beeren, wie sie weiß.
Das muss so etwas wie ein Häuptling sein, denkt sie. Ein bisschen jung vielleicht?
Das zweite, was sie glaubt, ist, dass es bei dem Stamme keinen Medizinmann gibt. Der wäre ansonsten sicher schon in Erscheinung getreten.
Nun kramt sie in ihren Satteltaschen vergeblich nach ihrem Heilstein, der sich bisher bereits mannigfach bewährt hat. Sie schüttet den Inhalt der Taschen auf den Boden vor dem Zelt, beobachtet und laut palavernd von vielen Frauen und Kindern, die ihr durchaus wohlgesonnen erscheinen. Sie weiß genau, dass sie den Stein, nachdem ihn Nikolaus zurückgegeben hatte, in eine der Taschen vor ihrem Ausritt gesteckt hatte. Unschlüssig, was zu tun ist, steht sie auf, formt

ihre Hände zu einer Kugel, versucht gestenreich den Umstehenden klar zu machen, was sie sucht. Unruhe kommt auf. Das Geschnatter der Frauen wird hitziger. Maria bedeutet noch einmal, wie wichtig ihr die Kugel ist, wie sehr sie diese braucht für die Behandlung des Kranken. Das müssen sie doch verstehen, denkt sie, auch ihre Medizinmänner jonglieren doch mit Knochen, Steinen und solchen Dingen.
Da ruft der Verletzte etwas im befehlenden Ton aus dem Zelt. Ein Junge trollt sich daraufhin.
Nach kurzer Zeit kommt er zurück mit Marias Heilstein in den Händen. Sie ist erleichtert und begibt sich mit ihm zu ihrem schönen Krieger.
Wenn der schnell wieder zu Kräften kommt, so hofft sie, darf ich sicher das Dorf verlassen.
Sie denkt an ihre Mutter und betet, dass sich alles schnell zum Guten wendet.

Seit dem frühem Morgen sind Peter, Christian und auch die beiden Indianer auf der Suche nach Maria. Judith, die unbedingt mit wollte, hatte in der Nacht kein Auge zugemacht.
„Du musst hier bleiben, sonst ist Eva ganz allein mit Hugo. Wir wissen nicht, was uns erwartet, also bitte bleib und pass auf unsere Sachen auf“, beschwört Peter seine Frau, die sich sorgenvoll fügt.
Der große Bau der Präriehunde ist schnell gefunden. Die weitere Spur breit genug, um ihr zügig folgen zu können.
Die beiden Indianer sind sich schnell einig, dass die vor ihnen liegende Spur zum Dorf eines Winnebago Stammes führen muss. Sie teilen ihre Auffassung den Begleitern mit.
„Die hassen doch die Weißen“, stellt Christian erschrocken fest. „Wenn die uns entdecken, dann machen sie kurzen Prozess mit uns!“
„Bleichgesichter haben die Winnebagos von ihren Jagdgründen vertrieben. Es gab viele Tote, auch Frauen und Kinder

wurden nicht verschont.“ *Schlangentöter* wiegt gedankenvoll mit dem Kopf. „An Kindern vergreifen die sich nicht, das verbietet ihnen Manitu. Am besten wird es sein, wenn mein Bruder und ich allein weiterreiten. Gebt uns ein paar Münzen mit, um vielleicht Maria loskaufen zu können. Ist sie verletzt und nicht fähig zu reiten, dann wird einer von uns bei ihr bleiben. Der andere kommt zurück, um euch zu informieren. Wir müssen eben abwarten. Unser Stamm hat keine guten Beziehungen zu den Winnebagos. Sie verzeihen uns nicht, dass wir teilweise mit den Weißen zusammenarbeiten, wollen einfach nicht verstehen, dass es auch bei uns ums nackte Überleben geht.“

Peter fügt sich widerstrebend dem Vorschlag. Christian ist froh, nicht in die Höhle des Löwen zu müssen. Er reitet sofort zurück, während Peter beim Bau der Präriehunde abwartet.

Schnell sind die beiden von den Menominees entdeckt. Sie werden von einigen Kriegern zum Dorf geleitet. Die Stimmung ist nicht feindselig, es wird jedoch kaum gesprochen.

Sie werden zum Zelt des Häuptlings geführt, der ihnen ein reserviertes Willkommen entbietet.

Er fordert sie auf, vor dem Zelt Platz zu nehmen. Der Häuptling trägt eine Adlerfeder in seinem schlohweißen Haar, das von einem bunt geflochtenen Lederband zusammengehalten wird. Die beiden Neuankömmlinge wissen, dass sie sich nach Maria erst erkundigen dürfen, wenn der Häuptling sich nach ihrem Begehr erkundigt.

Längst schon haben sie Marias Pferd entdeckt, das sich angepflockt unter den Ponys der Indianer befindet.

Der Häuptling spricht von der Jagd, von den diebischen Weißen, von den zänkischen Weibern, von den verweichlichten jungen Kriegern. Von Feuerwaffen, die er gerne erwerben würde, vom bevorstehenden Winter, der seiner Ansicht nach sehr kalt werden wird.

„Wir müssen noch viele Büffel erlegen, um unsere Vorräte für den Winter zu sichern, wenn uns die Bleichgesichter nicht vorher alles weggeschossen haben“, kommt es bitter von seinen Lippen.
Seine beiden Gäste üben sich in Geduld und hoffen, dass mit ihnen die Pfeife geraucht wird.
Da überstürzen sich die Ereignisse.
Der Verletzte, er ist der Sohn des Häuptlings, wie Maria inzwischen weiß, kommt aus dem Tipi, begleitet von Maria, die ihn kaum zu stützen braucht. Die Frauen laufen aufgeregt und laut schwatzend hinterher. Tumult entsteht, weil auch andere Beobachter an ein Wunder glauben. Gestern noch hatten sie fast jede Hoffnung auf eine Genesung des jungen Kriegers aufgegeben. Und jetzt steht er vor ihnen, so, als hätte er nie diese tödliche Verletzung erlitten.
Der sichtlich geschockte Häuptling murmelt. „Manitu ist groß.“
Maria begrüßt ihre beiden Führer, die aufgestanden sind, ihre Hände schütteln.
Dann beginnt wieder ein langes Palaver, an dem sich auch der Sohn des Häuptlings beteiligt.
Er entzündet auch die Pfeife, reicht sie seinen Gästen. Und wieder wird palavert.

Schneller Fisch und *Schlangentöter* stehen auf, verneigen sich mit gekreuzten Armen vor dem Häuptling. Danach fordern sie Maria auf, ihr Pferd zu satteln. Niemand hindert sie daran.

26

In der gleichen Nacht noch, als das Duell seinen glücklichen Ausgang genommen hatte, verließen in aller Heimlichkeit Lisa und Nikolaus das Dorf der Fox. Angeschlossen hat sich auch Burschi, der sich heimlich von Maria verabschiedet hatte.
„Du brauchst mich jetzt nicht mehr, hast deine Mutter gefunden, ich wünsche dir viel Glück, hoffe aber, dich bald wieder in meine Arme schließen zu können."
„Willst du wirklich ...?"
„Mein Kaiser hat andere Pläne mit mir. Ich habe einen Auftrag, den ich erfüllen muss, also viel Glück, ich bin sicher, dich wieder zu sehen."
Tränen in den Augen umarmt sie ihren Freund, der sich heimlich davonschleicht.
Sie weiß, er wird ihr fehlen.

Als erstes wollen sie den Hof von Jacob ansteuern.
„Der hat mein Geld, zumindest einen Teil davon, den kaufen wir uns. Und wenn er es nicht freiwillig herausrückt, dann Gnade ihm Gott, dem meineidigen Hund!" Tiefe Wut steckt in Nikolaus' Stimme.
„Wenn uns Vater sucht, wird er ebenfalls bei Jacob beginnen. Wir sollten also nicht direkt zu ihm, sondern einige Zeit abwarten", rät Lisa.
„Du hast doch gesagt ...", wendet er ein.
„Ob sich Mutter durchsetzt und Vater zurückhalten kann, weiß ich natürlich auch nicht."
„Burschi könnte doch zurückreiten, schauen was los ist. Dem tun sie doch nichts?"
„Und wenn er dann zu uns zurückkommt, folgt ihm bestimmt mein Vater, der ist nicht dumm, kann sich denken, was gespielt wird."

„Was tun wir also?“
„Wir reiten schon zum Fluss. Um keine Spuren zu hinterlassen, werden wir mit den Pferden solange schwimmen, bis wir ein begehbares felsiges Ufergelände finden, dem wir dann folgen, bis wir weit genug weg sind oder wir begeben uns wieder ins Wasser.“
„Und das klappt“?, fragt Burschi skeptisch.
„Du kannst auch direkt zu Jacob reiten. Du hast ja nichts zu befürchten“, schlägt Nikolaus vor.
„Nein ,nein, ich bleibe bei euch. Wie heißt es doch so schön: mitgefangen ...!“
Sie sind die ganze Nacht durchgeritten und lagern nun zwischen Bäumen in einem Waldstück auf einer kleinen Erhöhung. Mit Buschwerk bewaffnet laufen die Männer nun bis zu der Stelle zurück, an der sich viele Abdrücke von Pferden und Wagen treffen um bis dahin ihre Spuren zu verwischen. Von der Anhöhe aus lösen sie sodann Lisa bei der Beobachtung der umliegenden Gegend ab.
„Bis jetzt habe ich nur euch gesehen. Vater sucht entweder woanders oder er ist der Bitte von Mutter gefolgt“, beruhigt Lisa die Zurückkehrenden.
In der Nacht setzen sie ihren Fluchtweg fort.

Ihr Plan ist aufgegangen. Sie haben sich so bedeckt gehalten, dass sie keinerlei Kontakt mit Menschen hatten. Nun nähern sie sich vorsichtig den bekannten Gebäuden Jacobs und seiner Familie.
„Wenn der uns vorzeitig erblickt nimmt er sicher sofort Reißaus. Warten wir also bis zum Abend, ehe wir uns anschleichen. Unsere Pferde pflocken wir hier unter den Bäumen an, warten ab.
„Aber das sind doch die Hunde ...“
„Die füttern wir mit unseren Fleischresten, dann geben sie schnell Ruhe.“

Die beiden Männer, die sich vorsichtig auf den Weg zu Jacobs Anwesen machen, sind bewaffnet. Burschi mit einer Muskete und Nikolaus mit dem Bogen und den Pfeilen von Lisas Vater. Sie machen kein Geräusch. Der Wind steht günstig, sodass die Hunde erst kurz vor den Gebäuden Laut geben. Nikolaus wirft geschickt einige Fleischbrocken in ihre Richtung, über die sich die Hunde hungrig hermachen.
Durch Türritzen sehen sie im Hauptraum des Hauses Licht flackern, das von einem offenen Feuer stammen dürfte.
Nach einiger Wartezeit stoßen sie sich an und stürmen mit schussbereiten Waffen in das Zimmer, in dem sich die gesamte Familie befindet.
Sie nehmen sofort Jacob ins Visier, seine Frauen und Kinder drängen sich völlig verängstigt in eine Ecke.
„Was wollt ihr? Verschwindet augenblicklich aus meinem Haus“, ruft Jacob angstvoll, der sehr wohl weiß, warum die Fremden hier sind.
„Du bist uns gleich wieder los. Allerdings will ich meine Münzen aus dem Gürtel, den du gestohlen hast.“
„Den haben mir doch die Fox gegeben, weil er schlechte Medizin enthalten hat. Ich habe ihn ungeöffnet verbrannt, das kann ich beschwören“, verteidigt er sich.
„Deine Schwüre kenn ich, du lügst, sooft du dein hässliches Maul aufmachst. Rück mein Geld heraus oder wir werden dich dazu zwingen.“
„Ich hab die Münzen nicht, ehrlich!“
„Zuerst schieße ich dir ins Knie“, droht nun Burschi, die Muskete auf die Beine Jacobs gerichtet. „Wie wärs mit einer Kostprobe, willst du es darauf ankommen lassen?“ Dem Habsburger ist anzumerken, dass er ernst machen will.
„Ich hab das Geld nicht, Heinrich hat doch alles mitgenommen. Er hat doch deine Satteltaschen gefunden, ist danach sofort abgehauen. Frag doch meine Frauen.“
„Darum geht es jetzt nicht. Von dir will ich nur den Inhalt

meines Gürtels. Also rück ihn heraus, dann kommst du ungeschoren davon. Das hast du zwar nicht verdient; aber deine Frauen und Kinder täten mir leid, wenn wir dich zum Krüppel schießen müssten."
Drohend hebt nun auch Nikolaus seinen Bogen. Burschi gibt einen Schuss ab, der gefährlich nahe an Jacobs Füßen ins Holz eines Tischbeines einschlägt.
Ängstlich schreien nun die Kinder.
Der Schütze hat nachgeladen und drückt nun den Gewehrlauf direkt auf ein Knie Jacobs.
„Ich zähle jetzt bis drei und dann kracht es noch einmal. Du wirst dann noch lauter schreien!
Also eins, zwei ..."
Weiter kommt er nicht, weil Lisa in den Raum stürzt.
„Du sollst doch bei den Pferden bleiben", zürnt Burschi.
„Ich geh schon wieder, aber die heulenden Frauen und Kinder sollten mit mir kommen. Sie müssen nicht mit ansehen, was ihr mit Jacob vorhabt."
Nun sind nur noch die drei im Raum. Man sieht Jacob an, wie es in ihm brodelt, wie er überlegt, aus dieser Misere herauszukommen. Er zermartert sich das Hirn, muss aber erkennen, dass er verdammt schlechte Karten hat. Nun fürchtet er sich. Lisas Auftreten macht ihm deutlich, wie gefährlich ernst für ihn die Lage ist.
„Vielleicht sind ja mit dem Gürtel die Münzen nicht verbrannt. Wir müssten halt die Stelle suchen. Wenn wir fündig werden, so bin ich doch der Letzte, der euch euer Geld streitig machen würde", versucht er sich herauszureden, Zeit zu gewinnen.
„Du hältst uns wohl für blöd, du Schurke. Verrate uns das Versteck und wir halten unser Versprechen. Ansonsten ... eins, zwei ..."
Und wieder erscheint Lisa; sie hält ein Ledersäckchen hoch, in dem es verdächtig nach Münzen klingt.

„Ich denke hier drin ist das was wir suchen. Ich habe ein wenig im Hause herumgestöbert und bin fündig geworden."
Dabei verrät sie nicht, dass ihr die Indianerfrau aus ihrem Stamme das Versteck verraten hat.
„Halt, da drin sind meine gesamten Ersparnisse! Ihr seid die Diebe, wenn ihr mir das nehmt!"
Verzweiflung hat sich seiner bemächtigt. Nikolaus ist überzeugt, dass sich der Dieb eher ins Knie hätte schießen lassen, als die Münzen herauszugeben.
Das Säckchen enthält mehr, als Nikolaus aus seinem Gürtel gestohlen wurde.
„Wir nehmen alles mit, es ist sicher Diebesgut das du gutgläubigen Auswanderern abgenommen hast. Wir finden bestimmt jemanden, der ums Überleben kämpft, finanzielle Hilfe dringend gebrauchen kann.
Strafe muss sein. Ganz ungeschoren sollst du aber nicht wegkommen. Wir binden dich an einen der Bäume, ritzen ein wenig deine Haut auf. Vielleicht knappern dich dann heute Nacht einige Kojoten an. Die gibt es doch hier? Deshalb hast du doch so viele Hunde, oder?"

Die drei Flüchtigen reiten noch ein Stück in die Nacht hinein, ehe sie ihr Schlaflager aufschlagen.
„Die Furt für den Übergang suchen wir morgen", schlägt Lisa vor.

27

Die zusammengeschrumpfte Zahl der Auswanderer ist wieder vereint.
Maria hat das Abenteuer unbeschadet überstanden. Sie muss aber ihrer Mutter versprechen, sich nie mehr so weit vom Treck zu entfernen.
„Bei dem Häuptlingssohn der Winnebagos hast du einen gewaltigen Eindruck hinterlassen.
Er weiß, dass du ihm das Leben gerettet hast. Es war nicht einfach ihn zu überzeugen, dass er dich gehen lassen musste. Er hatte sich bereits mit seinem Vater geeinigt, dich zu seiner Squaw zu nehmen“, erzählt ihr *Schneller Fisch*, lacht dabei aber spitzbübisch.
„Außerdem brauchen sie einen Medizinmann, weil der ihre kürzlich verunglückt ist.“
„Wer hat den Häuptlingssohn denn so schwer verletzt, konntest du das erfahren?“
„Seine Kameraden haben es mir erzählt. Es ging um eine Mutprobe. Er hatte, nur mit einem Messer bewaffnet, mit einem Pumaweibchen gekämpft. Er ist nur Zweiter geworden, der Puma, der bei uns Erielhonan genannt wird, was in eurer Sprache soviel wie Langer Schwanz bedeutet, ist unverletzt entkommen. Das ist nicht gut, weil er nun keine Menschen, vor denen er sonst flieht, mehr fürchtet.“
„Der ist doch weit weg von uns ...“, wirft Christian ein, kann aber nicht weitersprechen, weil ihn der Indianer unterbricht: „Täusche dich nicht. Das Jagdgebiet eines Pumapärchens ist riesig. Viele Meilen. Du brauchst mehrere Wochen, um es zu durchreiten. Allzu sicher dürfen wir uns nicht fühlen.“

Nach gut einer Woche erreichen sie das Dorf der Menominee. Sie werden von den Einwohnern auf Herz und Nieren überprüft, wobei ihre Begleiter Dolmetscherdienste leisten

und auch sonst nur Gutes über die Neuankömmlinge berichten.
Unerklärlich ist den Brandstädtern, dass die Dorfbewohner bereits wissen, was Maria an dem Häuptlingssohn der Winnebago bewirkt hat.
Insbesondere interessiert sich der Medizinmann des Stammes für das heilende Mädchen, wie sie jetzt von den Indianern genannt wird.
„Der Winter lässt nicht mehr lange auf sich warten. Ihr müsst sofort mit dem Bau eines Wigwams beginnen, Fische fangen und Wild erlegen, trocknen und so aufbewahren, dass keine Tiere darankommen", rät *Schlangentöter*.
„Natürlich helfen wir euch, machen das zusammen", setzt *Schneller Fisch* hinzu.
Peter wird von den Indianern als der Häuptling der Weißen angesehen. Nachdem sie einige Tage im Dorf weilen, wird er von zwei Begleitern zu dem in der Dorfmitte stehenden vornehmsten Wigwam geführt.
„Du triffst dort den Friedenshäuptling. Er entscheidet, ob und wie lange ihr bleiben könnt", klärt ihn *Schlangentöter* auf. „Ich darf nicht mitkommen", setzt er hinzu, als er Peters fragenden Blick sieht.
„Ich verstehe doch eure Sprache nicht", versucht es Peter noch einmal.
„Er versteht dich!"
Der Häuptling spricht französisch.
„Man nennt mich *Tiefes Wasser* stellt er sich vor, nachdem er Peter aufgefordert hat, sich ihm gegenüber auf einem Büffelfell niederzulassen.
„Wir danken für eure freundliche Aufnahme und wir würden gerne ..." Weiter kommt Peter nicht, weil der Häuptling seine Hand hebt zum Zeichen, dass er als erster sprechen will.
„Mir ist bekannt, was euer Begehr ist. Ob ihr bei uns Aufnahme findet, habe allein ich zu entscheiden. Als Friedens-

häuptling schlichte ich in erster Linie Streitigkeiten, ich kann aber auch Fremden Aufenthalt gewähren."

„Ihr sprecht französisch besser als ich, das erleichtert unsere Unterhaltung, die hoffentlich zu einem guten Ende führen wird."

„Ich habe viele Jahre meiner Jugend im Jesuitenstift St. Josef verbracht", klärt er Peter auf.

Meine Eltern brachten mich dort unter, weil bei uns eine fürchterliche Pockenepidemie fast unser ganzes Volk hinwegraffte. Es waren die Bleichgesichter, die uns diese Krankheit brachten."

„Trotzdem verflucht ihr uns nicht?"

„Einst waren wir 25.000 und nach der Epidemie noch 700. Hätten wir mit den Überlebenden Krieg geführt, gäbe es heute unser Volk nicht mehr. Die Jesuiten haben mich gelehrt, dass man seine Feinde lieben soll. Um weiterleben zu können, versuchen wir mit den Franzosen, die eine große Anzahl von Kriegern befehligen, gut auszukommen. Lieben tun wir sie allerdings nicht!"

Peter will dem Gespräch eine andere Wendung geben, erkundigt sich nach ihren Kontakten und ihren Überlebenschancen.

Tiefes Wasser ist anscheinend auch daran interessiert, mit einem Weißen Probleme zu erörtern, die er mit einem seiner Stammesgenossen nicht besprechen will.

„Wir haben eine lange kulturelle Tradition. Wir pflegen unser Brauchtum, unsere Tänze, unsere Musik, unsere Religion. Die Jesuiten haben mich zwar getauft, aber ich bin und bleibe ein Winnebago, mit allem was dazugehört. Französische Händler tauschen unsere Felle gegen Stoffe, Messer, Schaufeln und ähnliche Dinge. Wir ernähren uns nicht nur von der Jagd. Der Maisanbau wird immer wichtiger."

Peter ist ein guter Zuhörer. Hoffentlich müssen wir nicht weiterziehen, denkt er unablässig, weiß aber nicht, wie er

den Häuptling zu einer günstigen Entscheidung beeinflussen kann.
„Wir sind Freunde der Indianer, haben nichts Böses im Sinn, ganz im Gegenteil, wir wollen helfen, soweit dies in unserer Macht steht. Wir wollen auch eure Gastfreundschaft nicht lange in Anspruch nehmen. Sobald der Winter vorüber ist, ziehen wir weiter. Bis dahin wären wir sehr glücklich, bei euch bleiben zu dürfen."
Der Häuptling unterbricht Peter nicht. Gedankenverloren und mit ernster Mine wiegt er mit seinem Kopf. Er schließt die Augen. Peter wartet und weiß, dass er sich in Geduld fassen muss.
Nach endlos langer Zeit der Stille, in der nur hin und wieder das Gebell von Hunden ins Zelt dringt, entzündet der Indianer seine Pfeife und reicht sie Peter.

Der Medizinmann führt Maria in ein Zelt, in dem sie einen Weißen erkennt. Er sieht fürchterlich aus. Seine Wangen sind eingefallen, durch seine zerschlissene Kleidung ist nur noch ein Knochengerüst zu sehen, umspannt von einer faltigen Haut, die an Blässe nicht zu überbieten ist. Der Indianer zuckt die Schultern und gibt ihr zu verstehen, dass seine Kunst hier ein Ende hat.
Maria untersucht den Mann, zieht ihm seine Kleidung vom Leib, erschrickt. Er ist vom Tode gezeichnet. Sie wäscht ihn. Während sie ihn trocken reibt, erwacht er aus seinem Dämmerschlaf, flüstert kaum hörbar: „Ich wusste, dass du kommst, dass du mich nicht im Stiche lässt. Jetzt wird alles gut. Auch unseren Kindern wird es an nichts mehr fehlen. Ich bin jetzt reich, nein, wir sind reich, reich, reich, weil ...", dann versagt ihm die Stimme, nur noch ein unverständliches Gemurmel kommt über seine Lippen.
Maria wird schnell klar, dass er sie in seinen Phantasien verwechselt hat, dass er vielleicht seine Frau vor sich glaubte.

Ein Hustenanfall schüttelt ihn. Er spuckt Blut. In dem Dämmerlicht der Hütte sieht auch Maria getrocknetes aber auch frisches Blut am Boden neben dem Kranken.
Kann ich ihm helfen? Bin ich zu spät gekommen?
Sie bereitet ihm Tee aus dem schmalblätterigen Weideröschen und aus Süßkraut. Mit der Silberraute räuchert sie den Wigwam aus. Dann schiebt sie ihm vorsichtig kleine Bissen von vorgekauten Arzneisamen in den Mund.
Er ist ein Fremder, aber er braucht Hilfe. Sie betet und hofft auf ein Wunder. Ihre Marmorkugel legt sie ihm auf die Brust. Der Husten hört auf.
Während ihre Begleiter die Hütten bauen, verbringt sie viele Stunden bei dem Kranken.
Stockend, mit vielen Unterbrechungen, erzählt er ihr seine Geschichte. Immer wieder verliert er das Bewusstsein oder vertändelt sich in unverständliches Flüstern, wobei nicht zu erkennen ist, ob er wach ist oder träumt. Ein Schüttelfrost überfällt ihn mit Macht. Maria deckt ihn mit den herumliegenden Fellen zu. Als der Anfall nicht aufhört, legt sie sich zu ihm, wärmt ihn mit ihrem Körper.
Immer mehr muss sie erkennen, dass sie ihm nicht mehr helfen kann, dass ihre Heilkunst am Ende ist. So bleibt sie Tag und Nacht bei ihm, spricht mit ihm, hört ihm zu, wenn er in der Lage ist, zu sprechen. Er hat viel zu erzählen, redet sich alles von der Seele, was ihn bedrückt. Er stammt aus dem Elsass, nennt sich Carl de Trampl. Er musste seine Heimat verlassen, weil ihn die Frau eines Adeligen verführt hatte, ihn, als es ruchbar wird, der Vergewaltigung bezichtigte. Ihm drohte langer Kerker, dem er nur durch Flucht entgehen konnte.
Er ließ aber eine Familie zurück, die große Not erleiden musste.

Nachdem die Männer eine Reihe junger Bäume gefällt, entlaubt und entrindet haben, rammen sie diese in knappem Abstand kreisrund in die Erde, biegen sie im oberen Bereich so zusammen, dass ein kuppelförmiges Dach entsteht. Weitere, aber etwas dünnere Stangen werden kreuzweise darübergeflochten, mit biegsamen Gerten fest verzurrt. Danach wird das Gerüst mit Rindenstücken gedeckt, die Ritzen mit Lehm verschmiert. An der höchsten Stelle bleibt eine kleine Öffnung, durch die der Rauch der Feuerstelle abziehen kann.

Drei Wigwams errichten sie. Einen für die Brandstädter, einen für Steffi und Eva mit ihrem Sohn und einen für Hugo und die beiden Indianer.

„Die Irokesen errichten Langhäuser, in denen mehrere Familien Platz finden. Das hat auch seine Vorteile", erzählt Hugo, dem man anmerkt, dass er gerne mit Eva unter einem Dach wäre. Im Stillen hegt auch Christian ähnliche Gedanken, wenn er an seine Steffi denkt.

Der große See ist nicht weit. Täglich ist Fischfang angesagt. Peter, Christian und auch Judith beteiligen sich daran. *Schneller Fisch*, *Schlangentöter* und abwechselnd auch Hugo gehen auf die Jagd, wobei sie es besonders auf Hirsche abgesehen haben.

So hängen Zug um Zug die getrockneten Stücke an den höchsten Balken im Dach ihrer Wigwams. Dann wird Holz gesammelt und vor der Hütte gelagert.

Ein paar Mädchen nehmen Steffi mit zum See. Dort besteigen sie Kanus und paddeln knapp am Ufer entlang. Mannshohe Grashalme hängen über die Boote. Die Mädchen schlagen mit den Paddeln auf die Rispen, sodass die grünen, tannennadelgroßen Samenkörner in die Kanus fallen. Die saftigen Halme der Pflanzen nehmen sie ebenfalls mit. Sie werden später wie Gemüse zubereitet. Die Körner werden getrocknet und sobald sie eine dunkle Farbe angenommen haben, werden sie für den Winter aufbewahrt und wie Mais verzehrt. Das erklärt ihnen *Schneller Fisch*, der auch ein Kanu besorgt, mit dem sie ebenfalls auf Erntefahrten gehen können.

„Das wird unseren Speisezettel den Winter über herrlich bereichern“, schwärmt Steffi.

Sie ist es auch, die in der Ausstattung der Wigwams mit Hand anlegt. Überall wo die Bearbeitung von Holz gefragt ist, ist sie in ihrem Element. Zuhause hat sie in der Schreinerei ihres Vaters viel gelernt.

„Der Winter kann kommen“, wir sind gerüstet, stellen alle befriedigt fest.

Noch wissen sie nicht, wohin sie im Frühjahr ihr Weg führen wird. Hugo hat sich bisher mit seinen Erkundigungen die Zähne ausgebissen. Die Dorfbewohner schweigen beharrlich, sie geben zwar zu, dass es in weiter Ferne einen heiligen Berg geben soll. Auch Herden wilder Mustangs soll es irgendwo weit im Westen geben, aber niemand will auch nur ungefähr wissen, wo das alles zu finden ist.

Maria hat sich inzwischen mit dem Medizinmann des Dorfes angefreundet. Er ist das Gegenteil von *Eulenschnabel.* Täglich durchstreifen sie Wald und Prärie, sammeln gemeinsam Kräuter und Blüten. Maria findet vieles, was sie von zu Hause kennt. Sie informiert ihren Begleiter von der Wirkung der Pflanzen, was sie ihm mit Gesten zu verstehen gibt. Er macht es genauso. Kommen sie einmal nicht klar, muss am Abend einer ihrer beiden Indianer helfen.

Sie weiß jetzt sehr viel, kennt viele neue Pflanzen und Gehölze, kennt ihre Wirkung. Sie schreibt sich alles auf, zeichnet auch, was neu ist und zu Hause nicht vorkommt. Immer mehr überkommt sie das Bedürfnis, ihr Wissen weiterzugeben, es ihren Professoren in Salzburg zu zeigen und es an Kranken anzuwenden. Ihr medizinisches Wissen nur an

Mutter, Peter oder ein paar Indianern anzuwenden, ist ihr einfach zu wenig. Viele Kranke sollten von ihrer Heilkunst und dem was sie durch den Medizinmann erfahren hat, profitieren.
Sie hängt ihren Gedanken nach, wirkt oftmals wie abwesend.
„Sag ruhig Peter zu mir" nickt ihr eines Tages ihr Onkel zu, als er bemerkt, wie schwer sich seine Nichte mit der Anrede tut. Auch er spürt, dass Maria etwas bedrückt. Nach der überschwänglichen Freude des Wiedersehens, ihrem kindhaften Ausbruch, der sie viele Tage und Wochen wie auf Wolken schweben ließ, erscheint sie nun etwas zu beschäftigen, ohne darüber zu sprechen.
„Sie ist ein junges Mädchen, voll in der Entwicklung, da hat man halt solche Phasen. Das legt sich wieder. Das kenne ich auch von mir", erklärt ihm Judith, als er sie auf die Veränderung ihrer Tochter hinweist.
„Du wirkst manchmal so nachdenklich. Kann ich dir helfen? Wenn dich etwas bedrückt und es kein Geheimnis ist, was du nur für dich behalten möchtest, dann kannst du dich gerne mir anvertrauen. Wir lieben dich alle, möchten, dass du glücklich bist", spricht Peter ganz behutsam seine Nichte an.
Als sie nicht antwortet, ihn nur stumm ansieht, unmerklich den Kopf schüttelt, sagt er:
„Du weißt, ich war jahrelang praktizierender Priester, habe viele Beichten abgenommen. Die Leute, die zu mir gekommen sind, haben mir nicht nur ihre Sünden anvertraut, auch Probleme, mit denen sie alleine nicht fertig geworden sind. Nachdem sie mir ihr Herz ausschütten konnten, waren sie meistens sehr erleichtert. Also, wenn du willst, ich bin für dich da. Keiner muss dann auch wissen, was wir besprochen haben."
„Es ist nichts. Ich denke halt oft an zu Hause und an die

Freunde, die wir zurücklassen mussten“, wiegelt sie ab.
Der kranke Weiße schickt eines Nachts nach Maria. Er hat sich aufgerichtet und sein abgetragenes Lederhemd ausgezogen. Er drückt es Maria in die Hand. „Für dich“, sagt er, sinkt zurück und schließt für immer die Augen.
Maria betet für seine Seele. Am nächsten Tag bereits begraben ihn die Weißen und setzen ein Kreuz auf den mit Steinen bedeckten Grabhügel. Peter betet und segnet den Toten, so wie es in der Heimat Brauch und Sitte ist. Einige Indianerfrauen sind gekommen, beklagen den Toten mit monotonem Gesang.
Maria ist todtraurig. Nach den Gesprächen mit ihm ist sie sich aber sicher, dass er sterben wollte, sein Lebenswille war gebrochen.
„Der Winter kündigt sich an, schau“, wendet sich *Schneller Fisch* zum Himmel zeigend an Christian. Der sieht nun eine riesige Formation von Gänsen gegen Süden ziehen.
„Da wäre bestimmt ein feiner Braten dabei“, spekuliert dieser laut, aber die Vögel fliegen viel zu hoch für ihre Schusswaffen.
Plötzlich ist große Unruhe im Dorf. Die meisten Männer laufen oder reiten ungeordnet in großer Eile in Richtung des dichten Waldgürtels, der den großen See umschließt.
Die Weißen können sich keinen Reim daraus machen, weil auch ihre beiden Indianer blitzschnell verschwunden sind.
„Habt ihr die Trommeln nicht gehört?“, fragt Hugo, der zurückgeblieben ist.
„Schon, aber wieso dieser Trubel, das sieht ja beinahe wie Flucht aus.
„Ist es auch. Ihr werdet schon sehen.“
Kurze Zeit später hören sie Pferdegetrampel. Es treffen ein gutes Dutzend Soldaten ein, die der Uniform nach Franzosen sein müssen.
Der führende Offizier erteilt Befehle. Die Soldaten durch-

kämmen das Dorf, inspizieren jeden Wigwam. Sie treiben ein paar alte Männer zusammen. Der Friedenshäuptling ist unter ihnen. Den Weißen schenken sie kaum Beachtung. Auch Hugo, der nach dem Vorbild von *Helles Feuer* wie ein Puritaner gekleidet ist, seine Haare kurz trägt, bleibt verschont.

„Wo sind eure jungen Männer?“, versteht Peter die herrschende Frage des Offiziers, die er immer wieder stellt.

„Wir sind Freunde der Bleichgesichter, wieso kommt ihr in feindlicher Absicht?“, will *Tiefes Wasser* wissen.

„Wir sind nicht eure Feinde. Wir brauchen aber eure tüchtigen Krieger, die uns helfen müssen, gegen unsere und auch gegen eure Feinde.“

„Wir haben keine Feinde, leben in Frieden mit unseren Nachbarn, auch mit euch. Wenn ihr das nicht wisst, dann solltet ihr euch besser informieren.“

„Das muss er schon mir überlassen, was ich tun oder lassen soll!“, kommt es barsch zurück.

„Also, wo?“

„Bei uns werdet ihr keine Krieger finden. Wer nicht von unseren Feinden getötet wurde, starb an Pocken. Zieht euch wieder zurück, hier ist nichts zu holen für euch!“

„Aha, alle tot, dass ich nicht lache. Die vielen Kinder stammen wohl von den alten Männern hier. Ihr haltet mich wirklich für dumm. Schade.

So werde ich ein paar Kinder mitnehmen müssen, die ihr dann gegen wehrfähige Krieger austauschen könnt.“ Er gibt entsprechende Befehle an seine Soldaten.

Nun schaltet sich Peter ein.

„Hier gibt es tatsächlich keine Krieger, wie Ihr sie sucht. Ihr könnt mir das glauben, weil wir uns bereits seit einigen Wochen hier aufhalten. Die Winnebagos sind enge Freunde der Franzosen, treiben mit euch Handel und stehen den Engländern feindlich gegenüber. Also verprellt sie nicht, glaubt dem

Häuptling. Lasst bloß von den Kindern ab. Dies wäre ein Vorgehen, dass die Indianer nie vergessen würden. Ewige Feindschaft mit diesem Stamm? Wegen ein paar Kriegern, die nicht vorhanden sind?“

„Seid Ihr Franzose? Unsere Sprache beherrscht Ihr wohl. Sagt Ihr aber auch die Wahrheit?“

„Das ist meine volle Überzeugung“, beantwortet Peter nicht ganz die Frage.

„Meine Freunde, die uns inzwischen verlassen haben, hatten ein Empfehlungsschreiben des französischen Gouverneurs, das sollte euch genügen.“

Noch einmal müssen die Soldaten das Gelände absuchen.

„Gut, dass sie sich nicht auf Fährten verstehen“, flüstert Hugo, „die Spur, die zum Wald führt, wäre breit genug!“

Dann sitzen die Soldaten wieder auf und reiten missmutig davon. Peter folgt ihnen, um zu sehen, welchen Weg sie nehmen. Einer der Franzosen bleibt als Beobachter zurück, begibt sich sofort unaufgefordert in den Wigwam der Brandstädter. Es ist ein älterer Soldat mit Pockennarben im Gesicht. Bereits bei der Durchsuchung hatte er sich durch seine Rücksichtslosigkeit hervorgetan. So schlug er einer Hochschwangeren brutal auf den Bauch, herrschte sie an, wo der Erzeuger des werdenden Kindes wäre. Die Indianerin verstand ihn nicht, weshalb er sie an den Haaren zerrte, mit den Füßen traktierte, seine Frage mehrmals wiederholte. Einer seiner Kameraden hielt ihn vor weiteren Misshandlungen zurück.

Er hatte auch vorher bereits ein Auge auf Eva geworfen, die immer mehr zu einer sehenswerten Schönheit gereift ist. Die Haare trägt sie offen. Sie reichen ihr bis zu den Hüften. Die braunen Augen, die manchmal ein tiefes Schwarz annehmen, strahlen eine wohltuende Wärme aus. Der schlanke, makellose Hals, geschmückt mit einer breiten Goldkette, führt den Betrachter zu einem Körper, der vollendeter nicht sein

könnte. Sie lacht viel, wenn sie mit ihrem kleinen Johann spielt, der die lustigen Grübchen ihrer Wangen geerbt hat. Sie wird von ihrer Gruppe mit großem Respekt behandelt, von allen als eine der ihren herzlich gerne gelitten.
Dem Franzosen mochte in seiner Garnison so viel Anmut noch nie begegnet sein. Da waren höchstens ein paar Indianerinnen, die sich vor dem Fort campierend ein paar Münzen verdienten. Eva erschien ihm wie ein Traum. Den wollte er sich verwirklichen.
Er machte einen vollendeten Diener vor ihr, schaut sie unverwandt an, spricht:
„Madam, selbst die schönste Blume der Prärie kann sich mit Euch nicht vergleichen. Ich verehre, ich bewundere Sie, bereits vom ersten Augenblick an, als ich Sie bei unserer Ankunft erblickte. Sie sind wie ein Wunder."
Eva lacht, zeigt dabei zwei Reihen makelloser Zähne, die den Franzosen noch mehr in Bewunderung versetzen.
„Kommen Sie doch mit mir. Auf der Stelle. Das Militär kann mir gestohlen bleiben. Ich habe genug Gold von den Indianern. Ich kann Ihnen ein sorgenfreies Leben bieten, jeden Wunsch erfüllen."
Er wendet den Blick nicht mehr von Eva, nähert sich ihr immer mehr, lässt sie zurückweichen, abwehrend die Hände heben.
„Zuviel der Ehre, ich habe ein Kind, einen Mann, bin glücklich. Es fehlt mir an Nichts."
„Vergessen Sie Ihren Mann. Heiraten Sie mich. Wir gehen nach Paris, genießen das Leben. Was wollen Sie in dieser Wildnis? Sie gehören in die vornehme Gesellschaft, nicht zu schmutzigen Indianern und stinkenden Fallenstellern!"
Eva lacht nicht mehr, versucht zum Ausgang der Hütte zu gelangen. Sie nimmt angstvoll eine gefährliche Veränderung im Gesicht dieses Mannes wahr. Sie kennt den Blick, ruft er doch die Erinnerung an den Brandstifter und seinesgleichen

in ihr wach. Der Franzose greift nach ihr, sein Atem geht schneller. Er denkt wahrscheinlich leichtes Spiel zu haben. Eva sucht einen Ausweg, Johann an sich gedrückt, schüttelt energisch den Kopf, spricht ruhig aber unmissverständlich auf ihn ein. Vergeblich.

Der Franzose zeigt nun sein wahres Gesicht, stürzt sich auf sie. „Die brauchst du hier nicht“ keucht er, versucht ihr die Halskette herunterzureißen. Die drei stürzen zu Boden, das Kind schreit vor Schreck so laut es kann. Nun ist der Angreifer über ihr. Sie setzt sich zur Wehr. Ein Ringkampf beginnt, der Mann wird immer wilder, die Abwehr Evas stachelt seine Leidenschaft noch weiter an.

Brutal hält er sie am Boden fest, nestelt ungeschickt an ihren Röcken. Vergeblich versucht Eva ihn von seinem Vorhaben abzubringen. Er ist ihr aber körperlich weit überlegen.

Als er seine Hose öffnen will, fährt ihm das Messer *Schlangentöter*s von hinten tief ins Herz.

Der Indianer hatte sich in der Nähe der Hütten versteckt, war deshalb so rasch zur Stelle.

Nach einigen Tagen kehrt der Trupp Soldaten zurück. Die Männer sind wieder, rechzeitig gewarnt, schnurstracks in den Wald, die Zurückgebliebenen voller Sorge.

Die Soldaten schwärmen aus, kehren aber wiederum ohne Erfolg zu ihrem Offizier zurück.

„Wo ist unser Mann. Den, der bei unserem letzten Besuch zurückgeblieben ist?“

„Der ist euch doch sofort nachgeritten“, antwortet der Friedenshäuptling.

„Stimmt das?“, wendet er sich nun an Peter.

„Ich hab das zwar nicht selbst beobachtet. Aber nach Aussagen der Leute hier entspricht das den Tatsachen. Sie waren nämlich sehr froh, dass sich der ungehobelte Bursche so schnell aus dem Staube gemacht hat.“

„Also wieder ein Deserteur mehr“, knirscht der Franzose; wendet sich ab, befiehlt den Rückzug.
Den toten Soldaten hatten sie gut vergraben. Sein Pferd wurde dem jungen Häuptlingssohn der Menominee mitgegeben, der Maria einen Besuch abgestattet hatte. Als Geschenk brachte er ihr eine Halskette mit den Zähnen eines Pumas mit.
„Das ist ein Brautgeschenk“, stellt *Schneller Fisch* halb im Ernst halb im Spaß fest.„Du wirst sehen, der kommt wieder, der hat Feuer gefangen.“
„Du wirst noch eine von uns“, lacht *Schlangentöter*.
„Das kann doch nicht so weitergehen. Ihr müsst mit dem Kommandeur der Garnison sprechen“, rät Peter dem Friedenshäuptling, als die Soldaten abgezogen sind. „Das ist doch kein Leben!“
„Es liegt alles in den Händen Manitus. Wir sind einfach zu schwach. Reden bringt nichts. Die Soldaten halten sich an keine Versprechungen.“
„Kann ich euch helfen? Soll ich mit den Franzosen reden?“ Schade, dass der Habsburger und Nikolaus von Prien nicht mehr bei uns sind. Als Repräsentanten ihrer Länder hätte ihr Eingreifen bestimmt mehr Gewicht, denkt er.
„Die Flut der Auswanderer kann niemand mehr zurückhalten.“
„Ihr seid doch tapfere Krieger. Schließt euch zusammen und behauptet euer Land.“
„Metacomet, der große Häuptling der Wampanoag, von den Engländern King Philip genannt, hat es versucht. Im Osten schlossen sich viele Stämme zu einem Bund zusammen, kämpften gemeinsam gegen die Weißen. Leider verbündeten sich auch einige Indianerstämme mit den Truppen der Europäer. Es war ein heroischer aber aussichtsloser Kampf. 35.000 bestens ausgerüstete Kolonisten standen 15.000 Indianern gegenüber. In ihren Reihen Verräter und Spione, die

sich von den Engländern kaufen ließen. In den Augen der Puritaner waren die durch Krieg und eingeschleppte Krankheiten verursachten Bevölkerungsverluste ein Geschenk Gottes, um Platz für sein auserwähltes Volk zu schaffen. So sah und so sieht die Ausrottungspolitik der Engländer aus."
Resignation hatte die Miene des Häuptlings überzogen. Peter schüttelte tief erschüttert den Kopf, als *Tiefes Wasser*, in die Ferne blickend, noch einmal anhebt:
„Ich habe einen Traum", beginnt er, spricht jedoch mehr zu sich, als zu Peter: „Wenn wir scheinbar am Ende sind, am Boden liegen, werden sich all unsere Stämme gemeinsam erheben und vereint gegen die weißen Eindringlinge um unser Land, unsere Tiere, unsere Zukunft kämpfen. Wir werden viele Kämpfe siegreich gestalten, jedoch am Ende vernichtet werden. So wird sich das Schicksal gegen uns wenden. Es wird das Ende unserer stolzen Nation sein, die seit Jahrtausenden hier ihre Heimat hatte."
„Wir sollten noch etwas Holz für den Winter sammeln. Begleitest du mich, Eva?"
„Gerne. Ich binde mir den Kleinen auf den Rücken. Das habe ich mir von den Indianerinnen abgeschaut, die ihre Babys so bei der Feldarbeit mittragen. Das geht ganz gut", antwortet die angesprochene Judith, vermutet aber, dass ihre Freundin ohne andere Mitglieder mit ihr sprechen will.
Bereits nach wenigen Schritten beginnt Judith ohne Umschweife:
„Wie du weißt, bin ich eine Brandstädter aus Grafengaden. Stefan ist mein Neffe. Ich kenne ihn seit seiner Kindheit. Er war zwar etwas aus der Art geraten, ich habe ihn allerdings nicht so in Erinnerung, wie er sich jetzt entwickelt hat. Dafür muss es doch einen Grund geben. Ich frage mich immer mehr, ob es richtig war, ihn aus dem Hause zu weisen. Es ging aber nicht anders. Ich hatte keine Wahl. Er brachte nämlich auf unser Anwesen eine Freundin mit, eine Zigeu-

nerin samt Sippe, die sich sehr bald als diebische Elstern entpuppten. Er verließ uns dann mit ihr."

Eva hört schweigend zu, bis Judith weiterspricht.

„Weißt du, was weiter geschah, wie er nach Amerika kam, weshalb er sich zu einem gefürchteten Gesetzlosen entwickelt hat?"

Nachdem Eva ihren schreienden Johann beruhigt hat, antwortet sie:

„So genau kenne ich Stefan auch wieder nicht. Er hat zwar immer etwas erzählt, wenn er bei guter Stimmung war, das war jedoch nicht oft. Von seinen Gefährten erfuhr ich da schon mehr. Ich denke, es ergab sich so: Anscheinend wurden er und die Zigeunersippe aus einem Gefängnis irgendwo in Europa von einem Agenten freigekauft. Sie mussten sich dafür verpflichten, für einen Pflanzer in Virginia, oder wie das heißt, zehn Jahre zu arbeiten. Nach einiger Zeit muss es dort einen Aufstand der Arbeitssklaven gegeben haben, der blutig niedergeschlagen wurde. Stefan wurde gnadenlos verprügelt. Er überlebte nur deshalb, weil der Pflanzer auf seine Arbeitskraft nicht verzichten wollte. Eine schwere Kopfverletzung behinderte ihn monatelang.

Als er sich wieder einigermaßen bewegen konnte, musste er zur Kenntnis nehmen, dass der Gutsbesitzer seine Freundin zu seiner Mätresse gemacht hatte.

Das war für ihn anscheinend zu viel. Bei einem großen Festgelage, das der Pflanzer für seine Nachbarn gab, zündete Stefan mit Gleichgesinnten das Herrenhaus an.

Sie mussten fliehen, erhielten jedoch Zulauf von Unzufriedenen aus anderen Farmen, wobei natürlich viele von ihnen schon früher mit dem Gesetz in Konflikt geraten waren. Menschlicher Abschaum, aus Europa abgeschoben."

„Aber er wurde doch zu einem Bandenführer, der ohne Rücksicht auf Menschenleben Höfe niederbrannte, Menschen ermordete. Wieso diese Wandlung?"

„Das könnte mit seiner Kopfverletzung zu tun haben. Er scheint manchmal mörderische Schmerzen zu haben.
Seine Komplizen haben ihn zum Anführer bestimmt. Er musste die Gefolgsleute bei Laune halten, sie verpflegen, sie mit Raubgut versorgen. Also überfielen sie Trecks, Gehöfte und Dörfer. Das ging immer so weiter, die Brutalität nahm anscheinend mit jedem Raubzug immer hemmungsloser zu."
„War er auch zu dir so rücksichtslos? Er scheint ja sehr an dir zu hängen?"
„Anfänglich war es die Hölle. Später habe ich mich einfach gefügt. Ich wollte ja weiterleben, Auch Steffi hatte ich sehr ins Herz geschlossen. Das war meine Aufgabe, an die ich mich klammerte, meine Würde bewahrte. Sie konnte ich beschützen. Das gab mir die Kraft, diesen Schmutz durchzustehen!"
„Diese Kette um deinen Hals, die der Franzose wollte ..."
„Die hat mir Stefan geschenkt, als ich ihm von meiner Schwangerschaft erzählt habe."
„Ich frage nur deshalb, weil ich eine ähnliche Kette besessen habe. Sie wurde mir von der Zigeunerin, Stefans Freundin, gestohlen", setzt aber gleich hinzu, als sie den Schrecken im Gesicht Evas bemerkt: „Deine Kette ist ihr nur ähnlich, bestimmt eine andere, sicher von einem der Raubzüge der Banditen."
„Wenn ich sie dir schenken darf ..."
„Nein, nein, kommt überhaupt nicht in Frage", reagiert Judith energisch, fährt dann gedankenverloren fort:
„Vielleicht sehe ich Stefan noch einmal. Ich hoffe es zumindest. Dann werde ich versuchen, ihn an unser zuhause zu erinnern, ihn zur Umkehr zu bewegen, ihn bitten, von diesem furchtbaren Treiben abzulassen. Sicher wird ihm auch Peter ins Gewissen reden. Er findet bestimmt die richtigen Worte."

„Da kann ich dir leider keine große Hoffnung machen. Für vernünftige Argumente ist er nicht mehr zugänglich. Ich hatte im Laufe der Monate immer mehr den Eindruck, dass er zeitweise nicht richtig im Kopfe ist, nicht mehr klar denken kann. Manches Mal rannte er wie irr in seiner Hütte herum, hielt sich den Kopf, wahrscheinlich vor Schmerz. Bei solchen Anfällen ging ihm jeder aus dem Weg. Ich bete auch, dass wir ihm nicht noch einmal begegnen müssen. Das könnte für uns böse Folgen haben."
„Wir haben doch Maria. Sie könnte ihm sicher helfen."
„Mag sein. Erschwerend kommt seine fatale Begegnung mit dem Holländer hinzu. Sie verschweißt ein ähnliches Schicksal. Beide wurden aus ihrer Heimat vertrieben, beide saßen im Gefängnis, beide hatten eine fürchterliche Kopfverletzung und beide trauern einer unglücklichen Liebe nach. An ihrer Misere suchen sie nicht bei sich, sondern ausschließlich bei anderen die Schuld. Sie sind voller Hass. Ich fürchte mich vor ihnen, komme oft nächtelang nicht zur Ruhe. Ich will diesen Alptraum vergessen, Gott möge ein weiteres Zusammentreffen mit ihnen verhindern."
„Trotzdem. Die Hoffnung gebe ich nicht auf. Ich trage schließlich Mitschuld an dem Absturz von Stefan", macht sich Judith verzweifelt Vorwürfe.

Der Winter hat das Land fest im Griff. Die Auswanderer haben gut vorgesorgt. Zu den indianischen Dorfbewohnern hat sich ein freundschaftliches Miteinander entwickelt. Insbesondere lernen die Frauen voneinander.
Eines Abends stellt Peter eine frisch geschlagene Tanne in ihre Hütte. Als Schnee und Eis abgetaut sind, schmücken Judith und Eva den Baum mit bunten Bändern. Steffi hat aus Holz kleine Figuren geschnitzt, aus Holz Späne geschnitten, angefeuchtet, gedreht, gefärbt, gerollt. Auch diese kunstvollen Gebilde hängt sie an den Baum. Sie kennt diesen Brauch

nicht, erfährt aber von Judith, dass die Brandstädter zuhause an großen christlichen Festen immer grüne Nadelbäume in ihre Wohnstuben holten und sie mit allerlei Obst und buntem Zierrat behängten.
Es herrscht feierliche Stille. Die Holzstücke im offenen Feuer knistern, krachen und geben einen wunderbaren Duft nach verbranntem Harz ab.
Peter liest aus der Bibel von der Geburt Christi. Gemeinsam stimmen sie Weihnachtslieder an, versuchen sich an alle Strophen zu erinnern. Wehmut nimmt sie gefangen. Versteckt fließen Tränen. Peter findet die richtigen Worte. Freude verdrängt die aufgekommene Sehnsucht nach dem Weihnachtsfest ihrer Heimat. Vom Gesang angezogen, haben sich fast unbemerkt eine große Zahl der Dorfbewohner um die Hütte versammelt. Auch sie sind ergriffen, als ihnen *Schlangentöter* die Worte Peters übersetzt. Die Geschichte von der Heiligen Nacht.
Einen Tag später bricht plötzlich die Hölle über sie herein. Ein Inferno, wie sie es noch nie erlebt haben.
Der Himmel verdunkelt sich rasend schnell, die Temperatur stürzt in höchste Minusbereiche.
Ein gewaltiger Sturm fegt über das Land, führt riesige Schneemengen mit sich, die mit aller Macht alles erfassen und mit sich reißen, was ihnen im Wege steht.
Nach drei schier endlos scheinenden Stunden ist der Spuk vorbei.
Die meisten Hütten im Dorf sind entweder verschwunden oder so stark beschädigt, dass sie kaum mehr Schutz vor der bitteren Kälte bieten. Viele Gebrauchsgegenstände sind weit verteilt oder unter ungeheuren Schneemassen vergraben. Allmählich schälen sich zugeschüttete Personen aus dem Schnee. Chaos herrscht überall.
Auch die Auswanderer hat es arg erwischt. Eine Hütte wurde samt Gestänge fortgerissen, bei der zweiten Hütte fehlt das

Dach. Die dritte, die sich im Windschatten der zwei anderen befand, ist noch in Ordnung jedoch von einer meterhohen Schneemauer umgeben.
Während die Indianer sofort mit Aufräum- und Reparaturarbeiten beginnen, sind die Brandstädter und ihr Gefolge wie paralysiert, unfähig auch nur eine Hand zu rühren. Fröstelnd klammern sie sich aneinander, sind froh, dass anscheinend niemand ernsthaft verletzt wurde.
Schlangentöter und *Schneller Fisch*, deren Wigwam am wenigsten in Mitleidenschaft gezogen wurde, rütteln sie aus ihrer Schockstarre.
„Ihr müsst sofort die Hütten wieder aufbauen, wenn ihr nicht erfrieren wollt. Wir helfen euch dabei."
Die Frauen schaufeln mit bloßen Händen den Schnee beiseite. Peter gräbt mit Christians Hilfe die im Herbst liegen gebliebenen Reservestangen aus dem Schneeberg. Die beiden Indianer schneiden junge Bäume und Äste aus dem vom Orkan verschonten Teil des Waldes.
Dann geht es Hand in Hand. Alle helfen zusammen. Indianer, die ihre Hütten bereits aufgebaut oder instand gesetzt haben, kommen den Auswanderern ebenfalls zu Hilfe.
Als Flechtwerk für Dach und Seitenwände dienen Äste von Nadelbäumen. Lücken verschließen sie mit Schnee, der mit Wasser beträufelt sofort zu einer dichten Schutzschicht gefriert.
„Solche Schneestürme sind keine Seltenheit bei uns. Sie dauern aber nur ein paar Stunden. Danach können wir wieder alles reparieren. Menschen kommen selten zu Schaden", erklärt ihnen *Tiefes Wasser*, der ebenfalls beim Aufbau der Hütten mit beteiligt war.
„Kommt das wieder?", will Stefanie ängstlich wissen.
„Nur Manitu weiß es", ist die kurze Antwort.

28

„Du bist so still, so abwesend, an was denkst du?"
Nikolaus bemerkt es schon seit Tagen, dass Lisa nicht mehr die alte ist.
Ist es die monotone Eintönigkeit, seit sie den Mississippi überquert haben oder liebt sie ihn vielleicht nicht?
Sie haben zwar ein flottes Tempo angeschlagen, wobei ihnen ihre Ersatzpferde gute Dienste erweisen. Pferde, die sie von Jacob mitgenommen, ihm aber dafür die angedrohte nächtliche Fesselung erspart haben.
„Das wird doch alles neu für mich, ich habe Angst vor so Vielem. Einmal muss ich immer an Mutter denken; sie wird sehr traurig sein, Vater macht ihr bestimmt große Vorwürfe. Er ist ja kein schlechter Mensch, hat sich immer für seine Familie und für den Stamm eingesetzt. Aber der Raub seiner Tochter hat ihm sicher arg zugesetzt."
„Väter trifft es immer hart, wenn die einzige Tochter das Haus verlässt. Das ist bei uns nicht anders. Es gibt sich wieder."
„Der Medizinmann ist nicht tot. Er wird sich rächen wollen. Vor allem an Vater, vielleicht auch an uns. Das macht mir auch Sorgen."
„*Eulenschnabel* war halb tot, der darf froh sein, wenn er jemals wieder auf die Beine kommt", beruhigt er sie.
„Du kennst unsere Medizinmänner nicht. Sie besitzen übernatürliche Fähigkeiten. Mit ihrer Medizin aus einer Sammlung magischer Dinge heilen sie nicht nur andere, auch sich selbst wird er helfen können. Es würde mich nicht wundern, wenn er bald wieder in unserem Dorf auftaucht."
„Der wurde unehrenhaft verstoßen, er wird sich deshalb hüten, deinem Vater noch einmal unter die Augen ..."
„*Eulenschnabel*s Hinterlist ist grenzenlos, ich habe kein gutes Gefühl ..."

„Die Fox sind doch ein friedliches Volk“, versucht Nikolaus abzulenken.
„Friedlich? Gezwungenermaßen jetzt schon. Vor wenigen Jahren noch tobte ein jahrzehntelanger Krieg zwischen vielen Stämmen. Es ging um Jagdgründe und Einfluss, um mit den ins Land strömenden Weißen ins Geschäft zu kommen. Der „Biberkrieg“ wurde er genannt. Waffenhilfe kam von den europäischen Nationen, von der insbesondere die Irokesen profitierten. Die Auseinandersetzungen wurden mit äußerster Brutalität geführt. Die Weißen haben genussvoll zugesehen, wie wir uns gegenseitig abschlachteten nach dem Motto: je weniger Indianer, desto mehr freies Land!“
Lisas Stimmung hat sich mit diesem Ausbruch nicht verbessert.
„Aber jetzt ist doch alles wieder friedlich zwischen den Stämmen. Eure Frauen bauen im Sommer Mais, Bohnen und Kürbisse an, die Männer gehen im Winter auf Bisonjagd, da stimmt doch alles, ihr leidet keine Not, habt auch von den Weißen nichts zu befürchten.“
„Das glaubst du. Die Weißen werden nicht ruhen, bis sie uns vernichtet haben. Dazu ist ihnen jedes Mittel recht. Ich hoffe, dass ich mich irre. Bald bin ich auch eine Weiße und deine Frau. So bin ich traurig, zugleich auch glücklich. Aber was bringt uns die Zukunft, wohin bringst du mich?“
„Ich hab dir das schon gesagt. Wir lassen uns in meiner Heimat nieder. Peter hat mir ein Schriftstück mitgegeben, nach dem wir seinen Besitz in Grafengaden erwerben können. Dort wird es dir gefallen. Wir werden uns lieben, Kinder haben und glücklich sein, so lange wir leben.“
Nun huscht ein Lächeln über ihr schönes Gesicht. „Ja, wir werden glücklich sein, so lange es uns gibt“, fährt aber dann nachdenklich fort: „Wie werden mich deine Verwandten, Freunde, Nachbarn aufnehmen? Ich bin doch keine der ihren.“

„Sie werden dir zu Füßen liegen. Du bist eine Prinzessin. Es gibt bei uns keine, die sich mit dir messen kann."
„Übertreib nicht ..."
„Das ist mein voller Ernst. Bei den Frauen da kenn ich mich aus, das darfst du mir glauben ..."

Nikolaus will unbedingt auf schnellstem Wege zu dem Fort in Detroit, in dem er Heinrich getroffen hat. Er will sich nicht eingestehen, dass diese Strecke vor Wintereinbruch nicht zu schaffen ist. Gewiss, sie reisten jetzt zu Pferd, hatten nicht die langsamen Ochsenkarren im Schlepptau, aber zu schaffen war das nicht. Burschi wusste das genau. Sie mussten ein anderes Fort ansteuern, ehe sie der Winter überraschte.
Für die Nacht suchten sie sich immer einen geschützten Platz für sich und ihre Pferde. Ein Feuer wärmte sie, das abwechselnd von den dreien mit zusammengetragenem Holz genährt wurde. So sorgten sie auch dafür, dass jeweils abwechselnd einer von ihnen wach blieb, weil man nie wusste, ob in dieser Wildnis nicht hungrige Raubtiere, weiße oder rote Banditen in der Nähe waren.
Es ist jedoch heller Tag, als ihnen zwei Reiter mit einem Packpferd entgegen kommen.
Die beiden Ankömmlinge grüßen freundlich und erkundigen sich höflich nach der Wegstrecke. Danach taucht ein dritter Berittener auf. Er ist Indianer. Er reitet so vornübergebeugt, dass sein Gesicht nicht gleich zu erkennen ist.
Näher gekommen entweicht Lisa ein Schreckensruf: „*Eulenschnabel*!"
Dann geht alles blitzschnell. Die beiden Weißen, eben noch höflich, zeigen ihr wahres Gesicht. Mit ihren Musketen zwingen sie Burschi und Nikolaus, die total überrascht sind, von den Pferden, fordern sie auf, sich niederzuknien. Dann werden sie gefesselt.
Den Tumult nutzend prescht Lisa, ihr Pony zu höchstem

Tempo anfeuernd, weg vom Überfall. *Eulenschnabel* verfolgt sie, kehrt aber nach einiger Zeit erfolglos zurück.
Sofort öffnet er seinen Medizinbeutel, studiert die herausgeschütteten Gegenstände.
„Du entkommst mir nicht“, knirscht er hasserfüllt.
Er kniet sich vor dem am Boden liegenden gefesselten Nikolaus. „Du stirbst einen langsamen Tod, so wahr ich der oberste Medizinmann der Fox bin. Vielleicht nicht gleich heute, weil es eine große Freude für mich wäre, wenn ich auch gleichzeitig *Sonnentau* mit dir sterben lassen könnte.“
Er hat sich ein wenig von der Sprache der Weißen angeeignet. Nikolaus versteht seine Drohung, entgegnet ihm: „Das nächste Mal überstehst du nicht. Ich habe dich schon einmal besiegt, ich kann es immer wieder!“
„Gemach, Gemach“, schaltet sich einer der Weißen ein. Zuerst wollen wir einmal hören, was uns diese Vögelchen bieten können. Sollten ihre Taschen leer sein, so bringen sie uns vielleicht gutes Lösegeld. Abmurksen können wir sie immer noch.“
Nikolaus kann sich etwas umsehen. Vor allem ist er froh, dass anscheinend Lisa entkommen ist. Das gibt Hoffnung. Er glaubt, das von den Banditen mitgeführte Packpferd als seines zu erkennen. Sie müssen es Heinrich abgenommen haben, aber wann und wie, rätselt er.
Die Banditen durchsuchen nun ihre Gefangenen und ihr Gepäck. Ohne großen Erfolg.
„Diese zwei kommen aus Europa, von irgendwelchen großen Häuptlingen“, klärt sie *Eulenschnabel* auf. „Der eine“, er deutet auf Nikolaus, „hatte viele Münzen im Gepäck.
Einen Teil hat sich mein Schwager angeeignet, den anderen Teil habt ihr bereits bei seinem Kameraden erbeutet. „Aja, der es so eilig hatte? Er ruhe in Frieden“, lacht nun der andere Weiße, dessen eine Gesichtshälfte von einer hässlichen Narbe entstellt ist.

„Ihr seid wohl Stefan Brandstädter, Brandstifter genannt. Ein guter Ruf, der euch Angst und Schrecken verbreitend vorausgeeilt ist."
„Ah, er kennt mich? Weiß wohl von Judith und Peter wer ich bin. Das trifft sich gut. In ihrer Gesellschaft befindet sich nämlich meine Frau und mein Sohn. Wie geht es ihnen?"
„Ohne euch ganz gut, so viel ich weiß. Wir haben uns nämlich im Dorf der Fox getrennt. Sie wollten, glaube ich, mit ihrem indianischen Führer zum Fort Wayne", antwortet Nikolaus.
„Euer Lügenmaul werden wir bald stopfen. Zuerst schreibt ihr jedoch euerem Landesherrn, dass ihr mehr Geld braucht für das viele Land, das ihr für ihn erwerben wollt." Zu Burschi gewandt: „Und euer Kaiser wird sich auch nicht lumpen lassen, um seinem Zögling aus der Patsche zu helfen, oder was glaubt ihr?"
„Natürlich werden die zahlen", antwortet Nikolaus eilig. „Voraussetzung ist jedoch, dass wir das Geld persönlich in Empfang nehmen werden."
„Das könnte euch so passen. Ihr werdet uns Vollmachten geben, basta. Wenn ihr mitspielt, haben wir kein Interesse mehr an euch, wir lassen euch dann frei!"
„Das hört sich gut an, darauf könnten wir eingehen", stellt sich der Salzburger scheinbar einverstanden. Er will Zeit gewinnen. Burschi spielt jetzt mit. „Wir verlangen euer Ehrenwort, wenn wir auf den Handel eingehen sollen."
"Das ist doch klar, wir schwören darauf", lässt sich das Narbengesicht vernehmen.
„Wir reiten gemeinsam zum nächsten Fort, dort gibt es Schreibzeug und sicher eine Amtsperson oder einen Klostervorsteher, der eure Schreiben beglaubigen kann.
Eulenschnabel wird uns begleiten."
Den hätten sie beinahe vergessen. Er sitzt vor seiner Medizin, meditiert und summt, seinen Kopf nach vorne und

hinten bewegend, vor sich hin.
Der ist der Gefährlichste, ist sich Nikolaus im Klaren. Er konnte ihn zwar schon einmal besiegen, aber nur mit Hilfe der Zauberkugel von Maria.
Er ist überraschend genesen. Ein paar Wochen sind erst vergangen, seit er ihm die tödliche Verletzung beigebracht hatte. Oder hatte sich der Medizinmann nur verstellt? War die Verwundung nicht so schlimm? Man sieht ihm seinen glühenden Hass auf die Gefangenen förmlich an. Was führt er im Schilde? Die beiden Weißen stellen im Augenblick keine große Gefahr dar. Sie haben andere Interessen. *Eulenschnabel* will jedoch Rache, tödliche Vergeltung für alle Schmach, die er wegen Nikolaus durch seinen Stamm und dessen Häuptling erlitten hat. Seine Squaw hat er zurückgeschickt als er auf die beiden Weißen traf, ihnen seine Dienste anbot.
Nikolaus' Gedanken kreisen um Lisa. Sie wird ihnen folgen, auf einen günstigen Augenblick, vielleicht nachts, hoffen, wo sie ihre Freunde befreien kann. Unter Umständen findet sie auch Verbündete? Indianer oder Weiße? Sie ist Halbblut. Eine Schönheit, der es leicht fallen müsste, Helfer zu überzeugen. Einstweilen waren sie ja sicher, mussten jedoch Tag und Nacht auf der Hut vor *Eulenschnabel* sein.
Eines Abends schwingt er sich auf sein Pony und reitet zurück in die Nacht.
Nikolaus haben die Banditen an einen Baum gebunden, unweit daneben liegt Burschi gefesselt mit den Händen auf dem Rücken. Jede Nacht hat er probiert, sich zu befreien. Heute scheint es zu gelingen, wartet aber so lange, bis ihn die regelmäßigen Atemzüge der Banditen eine gewisse Sicherheit vermitteln. Dann rollt er sich noch weiter zusammen, versucht es immer wieder, bis er es unter großer Anstrengung schafft, seine Arme unter den Füßen hindurchzuziehen. Er horcht, hat auch die Banditen fest im Auge, glaubt jedoch, gemeinsame Schnarchtöne zu hören die ihn etwas beruhigen. Seine

Nerven sind aufs Äußerste gespannt, er getraut sich kaum zu atmen. Er ist sich gewiss, dass diese Chance vielleicht nicht mehr wiederkommt. *Eulenschnabel*, der meistens Wache hielt, ist nicht da, die zwei anderen schlafen ohne Sorge, wissend, dass die Gefangenen, fest verzurrt, nicht fliehen können.
Burschi bearbeitet seine Handfesseln mit den Zähnen. Plötzlich richtet sich Narbengesicht auf. Das Feuer ist heruntergebrannt. Burschi erstarrt, rollt sich ganz langsam in die gefesselte Position zusammen, wartet darauf, kontrolliert zu werden. Noch hat er seine Handfesselung nicht gelöst, er ist praktisch wehrlos. Der Holländer geht aber ein paar Schritte in die entgegengesetzte Richtung und verrichtet seine Notdurft. Burschi gibt nun seinerseits laute Schnarchtöne von sich. Nikolaus, der mehr gespürt als gesehen hat, wie der Freund versuchte, seine Fesseln zu lösen, mimt ebenfalls den tief Schlafenden mit den entsprechenden Geräuschen. „Bald ist es aus mit eurer Ruhe, dann geht ihr ein in die ewigen Jagdgründe“, brummt der Narbige vor sich hin, hüllt sich wieder in seine Decke.
Sobald Burschi wieder dessen regelmäßige Atemzüge vernimmt, kaut und zerrt er weiter an seinen Fesseln.
Dann ist es geschafft. Schweißgebadet von dieser Mühe und der Angst, vorzeitig entdeckt zu werden, macht er sich nun an seine Fußfesseln, die jedoch kein großes Problem mehr darstellen.
Er weiß, wo die Waffen der Banditen lagern, nimmt sich ein Messer, schneidet fast unhörbar Nikolaus vom Baum. Geglückt.
Nun nehmen sie sich die Musketen der Verbrecher, stoßen sie mit den geladenen Läufen unsanft an. Als diese hochschrecken, werden sie mit je einem Schlag des Flintenkolbens ruhiggestellt. Burschi und Nikolaus gehen dabei nicht gerade zimperlich um. Die Bewusstlosen werden so gefesselt, dass sie sich ihrer Einschätzung nach nicht selbst

befreien können.
„Wir müssen Lisa finden, lass uns losreiten“, fordert Nikolaus seinen Kameraden auf.
„Warten wir noch ein wenig, bis es heller wird. Die Dämmerung setzt doch schon ein, dann haben wir mehr Aussicht, sie zu finden.“
Kurze Zeit warten sie noch, als sie einen auf ihr Lager zukommenden Reiter ausmachen.
„Dem Pferd nach ist es *Eulenschnabel.* Gott sei Dank ist er allein, hat also Lisa nicht gefunden“, denkt der Salzburger laut.
Schnell richten sie sich wieder so, wie sie vor ihrer Befreiung gefesselt dalagen.
Als *Eulenschnabel* heran ist, springt ihm Nikolaus mit der Muskete entgegen, setzt sie ihm auf die Brust. Dann reißt er ihm als erstes den Medizinbeutel herunter. Der Medizinmann ist geschockt, starr vor Überraschung, keiner Gegenwehr fähig.
Da schreit Nikolaus auf, seine Stimme hat nichts Menschliches mehr. Er drückt ab. Der Schuss geht *Eulenschnabel* mitten durch die Brust, schmeißt ihn zu Boden. Er ist tot. Nikolaus aber schlägt mit dem Kolben immer wieder auf den Kopf des Medizinmannes, zerschmettert ihn förmlich. Burschi springt herbei, reißt den Rasenden zurück.
Dann sieht auch er es. Am Gürtel des Medizinmannes hängt ein frischer Skalp. Er erkennt Lisas wunderschöne Haare.
Nikolaus zieht vorsichtig, von Weinkrämpfen geschüttelt, den Skalp aus dem Gürtel Eulenspiegels. Er wirft sich auf den Boden und küsst die Haare seiner Geliebten ohne Ende.
„Ich habe gehört, dass manche Indianer ihre Gegner zwar skalpieren, aber am Leben lassen.
Sollten wir nicht losreiten? Vielleicht finden wir Lisa noch lebend?“, spricht Burschi ganz ruhig auf den Verzweifelten

ein", fährt fort: „Ich suche inzwischen im Gepäck der beiden nach deinen Münzen, die sie Heinrich abgenommen haben. Dann ist es auch hell genug, um der Spur des Indianers folgen zu können."

Die beiden Banditen, aus ihrer Ohnmacht erwacht, haben das Schauspiel miterlebt. Sie verhalten sich ganz ruhig. Dem Salzburger, denken sie, ist alles zuzutrauen. Keine Bemerkung kommt über ihre Lippen. Jetzt fürchten sie um ihr Leben.

Nach wenigen Stunden des Suchens finden sie Lisa. Kreisende Geier haben ihnen den Weg gewiesen. Sie erkennen das Mädchen zuerst nur an der Kleidung. Kopf und Gesicht sind blutverschmiert. Sie lebt noch.

Nikolaus nimmt sie in die Arme. Er hört ihre leise Stimme als sie flüstert: „Ich habe auf dich gewartet. Jetzt ist alles gut. Wir wollten doch so glücklich werden."

Dann spricht sie nichts mehr. Ihr Kopf sinkt zur Seite. Die gebrochenen Augen sind immer noch offen und auf ihren Geliebten gerichtet.

Nikolaus hat seine Liebste auf das Pferd genommen. Sie reiten zurück. Die Banditen sind aber ausgerückt. Sie haben viele Dinge zurückgelassen, damit sie schneller wegkommen, die Angst sitzt ihnen im Nacken.

Auf der Stelle begraben sie Lisa, sprechen ein Gebet, das vom Schluchzen des Geliebten begleitet wird. Den Grabhügel belegen sie mit Steinen in der Art, dass ein Kreuz zu sehen ist. Den toten Indianer überlassen sie den Kojoten.

29

Der Winter war sehr kalt. Dank der guten Vorsorge und der gastfreundlichen Dorfbewohner, die sie mit Mais und getrocknetem Gemüse mitversorgt hatten, sind die Auswanderer auch in bester körperlicher Verfassung. Die Dorfbewohner mussten lange Zeit ihr Trinkwasser aus dem großen See schöpfen, was mit Mühe und langen Wegen verbunden war. Maria fand aber kurz vor dem Winter nahe bei den Wigwams eine Quelle dank der Fertigkeit und ihrem Spürsinn, den sie Großmutter zu verdanken hatte. Sie haben viele Freunde gewonnen.

Beinahe ungern ziehen sie weiter. Sie wissen jetzt aber, wohin sie sich zu wenden haben.

Maria hat auf der Innenseite des Hemdes des toten Carl de Trampl eine teilweise verwischte Skizze entdeckt, von der er ihr erzählt hatte.

„Der Weg ist nicht einfach. Der Heilige Berg wird von Wächtern geschützt. Weiße werden nicht geduldet, sondern ermordet, damit keine Wegbeschreibungen weitergegeben werden können. Aber es soll wilde Mustangherden geben und Gold in den Höhlen des Berges.

Der Tote hat mir erzählt, dass ihn einer der dortigen Medizinmänner mit einem bösen Fluch belegt hat. Er war überzeugt, seine schwere Krankheit sei dadurch ausgelöst worden."

Im Laufe ihrer Reise zum Heiligen Berg erzählt sie den Mitreisenden nach und nach was sie erfahren hat.

„Sollen wir das Risiko eingehen"?, fragt Judith ihren Mann.

„Jetzt sind wir so weit gereist, um ans Ziel zu kommen. Wir machen weiter, wenngleich wir mit dieser Zeichnung auf dem Hemd nicht weit kommen werden. Das meiste ist doch sehr rätselhaft, die Linien und Schraffierungen arg vergilbt!"

„Aber die Gefahren, von denen Maria ..."

„Das sind doch Phantastereien eines kranken Mannes mit hohem Fieber. Da geb ich nichts drauf", fällt ihr Peter ins Wort.
„Vielleicht finden wir genügend Gold. Dann können wir uns auch woanders niederlassen. In den aufblühenden Städten des Ostens lässt sich bestimmt gut und sorglos leben", gibt sich auch Christian optimistisch.
„Carl hat mir viel erzählt. Ich glaube, wir könnten auch allein nach seinen Schilderungen den Weg finden", beruhigt Maria.
„Sobald wir die Prärie verlassen haben müssten wir auf eine wüstenähnliche Landschaft stoßen. Danach kommt wieder Grünland, bevor wir wieder auf eine Wüste treffen. An Stelle von Sand ist der Boden da meilenweit mit Salz bedeckt. Wenn wir uns weiterhin nach den Gestirnen richten, können wir kaum fehlen, schließlich habe ich noch meine Kugel", redet sie weiter. Sie verschweigt jedoch die Gefahren, die Umwege, das Vorkommen feindlicher Indianer, gefährlicher Tiere.
Sie ist aber wieder in ihrem Element. Die Prärie zeigt sich im Frühling von der herrlichsten Seite. Ein unübersehbares vielfarbiges Blütenmeer tut sich vor ihnen auf. Alle Reisenden sind in Hochstimmung. Mit dem kleinen Johannes, der sich prächtig entwickelt, sind nur noch Judith und Peter, Eva, Christian, Steffi und Hugo in der Gruppe. Die beiden Indianer sind bei ihrem Stamm geblieben. Mit Weißen zum Heiligen Berg zu reiten wollten sie nicht. Sie konnten aber ihre Reisegefährten nicht von deren Plan abhalten.
Eva vertraut sich Peter an. „Du bist doch Priester und ich möchte gerne einen aufrichtigen Rat von dir", wendet sie sich, ohne dass andere mithören, an ihn.
„Nur zu, wenn ich helfen kann."
„Hugo möchte mich zur Frau. Er bemüht sich schon den ganzen Winter um mich. Er ist kein schlechter Mensch,

wenngleich er früher zur Bande des Brandstifters gehörte. Dem hat er aber abgeschworen. Bisher war er uns immer ein selbstloser Freund und Helfer. Ich halte ihn für sehr verlässlich."

„Liebst du ihn denn?"

„Ich mag ihn schon, kann ihn gut leiden. Liebe? Ich weiß nicht. Johannes braucht einen Vater. Hugo geht sehr liebevoll mit dem Kleinen um. Es ist echte Zuneigung, nicht gespielt, um mir zu imponieren, das spürt eine Mutter."

„Ich verheirate euch gerne. Vielleicht besprichst du dich noch mit Judith. Prüfe dich, ob du das Wagnis eingehst, ob Hugo nicht nur ein Notnagel ist, ob dein Entschluss vielleicht anders aussehen würde, wenn noch weitere Männer zur Auswahl stünden. Ich schätze Hugo sehr. Er stand uns immer zur Seite. Wir brauchen ihn auch jetzt zu unserer Begleitung. Wenn wir uns auch den Winter über sprachlich einiges von den Winnebagos angeeignet haben, an den Sprachschatz von Hugo kommen wir nicht heran. Das soll aber bei deiner Entscheidung nicht den Ausschlag geben. Er will ohnehin mit uns Pferde einfangen und alles was dazugehört."

Jetzt bin ich genauso schlau wie vorher, denkt Eva, bedankt sich aber für die Ratschläge.

Peter vertaut seiner Frau den Inhalt des Gespräches an und bittet sie, Eva zu beraten.

Mit Marias Hilfe und der Karte auf Carls Hemd kommen sie gut voran, hoffen, bald den Heiligen Berg zu sehen. Der soll ohne großes Vorgebirge mächtig aus der Ebene aufragen. Hin und wieder treffen sie auf jagende Indianer, die ihnen durchaus friedlich begegnen. Zum Schutz gegen irgendwelche Anfeindungen kleidet sich Hugo in der Tracht der Winnebagos, färbt sich Gesicht und Oberkörper wie sie. Christian und Peter reiten mit bloßem Oberkörper. Auf ihrer Brust baumelt je ein Medizinsäckchen, das ihnen der

Medizinmann des Stammes vor ihrem Weiterritt überreicht hat. Auch Maria wurde beschenkt. Stolz trägt sie aber auch die Kette aus Pumazähnen ihres Indianerfreundes. Sie sind jetzt in Leder gekleidet, das überwiegend von der Jagdbeute stammt, die von ihnen selbst erlegt wurde.
Wie Weiße sehen sie kaum mehr aus.
Die Durchquerung von Flüssen ist zur Routine geworden. Stundenlanges Reiten bereitet keine Beschwerden mehr, Feuer machen kann inzwischen jeder. Die Arbeiten sind klar verteilt. Jagen, fischen, Holz sammeln, Reit- und Packpferde versorgen, Essen zubereiten, alles läuft seinen geregelten Gang. Bei Krankheiten und Verletzungen, die an der Tagesordnung sind, ist Maria zur Stelle.
Allmählich wird das Gras spärlicher, die Wüste beginnt. Sie besteht nur noch aus Sand, der bei stärkerem Wind hochgewirbelt wird, oft zum Absitzen zwingt. Auch die Hitze nimmt zu. Es ist Hochsommer. Vom heiligen Berg ist noch nichts zu sehen. Nur flaches Land, Ebene, soweit das Auge reicht.
„Allmählich glaube ich, wir sind von unserer Zielrichtung abgekommen“, mutmaßt Peter.
„Es wird immer heißer und trockener, nur Sand, nichts als Sand ist zu sehen“, ergänzt Christian. „Wenn es so weitergeht, haben wir bald kein Wasser mehr. Frisches Wild könnten wir auch wieder brauchen.“
„Carl hat gesagt, dass nach dem Sand ein breiter Gürtel Grünland kommen müsste. Da gibt es bestimmt Wild und Wasser“, verspricht Maria.
Hin und wieder knabbern die Pferde an den harten Stängeln blattloser Büsche, die in Gruppen aus dem Wüstensand wachsen.
Sie reiten nun überwiegend nachts, orientieren sich an den Sternen. Am späten Vormittag, wenn die Sonne kräftiger wird, machen sie Pause, suchen den Schatten hinter ihren

Wagen und den Pferden.
Plötzlich scheut ein Packpferd, wiehert erschreckt auf. Hugo versucht, es zu beruhigen, als es Sekunden später zusammenbricht. Das hörbare Klappern deutet das Halbblut richtig.
Er springt vom Pferd, schleudert seine Streitaxt, trennt der Klapperschlange den Kopf ab.
Das offensichtlich von dem Reptil gebissene Packpferd ist aber nicht mehr zu retten. Eines Gnadenschusses bedarf es nicht mehr. Es stirbt vorher.
Die Lasten werden verteilt und einiges muss zurückbleiben. Dinge, die man unbedingt mithaben wollte, werden schweren Herzens zurückgelassen.
Die besten Teile des toten Pferdes werden allerdings mitgenommen. Sie kommen die nächste Zeit auf den Speiseplan.

Ziemlich erschöpft stehen die drei Reiter vor dem total abgenagten Knochengerüst eines Pferdes. Andere herumliegende Gegenstände lassen vermuten, dass sie von den von ihnen Gesuchten stammen.
„Wir sind ihnen auf den Fersen, da besteht kein Zweifel", sagt der Holländer zu seinem Kumpan.„Wie groß ihr Vorsprung ist, wissen wir aber nicht. Spielt auch keine Rolle, wir kennen ja ihr Ziel."
„Es zeigt sich immer mehr, dass wir gut daran taten, den Häuptlingssohn mitzunehmen. Ohne ihn wären wir in dieser Wüste schon verdurstet. Die Kaktusfrüchte ersetzen zwar kein Wasser, aber immerhin ..."
„Wir sollten weiterreiten. Dieser verdammte Sand macht mich sonst verrückt", fordert Stefan, der Brandstifter, die zwei anderen auf.
Er denkt noch einmal zurück und gratuliert sich zu seinem siebten Sinn, der sie immer wieder auf die Spur seiner Eva brachte. Er hatte sie schlecht behandelt, das musste er sich eingestehen. Erst als sie aus seinem Leben verschwunden

war, wurde ihm bewusst, wie sehr er sie brauchte, wie sehr er an ihr hing.

Als erstes besuchten sie *Eulenschnabel*s Schwager Jacob. Der verwies sie an die Fox. Die wollten sie schnell wieder loswerden, gaben ihnen aber die Gewissheit, dass sie auf der richtigen Fährte waren. Auf ihrem Weg zu den Winnebagos trafen sie auf den jungen Krieger, der sich Pumatöter nannte. Er wollte ebenfalls zu dem gleichen Stamme. Ein ihrer Sprache mächtiger Dorfbewohner, der erzählte, lange Zeit mit den gesuchten Auswanderern unterwegs gewesen zu sein und den vergangen Winter hier mit ihnen verbrachte, berichtete ihnen vom Ziel seiner Freunde, dem heiligen Berg. Er rückte erst dann mit dieser Information heraus, als ihm Stefan davon überzeugte, dass er ein enger Verwandter der Brandstädter ist, der seiner Tante und seinem Onkel unbedingt beistehen wolle.
Auch Pumatöter suchte nach ihnen. *Schlangentöter* wusste, dass der junge Häuptlingssohn starkes Interesse an Maria hat, sie in seinen Wigwam heimholen will. Diese Absicht hatte er ihm stolz verkündet. Nur er kennt von den dreien die ungefähre Richtung zum Heiligen Berg. Von *Schlangentöter* hat er zwar erfahren, dass die beiden Weißen in bester Absicht ihre Verwandten suchen. Je mehr er sie beobachtet, desto öfter bemerkt er den hasserfüllten Ton ihrer Worte, ihr wutverzerrtes Mienenspiel, wenn sie von den Gesuchten sprechen. Ich passe schon auf, dass Maria nichts passiert, nimmt er sich vor. Wenn er Gewissheit hätte, dass die beiden Weißen Böses im Schilde führten, wäre es leicht für ihn, sie zu verlassen und ihrem Schicksal zu überlassen. Er will aber keinen Fehler machen. Sosehr kennt er sich bei den Bleichgesichtern nicht aus.
Jürgen ist nicht begeistert von dieser Hetzjagd nach Eva. Seine Einwände bringen Stefan jedoch jedes Mal zur Raserei.

„Diese Kaktusfrüchte und dazu halbrohes Schlangenfleisch finde ich auch zum Kotzen. Es wird Zeit, dass wir Wasser finden und einen anständigen Braten zwischen die Zähne bekommen", knirscht der Holländer. „Ich habe ohnehin den Eindruck, dass uns dieser dreckige Indianer zum Narren hält. Der Zeitrückstand beträgt seiner Einschätzung nach drei Monde, also drei Monate. Wenn sie nicht am vorgenommenen Ziel bleiben, dann haben wir den Salat!"
„Denk an das viele Gold, das wir finden werden", beruhigt ihn Stefan immer wieder.

Sie hatten schon jede Hoffnung aufgegeben, jemals die Wüste hinter sich lassen zu können. Nur Maria war zuversichtlich. Sie war es auch, die immer wieder Wasserlöcher aufspürte, die Menschen und Pferde mit Energie versorgten. Da keine größeren Tiere erlegt werden konnten, fangen sie Wüstenmäuse und größere Insekten. Hugo lockt immer wieder Schlangen aus ihren Löchern, fängt sie geschickt ein, häutet sie und bietet sie gebraten seinen Mitreisenden an. Anfänglich war Skepsis und Ekel groß, aber der Hunger ließ sie alle Vorbehalte zurückstellen.
Nachdem die ersten Gräser zu sehen sind, dauert es nicht mehr lange und sie befinden sich auf einer grünen Ebene mit frischem Wasser, Baumbestand, soweit sie nur blicken können. Sie spüren auch Rotwild und allerlei Federvieh auf, von dem sie lange schon geträumt hatten. Während sie in der Wüste nur nachts unterwegs waren, können sie auf dem Grünland auch tagsüber weiter reiten. Sie lassen sich viel Zeit, Erholung ist angesagt, weil sie von Maria wissen, dass noch eine große Wüste vor ihnen liegt. Eine menschenverachtende Landschaft voller Salz.

Die liegt nun vor ihnen. Salz, nichts als Salz, so weit das Auge reicht.

„Wenn wir unser Ziel erreichen wollen, müssen wir da durch, wir können diese Salzpfanne nicht umgehen“, sagte mir Carl.
„Also los, mit Vorräten an Essbaren und Wasser haben wir uns ausreichend eingedeckt“, ermuntert sie die Gruppe nach gut einer Woche der Erholung, zum Aufbruch.
„Da bleibt uns nichts anderes übrig“, stimmt ihr Christian zu. Zurück, durch diese heiße Hölle möchte ich nicht noch einmal. So schlimm wird's auch nicht werden.“
„Länger als eine Woche dürfen wir nicht brauchen“, überlegt Peter, weil er an das mitgeführte Wasser denkt, das ansonsten sicher faul werden wird.
Vor sich sehen sie eine bizarre Landschaft mit fantastischen Gebilden aus Salzkristallen.
Türme, Berge, Atolle, Riesen und Zwerge. Reale und Trugbilder in der die gleißende Mittagssonne mit ihren Lichtreflexen eine Wunderwelt zaubert. Sie reden sich stark, wissen aber tief drinnen, dass eine Überquerung dieser Landschaft an ihre körperlichen Grenzen gehen wird.
Sie warten bis zum Abend ehe sie losreiten. Die Pferde kommen teilweise schlecht voran, weil die Salzkruste unter der Last der Tiere immer wieder einbricht. Die Fesseln der Tiere sind sehr schnell wundgescheuert.
„Absteigen, wir laufen“, befiehlt Peter dem Beispiel Hugos folgend, der schon seit geraumer Zeit unaufgefordert neben seinem Tier herläuft.
Sie vermuten unter der Salzdecke einen See, weil an manchen Stellen Wasser austritt. Es schmeckt stark salzhaltig, kann weder von dem Menschen noch von den Pferden getrunken werden. Christian nimmt einen Schluck und spuckt ihn sofort wieder aus. Maria, bewaffnet mit ihrer Wünschelrute, geht voran. Um Untiefen zu vermeiden, verläuft ihr Weg nicht immer gerade. Ihr mitgeführtes Wasser ist nicht mehr trinkbar. Sie tränken damit, sparsam umgehend, ihre Pferde. Hugo kocht Salzwasser und fängt den aufsteigenden Was-

serdampf mit einem Stück Tuch auf. Sobald es vollgesogen ist, drückt er es über einem Kochgeschirr aus und stillt so den ärgsten Durst der Gruppe. Die gnadenlose Sonnenglut laugt sie aus. Nur torkelnd kommen sie voran, glauben an ihr Ende.
Der völligen Erschöpfung nahe, erreichen sie nach zehn Tagen den Rand der Salzwüste.
Wieder ist es Maria, die Wasser findet. Hugo erlegt ein Reh. So kommen sie zu Kräften, brauchen aber ein paar Tage Ruhe, die sie in einem schattigen Waldstück verbringen. Alle haben sich rasch erholt, sind gesund und guter Laune. Selbst der kleine Johannes kräht vor Vergnügen.
Hugo wirbt nun offen um Eva. Sie hält sich bedeckt. Man merkt aber schon, dass sie ihm große Sympathie entgegenbringt. Sein Verhalten gegenüber ihrem Sohn könnte besser nicht sein.
„Jetzt müssten wir bald den heiligen Berg sehen oder dein Carl hat uns angelogen. Ich befürchte…“
„Der hat nicht gelogen, er war zwar schwach aber im Vollbesitz seines Geistes“, fällt Maria ihrem Onkel ins Wort. „Wir müssen nur weiterreiten, vielleicht sehen wir schon bald unser Ziel. Die Skizze ist sicher nicht maßstabsgerecht, aber der Abstand vom Salzsee zum Berg entspricht doch in etwa der Strecke zwischen den beiden Wüsten.“

Van Schröter will nicht mehr. „Ich habe jetzt endgültig die Schnauze voll. Deine Eva kann mir gestohlen bleiben. Ich bin auch fix und fertig. Diese Wüste hat mich geschafft! Wenn ich die Gesten des Indianers richtig deute, dann müssen wir auch noch über einen Salzsee. Unser Wasserschlauch taugt auch nicht mehr. Oder willst du Salzwasser saufen? Ohne mich!“
„Wir reiten weiter, denk doch an deine Rache. Mit dem Gold, das wir finden, können wir kaufen was wir wollen. Du

kannst dir einen ganzen Harem zulegen!"
„Einen Harem ...? Dass ich nicht lache. Wegen deiner idiotischen Verfolgungsjagd hatte ich schon seit Monaten kein ordentliches Weib mehr. Nein, nein, mir reicht es. Ich reite zurück und der Indianer mit mir!"
„Das könnte dir so passen. Der Indianer bleibt. Wenn du weg willst, dann bitte. Du gehst mir mit deinem ewigen Gejammere ohnehin gewaltig auf die Nerven. Das Pferd lässt du aber hier, es ist mein Eigentum. Du kannst zu Fuß laufen. Durch diese Wüste zurück, das wird dir sicher gefallen. Ohne Wasser, ohne Essen, ohne Führer. Hau doch ab, wenn du das besser findest, du blödes Arschloch. Mit deiner hässlichen Fresse findest du sicher bald Anschluss. Selbst die Kinder der Indianer laufen doch weg von dir!"
„Ist das dein Dank? Wer hat dich denn befreit, als uns der Salzburger gefesselt zurückließ? Wer hat alle deine Schweinereien mitgemacht? Nein, mein sauberer Freund, von dir hab ich genug, ich reite jetzt, den Weg finde ich schon, wir haben eine deutliche Spur hinterlassen. Renn nur ruhig in dein Verderben. Gold? Dass ich nicht lache. Die anderen sind mindestens drei Monate vor uns am Berg. Wenn es dort Gold geben sollte, wenn das nicht ohnehin ein Märchen ist, dann haben es die Brandstädter mit ihren Begleitern längst geborgen, sind über alle Berge. Und deine Schlampe mit ihnen!"
In Rage geredet schwingt sich der Holländer aufs Pferd und reitet zurück.
„Bleib oder ich putze dich vom Ross", schreit ihm der Brandstifter, die Muskete hebend erfolglos hinterher. Dann drückt er ab.
Van Schröter spürt einen Schlag im Rücken, der ihn nach vorne wirft. Er krampft sich um den Hals des Pferdes und gibt ihm die Sporen. Schnell verliert sich seine Silhouette in der Nacht.

„Dann reit doch in dein Verderben und verrecke“, knirscht der Schütze und hat ihn vergessen. Sein Ziel liegt ganz woanders.

„Das muss er sein“, ruft Christian und zeigt nach vorne.
Aus dem aufsteigenden Bodendunst erhebt sich in weiter Ferne ein blau wirkender Berg.
Die Gruppe hält inne und schaut. Ist es Wirklichkeit? Eine Luftspiegelung? Bilden wir uns das ein, weil wir unbedingt den Berg sehen wollen?
Allmählich kommt wieder Bewegung in die Auswanderer. Sie reiben sich die Augen. Gleichzeitig sprechen alle durcheinander.
„Endlich“, kommt es seufzend von Evas Lippen, die mit Tränen in den Augen ihren Sohn an sich drückt. Dann springen sie von den Pferden, hüpfen tanzend im Kreis, umarmen sich. Auch Hugo, sonst die Ruhe selbst, lässt sich von der Hochstimmung seiner Reisegefährten anstecken. Er drückt Eva und Johannes an sich. Ein nie gekanntes Glückgefühl durchströmt ihn. Er will die beiden nicht mehr loslassen. Sanft löst Eva die Umarmung.
Dann gibt es kein Halten mehr. Die Konturen des Berges sind zwar immer besser zu sehen, aber es dauert noch zwei Tage, bis sie ihm zum Greifen nahe sind.
„Erinnert dich der Berg an etwas“? will Judith von ihrem Mann wissen.
„Im Augenblick eigentlich ...“
„Sieh doch genau hin. Die steil aufragenden Flanken, der lange Gipfelgrat. Na, was meinst du?“
„Es ist halt ein Berg. Hoffentlich auch der, den wir suchen. Redest du dir etwa eine Ähnlichkeit mit unserem ...?“
„Ja natürlich. Es ist doch unser Berg. Der Untersberg! Der schaut doch genauso aus.“
„Wenn es dich glücklich macht. Von mir aus. Je nachdem

... na ja!, nennen wir ihn halt den Untersberg 2“, kommt es wenig überzeugt von Peter.

Lange schon wird ihre Annäherung von wachen Augen verfolgt. Einen halben Tagesritt vor ihrem Ziel kommt ihnen ein Trupp gut bewaffneter Indianer entgegen. „Medizinmänner, Wächter des heiligen Berges“, flüstert Hugo.
Die Auswanderer erkennen aus den feindlichen Minen, den einsatzbereiten Waffen durchaus, dass sie nicht willkommen sind. Das Dutzend Reiter umkreist die Ankömmlinge, schwingt seine Lanzen und stößt abschreckende Heullaute aus.
Ihr Anführer kommt näher und redet auf Hugo ein, der wieder wie ein Indianer gekleidet ist. Seine Medizin weist ihn als Sioux aus, was auch der grimmig blickende Medizinmann erkennt. Hugo hebt die flache Hand zum Friedensgruß, der aber nicht erwidert wird.
Die beiden sprechen jedoch miteinander. Keiner der Auswanderer getraut sich zu rühren. Zu gefährlich erscheinen die Drohgebärden der Medizinmänner. Das Palaver dauert und dauert. Johannes weint laut, seine Mutter kann ihn kaum beruhigen. Dann steigt sie aber vom Pferd, setzt ihren Sohn ins Gras. Sie ist schöner denn je. Ihre Haut hat einen Bronzeton angenommen, der dem der Indianer gleicht. Das lange schwarze Haar flattert im Wind, der auch das Kleid eng an ihren Körper anschmiegen lässt.
Einer der Medizinmänner kommt auf sie zu, prüft ihr Haar, will auch ihren Körper betasten. Sie drückt seine Hand weg und schüttelt energisch mit dem Kopf.
Hugo braucht nicht einzugreifen, weil der Anführer der Indianer den Zudringling zur Ordnung ruft. Der ist allerdings nicht der einzige, der Eva begehrliche Blicke zuwirft.
Nach dem endlos langen Palaver unterrichtet Hugo seine Freunde.

„Sie sind Angehörige des Stammes der Hidatsa und gehören zur Großfamilie der Sioux.
Mein Vater gehörte einem verwandten Stamm an. Ich kann mich mit ihnen daher gut verständigen. Diese da", er deutet auf die Indianer, die immer noch einen Ring um sie bilden, „verstehen sich als Wächter des heiligen Berges von dem sie vor allem Weiße fernhalten wollen. Ihr Stamm hat sich allerdings weiter westlich vom Berg angesiedelt. Sie wohnen in festen, erdgedeckten Hütten. Die Frauen bauen Mais, Bohnen und anderes Gemüse an, die Männer gehen auf die Jagd. Sie sind sesshaft, betreiben aber mit den Stämmen weiter im Westen einen lebhaften Handel. Sie laden uns ein, mitzukommen. Heute Abend führen sie den für sie typischen Sonnentanz auf, bei dem wir ihre Gäste sein dürfen. Danach werden sie entscheiden, was mit uns geschehen soll. Ich glaube jedoch, sie haben mehr Angst vor uns als umgekehrt. Die Kunde vom Weißen Mann, der brutal Männer, Frauen und Kinder hinmordet oder sie mit tödlichen Krankheiten überzieht, ist bis hierher gedrungen. Ich habe mein Möglichstes versucht, sie von unserer Friedfertigkeit zu überzeugen. Wilde Mustangs soll es hier nicht geben. Ein paar Tagesritte von hier schon. Wir müssten also noch weiter."
„Gold? Wie sieht es damit aus?", will Christian wissen.
„Diese Frage, die ich aus bestimmtem Grunde nur so nebenbei gestellt habe, wurde nicht beantwortet. Anscheinend messen sie diesem Material auch keine allzu große Bedeutung bei. Vielleicht ködern wir sie mit unserem Abzug, wenn sie uns dafür eine Fundstelle zeigen."
Eva geistert in einigen Köpfen der Medizinmänner herum. Hugo wiegelt geschickt ab und behauptet, sie sei seine Squaw. „Sie haben mir schon viel geboten, um dich freizukaufen", lacht er.
Die Indianer sind gastfreundlich. Die Fremden dürfen sich von den Strapazen der Reise erholen. Es gibt einen Tabube-

reich des Berges, den zu betreten auch Hugo nicht gestattet wird. „Es soll sich um ein weit verzweigtes Höhlensystem handeln, in dem sie ihre Toten bestatten“, sagt Hugo.
„Höhlen! Genau wie im Untersberg“, nickt Judith wissend zu Peter hin.
„Wahrscheinlich gibt es dort Gold, das sie uns vorenthalten wollen“, mutmaßt Christian, dem die Warterei zu lange währt.
Die Indianer nehmen sie als Gäste mit in das Dorf. Nach zwei Tagesritten werden sie neugierig aber durchaus freundlich von einer Schar Kinder und Weiber empfangen. Die Männer sitzen in der Dorfmitte, zeigen sich über den Besuch der Bleichgesichter nicht überrascht.
„Ihr dürft hier bleiben, so lange ihr wollt“, lädt sie der Friedenshäuptling ein. „Der heilige Berg jedoch ist für die Indianer eines der letzten Refugien, die wir von allen Bleichgesichtern frei halten wollen.“
Hugo verhandelt. „Ich habe meinen Brüdern klargemacht, dass ihr die lange und gefahrvolle Reise auf euch genommen habt, um Gold zu finden. Wenn wir weiterziehen müssen, dann würden wir gerne ein paar Nuggets mitnehmen. Ihr braucht sie, um im Lande der Weißen eine Existenz zu gründen und um überleben zu können. Ich habe ihnen auch versichert, dass wir mit niemanden über den heiligen Berg sprechen werden.“
„Das war gut, aber ihr habt doch stundenlang gesprochen. Was habt ihr noch erzählt?“
„Es ging nur darum. Bei den Indianern bedarf es vieler Worte, die nicht direkt ansprechen, was man möchte. Man redet und palavert so lange, bis der andere errät, was man will. Danach wird die Pfeife geraucht.“

Lautes Wiehern weckt sie am nächsten Morgen. Das Pferd des Holländers ist zurück. Vom Reiter keine Spur. „Der

Hund ist sicher verreckt. Geschieht ihm recht“, spricht Stefan selbstgerecht zu sich. Dann treibt er den jungen Indianer zur Eile an. Der ist es auch, der immer wieder Spuren sucht, die auf die Gesuchten hinweisen. Bald sind wir am Ziel, denkt Stefan, dann wird abgerechnet. Eva wird wieder mir gehören. Von den anderen wird keiner überleben. Diese Gedanken fressen sich in ihm fest, treiben ihn voran, machen ihm das Denken schwer. Ständig kreisen seine Wünsche um Rache. Am liebsten würde er auch nachts reiten, um möglichst schnell ans Ziel zu kommen. Seit geraumer Zeit findet er auch keinen Schlaf mehr. Er schrickt bei jedem Laut hoch, es fröstelt ihn trotz seiner Decken. Er versucht sein Unbehagen, seine Angst abzuschütteln, flucht und schilt sich selbst. Er sieht gespenstische Gestalten die ihm nach dem Leben trachten. Vor Menschen fürchtet er sich nicht, Menschen aus Fleisch und Blut. Die vielen Geräusche der Nacht befeuern seine Fantasie noch mehr. Er fühlt sich beobachtet, glaubt sich von etwas Dunklem, Bösem eingekreist.
Der Indianer stört ihn nicht mehr. Vielmehr rückt er noch näher an ihn heran, was aber diesen irritiert und weiter abrücken lässt.
So reiten die beiden weiter, jeder ein anderes Ziel im Auge.

Mit Hilfe von Hugo gelingt es Peter und den anderen, wieder zum Berg zurückzudürfen.
„Wenn wir hier nicht bleiben können, so müssen wir uns anderswo umsehen“, bittet Peter Hugo zu übersetzen. „Wir reiten nach Westen und suchen nach Land und Pferden. Zu zweit sind wir beweglicher. Christian soll bei den Frauen bleiben, während du, Hugo und ich uns umschauen.“
„Das kann aber Wochen dauern“, kommt der Einwand von Judith.
„Soll es auch. Wenn es denen hier zu viel wird, werden sie sicher alles tun, um uns wieder los zu werden.“

„Gold?“
„Ja, das ist nicht auszuschließen.“

Die Medizinmänner weisen den Zurückgebliebenen eine Wohnhöhle auf der Rückseite des Berges zu. Auf dieser Seite ist es trockener mit wenig Vegetation. Man bedeutet ihnen, sich so lange ruhig zu verhalten, bis die beiden Männer wieder zurück sind oder sich ebenfalls nach Westen abzusetzen.
„Wir durchkreuzen Peters Plan nicht. Wir bleiben. Maria wird sicher Wasser finden und Christian so viel Wild beschaffen, wie wir zum Überleben brauchen“, legt sich Judith fest.
Nach wenigen Tagen bringt einer der Medizinmänner Wasser und Fleisch. Es ist jener, der bei ihrer ersten Begegnung viel Interesse an Eva gezeigt hat. Das Gebrachte legt er auch Eva zu Füßen, spricht mit ihr. Sie versteht nur Wigwam und Squaw, schüttelt daraufhin energisch mit dem Kopf, kreuzt die Arme über der Brust und sagt ein paar Mal Hugo.
Der Indianer trollt sich enttäuscht.
Maria findet sehr schnell Wasser, als sie sich tiefer in eine in der Nähe gelegenen Höhle hineintastet. Aus einer Wand sprudelt eine kleine Quelle, deren Wasser sogleich im Boden versickert. Ihre Rute zeigt aber noch etwas anderes an, schlägt wie wild aus, verhält sich völlig anders, als wenn sie auf Wasser stößt. Gold? Sie ist sich nicht gewiss, will auf Peter warten, um mit ihm und Fackeln, ihrer Entdeckung auf den Grund zu gehen. Vorerst behält sie ihre Vermutung für sich. Sie will nicht zusätzlich für Unruhe sorgen.
Nach einigen Wochen des Wartens steigt sie immer wieder ein Stück auf den Berg, um Ausschau nach Peter und Hugo zu halten.
Drauf und dran, die Hoffnung auf die Rückkehr der beiden Männer aufzugeben, tauchen diese völlig unerwartet bei ih-

nen auf. Die Wiedersehensfreude ist groß, alle sind gesund. Die gute Laune ist zurückgekehrt.
Judith nimmt ihren Mann beiseite. Flüsternd sagt sie: „Wir bekommen ein Kind."
Peter hebt sie hoch, dreht sich mit ihr im Kreis, küsst sie immer wieder. Dann faltet er die Hände und betet.
„Ich finde, ihr betet ziemlich viel. Als ehemaliger Priester ist das noch einigermaßen nachvollziehbar. Aber auch Judith und Maria? Ist das normal?", will Christian wissen.
„In schwierigen, ja ausweglos scheinenden Situationen hilft uns das Gebet, können wir daraus die Kraft schöpfen, die uns immer wieder weiterhilft. Wenn alles gut gegangen ist, wenn wir großes Glück erfahren haben, dann danken wir unserem Herrgott. Das kannst du auch sehr oft bei den Indianern beobachten, wenn sie ihre Hände zu Manitu erheben, auch bei den Roses, wenn sie ihren Gott Jahwe anrufen. Aber das kann jeder machen wie er will. Eines ist jedoch sicher: Beten schadet nicht, Vielen hilft es aber!"
„Was hattest du eben für einen Anlass?"
„Ich habe gerade etwas erfahren was mich sehr glücklich macht."
„Das Gold?"
„Nein, etwas viel Wertvolleres!"

Tags darauf erscheinen die Medizinmänner und sprechen mit Hugo. Der hebt die Hand zum Schwur. Sie rauchen die Pfeife. Daraufhin unterrichtet er seine Gefährten.
„Ich habe unseren baldigen Abzug in Aussicht gestellt. Dafür erhalten wir Gold, das der tote Weiße aus dem Dorf der Menominee gefunden hat. Es scheint sich um eine größere Menge zu handeln, die wir mit einem unserer Packpferde abholen sollten. Carl de Trampl, wie er hieß, soll sich unentdeckt in eine der Grabhöhlen geschlichen haben. Dabei muss er auf eine größere Goldader gestoßen sein. Erst durch das

Hämmern beim Herausschlagen des Metalls sind die Wächter auf ihn aufmerksam geworden. Sie haben ihn entdeckt und mit Verwünschungen davongejagt. Die Indianer rätseln noch heute, wie es de Trampl bis hierher geschafft hat. Sie vermuten einen Verräter in den eigenen Reihen. Oder“, an Maria gewandt, „hat er dir etwas erzählt, wie er den Berg und das Gold gefunden hat?“
„Vielleicht, ich weiß es nicht mehr so genau. Ich glaube, er hatte Hilfe durch eine Indianerin. Er hat zwar viel gesprochen. Leider habe ich nicht alles verstanden. Er wollte mir auch noch die Anschrift seiner Familie im Elsass geben; dazu ist er auch nicht mehr gekommen. Wenn wir sein Gold bekommen, dann müssen wir auch etwas an seine Familie abgeben, sofern wir sie finden.“
Also, was meint ihr? Sollen wir auf den Vorschlag der Wächter des Berges eingehen“, will nun Peter wissen.
„Hört sich gut an, aber zurück durch diesen Glutofen geh ich nicht mehr. Das war ja das Schlimmste, was ich in meinem ganzen Leben mitgemacht habe“, protestiert Christian.
„Was wollen wir hier mit dem Gold? Dafür können wir uns nichts kaufen. Wir müssen zurück in den Osten. Es geht jetzt auch viel einfacher. Wir brauchen nur unseren Spuren zu folgen. Durch den Salzsee brauchen wir dann noch die halbe Zeit. Nur Mut, wir schaffen das“, zeigt sich Peter voller Optimismus. Notgedrungen stimmen sie zu. Christian zuckt resignierend die Schultern. Maria ist froh über ihre Rückreise. Sie will deshalb auch ihre Vermutung von einem Goldfund in der Nähe ihrer Wohnhöhle nicht mehr weitergeben.

Kurz vor ihrem Aufbruch tauchen drei Reiter auf. In dem voraus Reitenden erkennen sie einen der Medizinmänner. Hinter ihm den jungen Häuptling der Winnebagos, ihm folgend und kaum wiederzuerkennen, Stefan Brandstädter.

Er sieht fürchterlich aus. Völlig ausgedörrt. In seinen Augen flackert Irrsinn, seine Haut ist aufgeplatzt, blutverkrustet. Seine Lippen voller Schorf und Eiter. Abgebrochene oder fehlende Zähne lassen einen erschauern. Schüttelfrost erfasst ihn.

Der Schrecken ist groß, macht die Gruppe sprachlos. Alle fragen sich, wie er sie gefunden haben könnte.

„Salzwasser", sagt der junge Indianer, auf Stefan deutend. Hugo übersetzt.

Trotz des furchtbaren Zustandes gleitet der Gezeichnete vom Pferd, die schussbereite Muskete in den aufgerissenen zittrigen Händen. Er torkelt auf Eva los, stößt den sich in den Weg stellenden Hugo beiseite, ruft mit krächzender unmenschlicher Stimme, immer noch die Flinte in den Händen: „Du gehörst zu mir ...!" Er fuchtelt dabei mit der Waffe, schwenkt sie zu den fassungslos blickenden, völlig erstarrten Umstehenden. Er will, Mordlust in den Augen, nach der zurückweichenden Eva fassen.

Weit kommt er nicht, weil ihn Hugo zu Boden reißt. In seiner Hand blitzt sein Dolch. Er hebt den Arm zum Stoß, als Eva, aus ihrer Starre erwachend, Hugo in den Arm fällt, angstvoll ruft: „Besudle nicht deine Hände mit seinem Blut. Er ist der Vater meines Sohnes. Schenke ihm das Leben!"

Alles geht rasend schnell. Stefan liegt am Boden. Er bewegt sich nicht mehr. Alle Lebenskraft scheint von ihm gewichen. Sie tragen den Bewusstlosen in die Höhle. Judith und Peter sind bei ihm. Sie rufen nach Maria. Wie die ihn so liegen sieht, bewusstlos, ausgedörrt, todgeweiht, fühlt sie, dass auch sie nicht mehr helfen kann. Sie knetet ihre Kugel, um den Anblick ihres Cousins zu ertragen. Doch dann scheint er wieder zu sich zu kommen, starrt sie aber verständnislos an. Judith will ihm Trost und Hoffnung zusprechen. Erzählt von der Heimat, seiner Kindheit, seiner Mitarbeit auf dem Hof, von den gemeinsamen Tagen rund um den Untersberg. Peter

segnet ihn, spricht von Vergebung, Hilfe und Trost.
Stefan will antworten. Nur unverständliche, leise Laute kommen bruchstückhaft über seine Lippen. Mit seinen Augen, die tränennass schimmern, scheint er um Vergebung zu bitten. Peter betet und segnet ihn. Er bittet um Verzeihung seiner Sünden und erteilt ihm die Absolution.

Tags darauf begraben sie ihn unter einem Steinhügel in der Wohnhöhle. Steffi zimmert ein Holzkreuz. Sie wissen, dass auch die Indianer diese Grabstätte ehren werden.

„Erinnert dich dieser Berg an etwas?“, will nun Judith auch von Maria wissen.
„Ganz klar, der ist wie unser Untersberg. Natürlich nicht ganz so majestätisch, nicht ganz so hoch, mit weniger Höhlen. Er kommt halt gleich dahinter. Untersberg 2, eben.“ Verschmitzt lachend zwinkert sie Peter zu, der ihr vorher schon Judiths Version erzählt hat..
Und wieder kommen die Gedanken hoch an ihren Hausberg, den sie so gerne besteigen würde. Gedanken auch an das Salzburger Hospiz, an ihre Freunde und Gerner Verwandten. Sie vermisst auch Burschi, der ihr mehr als ein treuer Begleiter war. Wie mochte es wohl dem stolzen Priener mit seiner indianischen Prinzessin ergehen?
Was würde ihr die Zukunft bringen? Was war ihr Schicksal, ihre Berufung?
Sie ist sich gewiss, in der wasserführenden Höhle mit ihrer Rute auf Gold gestoßen zu sein. Es bleibt jedoch ihr Geheimnis. Niemand sollte davon erfahren, weil man nicht ausschließen konnte, dass gierige Goldsucher davon erfahren könnten. Der heilige Berg sollte auch weiterhin nur den Indianern gehören.

Vor ihrem Abritt traut Peter in einer schlichten Zeremonie Eva und Hugo sowie Steffi und Christian, die längst schon ein Paar waren, begleitet von Trommeln, Gesängen und Tänzen der Medizinmänner. Man merkt es ihren entspannten Mienen an, wie froh sie sind, dass dieser Alptraum ein Ende für sie hat. Sie bringen das Packpferd mit, dessen Taschen schwer beladen sind.

Die Auswanderer legen vor ihrem Abritt ein feierliches Gelöbnis ab, keinem Menschen etwas zu verraten, auch selbst nicht mehr zurückzukehren. Die Pfeife kreist noch einmal die Runde.
Pumatöter, der Maria nicht von der Seite weicht, reitet mit ihnen zurück.